Birgit Gürtler

Gedanken Fänger

Verschlüsselte Gefahr

Birgit Gürtler, geboren 1974 in Wiesbaden, wo sie auch heute noch gerne und regelmäßig den wunderschönen Kurpark besucht und die Straßen aus Kindertagen abläuft. Viele Jahre hat es sie in den grünen Westerwald verschlagen, von wo aus sie letztendlich in ihre neue Heimat Spanien gezogen ist.

Schreiben ist ihre große Leidenschaft. Am liebsten ist sie in der Spannungsliteratur zu Hause und verknüpft alte Geheimnisse und Mythen in ihre Geschichten. Aber auch Kindergeschichten zählen zu ihren Veröffentlichungen. Sie ist Mitglied der 42er-Autoren.

Mehr unter: https://birgit-guertler.de/

Birgit Gürtler

Gedanken Fänger

Verschlüsselte Gefahr

Fantasy-Thriller

Bibliografische Information der Deutschen Nationalbibliothek:
Die Deutsche Nationalbibliothek verzeichnet diese
Publikation in der Deutschen Nationalbibliografie;
detaillierte bibliografische Daten sind im Internet
über http://dnb.dnb.de abrufbar.

Die automatisierte Analyse des Werkes, um daraus
Informationen insbesondere über Muster, Trends und
Korrelationen gemäß §44b UrhG („Text und Data Mining")
zu gewinnen, ist untersagt.

Covergestaltung: BG-Coverdesign
9783759796950

Dieser Roman wurde bereits unter dem Titel 'Schwanennebel'
im Jahr 2016 vom Verlag Telegonos Publishing veröffentlicht.

Verlag: BoD • Books on Demand GmbH, In de Tarpen 42,
22848 Norderstedt
Druck: Libri Plureos GmbH, Friedensallee 273, 22763 Hamburg

ISBN: 978-3-7597-9695-0

1

Maras Finger huschten über die Tastatur des Laptops. Die Geräusche der Anschläge und des Lüfters klangen fremd in der Stille des verlassenen Gebäudes.

Zum dritten Mal traf sich Mara mit Leuten, die an eine bessere Welt glaubten. An eine Zeit, in der die Reichen den Armen Lebensnotwendiges abgaben, in der Profit eine nebensächliche Rolle spielte. Doch keiner hoffte auf Wunder, weswegen sie sich berufen fühlten, bei der Entwicklung einer freigebigeren Gesellschaft nachzuhelfen.

Das Brummen von Motoren näherte sich. Mara hielt inne und rieb sich die klammen Finger. Fragend blickte sie zu Scott, der aufsprang und zum Fenster hastete.

Sein fahles Gesicht, das im Mondlicht gespenstisch wirkte, nahm einen gequälten Ausdruck an. Mara eilte zum Fenster, um nachzusehen. Ihr Herz raste. Es durfte jetzt nichts dazwischenkommen, sie waren so nah dran!

Drei Limousinen hielten vor der verlassenen Lagerhalle. Dumpf schlugen Autotüren ins Schloss. Schwarz gekleidete Gestalten verließen die Wagen.

„Wir müssen weg hier!", murmelte Scott. Entschlossen fasste er Maras Hand und zog sie mit sich.

„Wie denn? Der Eingang ist doch längst umstellt!" Tränen füllten ihre Augen.

„Es gibt noch einen anderen Ausgang. Wir werden denen die Arschkarte zeigen."

Abrupt stoppte er und blickte entsetzt zur Tür. Der Rest der achtköpfigen Gruppe stürmte kopflos los und reagierte nicht auf seine Rufe.

„Verdammt. Das geht nicht gut. Sie laufen den Typen direkt in die Arme", fluchte er und zog Mara mit sich. Der Lichtstrahl seiner Taschenlampe tanzte wild vor ihnen her, nur schemenhaft erkannten sie die Beschaffenheit des Bodens. Vergessenes Werkzeug, Dreck und alte Matratzen lagen herum. Zweimal stolperten sie über herumliegende Bretter. Ihre Schritte dröhnten in den leeren Hallen und Gängen. Sie erreichten die Treppe, die nach unten führte, und nahmen gleich zwei, drei Stufen auf einmal.

Schüsse donnerten durch das Gebäude.

„Die schießen doch nicht auf uns?", japste Mara. Ihre Lunge brannte vor Anstrengung und dem Staub, den sie aufwirbelten. Scott antwortete nicht. Ächzend stemmte er seinen Oberkörper gegen eine Flügeltür aus Eisen, bis sie scheppernd aufsprang. Misstrauisch spähte Mara in einen Innenhof. Wuchtig bauten sich ringsherum die Mauern schäbiger Bauwerke auf. Das Bild des Vollmondes spiegelte sich in den Fenstern.

„Da vorne gibt es einen Zugang zu einem stillgelegten Tunnel", flüsterte Scott und blickte noch einmal zurück.

Sie huschten über den Hof und gingen vor einem eisernen Gullydeckel in die Hocke. Das Geräusch von Eisen, das auf Beton schabt, durchdrang die Dunkelheit, während sie den Deckel zur Seite schoben.

„Geh du zuerst", raunte Scott hektisch.

Mara kroch mit den Füßen voran in das Loch und griff nach den rostigen Stäben der Leiter. Feuchte, faulig riechende Luft stieg in ihre Nase.

„Das ist ja eklig!" Naserümpfend leuchtete sie mit einer Taschenlampe auf das Rinnsal, das hier unten entlang floss. „Sagtest du nicht etwas von stillgelegt?"

Scotts Zähne blitzten für einen Moment zu einem Grinsen auf. „Muss ich mich wohl getäuscht haben. Wenn du dir Kugeln um die Ohren schießen lassen willst, kannst du es ja woanders versuchen."

Mara stöhnte. „Ich hoffe, du weißt wenigstens, wohin der Tunnel führt. Am Ende landen wir noch vor einer Polizeistation, bei deinem lausigen Informationsstand."

Scott lachte und schob Mara voran. Geduckt balancierten sie auf dem etwas höher gemauerten Rand, um sich nicht an der gewölbten Decke zu stoßen. Mara schmerzte bereits der Rücken, als der Tunnel eine enge Kurve machte. Schummriges Licht leuchtete plötzlich auf. Mara hörte Scotts Warnung zu spät. Ein Lichtkegel erfasste sie.

„Bleiben Sie stehen und nehmen Sie die Hände hoch!", tönte eine Männerstimme durch den Tunnel.

„Ich bin alleine und unbewaffnet", rief sie laut zurück. Sie konnte nichts erkennen, hinter dem Licht wirkte alles schwarz. Scott kauerte noch unentdeckt im Dunkeln.

„Mach, dass du verschwindest!", raunte sie in seine Richtung.

Ihr Herz raste, während sie zu dem Umriss einer Gestalt lief. Als sie näherkam, erkannte sie zwei Personen. Einer hielt ihr eine Waffe entgegen und dirigierte sie forsch die Leiter nach oben.

2

Mara entstieg der muffigen Unterwelt und nahm einen tiefen Atemzug der frischen Nachtluft. Sie befand sich in einer Seitenstraße, in der eine schwarze Limousine mit geöffneter Fahrertür parkte. Im Innern erleuchtete die Glut einer Zigarette das Gesicht eines Mannes.

„Sie können die Hände herunternehmen, Frau Bucher", tönte eine gelassene Stimme aus dem Wageninneren.

Zögerlich ließ sie die Arme sinken. „Woher kennen Sie meinen Namen?"

Der Mann schüttelte den Kopf. „Das ist jetzt nicht Ihr Ernst? Sie erpressen große Pharmaunternehmen und sind so naiv zu glauben, keine Spuren hinterlassen zu haben?"

Mara presste die Lippen zusammen. Sie wollte nicht als Kriminelle angesehen werden. Er musste doch verstehen, dass gute Pläne mitunter drastische Mittel verlangten.

„Uns entstehen keine Vorteile. Wir helfen lediglich etwas nach, um die Firmen zu einer guten Tat zu bewegen. Dort werden Milliarden umgesetzt. Was ist schlimm daran, wenn sie etwas von ihren Medikamenten an die Ärmsten der Armen abgeben?"

„Ich bin nicht hier, um ethische Fragen zu beantworten, sondern um das Gesetz zu vertreten und das Gesetz hat kein Verständnis für einen Cyber-Robin Hood." Er zog noch einmal kräftig an seiner Zigarette, ehe er sie wegschnippte und aus dem Wagen stieg. Er war groß, athletisch und trug einen grauen Anzug. Sein rotblondes Haar schimmerte im Licht der Straßenlaterne.

Ohne Kommentar hielt er ihr die hintere Wagentür auf. Mara kam der unausgesprochenen Aufforderung nach und ließ sich auf die Rückbank sinken. Einer der Männer aus dem Tunnel saß bereits dort. Er war in den Morast getreten. Gereizt schaute er zu ihr rüber, während er seine Schuhe in den Händen hielt.

Die Fahrt verlief ruhig. Niemand sprach ein Wort. Die Straßenbeleuchtung erhellte in gleichbleibenden Abständen den Innenraum. Mara dachte an die Schüsse, die sie gehört hatte.

„Ist jemand verletzt worden?" Ihre Stimme bebte.

„Wie kommen Sie darauf?"

„In der Lagerhalle. Ich konnte Schüsse hören."

„Nur ein Warnschuss. Ein gutes Mittel, um sich größeres Gerenne zu ersparen. In der Regel bleibt jeder stehen", nuschelte der Typ am Steuer undeutlich, da er gerade eine neue Zigarette anzündete.

Knirschender Kies durchbrach die wieder eingekehrte Stille, als der Wagen bremste. Sie kannte das Haus, an dem sie anhielten. Ein älteres Bürogebäude. Nie hatte sie sich Gedanken darüber gemacht, was es beherbergte.

Ein Schild hing neben dem Eingang, worauf der Name einer Sicherheitsfirma stand. *Handelt es sich gar nicht um die Polizei? Haben die überhaupt das Recht, mich zu zwingen, mitzukommen?* Der Gedanke an die Pistole, die ihr im Tunnel vor die Nase gehalten wurde, ließ sie einsehen, dass sie keine andere Wahl hatte.

Wortlos schloss der Rothaarige einen Nebeneingang auf. Sie liefen über schmutzigen Betonboden, bis sie einen Fahrstuhl erreichten. Maras Hände schwitzten.

Angst übermannte sie. Beinahe wünschte sie sich, dass jetzt Scott an ihrer Seite wäre.

Im dritten Stock stiegen sie aus, durchquerten einen Flur, bis sie vor einem Raum stoppten. Die Tür quietschte in den Angeln. Das Inventar wirkte alt und abgenutzt.

„Warten Sie hier", murmelte der Typ und ließ sie allein. Ein Holztisch und drei Stühle standen im Zimmer. Mara trottete ans Fenster. Nachtfalter umschwärmten die erleuchtete Scheibe, in der sich ihre müden Augen spiegelten. Sie wusste, dass Ärger auf sie zukam.

Sie zuckte zusammen, als jemand die Tür aufriss.

„Also, Frau Bucher. Mein Name ist Agent Taylor", begann der Rothaarige scharf, ließ sich auf einen der Stühle fallen und öffnete eine Akte. „Ich arbeite für eine Sicherheitsfirma, die sich dem Gebiet der Datenkriminalität widmet. Ist es richtig, dass Sie aus Deutschland stammen, einundzwanzig Jahre alt sind und seit vier Jahren bei einer Pflegefamilie leben?"

Unschlüssig, ob sie sich nun setzen oder besser stehen blieb, nickte sie. *Ob die Papiere in der Akte alle von mir handeln? Der Typ Beth anrufen wird? Sollte ich lieber verheimlichen, ausgezogen zu sein? Ich habe bereits bei der letzten Verhaftung jede Menge Ärger verursacht.*

„Sie sind auf Bewährung. Sie wissen, was das für Sie bedeutet?"

Alles in ihr verkrampfte sich. Natürlich wusste sie, was das bedeutete. Gefängnis, vielleicht sogar Ausweisung. Ausweisung aus dem Land ihrer Träume. Seufzend nickte sie wieder.

„Es ist spät, deswegen werde ich mich kurzfassen. Der Geschäftsführer des von Ihnen attackierten

Pharmakonzerns ist ein Bekannter. Ich könnte ein gutes Wort für Sie einlegen."

Mara war klar, nichts geschenkt zu bekommen. Tief durchatmend schob sie ihre verschwitzten Locken über die Schulter.

„Was erwarten Sie im Gegenzug? Auf keinen Fall kann ich Ihnen Namen geben!" Sie verschränkte die Arme vor die Brust.

Der Rothaarige winkte ab. „Sie haben angefangen, Kryptografie zu studieren, mit dem Schwerpunkt Kryptoanalyse?"

„Ja, aber das Studium abgebrochen."

„Darüber bin ich informiert, doch so, wie ich Sie einschätze, schmälert das nicht Ihre Fähigkeiten auf diesem Gebiet. Wenn Sie sich bereit erklären, einige Daten zu decodieren, lassen wir Sie und Ihre Freunde gehen."

Mara hatte keine Ahnung, warum er sie dafür brauchte, garantiert kannte er genug Leute, die sich auf diesem Gebiet auskannten, wenn er in einer Firma arbeitete, die der Datenkriminalität diente. Sie nickte, ehe er es sich anders überlegen würde.

3

Mit einer Mischung aus Neugier und Beklemmung klopfte Mara an diesem Morgen an eine Bürotür. Auf dem Schild an der Wand stand in großen Lettern der Name Taylor. Zigarettenqualm verwirbelte, als sie eintrat. Sein rötliches Haar war straff nach hinten gekämmt. Er erinnerte sie an einen reichen Mafioso aus einem italienischen Film.

Mit einer Handbewegung wies er in Richtung des leeren Platzes auf der gegenüberliegenden Seite seines edlen Schreibtisches.

Regungslos saß Mara da und unterdrückte ein Gähnen. Verstohlen blickte sie zu seinem vergoldeten Kuli. Ein altes Laster, das sie seit ihrer Kindheit begleitete. Aus Rache stahl sie unliebsamen Leuten ihre Lieblingsschreiber. Doch mit so etwas Albernem wollte sie sich keinen zusätzlichen Ärger einfangen. Hier saß schließlich nicht die Leiterin des Waisenhauses, in dem sie aufgewachsen war.

Taylor verengte die Augen und lehnte sich in den Stuhl zurück. Mara hatte keine Ahnung, warum er sie anstarrte. *Habe ich noch Zahnpasta im Gesicht?* Unwohl rutschte sie auf der Sitzfläche herum.

„Sie sehen nicht gut aus". Seine grauen Augen schienen sie wie ein Laser abzutasten. „Haben Sie heute Nacht schlecht geschlafen, oder ist das nicht Ihre Zeit? Und fangen Sie bloß nicht an, sich rechtfertigen zu wollen. Für mich zählt nur Ihre Effizienz und wann die am effektivsten ist."

Mara hatte ein paar bissige Worte auf der Zunge, doch die würden die Situation sicher nicht zu ihrem Vorteil wenden.

„Ich arbeite als Bedienung. Es ist eine Mischung aus Café und Pub. Da kann es schon mal spät werden."

„Dann sollten Sie sich die Bürozeiten notieren. Von mir aus können Sie auch nachmittags kommen", murmelte Taylor genervt.

„Da gibt es noch ein Problem, wenn wir schon beim Thema Effizienz sind."

Der harte Ausdruck wich aus seinem Gesicht. Fragend zog er die Augenbrauen hoch.

„Ich bin Nichtraucherin und kann mich nicht konzentrieren, wenn in meiner Nähe geraucht wird." Unschuldig zuckte sie mit den Schultern und blickte auf die dicken Rauchschwaden, die durchs Zimmer zogen.

Taylor starrte einen Moment nachdenklich auf die Tischplatte aus hellem Nussholz.

„Es gibt ein kleines Zimmer am Ende des Ganges. Ich werde jemanden beauftragen, es bis morgen fertigzumachen." Er stand auf und machte eine Kopfbewegung, die andeutete, dass sie ihm folgen solle.

Sie verließen sein Büro und betraten das Nachbarzimmer, in dem drei Mitarbeiter saßen. Auf jeden der Schreibtische stapelten sich schiefe Papiertürme. Desinteressiert schauten alle kurz hoch.

„Das sind Agent Ann Cortes, Agent Steven White und Agent Stacy Miller. Sie wird Ihnen das Wichtigste erklären. Für heute werden Sie sich mit deren Nikotinausdünstungen bequemen müssen." Mit den Händen in den Taschen stand er breitbeinig im Zimmer und grinste.

Mara bemerkte das gespielte Lächeln Stacys. Sie war einen Kopf kleiner als sie selbst. Das blonde Haar umrahmte, tadellos geföhnt, ihr Gesicht. Ein Hosenanzug aus Satin umspielte Ihre Figur. Mara schätzte sie auf Ende zwanzig.

Mara setzte sich auf den ihr zugewiesenen Bürostuhl. Der Tisch war bis auf typisches Bürozubehör und eine Amerikakarte, die als Schreibunterlage diente, leer. Sie konnte noch immer nicht glauben, von einer Sicherheitsfirma angeheuert worden zu sein, Daten zu entschlüsseln. *Irgendwo gibt es da noch einen Haken, einen großen Haken*, sinnierte sie.

Stacy legte eine Mappe auf den Tisch. Ihre grünen Augen blickten kühl.

„In dieser Akte befindet sich ein USB-Stick. Sie werden feststellen, die Daten darauf wurden professionell verschlüsselt. Worin dabei Ihre Aufgabe besteht, können Sie sich alleine zusammenreimen. Ich gehe davon aus, Ihnen ist die Frage durch den Kopf gegangen, warum wir Ihre Hilfe in Anspruch nehmen? Natürlich ist es kein Problem für uns, einen der hiesigen Kryptografen damit zu beauftragen. Es ist nur so, dass wir unter Personalmangel leiden und Agent Taylor gerade ein Helfersyndrom zu haben scheint. Er kann Ihre Bemühungen, Medikamente für Arme zu besorgen, verstehen. Das trifft aber keinesfalls auf mich zu. Ich habe für Systemcracker nicht viel übrig. Nutzen Sie die Chance, die er Ihnen bietet!"

Mara antwortete nicht. Mit zusammengepressten Lippen deutete sie ein Nicken an. Sie ärgerte sich, als Cracker bezeichnet zu werden. Das waren schließlich die Bösen. Sie sah sich als Hacker, auch wenn sie die Firmen erpresste, um an ihr Ziel zu gelangen.

Sie entnahm den Stick aus der Akte, verband diesen mit dem Computer und wartete ab, was sie darauf vorfinden würde.

„Das sieht kompliziert aus. Ich werde Zeit brauchen. Gibt es persönliche Aufzeichnungen über die Person, die das ausgetüftelt hat? Was er gelernt hat, oder mir die Person sonst irgendwie näherbringt?"

„Informationen gibt es, soweit mir bekannt ist, nur in dieser Akte. Falls sie nicht ausreichen, erkundige ich mich bei Taylor, ob er noch etwas auftreiben kann." Gleichgültig zog sich Stacy an ihren Platz zurück.

Misstrauisch grübelte Mara darüber nach, was der Grund sein mochte, dass sie an diesen Daten arbeiten sollte. Sie würde sich nicht wohlfühlen, solange sie die Antwort nicht wusste. Ob der Inhalt der Akte einen Hinweis darauf gab? Zu ihrer Enttäuschung entdeckte sie nichts Spektakuläres.

Es handelte sich um einen Mann spanischer Abstammung. Miguel Lopez. Sechsundzwanzig Jahre alt, Wohnort unbekannt. Er wurde beschuldigt, geheime Informationen gestohlen und einen Polizisten erschossen zu haben.

Ihr fiel etwas auf. Sie musste zweimal hinsehen, um sich zu vergewissern. Auf einer der Seiten endete der letzte Satz mittendrin.

Auf die *Buchstaben starrend, kaute Mara auf ihrer Unterlippe. Vielleicht ist dieser Lopez doch nicht so unspektakulär, wie die Akte den Eindruck erweckt! Wieso sonst hätte Taylor einige Seiten aus der Akte entfernen sollen? Würden die fehlenden Seiten den Hinweis geben, warum ich jetzt hier sitze? Hat Taylor mich gezielt festgenommen, wegen dieser Verschlüsselungen? Oder ist das alles nur Zufall? Hat dieser Taylor am Ende tatsächlich etwas für meine Lebensphilosophie übrig?*

Mit einem Druck an ihre Schläfen versuchte sie den Schmerz zu vertreiben, der sich anbahnte. Sie warf noch mal einen Blick auf die Daten des Sticks, doch zwischen den fremden Leuten und der verrauchten Luft wollte sich ihre Konzentration einfach nicht einstellen.

Sie gab vor, auf die Toilette zu müssen, um etwas Bewegung zu bekommen.

Ihr Blick wanderte den Flur entlang, dessen grauer Linoleumboden schon bessere Zeiten gesehen hatte. Nach einigen Schritten kam ein junger Mann auf sie zu, der sie interessiert musterte.

„Guten Morgen. Ein neues Gesicht. Arbeiten Sie hier, oder statten Sie uns einen Besuch ab?" In seinem Versuch, charmant zu wirken, scheiterte er kläglich, trotzdem schien er ein ganz netter Kerl zu sein. Wenn er lächelte, entstanden Fältchen um seine blauen Augen, die ihm einen warmherzigen Ausdruck verliehen.

„Es ist mein erster Tag."

„Na, dann freut es mich, gleich heute schon Ihre Bekanntschaft zu machen. Mein Name ist Fred Parker. Aber nennen Sie mich Fred."

„Mara. Werde für drei Monate hier sein", antwortete sie und hoffte, er würde nicht allzu genau nachbohren, was sie hier machte.

„Ah, sicher werden Sie hier auf dem Gebiet Programmiersprachen weitergebildet." Selbstsicher verschränkte er die Arme vor der Brust und sah sie erwartungsvoll an.

„Ja, so etwas in der Art", gab sie lächelnd zurück.

Er erweckte einen komischen Eindruck mit seinen Sommersprossen und dieser Igelfrisur. Er passte nicht zu den anderen Leuten, die sie bisher gesehen hatte.

Sie schwatzten noch eine Weile. Mara nutzte die Möglichkeit, strahlte ihn mit ihren bernsteinfarbenen Augen an und legte ihre brünetten Locken über die Schulter. Mit der Begründung, nicht gleich zu Anfang in ein

Fettnäpfchen treten zu wollen, hatte sie ihn mit Leichtigkeit um den Finger gewickelt. Beinahe fürsorglich hatte Fred genickt und erklärt, wie die Sicherheitsvorkehrungen in dieser Abteilung funktionierten. Er war so nett gewesen, dass sie ein schlechtes Gewissen bekam, ihn ausgefragt zu haben.

Als sie das Büro wieder betrat, entdeckte sie einen Karton auf ihrem Schreibtisch. Ein gelber Zettel klebte daran, auf dem Taylor ihr eine Notiz hinterlassen hatte. Sie sollte vergleichen, ob die Daten von einem der USB-Sticks aus dem Karton mit den Daten des USB-Sticks, den man ihr bereits übergeben hatte, in Verbindung stehen.

Merkwürdig. Das haben die Jungs hier bestimmt schon zehn Mal überprüft! Sie stöhnte innerlich. *Wollen die mich verarschen?* Verunsichert nahm sie sich den ersten Stick und schob ihn in den USB-Schacht.

Die meisten Daten der verschiedenen Datenträger waren leicht zu knacken. Ein banales Decodierungsprogramm aus dem Internet, das sich jeder Anfänger herunterladen konnte, reichte dafür aus. Diese waren nichts im Vergleich mit den Daten vom USB-Stick aus der Akte. Das war eine Herausforderung, die sie nur ungern ablehnen würde. *Gut möglich, dass bisher tatsächlich jeder daran gescheitert ist, doch kann es mir gelingen? Und was soll ich dann tun? Die Arbeit für diese merkwürdige Firma erledigen? Für diesen Taylor, der mir so sympathisch ist, wie eine dicke Schmeißfliege auf dem Frühstücksbrot?* Mara verdrehte die Augen.

Der achte Stick weckte ihr Interesse. Ungläubig starrte sie auf den Bildschirm. Es gab Übereinstimmungen. Regelmäßigkeiten. Für einen Laien nicht sichtbar.

Vorsichtig hob sie den Kopf. Hatte jemand bemerkt, wie sich ihre Augen geweitet hatten? Niemand schien sie zu beachten, konzentriert widmeten sich alle ihrem Papierkram. Enttäuscht stellte sie fest, dass ihre Zeit dem Ende zuging. Nur zu gerne würde sie alles mit nach Hause nehmen, doch das war sicher nicht in Taylors Sinn.

4

Mara entschied sich, zu Fuß ins Pub zu gehen, da der Regen nachgelassen hatte. An den Bordsteinkanten liefen dünne Rinnsale, um gluckernd in die Kanäle zu laufen. Am Abendhimmel rissen die Wolken auseinander, die in den letzten Sonnenstrahlen violett schimmerten. Nach den vergangenen heißen Tagen wirkte die kühlere Temperatur ungewohnt. Fröstelnd zog Mara ihre Ärmel des Pullovers tiefer.

Auf der gegenüberliegenden Straßenseite bemerkte sie einen komischen Kauz. Sie konnte nicht einmal genau sagen, warum, doch erweckte er den Eindruck, als wolle er besonders unauffällig wirken. Er las die Zettel, die im Schaufenster einer Tierpension hingen. Ihrer Meinung nach war das kein Typ für Haustiere. Er sah aus, wie der typische Bürohengst, der außer Arbeit nichts kannte. Einen verheirateten Eindruck machte er auch nicht. Er war ein etwas klein geratener Mann mit Halbglatze und trug einen, für seine Größe, viel zu langen Trenchcoat. Mara war sich sicher, eine Frau hätte ihn so nie auf die Straße gelassen, schmunzelte sie in sich hinein.

Beobachtet der mich durch die Spiegelung des Schaufensters? So ein Quatsch! Ein Grinsen huschte über ihr Gesicht. *Taylor hat sicher Wichtigeres zu tun, als mir nachzuschnüffeln.* Zügig ging sie weiter. Heute war die Chance, einmal pünktlich zu sein. Das wollte sie sich auf keinen Fall vermasseln, aufgrund irgendwelcher Hirngespinste.

Mara öffnete die schwere Holztür des Pups, in dem sie abends arbeitete. An der Theke entdeckte sie Scott und Andy. An ihren ernsten Gesichtern las sie ab, dass ihnen das Ereignis vom Vorabend noch zu schaffen machte. Scott kam gleich mit ausgebreiteten Armen auf Mara zugelaufen und drückte sie fest an sich.

„Ich hätte dich nicht alleine lassen dürfen." Er senkte seinen Kopf und fuhr sich durch die blonden Locken.

„Blödsinn. Was hätte das gebracht? Ich habe mich nur geärgert, dass du nicht als Erstes gelaufen bist", antwortete sie kichernd.

Scott lächelte verkrampft. „Was ist danach passiert? Warum hast du dich nicht mehr gemeldet?"

Mara zuckte mit den Schultern und verdrehte die Augen.

„Jetzt erzähl schon. Wirst du Ärger bekommen?"

„Ich weiß nicht. Eine ziemlich verrückte Geschichte ist das. Wie konnten diese Mistkerle nur wissen, wo wir uns treffen?" Nachdenklich band sie sich ihre Schürze um.

„Da hat wohl jemand geplaudert", schlussfolgerte Scott und starrte einen Moment auf den Boden. Das Blau seiner Augen erinnerte an Vergissmeinnicht und er besaß das Gehirn eines Einsteins, wenn es um Computer ging.

„Was ist jetzt mit dieser verrückten Geschichte? Jetzt spann uns doch nicht auf die Folter", murmelte er genervt.

Beipflichtend nickte Andy.

Mara stieß einen langen Seufzer aus, erzählte ihnen die Geschichte mit den Sicherheitsleuten und, dass sie noch irgendeinen Haken daran vermutete.

„Ganz merkwürdig ist, dass sich die Leute als Agent bezeichnen. Agent Taylor, Agent Miller, Agent Stone.

Entweder sind das irgendwelche Möchtegerngeheim-agenten oder ich habe es mit mehr, als einer normalen Sicherheitsfirma zu tun."

Scott und Andy tauschten ungläubige Blicke aus. Eine Gruppe Studenten, die gerade hereinkam, unterbrach ihr Gespräch.

5

Die ersten Sterne funkelten am Firmament. In einer Seitenstraße traf sich Miguel mit Ivan. Zusammen schlenderten sie durch die schmalen Gassen, in denen der Duft der umliegenden Restaurants lag.

„Was ist so wichtig, dass du mich heute noch sehen musstest?", fragte Miguel und hielt aufmerksam die Umgebung im Auge. Er vertraute Ivan, doch er erinnerte sich noch gut an dessen Leichtsinnigkeit, als sie Partner beim FBI gewesen waren. Ivan war einer seiner wenigen Freunde, um einiges älter und derjenige, der ihm immer zugehört hatte, wenn es Probleme gab.

„Es gibt Neuigkeiten, die du wissen solltest. Taylor hat eine junge Frau auf die Datenträger angesetzt und er scheint von ihr ziemlich überzeugt zu sein." Ivan verengte drohend die Augen und kratzte sich an seinen grauen Bartstoppeln.

Miguel nickte. „Wie ich dich kenne, weißt du bereits alles über sie?"

Ivan lachte. „Ja, natürlich. Ihr Name ist Mara Bucher, eine Deutsche, einundzwanzig Jahre alt, lebt seit vier Jahren in den Staaten. Eine Großtante hat sie aus dem deutschen Waisenhaus geholt und bei sich aufgenommen. Das Mädel gehört zu dieser Gruppe von Hackern, die Pharmaunternehmen erpressen. Sicher erinnerst du dich an die Fälle. Zuerst setzte Taylor Stacy auf einen der Jungs an. Sie hat ihre Sache wie immer gut gemacht. Der Junge ist Stacy hörig und plappert wie ein Wasserfall."

Ivan lachte wieder, wobei seine schmalen Augen listig aufblitzten. „Als Taylor erfahren hat, dass das Mädchen ziemlich gut ist, stellte er ihr beim letzten Treffen eine Falle. Nach der Verhaftung unterbreitete er ihr zwei Möglichkeiten, entweder Mitarbeit oder Knast."

Sie erreichten ein abgelegenes Lokal, in dem trotz später Stunde noch eine Menge Leute saßen. Sie wählten einen Tisch, etwas abseits. Ivan überreichte Miguel eine Akte, in der sich weitere Informationen über Mara befanden.

„Es war nicht einfach, daranzukommen. Taylor bewacht alles, was mit den Datenträgern auch nur im Geringsten zu tun hat, wie ein bisswütiger Schäferhund."

Misstrauisch wartete Ivan ab, bis die Bedienung die Bestellung aufgenommen hatte und sich wieder entfernte, um ein Bündel Papiere über den Tisch zu schieben.

Miguel ließ sich in die Stuhllehne sinken und studierte die Akte. Als er aufblickte, sah er in Ivans breit grinsendes Gesicht.

„Ob das FBI mit ihrer Loyalität rechnen kann, falls es ihr gelingen sollte, den Code zu knacken? Wenn sie nur annähernd so scharfsinnig ist, wie sie reizend ausschaut, müsste sie doch bemerkt haben, dass man ihr eine Falle gestellt hat und zwischen euch so eine Art Seelenverwandtschaft besteht?" Schmunzelnd tippte er bei seinen Worten auf die Fotografie, die er Miguel hinhielt.

„Seelenverwandtschaft? Ist das nicht ein bisschen hochgesteckt? Zudem wissen wir nicht, wie man mich darstellt." Ein Lächeln huschte über seine Lippen und besah sich das Foto.

„Du solltest jedenfalls auf der Hut sein. Ich habe wirklich alles versucht, um an die Datenträger zu kommen, doch Taylor hat sie irgendwo versteckt. Ich habe keine Ahnung, wie du da noch rankommen kannst. Der einzige Weg ist zurzeit über die Kleine. Schade um sie."

Miguel versuchte, seine Gedanken zu ordnen, doch er kam nicht mehr dazu, etwas zu erwidern.

„Ich muss jetzt wieder los. Hab' da noch eine große Sache am Laufen. Wenn alles gut läuft, setzte ich mich zur Ruhe", witzelte Ivan augenzwinkernd, trank hastig seinen Espresso aus und verschwand.

***

Es war bereits spät in der Nacht. Mara starrte an die leeren Wände, die mit einer Gänseblümchentapete tapeziert waren. Die Wandgestaltung stammte noch von den Vormietern ihrer Wohnung. Bisher hatten nur eine Matratze und ein wuchtiger Ohrensessel Einzug gefunden, den sie auf dem Trödelmarkt erstanden hat. Ihre Bücher bildeten einen schiefen Turm und ein wackeliger Stuhl musste als Tisch-Ersatz herhalten.

Sie grübelte über ihre derzeitige Lage, die Zukunft, die sich angsteinflößend anfühlte. Auf den ersten Blick wirkte alles wie ein Abenteuer. Mara, die große Hackerin, die mit Leichtigkeit die Codierungen entschlüsseln würde. Beinahe von oben herab hatte sie auf die Leute rund um Taylor geblickt. Aber was würde geschehen, wenn die verschlüsselten Daten geheime oder belastende Informationen enthielten? War das der Grund, warum Taylor sie daran arbeiten ließ? Und von wem wurde er eigentlich bezahlt? Handelte es sich um eine staatliche oder private Firma? Wieso trugen alle die Bezeichnung Agent? Mit der immer wiederkehrenden Frage, ob Taylor etwas zu verbergen hatte, trank sie den Rest ihres Tees aus.

6

Am späten Nachmittag betrat Mara das Gebäude der dubiosen Sicherheitsfirma. Diesmal nicht durch den Hintereingang. Eine breite, zweiflügelige Glastüre führte in das Haus. Man erwartete automatisch einen ebenso großen Raum, doch das Gegenteil war der Fall. Ein Mann saß dort in einem durch Glasscheiben abgetrennten Teil und blickte Mara erwartungsvoll an.

„Guten Tag, ich möchte zu Agent Taylor. Ich habe einen Termin. Mara Bucher."

Der Mann lächelte. Er hatte eine Halbglatze, auf der sich das Licht der Deckenlampe spiegelte und einen ergrauten Oberlippenbart. Seine braunen Augen blickten gutmütig. Er nickte, rückte die runde Brille zurecht und drückte auf einen Summer, der eine weitere Tür öffnete.

Mara betrat den Aufzug und beobachtete nervös die Stockwerks-Anzeige, während sie nach oben fuhr. *Ob Taylor mit meinem späten Auftauchen einverstanden sein wird? Das Letzte, was ich gebrauchen kann, ist eine Standpauke von diesem Rotschopf.*

Sie klopfte kurz an seine Tür und trat ein. Taylor stand mit rotem Kopf in der Mitte des Zimmers. Stacy und Steven saßen an seinem Schreibtisch aus edlem Nussholz, ihre Hände im Schoß, so als hätten sie Angst, etwas im Büro des Chefs zu beschmutzen. Es herrschte dicke Luft.

„Da sind Sie ja." In seinen Worten lag weder ein Hauch von Missbilligung noch des Einverständnisses, aber sie spürte seinen Ärger. Ob es nun an ihrem späten Auftauchen lag, oder doch nur an dem Thema, das eben sein Gemüt aufgeheizt hatte, konnte sie nicht sagen.

„Hier ist der Schlüssel für das Büro am Ende des Ganges." Ohne sich von seinem Platz wegzubewegen, hielt er ihr einen Schlüssel entgegen.

„Ich hoffe, es ist alles Notwendige angeschlossen worden, falls sich aber dennoch irgendwelche Fragen ergeben sollten, erkundigen Sie sich nach Mr. Osaka, unser Mann fürs Technische, er wird sich dann darum kümmern."

Mara nickte und nahm den Schlüssel. Taylors ungeduldiger Blick ließ keinen Zweifel aufkommen, dass sie am besten sofort verschwand.

Leise hallten ihre roten Sandaletten vom Boden wider, während sie die zehn Meter bis zum Ende des Ganges lief. An den Wänden hingen bunte Kunstdrucke in Glasrahmen. Dies tat der Tristesse des Korridors jedoch nichts ab. Neugierig öffnete Mara die Tür. Taylors Bezeichnung kleines Zimmer war keine Übertreibung gewesen. Es war gerade genug Platz für einen alten schwarzen Drehstuhl und einem Schreibtisch, auf dem zwei Bildschirme standen und eine Tastatur.

Am Rand des Tisches entdeckte sie den Karton mit USB-Datenträgern vom Vortag. Übermütig ließ sie sich in den Drehstuhl fallen, der an die Wand rollte. Sie legte ihren Kopf in den Nacken und starrte die Decke und Wände an. Eine Überwachungskamera hatte Taylor nicht installieren lassen. Sie kramte im doppelten Boden ihrer Handtasche nach ihren USB-Sticks. Sie musste die Daten haben! Taylor einen Schritt voraus sein. Nur so sah sie die Möglichkeit, den Überblick zu behalten. Denn, was war, wenn sie die Daten entschlüsselt hatte? Den Inhalt kannte? Würde Taylor sie dann einfach ziehen lassen? Sie wusste, dass sie eine Versicherung brauchte. Ein Druckmittel, ein Ass im Ärmel. Ein Lächeln huschte über ihre Lippen. *Bin ich nun besonders gewitzt, oder völlig selbstverliebt und sehe den Ernst der Lage nicht?*

Es blieb ihr überhaupt keine andere Wahl, ihrer Meinung nach und schloss den Datenträger an, um eine Kopie anzufertigen. Während der Übertragung schlich sie immer wieder zur Tür und schaute durch einen Spalt den Flur entlang. Ihre Hände schwitzten, und nicht nur die, der Schweiß durchnässte sichtbar ihre dunkelrote Bluse. Verärgert betastete sie die Placken unter ihren Achseln. Taylor würde sicher Verdacht schöpfen, sollte er das sehen.

Ihr Blick wanderte zur Uhr. Anhand Freds Erklärungen wusste sie, dass sie in einer halben Stunde, beinahe alleine auf diesem Gang sein würde. Nur das erste Zimmer wurde bis zum Schluss besetzt.

Mit angehaltenem Atem spähte sie in den Flur. Ob tatsächlich niemand mehr von Taylors Truppe anwesend war? Sie hatte die gestohlenen Daten gut versteckt, doch sie wollte Taylor nicht unterschätzen.

Verhalten tappte sie den Linoleumboden entlang, der den Geruch von Bodenwachs ausdünstete. Taylor war tatsächlich fort. Kein einziges Geräusch drang aus seinem Büro. Sie schlich weiter, blieb aber nach wenigen Schritten abrupt stehen. Die fehlenden Seiten aus der Akte kamen ihr in den Sinn. Unschlüssig rieb sie sich über das Kinn.

Soll ich es wagen? In Taylors Schränken nach den Aktenseiten suchen? Mara musste nicht überlegen, ob sie ihr Pickwerkzeug dabeihatte, das trug sie immer mit sich herum. Nie wäre ihr in den Sinn gekommen, damit etwas Illegales anzustellen. Es stellte eher eine Art Sport in ihren Augen dar.

Regelmäßig wurden Lock-Picking-Meisterschaften ausgetragen, die sie immer gerne besuchte. Mit zusammengepressten Lippen starrte Mara auf die Tür. Das Schloss war keine Herausforderung. Ihr Blick wanderte noch einmal den Flur entlang, ehe sie zurückschlich.

Sie spürte ihren Herzschlag beschleunigen, als sich ihre Hand um den Türknauf legte. Der Rotschopf hatte abgeschlossen! Mara zog ihr Set aus der Tasche. Alle Werkzeuge waren wie bei einem Schweizer Taschenmesser zusammengefügt. Bis auf den Spanner, das erste Hilfswerkzeug, welches sie in den Zylinder einführte, um das Innenleben auf Spannung zu bringen. Mara konzentrierte sich auf ihre Sinne. Es fühlte sich anders an, als sonst, während sie den Pick über die Stifte gleiten ließ. Gefühlvoll übte sie Druck auf, bis die Stifte fixiert waren und sie den Spanner zum Öffnen drehte. Mara blickte auf die Uhr, das gehörte einfach dazu. Acht Sekunden!

Sie huschte ins Büro. Unschlüssig stand sie nur so da. *Wenn man mich hier erwischt!* Mara atmete tief durch und ging zu einem Spind, der so gar nicht hierher passte. Sie konnte sich keinen Reim daraus machen, wieso Taylor diesen hässlichen Schrank hier stehen hatte. Die graue Farbe war an einigen Stellen abgeplatzt und rostig. *Vielleicht erinnert ihn der Spind an seine Schulzeit oder Sportclub.* Sie zog an der Tür. Er war verschlossen. Ihre Hand glitt am oberen Rand des metallenen Schrankes entlang und ertastete etwas. Der Schlüssel. Mara grinste. Es war nie klug, ein Versteck so nah an der Tür zu wählen.

Zu ihrer Enttäuschung war der Spind leer. Eine dicke Staubschicht bedeckte den Boden. Sie hastete zum

Aktenschrank. Erleichtert stellte sie fest, dass das Schloss defekt war und der Schrank sich öffnen ließ. Sie wollte hier so schnell wie möglich verschwinden.

Nacheinander durchstöberte sie die Fächer. Alles wirkte streng geordnet, doch unter Lopez konnte sie nichts finden. Angespannt strich sie sich eine nass geschwitzte Haarsträhne aus dem Gesicht. Die unterste Schublade enthielt unbeschriftete Aktenhüllen. Einige waren leer, andere nicht. Hülle für Hülle nahm Mara heraus und studierte flüchtig den Inhalt. Hektisch blickte sie auf die Uhr. Es waren bereits zehn Minuten vergangen. Ihr Herz raste, wie lange nicht mehr. Sie wollte schon abbrechen, weil ein ungutes Gefühl in ihr anwuchs, doch dann fiel ihr eine unvollständige Akte auf. Es ging um einen ehemaligen Angestellten dieser Abteilung, auf den die Beschreibung Miguels passte.

Mara hatte keine Nerven, um alles sorgfältig durchzulesen. Aus der Handtasche fischte sie eine Digitalkamera, mit der sie den Inhalt fotografierte. Ein Lächeln huschte über ihre Lippen. Sie dachte an ihre Lieblingsserie, in der es um einen gutaussehenden Privatdetektiv ging, der stets heimlich Fotos machte und diese als Beweismaterial nutzte.

Sie wollte gerade nach dem Türknauf greifen, als Geräusche näherkamen. Es waren Stimmen! Taylors Stimme!

Panisch blickte sie sich um. Es war zu spät, um unbemerkt das Zimmer verlassen zu können. Unsicher schaute sie in Richtung Spind. Er war ja leer, bis auf die dicke Staubschicht. Taylor schien ihn schon länger nicht mehr zu benutzen, warum sollte er es an diesem Abend tun? Mara huschte zurück und zwängte sich hinein. Sie hielt den Riegel nach oben und ließ die Tür einrasten.

In Gedanken fluchte sie über ihr dummes Vertrauen in Freds Informationen. Sie schauderte bei der Vorstellung, dass gleich einige Leute im Büro auftauchten und sie versteckt in diesem engen Gefängnis saß. Sie wollte nicht darüber nachdenken, was man mit ihr machen würde, sollte sie jemand entdecken. Mara zuckte zusammen, als die Tür aufsprang.

Hereingestürzt kamen Taylor, Stacy und Steven, in Begleitung von jemandem, besser gesagt von einem Gefangenen, was die Handschellen und das sich abzeichnende blaue Auge deutlich machten. All das konnte sie durch die Luftschlitze erkennen.

Ihr Blick fiel auf den Gefangenen. Er kam ihr bekannt vor. *Ist das nicht der kleine Kauz mit dem hässlichen Trenchcoat?* Auch wenn er heute etwas besser gekleidet war, hatte sie keinen Zweifel. Wurde sie tatsächlich beschattet? Doch warum tauchte er jetzt hier in Handschellen auf?

Steven schubste den Mann unsanft auf den Stuhl, der vor Taylors Tisch stand.

„Ihr seid doch dumme Esel", beschwerte sich der Gefangene, was sich, mit dem russischen Akzent, beinahe komisch angehört hätte, wäre da nicht der Fausthieb Stevens gewesen, der in seiner Magengrube landete. Mit schmerzverzerrtem Gesicht rang der Mann nach Luft.

„Jetzt gib endlich zu, die Pläne von N5 gestohlen zu haben. Gib sie zurück und wir vergessen den Fall", versuchte es Taylor diplomatisch.

„Ich sag doch, ihr seid dumme Esel, gar nichts habe ich gestohlen."

Steven holte zu einem weiteren Schlag aus, doch Taylor gab ihm durch eine Handbewegung zu verstehen, sich zurückzuhalten.

„Ivan, du stehst auf der falschen Seite. Wir wissen, dass du Miguels Aufenthaltsort kennst. Du solltest uns helfen ihn zu kriegen. Zurück ins Team kommen."

Bei diesem Namen wurde Mara hellhörig. *So heißt doch der Mann, dessen Verschlüsselungen ich bearbeite! Hatte dieser Kauz vielleicht für Miguel spioniert, um herauszufinden, wer ich bin? Doch zu welchem Zweck?* Sie begann an ihrer Objektivität zu zweifeln. Was wenn sie sich das alles einbildete und Taylor es nur gut mit ihr gemeint hatte? Sie völlig sinnlos in diesem Spind geendet war?

Ivan stotterte. „Nein, nein, keine Ahnung, wo er steckt. Hab' ihn mal getroffen, doch was hätte ich tun sollen? Ihn verhaften? Er hätte mich wahrscheinlich als verrückten Vogel ins nächste Irrenhaus geschickt. So wie dich mein Freund." Mit einem schadenfrohen Grinsen guckte er zu Steven hoch, dessen blasses Gesicht rot anlief.

„Freunde waren wir nie und werden wir auch nie sein, du Stück Dreck", schnaubte Steven und sah dabei aus, als wolle er ihn jeden Augenblick umbringen.

Taylor schlug verärgert die Faust auf den Tisch. Mara zuckte zusammen.

„Erzähl uns keinen Bullshit, du weißt ganz genau, wo er steckt. Ich gebe dir noch fünf Minuten, ansonsten bekommst du das Wahrheitsserum verpasst. dir wird sicher in Erinnerung geblieben sein, dass es Stacy nicht so genau nimmt mit der Dosierung."

Ivan lachte verzerrt. „Nicht so genau nimmt? Sie ist zu dumm, das ist alles."

Steven unterbrach sein Lachen mit einem erneuten Hieb in den Magen. Auf Russisch fluchend hielt sich der Mann den Bauch.

Stacy, die bisher kein Wort gesprochen hatte, hielt plötzlich eine merkwürdige Spritze in der Hand, die sie aus einem Köfferchen entnommen hatte. Keine von den gewöhnlichen Einweg-Spritzen, die Mara von ihrem Arzt her kannte. Sie war groß und sah antiquiert aus. Mara schauderte. Auf keinen Fall wollte sie mit ansehen, wie sie damit dem armen Kerl etwas antun würden.

Als wäre die Situation nicht verfahren genug, breitete sich ein unangenehmes Kribbeln in ihrem rechten Bein aus. Für einen kurzen Augenblick lenkte sie das dermaßen ab, dass sie es fast übersehen hätte. In einem unbeobachteten Moment, während alle auf Stacy starrten, ließ Ivan etwas in den Papierkorb fallen.

Stacy stach zu. Die lange Nadel bohrte sich unter die Haut.

„Los, befrag ihn", befahl Taylor und verschränkte die Arme vor die Brust. Stacy beugte sich zu dem Mann runter und begann ihm etwas ins Ohr zu nuscheln, was nicht bis ins Spind Innere vordrang. An ihrem verärgerten Gesichtsausdruck ließ sich erraten, die Antwort hatte nicht zu ihrer Zufriedenheit gelautet.

„Wir müssen ihm mehr verabreichen. Das Zeug wirkt bei dem nicht richtig." Ihr Blick wirkte kalt, während sie die Spritze bereitmachte und Ivan erneut etwas verabreichte.

Nochmals stellte sie Fragen. „Wo sind die Unterlagen von N5? Was ist mit Miguel? Was hat er vor? Wo hält er sich auf?"

Schweiß durchdrang Ivans Hemd, mehrmals verdrehte er die Augen und stand kurz davor bewusstlos zu werden, was Steven durch regelmäßige Schläge ins Gesicht, zu verhindern suchte.

Der Mann tat Mara leid. Wie gerne würde sie ihm irgendwie helfen. Doch was hätte sie tun sollen? Aus dem

Spind gesprungen kommen, um alle bewegungsunfähig zu erschrecken? Die dummen Gesichter wären es beinahe wert, ging es ihr durch den Kopf.

Langsam zeichnete sich ab, dass Ivan die Kontrolle über sich verloren hatte. Wirre stammelte er einiges durcheinander. „Im Spind, Schlüssel ist versteckt im Müll." Nur über Miguel sagte er kein Wort. Dann wurde er ganz fahl im Gesicht, sackte zusammen und kippte vornüber vom Stuhl.

„Was machen wir jetzt mit dem Sack?", fragte Steven und trat ihm dabei verächtlich in die Seite.

„Viel haben wir nicht aus ihm rausbekommen", erwiderte Taylor in sich versunken. „Die Pläne müssen in irgendeinem angemieteten Postfach stecken, von denen es Tausende gibt, und den beschissenen Schlüssel dürfen wir im Müll suchen."

Nachdenklich kaute Stacy auf ihrem Bleistift. „Ob Miguel die Pläne gesehen hat? Wenn, dann haben wir ein Problem. Unser Überraschungseffekt wäre somit dahin und er uns wieder zwei Schritte voraus."

„Das ist er sowieso", entgegnete Steven gereizt. „Oder findet ihr es nicht merkwürdig, dass Ivan kein Sterbenswörtchen über Miguel verloren hat? Nicht einmal ein Elefant hätte dieser Dosis widerstanden."

Mara wurde aus all dem nicht schlau, doch sie kombinierte, dass der Russe den besagten Schlüssel eben in Taylors Papierkorb geworfen hatte.

Taylor schüttelte genervt den Kopf. „Steven und ich bringen Ivan von hier weg. Falls er nicht schlappmacht, befragen wir ihn morgen noch mal. Stacy, du gehst zu seiner Wohnung und seinem Büro, vielleicht findest du dort den Schlüssel, oder irgendetwas das uns weiterhilft."

Stacy nickte und hatte schon den Türknauf in der Hand, als sie innehielt. „Was ist mit Mara Bucher? Sie sollte auf keinen Fall etwas mitbekommen. Ist sie noch hier?"

Mara spürte, wie sich ihr Magen verkrampfte.

„Ja, sie ist noch hier. Wenn sie uns nicht zufällig über den Weg läuft, brauchst du dir darüber nicht den Kopf zerbrechen. Such jetzt lieber nach dem verdammten Schlüssel. Und lass den Koffer mit dem Serum verschwinden!"

Stacy nickte. „Ich werde alles bei mir zuhause deponieren."

Taylor und Steven zerrten Ivan hoch, was ihnen einiges an Kraft abverlangte, und schleiften ihn aus dem Zimmer.

Maras Herz raste. Vorsichtig bewegte sie den Verschlussriegel. Alles war wieder still, nur der Schmerz im Bein war von diesem albtraumartigen Szenario noch übrig. Ihre Hände zitterten, während sie den Spind abschloss und den Schlüssel zurücklegte.

Sie humpelte zum Papierkorb. Sie hatte sich nicht getäuscht, der Schlüssel war leicht auszumachen, zwischen dem weißen Papier.

Erleichtert, dass niemand die Tür zugeschlossen hatte, huschte sie aus dem Büro.

7

Mara hockte auf ihrer Matratze und fühlte sich noch immer völlig ausgelaugt. Sie hatte nichts essen können, stattdessen trank sie einen Früchtetee, um ihre Nerven zu beruhigen. Ihre Hand zitterte, als sie die Tasse zum Mund führte. Die Angst war noch immer präsent, das Gefühl der Panik, als sie sich in den Spind verstecken musste. Sie hatte noch nie so viel Schiss gehabt. In ihrem ganzen Leben nicht! Sie hoffte, dieser Alptraum waren die Fotografien wert gewesen, die sie von den unbeschrifteten Aktenseiten geschossen hatte. Mara schloss die Kamera an ihren Laptop an und verglich die Bilder mit der offiziellen Akte, die von Miguel Lopez handelte.

Seite für Seite ging sie die letzten Absätze durch und suchte nach dem einen, der den Satz komplett machte, der mittendrin endete. Ein seltsames Gefühl stellte sich ein, als sich Wörter zu einem Sinn zusammenfügten, sich der Satz vervollständigte, die Seiten einen Zusammenhang ergaben. Nervös zwirbelte sie eine ihrer Haarlocken, während sie die Informationen über Miguel Lopez ordnete. Er arbeitete als FBI-Agent, den man vom Dienst vorläufig suspendiert hatte. FBI-Agent! Er stand unter dem Verdacht, einen Polizisten hinterrücks erschossen zu haben. Ein Mister Thomson, ebenfalls FBI-Mitarbeiter, wurde als Vorgesetzter angeführt.

Das FBI! Arbeitet diese Sicherheitsfirma für das FBI?

Ohne Hoffnung, doch noch den entscheidenden Hinweis zu finden, warum sie an den Codierungen arbeitete, klickte sie die letzte Seite an. Ein unscharfes

Passfoto lenkte sie ab. Miguel Lopez hatte schwarzes Haar und ebenso dunkle Augen. Sie war nie schnell zu beeindrucken gewesen, doch dieses Gesicht strahlte einen gewissen Charme aus. *Vielleicht sind es auch nur seine kniffligen Codierungen, weswegen er so süß wirkt*, sinnierte sie grinsend und las die letzten Zeilen.

Alles, was sie bisher aufgeschnappt hatte, schien sich wie ein aberwitziges Puzzle zusammenzufügen. Doch konnte das wahr sein? Ungläubig las sie die Seite abermals durch. In diesen wenigen Sätzen fand sie die Antwort auf alle Ungereimtheiten und warum man sie ausgesucht haben könnte. Ivans Hinweis, Miguel nicht einfach festnehmen zu können, ergab plötzlich Sinn. Seine Sorge, wie Steven im Irrenhaus enden zu können. Nachdenklich kaute sie auf ihren Lippen. *Ob Miguel weiß, wer an seinen Codierungen arbeitet? Wenn das stimmt, was hier steht, stecke ich richtig tief im Mist! Oder ist das am Ende alles bloß Quatsch?* Zweifelnd las sie ein weiteres Mal die Informationen durch.

Laut dem, was in diesen Seiten ausgeführt wurde, besaß Miguel eine außergewöhnliche Fähigkeit. Er soll imstande sein, Gedanken zu lesen und Menschen seinen Willen aufzuzwingen.

Auch wenn es schwarz auf weiß auf diesen Papierseiten geschrieben stand, kam es ihr absurd vor. Über den Hinweis, dass er seine Gabe nur bis zu einem Abstand von zwei bis vier Metern einsetzen konnte, schüttelte sie den Kopf. *Ist das FBI, oder wer auch immer diese Sätze verfasst hat, nicht zu einer genaueren Erklärung fähig gewesen? Muss man darauf achten, wie der Wind steht?* Müde schloss sie die Seiten und starrte an die Decke. Plötzlich fiel ihr der Mann mit dem russischen Akzent wieder ein. Wie er vor ihrem Haus herumgelungert hatte. Sie fühlte sich unwohl. Nachdenklich blickte sie auf den Schlüssel, den sie aus Taylors Papiereimer gefischt hatte. *Soll ich ihn lieber zurücklegen?*

Ihr Kater riss sie aus ihren Überlegungen. Er sprang auf ihren Schoß und lief über die Tastatur. Aufdringlich stellte er sich mit den vorderen Pfoten auf ihre linke Schulter und begann schnurrend seinen pelzigen Kopf an ihren zu stupsen. Er würde ja doch nicht aufgeben! Mit Romeo im Arm ließ sich Mara erschöpft in die Kissen fallen und verdrängte ihre Sorgen. Im eintönigen Schnurren wurden Maras Lieder schwer. Verausgabt fiel sie in einen unruhigen Schlaf.

8

Mara schreckte aus einem wirren Traum hoch. Verschlafen blickte sie auf die Uhr, es war fast Mitternacht. Die Bilder des Russen, wie er die Augen verdrehte und das fiese Grinsen Stevens ließen sich nicht vertreiben. Mara musste sich ablenken, wenn sie den Albtraum mit dem Spind irgendwie verarbeiten wollte.

Scott ging nie vor dem Morgengrauen ins Bett, weshalb Mara beschloss, zu ihm zu fahren. Sie löschte das Licht im Zimmer und beobachtete von ihrem Fenster aus die Straße. Ihre Wohnung lag zu weit oben, um jedes Detail erkennen zu können, doch es wirkte alles friedlich. Nur wenige Autos fuhren vorbei.

Als sie den ersten Schritt aus dem Haus setzte, wurde ihr mulmig. Misstrauisch blickte Mara die Straße entlang und huschte zu ihrem Wagen.

Die Fahrt zu Scott dauerte nicht lange. Vor Jahren hatten Scott und einige seiner Freunde zusammengelegt, um sich dieses mehrstöckige Haus zu kaufen. Musik und Stimmen drangen aus den meist offenstehenden Wohnungen, an denen Mara auf dem Weg in die letzte Etage vorbeikam.

„Na, ich dachte schon, du willst dich überhaupt nicht mehr blicken lassen", grüßte Scott überschwänglich und drückte Mara links und rechts einen dicken Schmatzer auf die Wangen.

„Das war ein grauenvoller Tag", jammerte Mara. Seufzend ließ sie sich in einen Sessel fallen.

Scott griff nach der gläsernen Teekanne, die auf dem Tisch stand, um ihr eine Tasse einzuschenken.

„Auf der Packung steht etwas von Harmonie. Vielleicht hilft es dir ja." Grinsend schob er ihr die Tasse rüber und setzte sich gegenüber in eine braune Cord-Couch.

„Ich könnte deine Hilfe gebrauchen, doch wenn dir die ganze Sache zu heiß ist, kann ich das verstehen", erklärte sie seufzend.

„Zu heiß? Dieses Wort kenne ich nicht." Seine blauen Augen zu schmalen Schlitzen zusammengekniffen, blickte er abenteuerlustig.

Mara tat es gut, sich die erlebten Schrecknisse von der Seele zu reden. Auch wenn sie ein schlechtes Gewissen bekam, war es ein motivierendes Gefühl, einen Komplizen an ihrer Seite zu wissen.

„Das ist der Schlüssel, den der Russe in den Papierkorb fallen gelassen hat." Über Miguels Eigenart verlor sie kein Wort, das schien ihr doch zu aberwitzig.

Scott, der bis zum Schluss zugehört hatte, schüttelte vorwurfsvoll den Kopf.

„Du bist wohl nicht ganz bei Verstand?"

Mara zuckte mit den Schultern und sah zu, wie er den Schlüssel drehte und dann in seinem Rucksack kramte. Scotts blonde Locken wippten im Takt seiner nickenden Kopfbewegung, als er den Schlüssel mit einem anderen verglich.

„Der muss von einem Postfach stammen. Es scheint eines der Schließfächer von Mailbox Café zu sein. Lass dich bloß nicht erwischen. Besser du lässt die Finger davon", murmelte er kaum hörbar und gab ihn ihr zurück. Er blickte ernst. „Wir haben schon jetzt mehr als genug Ärger."

Mara ging Scotts düsteren Blick nach. Ein Stapel ausgedruckter Passbilder lag auf dem Tisch.

„Wieso? Was ist mit den Fotos?"

„Das sind Leute, die für das FBI arbeiten. Ich bin nicht sicher, in welcher Art und Weise, aber Tatsache ist, wir werden vom FBI ausgekundschaftet. Das ist Irrsinn, oder? Wir sind doch keine Staatsfeinde!" Verunsichert zog er die Stirn kraus. „Wir konnten jedenfalls unsere undichte Stelle ausfindig machen."

„Es hat uns jemand verraten? Wer? Warum?"

„Die Tussi hier hat sich an unseren Spargeltarzan ran gemacht. Der Vollidiot muss wohl alles erzählt haben, um cool dazustehen. So kenne ich ihn gar nicht. Er muss ihr sexuell hörig zu sein. Er ist völlig durchgedreht, als er ihr Foto in den Händen hielt. Sie sei so etwas wie das Kamasutra in Person, kein LSD-Trip der Welt könne ihn dermaßen in einen Rausch versetzen, keine Droge so süchtig machen." Die Augen verdrehend, setzte Scott sich zu Mara auf die Sessellehne und reichte ihr das Bild.

„Das ist ja Stacy Miller."

„Du kennst sie?"

„Ja, aus der Sicherheitsfirma., in der ich die Daten entschlüsseln muss. Also hat es doch einen Grund, wieso sich alle mit Agent ansprechen. Was hat Tarzan jetzt vor, will er sie zur Rede stellen?"

„Ich habe ihm davon abgeraten. Besser er hat noch seinen Spaß, solange es geht, und dann ist eben irgendwann Schluss. Sie wird schon merken, wenn er keine brauchbaren Informationen mehr ausspuckt."

„Ich weiß nicht. Wenn sie merkt, dass er sie verarscht, kann er richtig Ärger bekommen. Das ist eine absolut skrupellose Frau. Sie war es, die dem armen Russen dieses Zeug gespritzt hat." Eindringlich blickte Mara zu Scott auf.

„Ich werde versuchen, ihn zu überzeugen, dass er sich aus der Sache zurückzieht. Aber um auf die sogenannte Sicherheitsfirma zurückzukommen. Tatsache ist, dass diese Stacy für das FBI arbeitet. Das heißt, die ganze Firma muss irgendein getarntes Ding von denen sein. Du solltest echt aufpassen mit dem, was du tust. Das sind Profis. Die lassen sich nicht so einfach verarschen. So einen lebensmüden Einsatz wie heute darfst du in Zukunft nicht mehr machen."

Mara nickte einverstanden und gähnte.

„Jetzt, da unser Leck abgedichtet ist, kommst du doch zum nächsten Treffen, oder? Es ist eins von den Großen, die liebst du doch so. Es sei denn, als Schnüfflerin beim FBI, ist das jetzt Kinderkram für dich." Scotts düstere Miene wich einem frechen Grinsen.

„Klar komme ich!" Mara lachte.

Sie besprachen noch einige Einzelheiten, was das Treffen anging. Wie immer war Scott an der Organisation und den Sicherheitsvorkehrungen beteiligt.

9

Mara fühlte sich unwohl, als sie die Straße entlanglief, in der das Gebäude mit den Schließfächern lag. Sie hatte regelrecht Magenschmerzen von all den Emotionen, die sie seit dem Aufstehen vereinnahmten. Ein Cocktail aus Angst, Nervosität und eine Prise Abenteuerlust. Bilder des Verhörs bahnten sich immer wieder den Weg in ihr Bewusstsein. So wollte sie auf keinen Fall enden. *Warum mache ich das eigentlich? Kann ich mich nicht einfach damit abfinden, jemanden von der Drei-Buchstaben-Behörde einen Gefallen zu tun? Niemals! Taylor der unsympathischste Mensch, der mir im Leben begegnet ist, und Stacy inklusive Steven, die diesen Status noch mal übertreffen, solchen Leuten würde ich nie entgegenkommen!*

Mit einem Puls, der auf Hochtouren lief, schob sie die Glastüre auf und sah sich um. Zwei Männer eines Sicherheitsdienstes standen links und beobachteten gelangweilt die Menschen.

Am liebsten würde Mara wieder umkehren, doch das Bild des Russen, wie er vor ihrem Haus herumgelungert hatte, ging ihr nicht aus dem Kopf. Sie musste wissen, worin sie da hineingeraten war. Es stand ihr ja frei, den Inhalt des Postfachs zurückzulegen.

Unauffällig blickte sie zu allen Seiten und näherte sich dem Bereich, wo die passende Nummer sein musste. Ihre Knie fühlten sich weich an. *Dort ist es!* Zaghaft führte Mara den Schlüssel in das Schloss. Sie drehte daran. Nichts! Sie zog ihn heraus und verglich die Nummern. *Ist es der falsche Vermieter? Hat Scott mit seiner*

Theorie unrecht gehabt? Es gibt doch etliche Orte, wo man sich ein solches Postfach anmieten kann!

Sie zuckte zusammen. Ein junger Mann stand plötzlich neben ihr. *Starrt der mich an?*

„Kann ich ihnen helfen, Miss?"

Seine Stimme klang weit weg. Ihr Puls raste. Sie schüttelte wortlos den Kopf, doch der Mann griff bereits nach dem Schlüssel und versuchte es. Das Fach ging auf.

„Die Dinger klemmen manchmal." Seine blauen Augen blickten freundlich, ehe er in Richtung des Ausgangs verschwand.

Mara atmete tief durch. Sie spürte die Hitze, die in ihren Wangen glühte. Sie wollte hier so schnell wie möglich verschwinden. Im Fach lag ein schwarzer Aktenkoffer, den sie herauszog und zum Ausgang hastete.

Argwöhnisch behielt sie die Umgebung im Auge. Alle schienen mit sich selbst beschäftigt. Die meisten hatten es eilig und blickten starr geradeaus. Niemand beachtete sie.

***

In Taylors Büro umhüllte Zigarettenrauch und eine schlechte Stimmung die darin Diskutierenden.

„Wie konnten wir nur so dumm sein, es Stacy überlassen, die Höhe des Serums festzulegen", schnauzte Steven.

„Es war nicht ihre Schuld", beschwichtigte Taylor. „Er hatte ein schwaches Herz. Wahrscheinlich von der vielen Sauferei."

„Komisch, dass sie immer an die gerät, die sowieso schon halb tot sind."

Stacy lehnte im Stuhl und begutachtete ihren Nagellack.

Taylor schnaufte genervt. „Steven, du hilfst mir, was Ivan betrifft. Wir müssen dafür sorgen, dass eine Identifizierung unmöglich ist, dann wird uns hier auch keiner dumme Fragen stellen. Stacy, du klapperst die umliegenden Postfachvermieter ab und zeigst denen das Foto von Ivan, vielleicht haben wir ja auch mal Glück."

„Möglich, besonders helle war der Russe nie gewesen", erwiderte Stacy gelangweilt. Steven lief rot an und verlor die Beherrschung. „Er hat uns nur das Wichtigste gestohlen, was wir für Miguels Verhaftung gebraucht hätten", schnaubte er und fuchtelte zornig in der Luft herum.

Taylor fiel es schwer, sich bei ihren Auseinandersetzungen zu konzentrieren. Die ganze Aktion war schiefgelaufen. Es hätte schlimmer nicht sein können. Einen toten Agenten, die Pläne wahrscheinlich für immer verloren und keinen Schritt weiter, was Miguels Aufenthaltsort betraf.

Er wusste nicht, wie sie dieses Dilemma lösen sollten. Ivan war ein harter und zäher Kerl. Keiner von denen, die ihre Freunde verraten, selbst dann nicht, wenn die eigene Haut auf dem Spiel stand. *So oder so, hätten wir nichts aus ihm herausbekommen. Ein Jammer, dass er nicht bestechlich gewesen ist,* sinnierte Taylor entnervt.

***

Mara bettete den Koffer behutsam auf den Küchentisch. Während sie sich Tee zubereitete, wechselte ihr Blick immer wieder argwöhnisch zu den zwei integrierten Schlössern am Koffer. Nicht, dass sie eine Herausforderung darstellten, eher das eigentliche Öffnen des

Koffers bereitete ihr Unbehagen. Was, wenn etwas Gefährliches im Innern lag?

Schließlich fasste sie sich ein Herz, positionierte den Koffer auf dem alten Holzboden, knackte die beiden Schlösser und hob den Deckel mit zittriger Hand an.

Erleichtert, dass keine zerbrochenen Ampullen herum kullerten, entnahm sie den Inhalt. Es lagen Papiere, ein USB-Stick und eine Schatulle darin. Mara zog es vor, erst die Unterlagen näher zu untersuchen, bevor sie die kleine Box öffnen würde. Das Material der Box bestand aus Aluminium, die Größe entsprach drei übereinanderliegenden Zigarettenpäckchen.

In den Papieren wurde erläutert, dass man eine der aktuellsten Erfindungen in den Händen hielt. Es handelte sich um eine Waffe, die nicht tödlich sei, sondern das Opfer in wenigen zehntel Sekunden bewusstlos werden ließ.

Narkotika! Sie hatte eine Ahnung, warum Taylor es brauchte. Es war die ideale Waffe gegen Miguel, sollte er wirklich diese übernatürliche Gabe besitzen, woran Mara zweifelte. Sie wollte daran zweifeln, denn der Gedanke bereitete ihr Unbehagen.

Ob ich die Waffe für mich behalten könnte? Mein Pfefferspray würde dagegen wie ein Kinderspielzeug wirken. Ein schelmisches Grinsen huschte über ihre Lippen. Sie entnahm die kleine Aluminium-Box, in der sich etwas in der Art eines Feuerzeuges mit einer Schussvorrichtung befand. Man konnte zwei Schüsse abfeuern, ohne nachzuladen. Eine Bedienungsanleitung gab es nicht, doch ein wenig Logik reichte aus, um die zwei winzigen Pfeile einzuführen.

Was sie als Nächstes entdeckte, gefiel ihr. Es handelte sich um einen Halsketten-Anhänger mit der gleichen Schussvorrichtung. Sie musste nicht lange überlegen, ob sie ihn gebrauchen könnte. *Er wäre die ultimative Verteidigung, gegen wen auch immer. James Bond hätte nicht besser ausgerüstet sein können*, ging es ihr beeindruckt durch den Kopf.

Ob jemand das Amulett kennt? Taylor vielleicht?

Mara drehte die als Schmuckstück getarnte Waffe in den Händen. Der Kettenanhänger war in der Art eines Amuletts gestaltet, so wie diejenigen, in denen manche die Fotos ihrer Lieben mit sich herumtrugen. Mara entschied, den Anhänger äußerlich zu verändern, damit niemand ihn wiedererkennen könnte.

Sie versteckte alles im doppelten Boden ihres Küchenschrankes. Eine Idee vereinnahmte plötzlich ihre Gedankenwelt, als sie dort den Datenträger sah, auf dem sie heimlich Taylors USB-Sticks kopiert hatte. Sie nahm in an sich und setzte sich an ihr Laptop. Inspiriert modifizierte Mara eines ihrer Programme, das sie selbst geschrieben hat, um Verschlüsselungen zu decodieren, und bearbeitete die Daten vom USB-Stick damit.

Maras Finger huschten über die Tastatur. Sie bekam eine weitere Eingebung, schrieb das Programm erneut um, kopierte die Daten des Datenträgers aus der Kiste und von dem, den ihr Stacy überreicht hatte, gleichzeitig hinein.

Sie drückte die Enter-Taste. Die Spur eines Videos und einige Dateien kamen zum Vorschein. Nichts ließ sich öffnen. Mara ahnte auch, warum. Es musste noch mindestens ein weiterer Datenträger existieren und der war definitiv nicht in Taylors Karton gewesen. *Ob Miguel ihn hat? Was, wenn er die Daten braucht, die sich in meinem Besitz befinden? War das der Grund, weshalb der Russe hier spioniert hat?*

Mara atmete tief durch. Sorgfältig deponierte sie alles zurück in den Koffer, als ihr ein zusammengefalteter

Zettel auffiel, der herausgefallen sein musste und am Boden lag. Neugierig faltete sie das Papier auseinander. Es standen einige E-Mail-Adressen darauf. Hinter einer war der Name Miguel vermerkt. Ihr blieb keine Zeit darüber nachzudenken, denn sie war wie immer spät dran.

Bevor Mara ihre Wohnung verließ, beobachtete sie die Straße. Einige Autos fuhren und auch Fußgänger waren unterwegs. Von oben konnte sie nicht erkennen, ob sich darunter eine verdächtige Person befinden könnte.

Sie strich durch das weiche Fell ihres Katers. In letzter Zeit war er oft allein.

„Vielleicht sollte ich dir einen Kameraden mitbringen? Ein Kaninchen! Andere Katzen kannst du ja nicht ausstehen, nicht einmal die hübsche Katzendame von nebenan." Abgelenkt davon, ob Romeo wohl einen Hoppelmann als Spielgefährten akzeptieren würde, verließ sie das Haus.

Die Sonne brannte so heiß, wie schon lange nicht mehr. Mara lief im Schatten der Häuser. Die Straßen wirkten ausgestorben. Jeder der es sich leisten konnte, saß jetzt vor einer Klimaanlage.

Sie betrat das Firmengebäude mit flauen Magen. Ob Taylor bemerkt hatte, dass jemand an seinem Aktenschrank gewesen war? Fred begegnete ihr auf dem Flur.

„Guten Morgen. Schön, Sie zu sehen. Wie geht es denn?" Unruhig ließ er seinen Schlüsselbund von einer Hand zur nächsten wandern.

„Naja, ich würde jetzt lieber ein Eis essen und mich nicht bewegen müssen", stöhnte Mara.

„Das kann ich gut verstehen, bei der Hitze." Er lächelte. „Ich bin froh drinnen zu sein. Meine Haut verträgt die Sonne nicht. Schon nach kurzer Zeit sehe ich aus wie ein gekochter Hummer."

Mara versuchte, ein interessiertes Gesicht zu machen, doch stand ihr gerade gar nicht der Kopf nach Plaudern. Höflich lächelte sie zurück und nickte ihm bedauernd zu.

„Ach, bevor ich es vergesse, Taylor hat heute ziemlich schlechte Laune, besser Sie gehen ihm aus dem Weg", riet er ihr im Flüsterton.

„Danke, dass Sie mich vorwarnen. Ich werde seine Bürotür nicht anrühren. Hoffentlich ist nichts Schlimmes passiert?" Mara spürte, wie ihr das Blut in die Wangen fuhr.

„Es ist wohl einiges aus dem Ruder gelaufen, worüber ich leider nicht sprechen darf."

„Entschuldigen Sie, ich wollte Sie in keine unangenehme Situation bringen", unterbrach Mara und berührte kurz Freds Arm. „Natürlich sind solche Sachen vertraulich." Sie lächelte und sah ihn auffordernd an.

„Also, ich denke der kuriose Fall von heute Mittag, ist auch bis zu Ihnen vorgedrungen."

Ohne eine Regung blickte Mara ihn an.

Fred ließ den Schlüsselanhänger hin und her wandern, er schien mit sich zu hadern, ehe er fortfuhr.

„Bereits seit der Nacht von Donnerstag auf Freitag gab es Angriffe eines Hackers auf unsere Systeme." Fred schüttelte den Kopf. „Wir konnten ihn schließlich heute Vormittag orten. Ich bin mit vier Kollegen beauftragt worden der Sache nachzugehen, worauf wir sofort zur besagten Adresse aufbrachen." Er rollte mit den Augen. „Wir landeten in einem Stundenhotel. Dort scheuchten wir einige Prostituierte samt Freier aus ihren Zimmern, bis wir am Ziel waren. Sie haben noch nichts davon gehört?"

„Nein. Es ist Ihnen dort hoffentlich nichts passiert?" Mit weit aufgerissenen Augen schaute sie Fred fragend an.

„Nein, das Zimmer war leer, bis auf den Computer. Er wurde programmiert, selbstständig, in unterschiedlichen Zeitabständen, das System zu attackieren."

„Was sollte das Ganze?"

Fred schien mit den Worten zu ringen. „Es schien wohl eine Art Racheakt gewesen zu sein. An den Wänden hingen riesige Poster von einer unserer Agentinnen. Sie war dort in unschönen Szenen zu sehen, halb nackt, nur mit knapper Spitzenunterwäsche bekleidet. Nachdem Agent Miller eintraf, tobte sie wie eine Furie. Vor allem, da der Verursacher nicht feststellbar war. Er hatte das Zimmer für einen Monat im Voraus bezahlt und alles selbstständig laufen lassen."

„Und Sie mittendrin. Das war sicher peinlich."

„Das kann man sagen. Ich weiß auch gar nicht, wie das so schnell die Runde machen konnte. Die ganze Abteilung spricht bereits darüber."

„Sie wissen doch, wie das ist. Menschen stürzen sich wie Aasgeier auf das Pech Anderer." Mara lachte und verabschiedete sich von Fred.

***

Maras Magen krampfte aufgrund der Sorgen, die den ganzen Tag an ihren Nerven genagt hatten. Bei dem kleinsten Geräusch zuckte sie zusammen. Vor ihrem geistigen Auge sah sie Taylor, wie er wutentbrannt die Tür zu ihrem Gefängnis aufriss. Doch sie hatte den Tag unbeschadet überstanden und ihre Strafstunden abgesessen. Taylor schien nach der Poster Attacke mit einer halb nackten Stacy andere Sorgen zu haben.

Tiefdurchatmend verließ sie das Gebäude der Sicherheitsfirma. Die Hitze lag noch schwer auf den Straßen. Es wehte nicht das geringste Lüftchen, zur Freude der Café -und Eisdielenbetreiber. Die Außenanlagen waren voll besetzt. In einer Eisdiele starrten zwei Mädchen mit offenen Mündern auf die riesige Portion Eis, die ihnen der Kellner servierte. Mara wählte einen Umweg über den neuen Sandwich-Laden. Mit einem Hotdog in der Hand bog sie zur Tierhandlung ab. Gleich hinter dem Schaufenster entdeckte sie, wonach sie suchte.

Herzerwärmend hoppelten sie im Käfig herum. Alle wirkten sie noch jung und dementsprechend zart, zu klein um als Spielgefährte zu fungieren. Sie würden den Eindruck eines Abendessens auf ihren Kater machen.

Achselzuckend ging sie weiter. *Vielleicht ist das Tierheim die bessere Wahl.*

Fünf Minuten zu spät erreichte Mara den Pup. Es war nicht viel los. Scott traf kurz nach ihr ein. Neugierig musterte er sie. „Na, wie ist es gelaufen? Hast du den Spind gefunden?"

Mara blickte sich nervös um. „Besser wir reden nicht hier über die Sache."

„Ja, du hast recht", gab er kleinlaut zurück. „Da die Frage jetzt schon im Raum steht, kannst du sie doch mit Ja oder Nein beantworten, hm?" Grinsend stopfte er sich einen Kaugummi in den Mund.

„Ich erzähle es dir später", antwortete sie schmollend und lenkte ihre Aufmerksamkeit den Gläsern in der Vitrine zu.

„Bevor ich es vergesse. Ich habe mich heute mit Richard unterhalten."

„Dein ehemaliger Studienkollege, der jetzt bei der Polizei arbeitet?"

„Bei der Mordkommission."

Sie fuhr zusammen und wusste, worauf er hinauswollte. Ivan! Der Mann, der vor ihrem Haus herumgeschnüffelt hatte. An ihn hatte sie schon eine Weile nicht mehr gedacht. Sie vergaß die Bedenken, an diesem Ort Einzelheiten zu besprechen.

„Und? Hat er was?"

Scott senkte die Augen. „Nach deiner Beschreibung zu urteilen, haben sie ihn gefunden, aber mit Sicherheit lässt sich das nicht sagen."

„Wieso?"

„Man konnte ihn nicht identifizieren, keiner Person zuordnen. Passt aber auf die Beschreibung, die du mir gegeben hast. Es heißt, er sei wahrscheinlich an Herzversagen gestorben. Ein Hund hat ihn unter Büschen am großen Fluss entdeckt. Die Obduktion steht noch aus."

Mara bereitete zwei Espressos zu und setzte sich auf einen der Barhocker.

„Jetzt lass dir das nicht so nahe gehen. Normalerweise hättest du gar nicht dort sein dürfen, und tun hättest du auch nichts können."

„Ich weiß, du hast ja recht, aber es tut mir irgendwie leid um ihn und das Schlimmste ist, dass Taylor und die anderen ungeschoren davonkommen werden." Unbeherrscht knallte sie die Tasse in die Spüle.

„Da kannst du nichts machen. Selbst wenn du sie anzeigst, hast du ohne Beweise keine Chance. Wem glaubt man wohl eher, drei FBI-Agenten oder einer Vorbestraften, die gerade ihre Strafstunden abarbeitet?"

Mara nickte und schob sich den Mund mit Schokolade voll.

Immer mehr Leute füllten den Pup. An einen frühen Feierabend verlor sie keinen Gedanken. Über Stunden rannte Mara von einem Tisch zum nächsten. Servierte und rechnete ab. Die Arbeit lenkte sie ab. Die Erinnerungen schienen in weite Ferne gerückt. Erst ein Gast, der kurz vor Mitternacht auftauchte, riss sie wieder in die Realität.

Er musste in ihrem Alter sein und war durchschnittlich groß. Unter seiner schwarzen Hose und dem olivgrünen Hemd zeichnete sich ein durchtrainierter Körper ab. Wäre da nicht dieser hässliche Vollbart, der das Gesicht verdeckte, würde der Typ attraktiver wirken. Mara beobachtete ihn. Er nahm den Tisch an der Tür, von wo er einen direkten Blick zum Tresen hatte. Er war ihr unheimlich. Wer trägt heutzutage, in seinem Alter einen Vollbart, überlegte sie misstrauisch. Ob er sich unkenntlich machen wollte? Ein Öko-Freak? Nein, da fehlten die Latschen und Schlabberhosen. Zum Glück war ihre Kollegin Chloe da. Sie stand an der Spüle und räumte Gläser in das Spülwasser. Chloe hasste diese Arbeit. Ihre langen, aufgeklebten Fingernägel vertrugen das nicht allzu oft. Wie immer wirkte sie etwas overdressed und überschminkt. Ihre schwarzen, schulterlangen Haare toupierte sie täglich zu einem dichten Gespinst und viel Haarspray.

„Könntest du für mich den Typ dort drüben bedienen? Ich spüle weiter", schlug Mara so beiläufig wie irgend möglich vor. Mara kannte Chloe. Sie machte sich gerne über alles und jeden lustig.

„Wieso? Ist das ein Verflossener von dir?", scherzte sie. Doch bevor das Angebot verfiel, trocknete sie sich die Hände und ging los.

Mit zusammengekniffen Lippen schielte Mara zu ihnen rüber. Chloe kam zurück und grinste. „Mr. Zauselbart will wissen, ob man um diese Uhrzeit noch einen Kaffee bei uns bekommt."

„Warum auch nicht?", fragte Mara verwundert, denn Chloe schien keine Anstalten zu machen, sich darum zu kümmern.

„Ich habe ihm gesagt, dass du ein super Kaffee kochen kannst. Was schaust du denn so, er wird dir schon nichts tun, auch wenn er etwas zugewachsen ist." Sie kicherte. Mara realisierte, Chloe war mal wieder selbst ihr bester Gast gewesen und hatte sich am guten Wein des Chefs vergriffen.

„Dann werfe ich die Maschine an", seufzte Mara. Ab und zu schielte sie verstohlen zu dem Fremden hinüber. Ein paar Mal trafen sich ihre Blicke, manchmal starrte er auch nur auf den Tisch.

Mara wischte sich die schwitzenden Hände an den Hosenbeinen trocken. *Ob ich den Kaffee servieren kann? Chloe ist betrunken, das macht keinen Sinn! Außerdem! Wenn das Miguel ist, verkleidet mit diesem dummen Bart, könnte er jederzeit rüberkommen. Und dann? In die Küche verschwinden?*

Sie atmete tief durch, legte zwei Plätzchen auf den Unterteller und ging los. Als sich der Abstand zwischen ihnen verringerte, schien es, als ob ihr Herz mit jedem Schritt schneller schlug, ja, gleich explodieren würde. Sie versuchte, sich zu beruhigen, dass alles Quatsch ist, was über diesen Miguel in der Akte stand. Und es sich bei diesem Typ nur um einen stinknormalen Gast handelte.

„Hallo. Zu so später Stunde noch Kaffee? Du hast wohl nicht vor die Nacht zu schlafen, was?", scherzte Mara und versuchte cool zu bleiben, doch sie zitterte. Die Tasse begann plötzlich auf dem Unterteller zu klappern.

„Und hier haben wir offensichtlich jemanden, der mal wieder etwas Schlaf gebrauchen könnte." Er lächelte und rettete das Porzellan mit einem gezielten Griff vor dem Umkippen. Hastig zog Mara ihre Hände weg, damit sie sich nicht berührten. „Ja, am Schlaf wird es wohl liegen", stotterte sie verlegen.

Er hatte wunderschöne Augen. Riesig und schwarz. Ähnlich derjenigen, die sie von dem kleinen Foto her kannte. Ansonsten waren, bis auf die dunklen, leicht gelockten Haare, keine weiteren Gemeinsamkeiten zwischen ihm und Miguel festzustellen. Seine Haut hatte einen bronzefarbenen Ton. Mara überlegte, ob sie schon einmal so eine makellose und schöne Hautfarbe gesehen hatte. Schnell schaffte sie wieder ein paar

Meter Abstand herbei und verschwand hinter dem Tresen. Erst hier registrierte sie, dass ihre Knie zitterten.

Mara rechnete mit der letzten Gruppe junger Männer ab, doch der Unbekannte schien keine Anstalten zu machen, endlich gehen zu wollen.

Zu allem Übel sah es danach aus, Chloe heimbringen zu müssen. Sie gab eine leichte Beute ab. Mara bemerkte das Leuchten in den Augen von einem der besoffenen Jungs, der Chloe den ganzen Abend Baileys spendiert hatte.

Ab und zu linste Mara zu dem Fremden rüber, jedoch so, als wolle sie in eine ganz andere Ecke sehen, als würde ihr Blick automatisch an ihm vorbeikommen. Auf keinen Fall wollte Mara, wer auch immer dort saß, den Eindruck erwecken, mit ihm zu flirten. Am Ende blieb er noch bis Feierabend, weil er sich etwas ausmalte.

Mara biss sich auf die Unterlippe. Jedes Mal hatten sich ihre Blicke gekreuzt. Es hatte den Anschein, er wusste genau, wann sie zu ihm rüber schaute. Um sich abzulenken, nahm sie die Pralinenschachtel aus dem Regal. Zu ihrer Enttäuschung hatte Chloe alles vertilgt. Unzufrieden warf sie die Packung weg.

Als er unverhofft vor ihr stand, zuckte sie zusammen, verschluckte sich an der Cola und spürte das Blut in ihre Wangen schießen.

„Kann ich zahlen?", fragte er mit einem frechen Grinsen auf den Lippen.

Sie nickte eingeschüchtert und überreichte ihm die Rechnung. *Keine Chance, den Sicherheitsabstand einzuhalten! Sie versuchte, ihm nicht länger in die Augen zu schauen. Wenn das Miguel ist, stochert er in diesem Moment in meinem Gehirn herum? Oder wird er mich draußen abfangen?*

„Danke für den späten Kaffee." Seine Worte rissen sie aus ihren Befürchtungen. Mara winkte ab und zwang sich zu einem Lächeln.

„Das ist mein Job."

Er nickte. In seinen Augen spiegelte sich das Leuchten der Deckenlampen. „Einen schönen Abend wünsche ich dir." Er legte eine Pause von wenigen Sekunden ein und blickte ernster. „Pass auf dich auf."

Mara sah ihm mit einem flauen Gefühl im Magen nach. Der Fremde öffnete die Tür. Bevor er ging, schaute er noch einmal zurück und zwinkerte ihr zu, dann verschwand er.

***

Miguel saß in seinem Wagen. Er grübelte, wie er weiter vorgehen sollte. *Das Mädel weiß Bescheid, auch wenn sie mich heute Abend nicht erkannt hat. Ihr Verhalten verrät es, ohne Zweifel! Ihre Nervosität, die vorsichtige Art, der prüfende Blick. Ihr Herzschlag ging so schnell, dass ich es beinahe hätte hören können. Aber wie hat sie so viel über mich erfahren? Taylor würde niemals Details preisgeben. Sie ist ein Dateienpirat! Hat sie die geheimen Akten entdeckt? Sie lebt gefährlich, wenn dem so ist. Taylor ist nicht blöd und auf Dauer schwer zu täuschen. Es wäre schade um sie, sollte ihr etwas zustoßen!*

Miguel spürte, dass er Skrupel hatte, sich die Informationen, die er dringend brauchte, gewaltsam zu nehmen.

Er seufzte, denn es war wichtig, den Datenträger zu bekommen. Ivan fiel ihm ein. Sein einzig richtiger Freund beim FBI. Nachdem er sich nicht mehr meldete, stellte Miguel Nachforschungen an.

Es gab keinen Zweifel, es hatte ihn erwischt. Taylor würde dafür bezahlen. Miguel realisierte, er musste sich den Datenträger beschaffen und das schnell. Koste es, was es wolle.

***

Es war bereits halb zwei in der Frühe, als Mara Chloe am Arm nahm und zum Auto trottete. Chloes Absätze hallten durch die schlafende Stadt. Misstrauisch blickte sich Mara nach allen Seiten um. Die Straßen wirkten gespenstisch. Sie schob ihre Beklommenheit auf den nächtlichen Besucher mit Bart. *Ganz sicher war das nicht Miguel gewesen*, versuchte sie sich zu beruhigen.

Die Luft hatte kaum abgekühlt. Von irgendwoher erklang das Fauchen einer Katze. Als sie den Wagen erreichten, fuhren ihre Nerven etwas runter. Mit Mühe bugsierte sie ihre schwankende Kollegin auf den Beifahrersitz und huschte auf die andere Seite, um das Auto zu verriegeln. Als der Motor des Wagens startete, atmete Mara erleichtert durch.

Anfangs hatte sie das Gefühl, es folge ihnen jemand. Ein dunkler Jeep, doch dann war er weg.

Chloe fing an zu motzen, Mara würde ihr nicht zuhören. Es sah danach aus, als bekäme sie jetzt ihren Moralischen.

„Was guckst du ständig in den Rückspiegel?", lallte sie. „Weißt du, ich versuche dir gerade zu erklären, was für ein jämmerliches Leben ich führe. Dieser Gestank, die schmierigen Typen. Alle miteinander sind sie Mistkerle. Immer das Gleiche, Tag für Tag. Ich glaube, mir wird gleich schlecht."

Mara hatte keine Ahnung, wie sie Chloe trösten sollte. So etwas lag ihr nicht.

„Morgen, wenn das Gift des Alkohols aus deinem Hirn raus ist, sieht die Welt wieder anders aus." Mara lachte und strich ihr übers toupierte Haar, das sich anfühlte wie ein Vogelnest.

„Ach, das ist doch Quatsch. So viel habe ich gar nicht getrunken." Trotzig verschränkte sie die Arme.

Chloe wohnte in einem heruntergekommenen Hinterhaus. Der Putz blätterte ab, Türen und Fenster hingen schlapp in den Angeln. Ungern stieg Mara mit aus, jetzt, wo sie sowieso total Schiss hatte. Sie nahm all ihren Mut zusammen, denn was blieb ihr anderes übrig? Vorsichtig zog sie Chloe aus dem Auto und hakte sich bei ihr ein. Es herrschte eine unheimliche Stille. Mara stemmte die Tür zur Toreinfahrt auf, die unter dem Vorderhaus entlangführte. Absolutes Dunkel breitete sich vor ihnen aus. Lediglich ein schwaches Glimmen aus einem der Fenster des Hinterhauses deutete den Weg an. Maras Hand tastete an der kalten Mauer entlang, doch das Drücken des Lichtschalters blieb ergebnislos. Das Licht funktionierte mal wieder nicht!

Mara glich das Schwanken ihrer Kollegin aus und trottete mit ihr durch den Hof. In einigen Fenstern flackerten noch die Lichter der Fernsehapparate.

Sie betraten den Hausflur. Nur wenige Treppen, führten an Chloes Wohnung im Parterre. Mara drückte den Lichtschalter. Das helle Licht blendete einen kurzen Augenblick. Seufzend wartete sie, bis der Schlüssel unter Chloes unkoordinierter Hand endlich ins Schloss fand.

„Du bist ein Schatz", lallte Chloe und schlang die Arme um Mara, ehe sie in ihrer Wohnung verschwand.

Das Hausflurlicht erlosch. Mara fühlte sich allein. Sie hätte jetzt auch gern eine Begleitung bis nach Hause. Ihre Hand berührte bereits den Lichtschalter, als sie meinte, ein Schatten sei über den Hof gehuscht. Sie zuckte zurück. Wie versteinert verharrte sie und lauschte in die Dunkelheit. Nichts rührte sich. Kein Geräusch war zu hören. *Ich muss mich getäuscht haben!* Mara schlich durch den Flur. Ihr Herz raste. *Sicher gibt es dort draußen nichts weiter als die stinkenden Mülltonnen!* Zögerlich reckte sie ihren Kopf aus der Tür und schaute nach rechts in den Hof.

Es ging so schnell, dass sie nicht im Stande war, auch nur einen Ton aus ihrer Kehle zu pressen. Als würde ihr Atem stillstehen. Jemand packte sie von links. Hart schlossen sich zwei Hände um ihre Arme und drückten sie zurück in den Hausflur. Mara wand sich, um sich zu befreien, doch der Angreifer schob sie unnachgiebig tiefer in den Flur. Panik lähmte ihre Gedanken, ihre Kraft. Ihr Rücken berührte bereits die Wand und kam an den Lichtschalter. Alle Lampen im Hausflur sprangen an. Mara erstarb geschockt in ihrer erwachten Gegenwehr, als sie sein Gesicht erkannte. Es war das Gleiche wie auf dem Foto, das sie bei Taylor in den Akten gesehen hatte. Der Typ von eben, nur ohne Bart, das konnte sie an der Kleidung erkennen.

Ungläubig blickte sie in seine schwarzen Augen. Etwas schien ihn abzulenken. Sein Griff lockerte sich ein wenig. Flink schlüpfte Mara unter seinem rechten Arm hindurch und machte einige Schritte in den hinteren Flur. Beunruhigt stellte sie fest, die falsche Richtung gewählt zu haben. Nun saß sie in der Falle! Hier gab es nur noch eine vollgekritzelte Kellertür.

Entschieden zog sie ihr Pfefferspray aus der Handtasche. Der Anhänger war noch nicht fertig, nutzlos lag er zuhause im Versteck. Es stand zwar in den Sternen, ob das Spray noch funktionierte, doch etwas anderes hatte sie nicht zur Verteidigung. Allen Zweifeln zum Trotz hielt sie es ihm entgegen.

„Ich warne dich, komm ja nicht näher", hauchte Mara außer Atem. Ihr Puls raste so schnell, dass sie befürchtete, gleich ohnmächtig zu werden. Ihre Hand zitterte.

Er wirkte nicht sonderlich beeindruckt. Lässig lehnte er an der Wand und verschränkte die Arme vor die Brust. Amüsiert sah er sie an.

„Denkst du wirklich, du kannst mit dieser Blechdose etwas ausrichten?"

„In dieser Blechdose ist konzentriertes Pfefferspray, damit treffe ich punktgenau, bis auf eine Entfernung von vier Metern."

„Vier Meter?"

„Ja, genau."

„Woher hast du diese Informationen über mich? Von Taylor?"

„Keine Ahnung, wovon du redest", antwortete sie scharf.

„Auch wenn es nicht so aussieht, meine ich es nur gut mit dir. Besser, ich bekomme was ich will und du ziehst dich aus dieser Sache zurück. Das Ganze wird zu gefährlich für dich."

„Du glaubst doch nicht im Ernst, dass ich mir von 'nem Typen, der mich in einem Hausflur überfällt, sagen lasse, was gut für mich ist?"

„Das ist ein Argument." Er grinste breit.

Es beschlich sie plötzlich ein komisches Gefühl. Warum verhielt er sich so unbekümmert? Hatte er eine Schwachstelle in ihrer Verteidigung bemerkt und wartete nur noch auf den passenden Moment? Schlagartig wurde sie sich bewusst, was sie übersehen hatte. Das Licht. Es musste jeden Augenblick ausgehen. Nervös sah sie hinter sich und entdeckte einen weiteren Schalter. Ohne Miguel aus den Augen zu lassen, ging sie langsam ein paar Schritte rückwärts. Sie hatte kaum ihre Hand auf die Taste niedergelassen, wurde es stockdunkel. Nur für einen Bruchteil einer Sekunde. Noch während sie darüber erschrak, drückte sie das Licht wieder an.

Über Miguels Lippen huschte ein Lächeln.

„Du weißt nicht, auf was du dich da einlässt", mahnte er mit sanftmütiger Stimme.

„Das ist meine Sache!"

Ein Stockwerk höher riss eine Bewohnerin die Tür auf. „Wenn ihr hier nicht sofort verschwindet, rufe ich die Polizei", zetert eine kratzige Frauenstimme.

Miguel starrte zur Treppe hinauf. Mara beobachtete, wie er konzentriert nachdachte, und sah ihre Chance. „Besser du gehst jetzt, bevor die Bullen auftauchen. Das Revier ist nicht weit von hier."

„Du machst dir Sorgen um mich?" Seine Augen funkelten schelmisch.

„Das hat mit Sorge um dich rein gar nichts zu tun, hab bloß keinen Bock auf dem Revier zu sitzen und blöde Fragen zu beantworten", erklärte Mara ärgerlich.

„Ich bin sicher, wir werden uns von ganz alleine wieder über den Weg laufen. Bis dahin übertreibe es nicht mit deinen Sherlock Holmes Spielchen. Du solltest gut auf dich aufpassen." Er seufzte und schüttelte den Kopf.

Mara schaute ihm nach und ließ ihren schmerzenden Arm sinken. Ihre Hände zitterten immer noch. *Ob er wirklich verschwindet? Oder will er mich zuhause abfangen?*

Sie schlich zurück zur Toreinfahrt, legte ihre Hand auf die Klinke, zog die Tür ein Stück auf und blickte die Straße entlang. Von Miguel war nichts mehr zu sehen. Sie rannte zu ihrem Wagen und startete den Motor, der laut aufheulte.

Während der Fahrt durch menschenleere Straßen gingen ihr die Bilder von diesem seltsamen Typ durch den Kopf. Besonders seine Augen wirkten speziell. Sie wirkten anders, ohne dass sie es näher benennen konnte. Nicht, dass sie hässlich gewesen wären, im Gegenteil. Sie fragte sich, warum er so schnell aufgegeben hatte. *Wahrscheinlich ist seine Fähigkeit nicht so effizient, wie man sie beschrieben hat. Gedanken lesen, oder jemanden gegen seinen Willen beeinflussen, das ist doch alles Quatsch!* Aus Angst, vor ihrem Haus Miguel wiederzutreffen, fuhr sie zu Scott.

Obwohl es bereits spät war, saßen noch Freunde bei Scott. Zu viert hockten sie an einem langen Holztisch. Drei seiner Stehlampen, die mit verschiedenfarbigen Stoffen bezogen waren, tauchten das Zimmer in ein verschwommenes orangegelb. Sie besprachen das bevorstehende Treffen.

Müde ließ sich Mara auf die Couch fallen und versuchte, ihre innerliche Aufregung vor den anderen zu verbergen. Der Zwischenfall mit Miguel ging ihr nicht aus dem Kopf. Seufzend verzog sie sich in die Küche.

„Was ist los? Willst du nicht kommen?", fragte Scott. Aufmerksam musterte er sie mit seinen veilchenblauen Augen.

„Doch. Aber ich mache mir Sorgen!" Sie erzählte, was Fred ihr über den ominösen Hacker berichtet hatte.

Scott lachte laut auf. „Und es hingen wirklich überall diese Fotos an den Wänden?"

Mara wollte ernst bleiben, doch sie fing an zu lachen. „Ich habe echt Angst um Tarzan. Sie ist bestimmt stinksauer!"

„Mach dir mal keine Sorgen um den, der wird sich schon zu helfen wissen. Erzähl mir lieber von dem Schließfach, was war drinnen?"

„Willst du wirklich, dass ich dich da reinziehe?"

Scott verdrehte gelangweilt die Augen.

Mara grinste. „Wie du willst. Es lag ein Koffer darin. Zuhause habe ich ihn vorsichtig geöffnet und eine Waffe darin gefunden."

Scott riss entsetzt die Augen auf und wollte gerade etwas sagen, als Mara ihn mit einer beschwichtigenden Handbewegung dazu brachte, den Mund wieder zu schließen.

„Es war keine Pistole. Etwas Neues auf dem Markt, besser gesagt, gibt es das noch nicht. Es basiert auf einem starken Narkotika Wirkstoff. Der soll so schnell wirken, dass man keinerlei Reaktionsmöglichkeiten mehr hat. Ein Prototyp", sprudelte es fachmännisch aus ihr heraus. „Ich bin mir noch nicht sicher, was ich damit anfange, wahrscheinlich werde ich es behalten."

„Geheime Pläne für eine Waffe? Und du machst dir Sorgen um Tarzan? Pass bloß auf dich auf. Außerdem solltest du dir mal eine Portion Schlaf gönnen, siehst echt mies aus", fügte Scott vorwurfsvoll hinzu. Mara nickte grinsend.

„Das war heute echt ein krasser Tag. Ich glaube kaum, dass ich Schlaf finden werde, aber ich will es versuchen." Scott verengte misstrauisch die Augen

Um halb vier in der Frühe betrat Mara gerädert ihre Wohnung. Sie hatte so viel vorgehabt, wie den Anhänger zu verändern, doch die Müdigkeit schien unbezwingbar. Ihre Gedanken verweilten noch einen Moment bei dem Vorfall im Hausflur. *Das ist er also gewesen. Miguel mit seiner geheimnisvollen Gabe. Irgendetwas daran muss der Wahrheit entsprechen, sonst hätte es nicht in der Akte gestanden. Nur weil es der hiesigen Vorstellungskraft nicht entspricht, kann man nicht alles als Hirngespinste abtun. Vielleicht gibt es ja doch Außerirdische?* Grinsend stellte sie sich Taylor vor, wie seine Schädeldecke hochfuhr und ein böser ET darunter zum Vorschein kam, der ihn mit Schalthebeln dirigierte. Mara seufzte. *Jetzt liege ich hier und denke über kleine, grüne Männchen nach! Die Gabe Miguels lässt sich wahrscheinlich wesentlich einfacher erklären. Er kann froh sein, dass ich seine Codierungen bewundere, sonst würde ich ihn hassen nach diesem Überfall,* grübelte sie vor sich hin und war mit ihrer kämpferischen Verteidigung von heute zufrieden. *Das war sicher eines Agenten würdig gewesen.* Sie grinste und schlief ein.

Mara konnte nicht sagen, wie lange sie geschlafen hatte. Es war eine Nacht mit unangenehmen Träumen gewesen. Zuerst war da ein Mann mit Bart, der sie beobachtete und verfolgte, und als wäre das nicht genug, erwischte Taylor sie im Spind mit dem Koffer im Arm.

Es dauerte eine Weile, bis die Bilder der Nacht verblassten. Beim Blick aus dem Fenster machte sich Frust über all die Arbeit in ihr breit, die sie sich selbst auferlegt hatte. Die Sonne strahlte von einem hellblauen Himmel in ihr Zimmer. Ein wunderschöner Tag. Die Vögel bestätigten das mit ihren besten Melodien. Wie gerne hätte sie jetzt einfach alles liegen gelassen, um an den nächsten See zu fahren.

An den Datenträgern gab es kein Vorankommen mehr. Sie war überzeugt, dass man mindestens ein drittes Speichermedium benötigte, das die fehlenden Dateien enthielt. *Ob Miguel in dessen Besitz ist? Wo er wohl wohnt? Und selbst wenn ich das wüsste, wieso sollte mich das kümmern?* Ihr Lock-Picking-Werkzeug kam ihr in den Sinn. Schaudernd über ihre dummen Gedanken, schüttelte sie den Kopf. *Einbrechen bei solch einem Freak. Einbrechen! Und warum eigentlich? Muss ich wissen, ob er zurecht von Taylor verfolgt wird?* Sie grinste breit. Sie spürte den Drang, die Codierung vollständig zu knacken. *Doch was, wenn Miguel wirklich ein Mörder ist?*

Seufzend entnahm sie den Anhänger aus dem Koffer. Eine neue Oberfläche sollte er bekommen, damit sie ihn ohne Bedenken tragen konnte. Sie hatte bereits eine

Idee. Sie machte sich gleich ans Werk. Am Ende war das Scheinschmuckstück zu ihrer Zufriedenheit modifiziert. Er schimmerte jetzt in zwei zarten Rottönen, die durch kleine aufgelötete Kügelchen getrennt waren. Stolz stellte sie sich vor den Spiegel. Niemand der den Anhänger kannte, würde ihn wiedererkennen.

Mara rannte die Treppen nach unten und sprang in ihren Wagen. Irgendetwas beflügelte sie, doch sie wusste nicht was es war

Romeo würde endlich einen Spielkameraden bekommen! Aufmerksam beobachtete sie die Umgebung. Ihr würde es nicht entgehen, sollte im selben Moment jemand losfahren.

Im Tierheim war eine Menge los. Eltern schauten mit ihren Kindern nach den Welpen, andere konnten sich nicht entscheiden, welches von den rötlich getigerten Kätzchen es sein sollte. Mit großen Augen blickten sie hoch und maunzten mit ihren piepsigen Stimmen. Mara entschied sich für eine pummelige, braune Kaninchendame. Sie erweckte den Eindruck, es mit Romeo aushalten zu können.

Zuhause wurde Emma, wie Mara den Hoppelmann taufte, mit Kater Romeo bekannt gemacht. Das Kaninchen schnüffelte interessiert in seine Richtung, er jedoch drehte sich weg und sprang auf seinen Kratzbaum, um den Neuankömmling aus sicherer Entfernung zu beobachten.

Mara drehte den gefalteten Zettel in der Hand, auf dem die E-Mail-Adressen geschrieben standen. *Miguel. Dieser Name ist kein seltener. Es könnte sich um irgendjemanden handeln. Oder vielleicht dieser Miguel?*

Das wäre schon ein sonderbarer Zufall, grübelte sie und presste die Lippen zusammen. *Ich könnte eine Nachricht senden, und abwarten, was passiert! Vielleich verrät die Antwort etwas?*

Seit zehn Minuten stand Stacy an der Kellertreppe. Stocksauer hörte sie sich das Geschwätz zweier Hausfrauen an. Es ging um den nächsten Friseur Besuch und Nagellackfarben. Am liebsten würde ich jetzt nach oben sprinten und jeder Einzelnen ihr nutzloses Gehirn wegballern, steigerte sie sich wütend rein. Ihren Kopf gesengt lauschte sie auf die Geräusche, bis sich endlich die Türen der zwei Tratschtanten schlossen.

Gereizt atmete sie tief durch. Ihr Ziel war der dritte Stock. Mit leisen Schritten nahm sie jeweils zwei Stufen auf einmal. Sie lauschte an der Tür. Es schien, dass er alleine oder nicht zuhause war. Ihr Körper bebte, als sie den Klingelknopf drückte.

Die Tür öffnete sich schwungvoll. Tarzan schien nicht in Betracht gezogen zu haben, dass sie hier auftauchen könnte. Er wollte bereits zurück in die Wohnung, als er wie angewurzelt verharrte. Seine grünen Augen blickten ungläubig. Er versuchte, etwas zu sagen, doch seine Worte ergaben nur ein Stammeln.

„Du siehst gerade so erbärmlich aus! Dabei bist du sonst ein richtig süßes Früchtchen. Da habe ich dir gezeigt, was eine Frau so draufhat und du machst dann sowas."

Stacy richtete ihre Waffe auf seine Stirn. Sie genoss es, wie sich sein Adamsapfel bewegte, als er ängstlich schluckte.

„Mach, dass du rein gehst. Und komm ja nicht auf dumme Gedanken", drohte sie und sah sich noch einmal um. Keiner der Nachbarn schien etwas bemerkt zu haben.

„Wenn du mich erschießt, wird jeder meiner Kumpels wissen, dass du es warst." Er stolperte rückwärts ins Zimmer.

Stacy lachte. „Erschießen? Für das, was du mir angetan hast? Das wäre wohl ein zu mildes Urteil." Sie hatte wieder diese Bilder vor Augen. Die Blicke der Kollegen. Das hämische Grinsen, das nur wenige versucht hatten, zu unterdrücken.

Sie schleuderte ihre Tasche auf das Bett. „Aufmachen!"

„Was soll das werden?" Sein Adamsapfel zuckte, als er den Inhalt erblickte.

„Zieh den Scheiß an", fauchte sie. Mit der flachen Hand fuhr sie über die Tischplatte und fegte alles darauf auf den Boden. Laut krachten Gläser, Aschenbecher und Flaschen herunter. Grinsend hockte sie sich auf die Tischkante.

„Das ist jetzt nicht dein Ernst?", erwiderte er ungläubig.

„Mein Voller." Lächelnd schraubte sie einen Schalldämpfer auf ihre Waffe.

Tarzan zog sich das Shirt, das er trug, über den Kopf und warf seine Hose unbeherrscht in die Ecke. Seine Brustmuskeln zuckten unter seiner gebräunten Haut. Er blickte noch einmal bittend, doch Stacy fuchtelte mit ihrer Waffe.

„Die Unterhose auch!"

Tarzan seufzte, und warf auch dieses Stück Stoff auf den Boden. Fluchend schlüpfte er in eine enge, schwarze Lederhose, die den Hintern im Freien ließ.

Stacy konnte sich ein Kichern nicht verkneifen, bemerkte aber gleich, wie seine Augen tückisch umherwanderten. Er eine Chance suchte, sie zu überwältigen.

Sie warf ihm ein paar Handschellen zu. „Fessel dich an das Bettgestell!"

„Das kannst du nicht machen", schrie er, doch als sie den Lauf ihrer Waffe auf seinen Schritt gerichtet hielt, kam er ihrer Aufforderung nach und ließ das Metall an Handgelenk und Bett zuschnappen.

„Was willst du noch? Du hast mich verarscht. Ich hatte dir vertraut und alles über meine Kumpels erzählt. Wir sind mehr als quitt", redete er im beherrschten Tonfall auf sie ein.

„Quitt gibt es bei mir nicht. Ich bin immer die Letzte, die lacht. Du kleiner Scheißkerl. Heimlich Fotos zu machen. Das wirst du bereuen." Mit einem leisen Klicken fesselte sie auch seine andere Hand ans Bett. Stacy legte ihre Waffe auf das Bettende und kramte in der Handtasche nach ihrem Etui.

Sie spürte bereits Genugtuung, als er panisch an den Handschellen zerrte, nachdem er die Spritze in ihrer Hand bemerkte.

„So mein Lieber. Zuerst wollen wir doch mal sehen, wann ihr euch das nächste Mal trefft", säuselte sie. Unbeeindruckt vom Gewackel des Bettgestells zog sie die Spritze auf.

„Ich weiß nichts. Mir traut man zu Zeit nicht, wie du bestimmt nachvollziehen kannst."

„Wir werden sehen."

Verzweifelt zappelte er, um der Spritze zu entkommen. Mit ihrem Körper presste sie ihn zu Boden, bis er erschöpft innehielt. Mit Flüchen quittierte er den Stich der Nadel, die sich in seine Haut bohrte.

Stacy redete unbeirrt auf ihn ein, selbst wenn er bereits die Augen verdrehte und kurz davorstand, ohnmächtig zu werden. Diesmal würde sie es mit der Dosis nicht übertreiben, sonst wäre der Spaß zu schnell vorbei. Er nuschelte einiges vor sich hin. Sie erfuhr, dass ein Treffen kurz bevorstand, genaue Angaben machte er keine. Stacy gab ihm ein Gegenmittel, damit er wieder zu sich kam.

Zuerst blickte er konfus, als wüsste er nicht, was los ist, dann wurde er aschfahl und glotzte Stacy benommen an.

„Na, da sind wir ja wieder. Konnte doch einiges erfahren, wenn auch kein Tag oder Stunde. Bin sicher, es wird ein Leichtes auch den Rest herauszufinden, denn wenn das Treffen schon so bald sein soll, brauchen wir ja nur jemanden zu observieren, der genauso ein Trottel ist wie du." Während sie das sagte, zog sie erneut etwas in die Spritze auf.

„Was ist das?", hauchte er. Schweißperlen liefen ihm die Schläfen herab.

„Nur ein kleiner Drogencocktail. Ich schicke dich auf eine LSD-Reise. Auf so etwas steht ihr doch, dachte ich", gab sie unschuldig zurück. „Nur ein wenig, ach, jetzt ist es doch etwas mehr geworden, na ja, es wird dir bestimmt gefallen."

„Bitte. Ich könnte sterben, oder nie mehr runterkommen", bettelte er panisch.

Stacy beachtete ihn nicht, sondern verabreichte ihm das LSD. Der Typ war ihr scheißegal. Hatte er sie doch vor der gesamten Belegschaft lächerlich gemacht. Er konnte froh sein, dass sie ihm nicht hier und jetzt seinen zuckenden Adamsapfel mit bloßen Händen zerquetschte!

„Das hättest du dir vorher überlegen sollen. Ich lass mich nicht verarschen. Nicht von so einer dreckigen Kanalratte wie dir."

Zufrieden packte Stacy ihre Sachen ein und wartete, bis das LSD seine Wirkung entfaltete.

Tarzan schlug auf ihre Behandlung an. Seit einer halben Stunde redete Stacy bereits auf ihn ein.

„Siehst du die bösen ET's? Sie sind auf dem Weg zu deinen Kumpels. Du musst sie warnen und retten. Kannst du die Monster sehen, die kleinen braunen Gestalten, mit den grünlich funkelnden Augen? Kannst du sie sehen?" Anfangs kicherte Tarzan noch, doch schließlich hatte sie ihr Ziel erreicht. Er krampfte und blickte panisch umher.

Stacy nahm ihm die Handschellen ab.

„Beeil dich und warne deine Freunde", schrie sie ihm zu, worauf er wild um sich schlagend aus der Wohnung hetzte.

Stacy grinste. Es gab nichts Schlimmeres als einen üblen LSD-Trip unter Verfolgungswahn.

***

Mara betrat grübelnd Scotts Wohnung. Sie hatte keinen blassen Schimmer, was sie an die E-Mail-Adresse aus dem Koffer schreiben könnte. Unzufrieden ließ sie sich auf die Couch fallen.

„Ich brauche deine Hilfe", stöhnte Mara und rieb sich die Schläfen.

„Ach? Ich bin ganz Ohr." Scott setzte sich ihr gegenüber auf die Tischkante. Aus einem Beutelchen nahm entnahm er Tabak und drehte sich eine scheppe Zigarette.

Mara holte Luft. „Ich bin auf einen E-Mail-Kontakt gestoßen. Eventuell würde es mir weiterhelfen, wenn ich wüsste, zu wem der Kontakt gehört."

„Eventuell weiterhelfen?" Scott schüttelte lachend den Kopf und nahm ihr den Zettel ab, den sie ihm hinhielt.

„Das Problem ist", fuhr Mara fort, „ich weiß nicht, was man schreiben könnte." Schmollend verschränkte sie die Arme und stöhnte.

„Das sind also zurzeit deine Probleme." Ironisch zog er die Augenbrauen hoch und nickte wissend. „Ist doch ganz einfach. Du fragst in der Nachricht, ob die letzte Mail angekommen sei. Wenn wir dann eine Antwort bekommen, können wir denjenigen in ein Gespräch verwickeln, das eventuell Hinweise liefert. Mehr fällt mir da jetzt auch nicht ein."

Mara runzelte die Stirn. „Und du meinst, das reicht?"

„Fällt dir was Besseres ein?" Er grinste selbstsicher und ging in den Nebenraum, wo sein Computer stand. Mara folgte ihm und sah ihm zu, wie er die Nachricht absendete.

„Geht es wieder um den FBI-Kram?"

Mara seufzte. „Ja. Es ist eine komplizierte Geschichte."

Scott lachte. „Du bist eine ziemliche Geheimniskrämerin geworden. Man könnte meinen, du bist bloß in jemanden verknallt und willst etwas über den Glücklichen herausfinden."

Mara kicherte. „Jetzt rede keinen Unsinn!"

„Jedenfalls denke ich nicht, dass wir so schnell mit einer Antwort rechnen können", winkte Scott ab. Sich seine blonden Locken hinters Ohr klemmend, ging er in die Küche, um den letzten Schluck Kaffee einzuschenken. Mara blieb sitzen und fixierte gedankenlos den

Bildschirm. Kaum dass Scott zurückkam, ging eine Antwort ein. Beide guckten sich aufgeregt an.

„Jetzt sieh schon rein", drängte Scott.

Mara spürte, wie ihr heiß wurde. Die Nachricht jedoch, bestand nur aus einer Gegenfrage.

„Um was ging es?"

Mit diesem Satz war nicht wirklich etwas anzufangen. Sie kamen nicht dazu, sich weiter Gedanken darüber zu machen. Es klingelte es an der Tür. Einige von den Jungs trudelten ein. Das passte Mara jetzt gar nicht in den Kram. Niemand außer Scott sollte von der FBI-Sache etwas mitbekommen. Kaum hatten sich alle laut schwatzend einen Platz auserkoren, drang ein schrecklich verzerrtes Schreien durch das Haus. Je näher es kam, desto mehr verstand man davon. Die Stimme schrie nach Scott und den Jungs.

Die Wohnungstür sprang auf. Mara zuckte zusammen und starrte in den Flur. Tarzan hastete in die Wohnung. Sein Gesicht war kreidebleich, Schweiß stand ihm auf der Stirn. Wie von Sinnen rannte er hin und her, wobei er wild um sich schlug.

Alle wirkten paralysiert und schauten fassungslos zu, wie er in einer hässlichen Lederkluft herumwirbelte und irgendetwas von braunen Monstern kreischte, die hier überall seien. Scott kam aus dem hinteren Zimmer gerannt.

„Mensch haltet ihn fest, bevor er uns noch aus dem Fenster springt." Er packte sich Tarzan und versuchte, beruhigend auf ihn einzureden, doch es war zwecklos. Er steigerte sich nur noch weiter in seine Wahnvorstellung rein, bis er entkräftet in sich zusammensackte. Mara griff zum Telefon und rief einen Notarztwagen.

Sie beobachtete gelähmt das Geschehen. Tarzan war aschfahl und verlor das Bewusstsein. Scott kühlte seine

Stirn und Nacken mit einem nassen Tuch. Erst das Lauterwerden der Sirene löste Maras Starre.

Die Sanitäter kamen in die Wohnung gestürmt und knieten neben Tarzan am Boden.

„Hat er Drogen genommen?", hörte Mara die Frage wie durch einen dicken Nebel.

Niemand wusste eine Antwort darauf. Auch Mara hatte keine Ahnung, was solch ein Ausraster auslösen konnte. Tarzan wurde mitgenommen. Als die Sanitäter mit ihrem Freund die Wohnung verließen, kehrte eine gespenstische Stille ein. Alle saßen benommen herum und brachten kein Wort über die Lippen, bis Mara das Schweigen brach.

„Ich werde gleich ins Krankenhaus fahren, um zu sehen, wie es ihm geht. Ich sage euch dann Bescheid." Sie war so verstört, dass sie gar nicht mehr an Scott dachte, der sie zu sich ins Zimmer rief.

„Es kam noch eine Nachricht für dich."

„Echt?" Aufgeregt eilte sie zum Computer und verschlang die Worte.

„Ein geheimer Absender! Taylor, solltest du meinen, mich auf diese Art zu finden, muss ich dich enttäuschen. Auch kann ich dir versichern, dass du für dein Verbrechen bezahlen wirst. Wenn du jemand anderes bist, habe den Mumm etwas zu sagen. Was willst du?"

Scotts Gesichtsausdruck wirkte angespannt.

„Willst du etwas erwidern?"

Mara nickte verunsichert und drückte die ersten Tasten:

„Nein. Taylor bin ich nicht. Meine Identität soll aber anonym bleiben. Ich wollte nur herausfinden, zu wem dieser Kontakt führt. Reine Neugierde."

Mara kam sich blöd vor. *Warum habe ich nichts Geistreicheres schreiben können? Wie soll so eine*

Unterhaltung in Gang kommen! Mara seufzte und war froh, dass niemand wissen konnte, wer sie war. Dachte sie. Die nächste Nachricht, die einging, ließ sie nervös werden.

„Deinem Wortlaut zu urteilen bist du entweder von der Abteilung, oder die Person, der ich noch vor Kurzem riet, auf sich aufzupassen. Mein Verstand sagt mir das Erste, mein Gefühl das Zweite. Du wirst es mir wohl nicht verraten?"

Mara schluckte, saß wie betäubt vor dem Bildschirm und versuchte, jedes Wort aufs Neue zu analysieren. War es möglich, dass es sich um Miguel handelte? Oder alles reiner Zufall? Schließlich war es nichts Außergewöhnliches jemanden zu raten auf sich aufzupassen.

Sein Überfall am gestrigen Abend spielte sich vor ihrem geistigen Auge ab. Sie war froh, dass er seine Fähigkeit nicht eingesetzt hatte. Zumindest ging sie davon aus, denn Kopfschmerzen hatte sie keine bekommen. So war es allen ergangen, laut dem Bericht aus der Akte. Warum er es nicht getan hatte, konnte sie sich nicht erklären.

„Alles in Ordnung?", riss Scott sie aus ihren Gedanken.

„Ja, ja. Ich fahre jetzt ins Krankenhaus. Sollte noch eine Nachricht eingehen, leite es doch bitte an mich weiter." Mara bekam das Bedürfnis, wegzulaufen, vor sich und der Welt. *Vielleicht ist Miguels Rat, sich aus der Sache zurückzuziehen, gar nicht so falsch. Das alles ist eine Nummer zu groß für mich!*

***

Mara lenkte ihren Wagen durch den zähfließenden Verkehr. Zwei Mal schlug sie ungeduldig auf die Hupe, doch es gelang ihr nicht, den trägen Nachmittagsverkehr zu beschleunigen. Schwarze Wolken bäumten sich am Himmel auf, in denen lautes Donnern den bevorstehenden Regen ankündigten.

Miguel ging ihr nicht mehr aus dem Kopf. *Ob er sich noch mal melden wird? Wieso hat er nicht herausfinden wollen, was ich bereits alles weiß? Mit seiner sogenannten Fähigkeit! Es kann ihm doch nicht egal sein, wenn ich Taylor von meinen Fortschritten erzähle! Dem entdeckten Datenträger aus dem Karton. Dass sogar ein Weiterer existieren muss! Traut er mir nicht zu, seine Verschlüsselungen zu decodieren?*

So viele Fragen! Warum hat er sich nicht deutlicher zu gestern geäußert? Will er mich dadurch schützen? Schließlich hätte er auch jemanden von der Sicherheitsfirma am anderen Ende haben können! Seine angepriesene Fähigkeit machte sie unendlich neugierig.

Das Krankenhausgebäude riss sie aus ihren Gedanken. Erst nach einigen Runden auf dem überfüllten Parkplatz entdeckte sie einen freien Platz. Mara beeilte sich, die ersten dicken Tropfen fielen. Drohend grollte der Himmel.

Sie betrat das Krankenhaus mit einem mulmigen Gefühl. *Ob Tarzan noch am Leben ist? Natürlich ist er das!*

Hinter den Eingangstüren tummelten sich Patienten in der Raucherzone. Weder Krücken, Verbände, noch Infusionsständer konnten die Leute davon abhalten, ihrer Sucht zu frönen. Kalter Zigarettenrauch hüllte einen ein. An der Information saß ein junger Mann mit Halbglatze. Mara erkundigte sich nach der Notaufnahme, in der ein gewisser Robert Palmer eingeliefert worden sei. Er nickte und schickte sie in den dritten Stock, in die psychiatrische Abteilung.

Der Fahrstuhl quoll beinahe über vor Menschen, trotzdem war sie die Einzige, die dort ausstieg. Nachdem sich die Fahrstuhltüren hinter ihr schlossen, trat eine beängstigende Stille ein. Niemand war zu sehen. Sie blickte auf gelbe Türen, die mit Buchstaben versehen waren. Mara musste klingeln, bevor sich die Tür öffnete und sich ein langer, menschenleerer Gang auftat. Die Atmosphäre wirkte gespenstisch. Eine Krankenschwester kam ihr entgegen. Sie war um die vierzig, die blonden Haare elegant hochgesteckt, einem liebenswerten Gesicht, das ihre pummelige Figur überspielte.

„Guten Tag. Sie sind eine Freundin von Mr. Palmer?"

„Nein, ich bin seine Schwester", log Mara. Sie ging davon aus, dass nur Familienangehörige Informationen erhalten würden.

„Gut", antwortete sie mitfühlend. „Ich lasse den Doktor holen, damit er Ihnen alles erklären kann." Ihre Handbewegung deutete auf eine Reihe Stühle, vor denen ein runder Tisch stand, mit einem Stapel Zeitschriften darauf. Mara setzte sich und spielte nervös an ihrem Autoschlüssel.

Es dauerte zehn Minuten, bis der Arzt erschien. Er war schon älter. Rein optisch beurteilt stand er kurz vor der Rente. Sein Haar schneeweiß und dünn, die Haut mit dunklen Pigmentflecken übersät. Sein Dialekt verriet, dass er osteuropäischer Abstammung sein musste. Er wirkte besorgt.

„Es tut mir leid, es sieht sehr kritisch aus, was Ihren Bruder betrifft. Er hat eine Menge Drogen im Blut. Doch das Hauptproblem ist, dass er von einer Droge sozusagen eine Überdosis eingenommen hat. Es wurden Unmengen von LSD in seinem Blut gefunden. Selbst wenn sein Körper das verkraften sollte, kann man nicht sagen, wie seine Psyche das verarbeiten wird. Die

Wahrscheinlichkeit ist groß, dass er bleibende Schäden davontragen wird und er sein restliches Leben in der Psychiatrie verbringen muss", erklärte er sachlich.

Mara wusste nicht, was sie sagen sollte. Mit gesengtem Blick fragte sie, ob er ansprechbar sei. Der Arzt schüttelte den Kopf und verneinte bedauernd.

„Das Einzige, was man tun kann, ist abwarten und hoffen. Kommen Sie in ein paar Tagen wieder, mit ein bisschen Glück geht es ihm besser."

Mara gab sich einverstanden, bedankte sich und trottete zu den Aufzügen. All die Menschen und Geräusche, nahm sie nur schemenhaft wahr. Wie betäubt schritt sie den Weg Richtung Auto ab.

Wieso soll Tarzan so viel LSD konsumiert haben? Er hat doch nie Geld und das, was er hat, geht für seine Videospiele drauf! Und hat er nicht schon immer Panik vor dem Zeug? Aus Angst, nicht davon runterzukommen? Mara konnte sich nicht erinnern, dass er je irgendwelche Drogen genommen hatte.

Der Verdacht, den sie die ganze Zeit mit sich trug, fraß sich immer tiefer. Sie hatte keinen stichhaltigen Beweis, doch sie spürte, dass Stacy dahintersteckte. Sie würde ungeschoren davonkommen. Genau wie bei Ivan.

Mara nahm sich vor, die Datenträger akribisch zu untersuchen. Vielleicht war Miguel unschuldig und die Beweise darauf zu finden. Warum sonst waren sie so wichtig für Taylor? Mara wünschte es sich zumindest, und dass sie es herausfände. Dann würden endlich Taylor und die anderen den Kürzeren ziehen.

Mara watete durch Pfützen bis zu ihrem Wagen und fuhr nach Hause. Wie es um Tarzan stand, konnte sie Scott ebenso über das Telefon erklären. Am Ende zog sie es vor, nur eine E-Mail zu schreiben.

Die Arbeit am PC lenkte sie von ihren düsteren Gedanken ab, wie so oft. Sie sah sich die Inhalte der Akte noch einmal an. Es hieß darin, Miguel sei geboren und aufgewachsen in Spanien, genau genommen in Valencia. Mara hatte in jungen Jahren diese Stadt bereist. Sie war damals fasziniert gewesen. Die Gärten, in denen Palmen wuchsen, die Sonne, das spanische Leben, die Feste, die Feuerwerke. In den Hauseingängen hatte sie die bunten Wandfliesen bewundert.

Doch wo lebt er jetzt? Irgendwo muss er einen Wohnsitz haben. Das FBI kann ihn nicht finden, wie soll mir das gelingen? Andererseits bin ich mit dem Decodieren auch viel weitergekommen, als die sogenannten Fachleute vor Ort!

Ein Grinsen huschte über ihr Gesicht. Sie tüftelte einen Plan aus. Das erste Ziel bestand darin, Miguels letzten Wohnort zu inspizieren. Vielleicht ließ sich daraus eine Vorliebe an Wohngegend oder Unterkunft ableiten.

Doch dann wurde ihr auch schon wieder mulmig zumute. *Was, wenn er erneut im Pub auftaucht?* Der Blick auf ihr Dekolleté brachte eine kleine Erleichterung. Ihre neue Verteidigung hing dort. Der Anhänger, den sie nun immer trug.

Obwohl ihre Augen bereits brannten, vertiefte sie sich in die Verschlüsselungen. Zu gerne würde sie wissen, was das Video beinhaltete, doch ohne die fehlenden Daten war es aussichtslos. Nach langem Tüfteln war ein verzerrter, rauschender Ton zu hören. Aufmerksam lauschte sie, indem sie es immer wieder abspielte.

War das Taylors Stimme? Kurz, nachdem ein lauter Knall ertönte, der sich wie ein Schuss aus einer Waffe anhörte, konnte sie eine Person sagen hören: „Jetzt sieht es schlecht für dich aus, Miguel."

Ein verzerrtes Lachen erklang, ab dann ging alles in einem Rauschen unter. Mara grübelte noch eine ganze Weile nach, kam aber zu keiner richtungsweisenden Eingabe. Wurde hier ein Mord gefilmt? Wer hatte geschossen? Taylor? Oder doch Miguel? Sie spürte, dass sie gar nicht anders konnte. Sie hatte sich bereits in das Thema reingefressen. *Ich muss die fehlenden Daten haben!*

Mara seufzte. Sie musste zur Arbeit. Zu gerne hätte sie Scott gebeten, bis Ladenschluss bei ihr zu bleiben, andererseits übte dieses Doppelleben auch einen gewissen Reiz aus. Ihr Blick wanderte zu Kater Romeo. Er schien glücklich mit seiner Kaninchendame, zusammen lagen sie in seinem, besser gesagt in Maras, Wollpullover.

„Pinkel ihm da ja nicht rein, sonst ist es vorbei mit der Freundschaft deines brummenden Schmusegefährten", drohte Mara dem Kaninchen, das unbeeindruckt dreinschaute.

Ihre Hand wollte gerade die Türklinke drücken, als die Nachricht einer E-Mail ertönte. *Wer konnte das sein? Einer von den Jungs? Der unbekannte Schreiber? Oder Taylor?* Wie im Karussell drehten sich ihre Gedanken.

Ihr Herz pochte schneller. Es war eine neue Nachricht, die Scott zu ihr weitergeleitet hatte. Die Mitteilung lautete:

„Du hast dich gestern Nacht gut geschlagen. Ich weiß, dass du es bist. Wenn, dann sehen wir uns vielleicht morgen Abend? Es ist für uns beide sicherer, zu wissen, wer am anderen Ende schreibt."

Sie starrte auf die Buchstaben. *Miguel! Er ist es tatsächlich! Das ist unheimlich! Wieso sollten wir uns morgen eventuell sehen? Das Treffen! Niemand von Taylors Leuten konnte wissen, dass es schon morgen Abend* stattfand. *Rein theoretisch. Doch was wollte dieser Miguel dort?*

Was soll ich jetzt darauf antworten? Wieso ist er sich so sicher, dass ich ihm geschrieben habe? Mara befürchtete, ihn aus Sympathie zu unterschätzen. Wer weiß, was er bereits geplant hat, um an den Datenträger zu kommen. *Soll ich mich auf dumm stellen? Ihr Inneres bebte.* Mit angehaltenem Atem drückte sie die ersten Tasten.

„Du scheinst dir deiner Sache ziemlich sicher zu sein. Nein! Ich will dich auf keinen Fall sehen und schon gar nicht morgen Abend. Deine Art, sich vorzustellen, gefällt mir nicht!"

Mara drückte auf Enter. Ein Lächeln huschte über ihre Lippen. Miguel antwortete direkt wieder.

„Du hast recht, das war ungehobelt. Ich gelobe Besserung. Du traust dich doch, zu kommen, oder? Ich werde auch vier Meter Abstand halten. Versprochen! Du siehst ja, unsere Wege kreuzen sich immer wieder von ganz alleine."

Wie die Kometen in diesem Sonnensystem.

Selbst wenn es Jahre dauern sollte,

ist es doch unabänderlich,

ja ein Gesetz des Himmels,

dass sie die Erde beständig kreuzen.

Fragend legte Mara die Stirn in Falten. Er verglich ihr Wiedersehen mit dem Gesetz des Himmels, als unabwendbar? *Der ist eindeutig durchgeknallt!* Ihr viel auf, schon wieder breit zu grinsen. Er konnte anscheinend mit Worten so gut umgehen wie mit Codierungen.

Mara seufzte. *Ich darf mich nicht um den Finger wickeln lassen! Kometen! Gesetz des Himmels! Wieso kommt er nicht einfach und holt sich, was er braucht? Oder interessierten ihn die beiden USB-Sticks gar nicht wirklich?* Tief in sich versunken, grübelte sie über das nach, was sie aus der Akte über Miguel bisher wusste. Man beschrieb ihn darin als jemand, der nach realistischer Abschätzung Risiken nicht scheute. Als ehrlich und vertrauenswürdig. Doch war das eine Garantie dafür, dass er sein Versprechen halten würde?

Normalerweise wäre Mara schon allein wegen des Treffens aufgeregt, doch diesmal steigerte die Erwartung, ob sie Miguel dort sehen würde, die Unruhe um das Doppelte. Mara nahm sich vor, alle Ausgänge zu studieren, um im Falle einer zu nahen Begegnung schnell das Weite zu suchen.

Entsetzt fiel ihr auf, mal wieder zu spät zur Arbeit zu kommen.

***

Lautes Stimmengewirr drang bereits durch die geschlossene Tür. An fast allen Tischen saßen diskutierende Studenten. Es ging wie immer um ungeliebte Professoren und Vorlesungen. Erleichtert entdeckte Mara ihre Clique. Entspannt grüßte sie alle und setzte sich einen Moment zu ihnen. Sie diskutierten gerade über das tragische Ereignis vom Vormittag. Keiner konnte sich erklären, wieso Tarzan LSD geschluckt haben soll. Einfach so, ohne Freunde oder Party. Das erschien allen seltsam.

Mara sprach ihren Verdacht nicht aus, das taten andere. Jeder wusste über die Geschichte mit der gedemütigten FBI-Agentin Bescheid. Dass sie Tarzan benutzt hatte, um an Informationen zu kommen und er daraufhin mit diesen pikanten Fotos Rache geübt hatte. Keiner machte einen Hehl daraus, in ihr die

Verantwortliche zu sehen. Aufgekratzt diskutierten sie, wie man der Agentin eins auswischen könnte.

In Maras Gedanken spukte diese Frage bereits, seit sie Tarzan im Krankenhaus besuchen wollte. Sie hatte einen Plan. Der war gewagt und nichts, was man herum tratschte. Mara zwinkerte Scott unauffällig zu, worauf er ihr folgte.

„Ich habe eine Idee", weihte sie ihn mit gedämpfter Stimme ein, „doch du musst mir einen Gefallen tun."

Seine Augen verengten sich kampfeslustig, als er ihr zunickte.

„Ich möchte, dass du alles über Stacy in Erfahrung bringst. Ihre Arbeitszeiten, Familienverhältnisse, Gewohnheiten. Am besten versuchst du an ihre Akte zu kommen, die das FBI über sie angelegt hat. Vielleicht haben wir Glück und erfahren darin Einzelheiten über ihr Leben. Mit der Hilfe deines Freundes von der Mordkommission müsstest du das doch schaffen, oder?"

Scott grinste. „Ich brauche dafür keinen Freund von der Mordkommission."

Mara schüttelte tadelnd den Kopf und lachte. Das erste Mal an diesem Tag. Es tat ihr gut. Tief durchatmend stürzte sie sich in die Arbeit.

Mara fühlte sich ausgepowert. Ständig wanderte ihr Blick auf die Uhr, wodurch die Zeit noch langsamer zu verstreichen schien. Ihre Kollegin dagegen versprühte wie immer gute Laune. Die schwarzen Locken hoch toupiert und ihre Lippen in tiefes Rot getaucht flirtete sie mit einem jungen Studenten. Ständig kicherten sie wie kleine Schulkinder, wenn sie ihm mit ihren langen Fingernägeln über den Arm krabbelte.

Mara nervten diese Flirtereien, vor allem deshalb, weil sie sich so kindisch dabei aufführte und nie ernste

Absichten hegte. Sie benutzte die Jungs. Einen Drink nach dem anderen ließ sie sich ausgeben, nahm ihren Verehrer mit heim und das war's. Mara konnte das nicht nachvollziehen, schon deswegen, weil sich die Kerle hinterher bei ihr ausheulten.

Chloe ließ das alles unbeeindruckt. Sie würde jede Wette eingehen, dass die Typen kein Problem hätten, ein Mädel zu benutzen, um es dann fallen zu lassen. ‚Ich bin die Rache der Frauen‘, hatte sie mal gekichert und sichtlich ihren Spaß gehabt.

Heute nahm sich Mara vor, Chloe nicht nach Hause zu bringen. Sollte sie doch bei irgendeinem dieser Vögel aufwachen.

Es war bereits zwei Uhr nachts, als sich der letzte Tisch leerte. Der Laden hatte eine Menge Umsatz gemacht, auch das Trinkgeld war üppig. Chloe zog mit ihrer neuen Eroberung los und überließ es Mara, alles abzuschließen.

Mit einem Gemisch aus Misstrauen und Routine überprüfte sie die Straße. Es war niemand zu sehen, nur die Motten umschwirrten die Laternen. Sie startete den Wagen, der die nächtliche Stille mit einem kreischenden Keilriemen durchbrach.

Mara ging im Zimmer auf und ab, starrte aus dem Fenster und schenkte sich die dritte Tasse Tee ein.

Das Treffen würde bald anfangen, doch Scott hatte sich noch nicht gemeldet.

Wie kann ich sicher sein, dass Stacy für Tarzans LSD Trip verantwortlich ist? Die Racheaktion nicht sinnlos und ungerechtfertigt sein wird? Wäre Tarzan doch nur ansprechbar, stöhnte sie innerlich.

Ihr war nicht wohl bei dem Gedanken, was sie zu tun im Begriff war. *Was, wenn es wieder so brenzlig wie in Taylors Büro wird? Oder schlimmer, man mich erwischt? Ich bekomme dann sicher keine zweite Chance mehr.* Der Hinweis einer eingegangenen E-Mail holte sie aus ihrer Gedankenwelt. Scott hatte endlich die Grundrisspläne des Gebäudes, in dem sie sich heute Abend treffen würden und tatsächlich die Personalakte von Agent Stacy Miller.

Mara studierte die Ausgänge, wo das Event stattfinden wird. Es gab drei Möglichkeiten. Der Haupteingang an der Front, die Hintertür und einen Seiteneingang. Der wirkte schwer einsehbar. Man konnte von dort auf das Nachbargrundstück wechseln. Das Haus, das darauf stand, war seit längerer Zeit unbewohnt. Ungern wollte sie im Dunkeln allein dort herumschleichen und hoffte, dass es nicht so weit kommen würde.

Als Nächstes schaute sie sich Stacys Akte an. Ihr ganzes Leben wurde darin detailliert aufgelistet. Sie war dreißig Jahre alt und ungebunden. Ihre Hobbys waren Übungen auf dem Schießplatz und Karate.

Mara verdrehte die Augen. Wenn die mich erwischt, war's das!

Der Name der Karateschule stand ebenfalls darin, was ihr weitere Nachforschungsarbeiten ersparte. Jetzt galt es noch herauszufinden, an welchen Tagen und Zeiten sich Stacey dort aufhielt.

Ein anderes Detail musste Mara selbst in Erfahrung bringen. Die Nachbarschaft von Stacy und das Schloss ihrer Haustür. Ihr ging es nicht allein um Genugtuung für Tarzan. Sie hoffte, auch Ivan damit Recht zu verschaffen, sollte sie Erfolg haben. *Ich bin ein Spion unter Spionen. Ein Special-Agent im Undercover-Einsatz.* Ein Grinsen huschte über ihre Lippen.

***

Bereits seit einer Stunde schob Mara das Telefonat mit dem Arzt, der Tarzan behandelte, hinaus. Es war die Angst vor einer schlechten Nachricht, was sie zögern ließ. Doch es führte kein Weg daran vorbei, Tarzan hatte sonst niemanden, der sich um ihn kümmerte.

Ein unsichtbares Band schnürte sich um ihren Magen. Nach dem dritten Klingelzeichen hob die Krankenschwester ab, die ihr einen Tag zuvor die Tür geöffnet hatte. Der Arzt sei in einer Besprechung, erklärte sie, doch könne sie auch von ihr Auskunft über Mr. Palmers Zustand bekommen. Leider gab es keine guten Neuigkeiten. Sein Blick sei noch immer starr vor sich hingerichtet, ohne Reaktion auf Anwesende. Jedoch schlug sie vor, es mit einem Besuch zu versuchen. Mit einem Gemisch aus Beklemmung und Erleichterung ließ sich Mara in ihren Ohrensessel sinken.

Sie dachte an Miguel. *Was passiert, wenn ich ihm begegne? Wie soll ich mich bloß verhalten? Ich kann doch nicht zu ihm gehen und Small Talk halten! Ich darf nicht vergessen, dass er des Mordes verdächtigt wird! Am Ende entpuppt er sich als Psychopath, aufgrund irgendwelcher medizinischen Versuche, die man mit ihm angestellt hat. Seine Fähigkeit muss doch höchst interessant für Forscher auf diesem Gebiet sein!* Als sie sich die Bilder des nächtlichen Überfalls ins Gedächtnis zurückrief, fühlte sie sich darin bestätigt, dass er nicht ganz richtig tickte. In der Kneipe hätte er es schließlich leichter gehabt, als in einem ekligen Hinterhausflur.

Plötzlich hatte sie eine Idee und fragte sich, warum ihr das nicht schon früher eingefallen war. Sie griff zu ihrem Handy und wählte Chloes Nummer. Es dauerte eine Weile, bis sie sich mit heiserer Stimme meldete.

„Was ist los? Habt ihr Karaoke gemacht, oder was ist mit deiner Stimme?"

„Der Scheißkerl hat mich mit irgendwas angesteckt. Ich sag's dir ja immer wieder. Lass dich nicht mit 'nem Typen ein", fluchte Chloe ins Telefon.

Mara konnte sich ein Lachen nicht verkneifen. „Vielleicht solltest du dich selbst mal an dieses Motto halten."

„Ja, ja, du hast ja recht. Ich schulde dir auch noch was. Dafür, dass du mich letztens heimgebracht hast. Wer weiß, was ich mir bei dem Schwachkopf, der mich beinahe abgeschleppt hat, alles geholt hätte."

„Du könntest mir einen Gefallen tun."

„Ich dir? Klar. Was auch immer."

„Einer deiner Verehrer arbeitet doch bei der Meldebehörde. Meinst du, er kann dir eine Adresse verschaffen? Oder hast du ihn zu hart abserviert?"

„Ach, der. Schätze, das wird kein Problem sein. Sag mir Namen und was du sonst noch hast, und ich ruf ihn an."

Mara gab ihr alle Daten, die sie über Miguel wusste. Es dauerte nicht lange, bis sich Chloe meldete.

„Schon erledigt", schnatterte sie los, „ich habe sogar eine Einladung ins beste Restaurant der Stadt bekommen. Er dachte wohl, meine Frage sei nur ein Vorwand, um mit ihm zu telefonieren." Spitzbübisch kicherte sie ins Telefon.

Mara verdrehte die Augen. „Das ist ja alles ganz schön für dich, aber was ist jetzt mit der Adresse?"

„Ach so, also, dein Miguel ist zurzeit nirgendwo gemeldet. Er besitzt aber ein Haus, wo er früher gemeldet war. Vielleicht wohnt da jetzt jemand, den du fragen kannst. Obwohl, offiziell ist niemand Neues dort registriert."

„Danke. Das war wirklich nett von dir."

„Aber sag mal, wer ist denn dieser Miguel? Du hast dich doch nicht etwa auf eine schnelle Nummer eingelassen und nun ist er weg?"

„So ein Quatsch," empörte sich Mara, „ich erzähle es dir ein anderes Mal. Muss gleich weg."

„Denk ja nicht, dass ich es vergesse", neckte Chloe und legte auf.

Miguel hatte also in dieser Stadt gewohnt, nicht direkt im Zentrum, sondern außerhalb. Mara kannte diese Gegend. Hinter den letzten Häusern fing der Wald an. Man konnte dort wunderschöne Spaziergänge unternehmen und leicht Lärm und Gestank der Autoabgase vergessen. Auf dem Weg zum Treffen würde sie einen Umweg fahren, um sich dort umzusehen.

***

Sie Sonne wanderte bereits Richtung Horizont, als Mara in ihren Wagen stieg. Es war darin heiß wie in der

Wüste. Hektisch kurbelte sie die Fenster runter. Während sie sich anschnallte, fiel ihr ein anderer Wagen auf. Es saß ein junger Mann darin, der sichtlich unter diesen heißen Temperaturen litt. Er war um die dreißig, mit einem weißen Hemd gekleidet, dessen Ärmel weit hochgekrempelt waren.

Sie fuhr los und beobachtete im Rückspiegel, wie er ihr folgte. Ziellos bog sie in einige Straßen. Immer noch fuhr ihr der dunkelgraue Ford hinterher. Unsicher, ob sie richtig lag oder unter Paranoia litt, hielt sie vor einem Park, stieg aus und schlenderte zu einer der Bänke.

Der Ford fuhr langsam weiter und parkte ebenfalls. Mara konnte es nicht fassen, er schien sie zu beobachten. *Hat Taylor am Ende doch etwas bemerkt? Oder war er wie Ivan von Miguel engagiert?*

Sie schrieb sich das Kennzeichen auf, wählte Scotts Nummer und bat ihn, herauszufinden, auf wen der Wagen gemeldet war.

Nach wenigen Minuten rief er zurück. „Es ist ein Auto von dieser Sicherheitsfirma, ein Dienstwagen. Wer es jetzt fährt, kann ich dir natürlich nicht sagen. Ich hoffe, du steckst nicht in Schwierigkeiten?"

„Keine Ahnung, warum er wie eine Klette an mir hängt", antwortete Mara nachdenklich und vergewisserte sich mit einem flüchtigen Blick, ob der Ford immer noch dort stand.

„Ich habe einen Verdacht", murmelte Scott.

„Was für einen Verdacht?" Mara rieb sich die verschwitzten Hände an ihrer Hose.

„Was, wenn Tarzans Verhalten tatsächlich auf diese Schlange zurückzuführen ist. Sie ihn unter Drogen setzte, um ihn noch einmal auszuquetschen und sie etwas spitz bekommen hat vom Treffen? Vielleicht denken sie, über dich den Ort herauszufinden. Oder schlimmer, uns alle observieren?"

„Hm, möglich."

„Ich werde die anderen vorsichtshalber warnen."

„Gut, tu das. Wenn ich nicht kommen kann, melde ich mich." Mara bekam Panik. Was, wenn Taylor etwas bemerkt hat? Sie jemand an den Schließfächern gesehen hat?

Mara schlenderte zurück zum Auto, ohne den blühenden Rosen, die am Wegesrand wuchsen, Aufmerksamkeit zu schenken. In Gedanken ging sie die umliegenden Straßen durch und hatte, noch ehe sie ihren Wagen erreichte, eine Strecke im Kopf. Ihr Verfolger sollte es schwer haben, an ihr dranzubleiben.

Zügig wendete Mara ihren Wagen. Während sie links abbog, konnte sie im Rückspiegel erkennen, wie er ihr folgte. Sie bog in einige kleinere Straßen ab und nahm die Richtung zu Miguels ehemaliger Bleibe. Sie sah ein paar Mal in den Rückspiegel. Von dem Ford war nichts mehr zu sehen. Mara fühlte sich großartig. Sie hatte diesen Grünschnabel tatsächlich abgehängt!

Sie erreichte die letzten Straßen, die direkt an den Wald grenzten. Ein steiler Hügel tauchte vor ihr auf, an dem links und rechts alte Steinhäuser standen. In dieser Gegend hatte sich der viktorianische Stil nie durchsetzen können. Dicke, weitverzweigte Bäume wuchsen verteilt, von denen Moose herunterhingen.

Wie eine Wehranlage stand Miguels Haus am höchsten Punkt des Hügels. Wilder Efeu hatte die Mauern erobert. An wenigen Stellen konnte man die roten Backsteine erkennen. Wie ein verwunschenes Überbleibsel aus vergangenen Zeiten wurde das Haus von einem Garten von der Umwelt isoliert. Alte knochige Bäume schienen sich mit ihrem weit ausgestreckten Geäst, schützend davor aufgestellt zu haben. Der perfekte Ort für die Kulisse eines Märchenfilms! Sie zog es vor, dort nicht länger zu verweilen, sondern nur daran vorbeizufahren. Es hätte ja auch nichts gebracht, schließlich wohnte Miguel nicht mehr hier. Zudem musste sie in Betracht ziehen, dass sein Haus überwacht wurde.

Auf direktem Weg fuhr sie zurück. Nun konnte sie einschätzen, was Miguel als Wohnraum bevorzugte. In einer Mietwohnung konnte sie ihn sich auch schlecht vorstellen. Dort gab es kaum Möglichkeiten zur Flucht, besonders dann, wenn man oben wohnte. Da gab es einzig die Eingangstür. Miguel musste diese Option stets vor Augen haben, überlegte Mara bei sich. Aufgrund seiner Einzigartigkeit, die sich Mara immer noch nicht erklären konnte. Irgendwelche Quacksalber hätten ihm bestimmt gerne das Gehirn in alle Einzelteile zerlegt, oder sonstige Versuche unternommen. Es verwunderte Mara sowieso, dass das FBI sich nicht mit ihm arrangiert hatte. Allein deswegen, weil er durch seine Fähigkeiten unersetzlich war. *Oder liege ich völlig falsch? Vielleicht gibt es noch andere Menschen, mit dieser Gabe? Was, wenn er gar kein Mensch ist?* Mara grinste, als ihr auffiel, was für irre Gedanken in ihrem Hirn umher spukten. Kopfschüttelnd trat sie fester auf das Gaspedal.

Als sie in ihre Straße einbog, sah sie ihn sofort. Der dunkelgraue Ford stand wieder da. Diesmal auf der anderen Straßenseite. Ohne zu ihm rüber zuschauen, verließ Mara ihren Wagen und ging hinauf in die Wohnung. Sie würde sich etwas einfallen lassen müssen, wenn sie diesen Grünschnabel loswerden wollte. Falls ihr das nicht gelang, konnte sie das Treffen vergessen und das passte ihr jetzt gar nicht in den Kram.

Regelmäßig beobachtete Mara mit ihrem neu erworbenen Fernglas die Straße und hoffte, der Ford würde verschwinden, was nicht geschah. Die Zeit schien zu zerrinnen.

Andy rief unerwartet über ihr Handy an. „Na, wie sieht es aus, hast du noch den Kaugummi am Schuh?"

„Ja, leider. Bin am überlegen, wie ich ihn loswerde. Hast du eine Idee, oder weshalb rufst du an?"

„Kann dir leider nicht helfen. Habe selbst einen vor der Tür stehen. Scott meinte, es würde dich erleichtern zu wissen, dass du nicht die Einzige bist. Ich bleibe auf jeden Fall hier und lass den Sack vor der Tür vergammeln."

„Schade. Ich will es zumindest versuchen."

„Dann viel Glück." Sei Tonfall verriet wenig Optimismus.

Erleichtert legte Mara ihr Handy weg. Sicher war es keine angenehme Sache observiert zu werden, doch war es nach anfänglicher Besorgnis, dass ihre Schnüffeleien aufgefallen waren, jetzt nur noch halb so schlimm. Damit war die Welt vorerst wieder in Ordnung. Unkonzentriert packte sie alles ein, was sie benötigte, zog eine bequeme Jeans und ein mokkabraunes Shirt an.

Als Mara die Straße betrat, richtete sich der Mann im Ford auf. Sicher wollte er nicht wieder versagen und würde nur schwer abzuhängen sein. Da musste ihr schon etwas Besseres einfallen, als am Nachmittag.

Ohne einen Plan fuhr sie los. Im Rückspiegel konnte sie beobachten, wie er ihr folgte und telefonierte. Der Verkehr war nicht mehr so dicht. Sie sah keine Chance, ihn auszutricksen. Sie hoffte auf eine passende Gelegenheit, doch die blieb aus. Es war kurz vor acht, die

Sonne stand knapp über dem Horizont, als Mara eine Idee bekam.

Sie fuhr zum alten Kino, in dem sie schon ewig nicht mehr gewesen war. Sie hatte keine Ahnung, ob an diesem Abend eine Vorstellung lief.

Das Kino war bereits in die Jahre gekommen und fügte sich unauffällig zwischen eine Front alter Stadthäuser ein. Sie hatte ein gutes Gefühl, als sie noch um die zehn Leute an der Kasse anstehen sah. Mara parkte auf der gegenüberliegenden Seite und stellte sich an der Schlange an. Der Ford fuhr an ihr vorbei und hielt ebenfalls. In ihren Augen machte er seinen Job schlecht oder musste von ihr denken, sie sei blöd. Wahrscheinlich war er von sich selbst so überzeugt, dass das Zweite zutraf, sinnierte sie ungläubig darüber, wie auffällig er sich verhielt.

An der Kasse verwickelte Mara das Pärchen vor sich in ein Gespräch, um den Anschein zu erwecken, dass sie diese Leute kannte und mit ihnen hier verabredet war. Zu ihrer Erleichterung blieb der Mann im Ford sitzen. Ungern hätte sie sich diesen öden Film angesehen und auf das Treffen verzichtet. Mara beobachtete aus dem Augenwinkel, wie er schon wieder telefonierte. *Entweder hat er Probleme mit seiner Freundin, oder es gibt eine Menge über mich zu erzählen!*

Zuversichtlich betrat Mara den Kinosaal. Zu ihrer Überraschung waren beinahe alle Plätze belegt. In nur fünf Minuten würde die Vorstellung beginnen. Einige hasteten noch nach draußen, um sich mit Popcorn und Cola einzudecken.

Ungeduldig suchte sie den Saal ab, bis sie ihn entdeckte. Den Platzanweiser. Freundlich fragte sie ihn, ob er sie gegen ein Trinkgeld durch die Hintertür nach draußen lassen würde. Er schaute verdutzt und grinste.

„Dass ich das noch mal erlebe. Jemand will von hinten raus und nicht rein." Er lachte auffällig laut. Peinlich sah sie sich um, doch das Kino lag bereits im Halbdunkel und die Werbung für den kommenden Film übertönte seine Worte. Die Tür lag hinter einem dicken, schwarzen Vorhang. Vorsichtig steckte sie den Kopf nach draußen, um zu sehen, ob sie ihren Verfolger unterschätzt hatte.

Mara stand nun in einer Nebenstraße. Papierfetzen flatterten die Straße hinunter. Die Häuser erweckten von dieser Seite einen schäbigen Eindruck. Man hatte es wohl nicht für nötig gehalten, den Wänden auch von hinten einen Anstrich zu verpassen. Niemand war zu sehen. Mara rief sich über das Handy ein Taxi und ärgerte sich, es nicht schon von innen gerufen zu haben. Ein Zurück in den Kinosaal gab es nicht mehr, die Tür ließ sich von außen nicht öffnen.

Sie huschte zum Haus nebenan und stellte sich in dessen Hausflur. Hier konnte sie durch eine Scheibe alles im Auge behalten. Ihr Herz raste. Wenn sie es jetzt vermasselt, war der Abend dahin.

Mara hörte Motorengeräusche näherkommen. Zu ihrer Enttäuschung bog bloß ein alter, gammeliger Kastenwagen um die Ecke. Wahrscheinlich ein Anwohner, der mit diesem Wagen gut in diese verkommene Straße passte.

Eine Minute später stand das Taxi da. Ein Mann mit Glatze und stechend blauen Augen schaute grimmig aus der Fahrertür. Als er Mara auf sich zukommen sah, blickte er freundlicher.

„Das ging ja flott. Die meisten lassen sich noch ewig Zeit, bis sie sich bequemen, herunterzukommen", brummte er.

Während sie auf der Rückbank Platz nahm, gab sie ihren Zielort an.

„In dieser Straße stehen doch nur unbewohnte, oder baufällige Häuser", erwiderte er ungläubig.

„Ja, das stimmt schon, doch eines davon gehört einem Freund. Er veranstaltet dort heute eine Party."

Der Taxifahrer nickte nachvollziehend und fuhr los.

Mara fiel der Ford ein, dass sie direkt an ihm vorbeifahren würden. Als das Taxi um die Ecke schwenkte, ließ sie ihre Geldbörse fallen. Fluchend bückte sie sich hinter dem Fahrersitz und klimperte mit ihrem Kleingeld herum. Das Taxi fuhr in eine weitere Kurve. Zögerlich richtete sie sich auf und schaute durch die Heckscheibe. Es hatte tatsächlich geklappt. Zufrieden lehnte sie sich in den Sitz und atmete tief durch.

Die Fahrt dauerte etwas und führte durch eine Gegend, in der die besser betuchten Leute lebten. Schließlich erreichten sie einen Vorort, in dem viele unbewohnte Villen und kleinere Häuser standen. Die Preise hier waren gigantisch. Sie ließ den Taxifahrer eine Straßenecke eher anhalten, um den Rest zu Fuß zu gehen. Es fühlte sich merkwürdig an, durch die leeren Straßen zu laufen. In ihrem Wagen hätte sie sich wohler gefühlt. *Ob schon viele Leute dort sind?* Ihr Magen verkrampfte, als sie daran dachte, vielleicht Miguel zu begegnen.

Nach einigen Minuten erreichte sie den Treffpunkt. Hier wurden Neuigkeiten ausgetauscht, gefachsimpelt und kleine Tricks weitergegeben. Es fand in einer leerstehenden viktorianischen Villa statt. Die hellblaue Farbe konnte man nur noch erahnen. Sonne und Regen hatten alles ausgebleicht, was dem Charme des Hauses nichts anhaben konnte. Die geräumige Veranda lud förmlich ein, sich zu einer Pause hier niederzulassen.

An der Eingangstüre standen zwei breitschultrige Türsteher. Sie achteten darauf, dass nur geladene Gäste hineinkamen. Man wollte schließlich unter sich bleiben. Mara zeigte einen der beiden Pitbulls ihre Einladung. Grinsend entblößte er seine Zahnlücke und hielt ihr die Flügeltüre auf.

Sie durchquerte einen riesigen stuckverzierten Raum, dessen Wände in einem blassen Rot schimmerten. Dahinter befand sich ein Saal, mit einem Inventar, das ihre Augen zum Leuchten brachte. Rechner, Laptops und diverse technische Neuheiten verteilten sich auf aufgestellten Tischen. Jeder, der Lust hatte, konnte sich daran zu schaffen machen. Ein Grund, warum man hier nicht jeden einlassen wollte. Hier sollte alles legal ablaufen und nichts durfte beschädigt werden. Das würde einen zu hohen finanziellen Verlust, für diejenigen bedeuten, die das alles zur Verfügung stellten.

Oft hatte Mara die Aufgabe übernommen, sich um Probleme zu kümmern, diesmal hatte sie abgelehnt. So war sie frei, sich jederzeit aus dem Staub machen zu können. Langsam schlenderte sie durch den Raum, an dessen Decke ein Kronleuchter hing, der von vergangenen pompösen Zeiten zeugte.

Akribisch sah sie sich die Gesichter an, doch von Miguel war keine Spur. Das konnte sie mit Gewissheit sagen, denn bisher kannte sie jeden der Anwesenden. Viele begrüßten sie herzlich. Auch die Sache mit dieser dubiosen Sicherheitsfirma hatte sich mittlerweile herumgesprochen. Sie fühlte sich mies bei dem Thema. Sie befürchtete, man könnte ihre Arbeit dort als Verrat betrachten und versuchte, ihre Aufgabe so unspektakulär wie möglich darzustellen.

Sie zuckte innerlich zusammen, als sie bemerkte, nicht auf die Neuankömmlinge geachtet zu haben.

Peinlich genau wanderte ihr Blick durch den Raum. Nervös kaute sie auf ihrem Kaugummi und zerpflückte dabei ihr nass geschwitztes Taschentuch.

Es sah nicht danach aus, als würde noch jemand kommen. Bereits seit einer knappen Stunde waren alle da, die eine Einladung bekommen hatten. Maras Stimmung wechselte zwischen erleichtert und enttäuscht. Einerseits war sie neugierig auf Miguel, andererseits war es leichtsinnig mit ihm Kontakt zu haben. Plötzlich winkte Peter hektisch zu ihr rüber.

„Was ist?"

Seufzend begann Peter zu erklären: „Vielleicht kannst du mir helfen. Letzte Woche hat so ein mieses Virus alle meine Daten durcheinandergebracht und zum Teil gelöscht. Ich muss unbedingt eine der Dateien wiederherstellen, doch ich kann sie einfach nicht finden."

Mara grinste. „Du lässt ein Virus zu dir rein?"

Peter winkte blamiert ab und rückte ein wenig zur Seite, um Mara einen Stuhl neben sich zu ziehen.

Das war genau die Ablenkung, die sie jetzt gebrauchen konnte, um all die Probleme zu verscheuchen. Nicht einmal der Gedanke an Miguel konnte sie noch aus der Fassung bringen. Voller Konzentration suchte Mara nach dem Virus, dass auf dieser Festplatte sein Unwesen getrieben hatte und es augenscheinlich noch immer tat. Mara lud sich ihr Programm aus dem Internet, das sie in einer Cloud gespeichert hatte. Das Virus war schnell unschädlich gemacht. Mit Hilfe eines Wiederherstellungspunkts fand sie auch die vermisste Datei wieder. Peter gab einen lauten Jauchzer von sich.

„Wahnsinn. Es ist alles da. Du hast etwas gut bei mir." Überglücklich sicherte er alles ab, im Falle, dass dieses Virus doch noch irgendwo lauerte.

Zufrieden lehnte sich Mara zurück und verschränkte die Arme hinter ihren Kopf. Es fühlte sich an wie die heiß ersehnte Zigarette eines Rauchers, oder der begehrte Schuss eines Fixers nach langer Abstinenz.

Während sie zufrieden durchatmete, wanderte ihr Blick durch den vollen Raum, bis sie plötzlich auf ein paar dunkle Augen traf, die sie amüsiert fixierten.

Das Glückshormon wich einem Schock. Es war, als rutsche ihr das Herz in den Magen. Verschreckt nahm sie ihre Arme runter und richtete sich auf. Sie konnte spüren, wie sich ihre Gesichtsfarbe veränderte.

Er saß ein ganzes Stück weit weg, stützte das Kinn auf seiner Hand ab und hatte ein unverschämtes Grinsen auf den Lippen, was Mara ärgerte. Nie hätte sie damit gerechnet, dass er doch noch auftauchen würde. Miguel! Da saß er nun. Gelassen lehnte er in seinem Stuhl und behielt sie weiterhin im Auge. Er musste sich sicher fühlen, denn auf seinen hässlichen Bart hatte er heute Abend verzichtet. *Er sieht verdammt gut aus!*

Maras Herz raste. Auf was hatte sie sich nur eingelassen? Sie wünschte, die fehlenden Seiten seiner Akte nie zu Gesicht bekommen zu haben. Die Bilder seines nächtlichen Überfalls schossen ihr durch den Kopf.

Miguel winkte Scott zu sich. Was hat er vor? Besorgt beobachtete sie das Geschehen. Miguel wirkte seelenruhig. Er überreichte Scott einen Zettel und deutete in ihre Richtung.

Während sich Scott auf den Weg machte, lehnte sich Miguel in seinen Stuhl und lächelte zu ihr rüber. Verunsichert blickte Mara weg. Sie spürte, wie ihr das Blut in den Kopf schoss.

Scott grinste übers ganze Gesicht. „Ich glaube, du hast einen Verehrer."

„Wie kommst du denn darauf?", fragte sie gespielt uninteressiert und wusste, dass sie rot wie eine Tomate glühte.

„Ich habe noch nie mitbekommen, dass Miguel einem Mädel Briefchen schreibt und sie Prinzessin nennt." Amüsiert übergab er ihr den Zettel.

„Du kennst ihn?" Ungläubig starrte sie Scott an.

„Nicht so gut wie dich, aber wir haben uns schon des Öfteren auf Treffen wie diesen unterhalten."

„Mir ist er noch nie aufgefallen."

„Er kam immer nur kurz, hielt sich an unübersichtlichen Stellen auf und traf sich meist mit den gleichen Leuten. Die sind aber heute nicht da. Ich glaube, er hat Ärger mit der Polizei und ist wohl deshalb so vorsichtig. Im Gegensatz zu heute", betonte er und grinste.

Mara schaute Scott verärgert an.

Er lachte. „Da haben sich ja die Richtigen gefunden. Denn oft gibt es diese Konstellation von Geheimniskrämerei und Eigensinnigkeit nicht." Grinsend zog er sich zurück.

Bei dem Wort Konstellation kamen ihr Miguels Worte über die Planetenbahnen in den Sinn. Sie musste sich eingestehen, dass er sie insgeheim faszinierte. Mit einem flüchtigen Blick vergewisserte sie sich, dass er weiterhin an seinem Platz saß und der empfohlene Sicherheitsabstand existierte.

Neugierig öffnete sie den Zettel. Es erinnerte sie an ihre Grundschulzeit, als man ständig irgendwelche Briefchen von Verehren bekam. Allerdings hatte man sie damals nie so genannt, wie Miguel es hier tat:

Hallo, Prinzessin, hast dich ja tatsächlich getraut, zu kommen. Hatte schon befürchtet, dich verschreckt zu haben. Eigentlich dürfte es mir nicht leidtun, da es äußerst wichtig für mich ist, zu wissen, was du alles herausgefunden hast. Doch ich bedaure wirklich, dir diesen Schrecken eingejagt zu haben. Beim nächsten Mal werde ich mich zivilisierter verhalten, versprochen. Wie du siehst, halte ich mein Wort. Obwohl ich eine Menge Fragen habe. Unter anderem, woher du meine E-Mail-Adresse hast. Können wir uns bitte auf eine Codierung unserer Nachrichten einigen? Wie wäre es mit Schwanennebel? Pass auf dich auf, damit mir Taylor nicht zuvorkommt.

Mara richtete ihren Blick auf Miguel, der immer noch dort saß und gerade die Umgebung inspizierte, es aber sofort zu bemerken schien und ihr zuzwinkerte.

Mara lächelte verkrampft. Sie spürte ihren Puls rasen. Als er plötzlich aufstand und sie fixierte, wurde ihr mulmig zumute. Was hatte er vor? Mara stand ebenfalls auf, auch wenn sie dadurch ihre Verunsicherung zur Schau stellte. Zielstrebig ging sie zu Scott und beobachtete Miguel aus dem Augenwinkel.

„Kannst du mir dein Auto leihen?", fragte sie Scott, ohne ihn wirklich anzusehen.

„Klar, was hast du vor?", erkundigte er sich geistesabwesend, er half gerade einer Freundin, ein neues System für Codierungen zu verstehen.

„Nichts Besonderes", beschwichtigte sie, „dauert nicht lange."

Sie konnte gerade noch erkennen, wie Miguel zur Hintertür hinaus ging. Zügig folgte sie ihm, zögerte dann aber doch, die Türklinke zu drücken. Dies stellte eine einmalige Gelegenheit dar zu erfahren, wo er wohnte. Genauso gut konnte es aber auch schief gehen, und er etwas bemerken. Am Ende zog er sie in diesen menschenleeren Gang.

Behutsam öffnete Mara die Tür. Eine gespenstische Atmosphäre tat sich auf. Diffuses Licht erhellte den

Flur, dessen weicher Teppich ihre Schritte dämpfte. Sie hörte das Geräusch einer sich schließenden Tür und ging schneller. Der Gang machte einen Knick und wurde dunkler, die Lampen waren in diesem Abschnitt zum Teil defekt. Fahles Licht der letzten Abenddämmerung, das durch eine Scheibe der Tür einfiel, ließ das Ende des Flurs erahnen.

Ihr Herz klopfte wild, während sie durch den vergilbten Vorhang spähte. Ein schwarzer Jeep lenkte gerade aus einer Reihe parkender Autos. Den Fahrer konnte sie nicht erkennen, aber das Nummernschild. Als der Jeep nicht mehr zu sehen war, rannte sie los, sprang in Scotts Wagen und gab Gas. Ihr Herz raste vor Anspannung, als sie auf die Straße bog, doch zu ihrer Enttäuschung war er weg.

Wo kann er in den paar Minuten hingefahren sein, überlegte sie krampfhaft.

Es gab eine Abkürzung, um in Richtung Süden auf die Schnellstraße zu gelangen. Sie wählte diesen Weg und hoffte, dass er nicht nach Norden gefahren war oder diese Abkürzung selbst kannte, in beiden Fällen hätte sie ihn verloren. Kurz bevor die Auffahrt auftauchte, blieb sie stehen und beobachtete die Straße. Es vergingen etwa zwanzig Minuten, bis sie aufgab. Er war ihr tatsächlich entwischt. Sie ärgerte sich, diese einmalige Gelegenheit verpatzt zu haben. Missmutig fuhr sie zurück zum Treffen, um den Wagen zurückzugeben.

Während sie die Wagenschlüssel übergab, bat sie Scott, die Autonummer zu überprüfen. Er freute sich wie immer über solche Bitten. Eifrig machte er sich an die Arbeit und gab die Informationen in den Computer ein. Gespannt wartete sie auf das Resultat. Würde er es ihr so einfach machen?

Der Wagen lief auf eine Autovermietung. Auch dort ging Scott ins Netz, um den Namen des Leasers herauszufinden. Es handelte sich um einen Norman Doyle, der wie Scott herausfand, nirgends gemeldet war. Es gab ihn einfach nicht.

„Mit dir wird es wirklich nicht langweilig. Von wem ist das Kennzeichen, etwa Miguels?", fragte er grinsend.

Mara schaute ihn mit zusammengekniffen Augen an. „Ja", schmunzelte sie, fügte aber mit ernster Miene hinzu, dass es wichtig sei, kein Wort darüber bei irgendjemand zu verlieren.

Sie drehte noch eine Runde durch das Getümmel und machte sich auf den Heimweg. Nachdenklich ging sie zur nächsten Straßenecke und rief sich ein Taxi. Ihr Verfolger fiel ihr wieder ein. Sicherlich hatte er mittlerweile aufgegeben, denn die Vorstellung war seit einer Stunde vorbei. Mara überlegte, ob sie Taylor darauf ansprechen, oder lieber so tun sollte, als sei nichts gewesen.

Mara fiel erschöpft auf die Matratze und wurde schnurrend von Kater Romeo begrüßt. Ihr kam dieser Tag unwirklich vor.

Miguel! *Er war tatsächlich dort gewesen. Sein Wort hat er gehalten und mich nicht in Bedrängnis gebracht.* Sie seufzte. *Ziemlich süß ist er. Unverschämt süß! Ich darf mich nicht davon beeinflussen! Er wird des heimtückischen Mordes beschuldigt! Dann dieser schräge Überfall im Hausflur von Chloe. Und letztendlich stimmt mit ihm etwas nicht, denn Gedankenbeeinflussung, das ist doch Quatsch und am Ende nur eine nette Umschreibung für ein psychopathisches Verhalten.*

Müde legte sie sich ins Bett, doch die vielen Gedanken, die ihr an diesem Abend durch den Kopf schwirrten, verhinderten den erholsamen Schlaf, nach dem sie sich sehnte.

Lieutenant Richter parkte den Wagen vor dem Bürogebäude der Sicherheitsfirma. Er war in Begleitung zweier Detektives in Uniform, um, wenn nötig Zeugen an seiner Seite zu haben, denn er traute niemandem hier.

Richter hatte einen anonymen Hinweis bekommen, was den Toten betraf, den sie am Fluss gefunden hatten. Ohne diese Information, wäre es unmöglich gewesen, ihn so schnell zu identifizieren. Obwohl Agent des FBI, gab es keine Fingerabdrücke von ihm im Computer. Doch nun konnten sie ihn einer Person zuordnen.

Der Lieutenant atmete tief durch, als er den Empfangsbereich betrat. Er wusste, dass es gleich jede Menge Diskussionen geben würde, doch er würde hart bleiben. Er wollte diesen Fall unbedingt aufklären. Es hatte ihn einiges an Überredungskunst gekostet, den Staatsanwalt gleich im Vorfeld für sich zu gewinnen. Richter wusste, dass er sich mit Anfang dreißig und seiner eher schmächtigen Figur den Respekt erst noch verdienen musste, und nahm die Zweifel des Staatsanwaltes nicht persönlich. Seine dunkelblauen Augen spiegelten sich im Glasgehäuse des Pförtners, als er Zutritt zu Agent Taylor erbat.

***

Fluchend betrat Taylor das Büro zu Stacy und Steven.

„Wir bekommen Besuch von Lieutenant Richter. Ich hoffe, er ist nicht wegen Ivan hier. Falls doch, werden wir unseren Verdacht auf Miguel lenken. Wir erklären ihm, dass Ivan Miguel auf den Fersen war und wir plötzlich nichts mehr von Ivan hörten."

Stacy nickte und kaute nachdenklich auf ihrem Stift. Taylor war bereits an der Tür, als sie ihn zurückrief.

„Er könnte auch aus einem anderen Grund hier sein."

Taylor zog fragend die Augenbrauen hoch.

„Ich habe mich revanchiert, auf diese beschissenen Fotos. Gut möglich, dass es ihm nicht so gut bekommen ist." Gleichgültig zuckte sie mit den Schultern.

„Das ist jetzt nicht dein Ernst?" Wütend schlug Taylor gegen die Wand. „Was hast du dir dabei gedacht? Jetzt, wo es bei uns so brenzlig ist. Wenn hier das Untersuchungskomitee auftaucht, können wir unser Vorhaben vergessen."

„Jetzt veranstalte mal nicht so einen Wirbel. Niemand kann mir etwas beweisen, also was soll's."

„Wir werden ja sehen, weswegen er kommt", gab Taylor drohend zurück. „Emotionsgeleitete Rache ist unprofessionell und gefährlich. Ich dachte, du bist aus den Kinderschuhen raus."

***

Richter fuhr mit seinen zwei Begleitern in den dritten Stock. Er klopfte kurz an, bevor er Taylors Büro betrat. Es war nicht nötig, dass er sich vorstellte, denn er hatte schon einmal das Vergnügen gehabt. Er mochte Taylor nicht, was auf Gegenseitigkeit beruhte, das wusste er.

Im letzten Jahr hatte Richter einen Polizistenmord aufzuklären versucht. Taylor beanspruchte diesen Fall jedoch für sich und setzte dies mithilfe einer höheren Instanz durch. Er begründete es damit, dass dieser

Polizist oft in den Diensten des FBI unterwegs gewesen sei und man sich ihm gegenüber verpflichtet fühle.

Für Richter eine dürftige Begründung, doch er konnte damals nichts ausrichten. Es machte ihn wütend, dass dieser Fall bis heute nicht aufgeklärt wurde. Ja, sie hatten einen Verdächtigen vorgebracht, doch der einzige Beweis, die Pistole eines Kollegen, war nicht gerade das, was einen Staatsanwalt zum Jubeln brachte. Richter war sich sicher, dass Taylor etwas zu vertuschen versucht hatte, aber ohne Beweise waren ihm die Hände gebunden.

Taylor schien damals davon besessen gewesen zu sein, an dem Fall alleine zu arbeiten. Was Richter zudem stutzig machte, war dieser dubiose Deckmantel einer Sicherheitsfirma. Denn es handelte sich um eine Niederlassung des FBI, doch die Behörde wollte dies scheinbar nicht öffentlich zeigen. Bis heute konnte Richter nichts darüber in Erfahrung bringen, welche Delikte hier bearbeitet wurden, das machte ihn misstrauisch.

Taylor nickte, ohne eine Miene zu verziehen.

„Ich bringe schlechte Nachrichten", begann Richter. „Es wurde eine Wasserleiche geborgen und diese als einen ihrer Kollegen identifiziert."

Taylor riss die Augen auf. „Sind sie sicher? Wer?"

„Ivan Polzki."

„Das kann ich nicht glauben." Sein Blick wechselte zum Fenster.

Richter entging nicht Taylors verärgerter Ausdruck, wenn es auch nur für einen Bruchteil einer Sekunde war.

„Es gibt keinen Zweifel. Wir konnten ihn durch einen DNA-Test identifizieren."

„Wie ist es passiert?"

„Die Obduktion ist noch nicht abgeschlossen. Wenn die Ergebnisse da sind, werde ich sie Ihnen zukommen lassen."

„Ihnen ist doch klar, dass wir diesen Fall selbst bearbeiten werden. Er war einer unserer vertrautesten Mitarbeiter."

„Tut mir leid, aber der Tote ist in unserem Bezirk aufgefunden worden und deshalb wird der Fall auch von uns untersucht. Sie haben doch sicherlich noch mit dem letzten Tötungsdelikt eines Kollegen zu tun, oder ist der Fall mittlerweile aufgeklärt?", fügte Richter spitz hinzu.

Er spürte, dass Taylor ihn am liebsten mit einem Arschtritt aus dem Büro geworfen hätte. Doch diesmal würde er ihn nicht loswerden.

„Ivan war einer meiner besten Männer und an diesem besagten Mordfall dran. Er stand kurz davor, den Verdächtigen zu überführen. Ich bin sicher, Ex Agent Miguel Lopez fühlte sich in die Enge getrieben und hat Ivan Polzki, genau wie den Polizisten, ausgeschaltet. Der Fall bleibt beim FBI", schloss Taylor bestimmend ab. „Unter anderem arbeitete Agent Polzki an einem Fall, der der Geheimhaltung unterliegt. Diese Informationen können nicht an Dritte weitergegeben werden."

Richter winkte ab. „Ich habe den Auftrag von Staatsanwalt Lewis, mich persönlich darum zu kümmern." Triumphierend legte Richter die Anordnung des Staatsanwaltes auf den Tisch. Taylor wurde rot, blieb aber beherrscht.

„Ich bin gerne bereit, mit Ihnen zusammenzuarbeiten", beschwichtigte Richter. „Ich möchte die Unterlagen sehen, an denen Mr. Polzki arbeitete, seinen Arbeitsplatz besichtigen und seinen Computer konfiszieren."

„Ich gebe Ihnen, was ich kann, aber ich versichere Ihnen, ich werde mich früher oder später selbst darum kümmern." Missmutig gab er ihm Ivans Büronummer.

Richter und seine zwei Begleiter gingen einen Stock höher, um herauszufinden, womit sich Ivan als Letztes beschäftigt hatte.

Der Raum wirkte hell und aufgeräumt. Ivan hatte sich das Büro mit einem Kollegen geteilt. Dieser saß an einem der beiden Schreibtische, die weit voneinander entfernt standen, so als wollten sie jeden Kontakt vermeiden. Er war ein hagerer, dünner Typ, ende vierzig. Seine fettigen Haare reichten ihm bis zum Nacken.

Neugierig schien er zu beobachten, was diese drei unerwünschten Besucher alles durchsuchten und mitnahmen. Auf Richter machte er den Eindruck eines Spitzels, der sich erst irgendwo einschmeichelte und dann alle verriet. Die Polizei war auf solche Leute angewiesen, trotzdem hinterließen sie bei ihm immer einen unangenehmen Beigeschmack.

Nachdem Richter sich alles angesehen hatte, befragte er noch Ivans Zimmerkollegen, bekam aber nur teilnahmslose Antworten. Schnell realisierte er, dass es diesem Kerl nichts ausmachte, nun das Büro für sich alleine zu haben.

Als alles eingepackt war, einschließlich des Rechners, ging er zurück zu Taylor. Diesmal befanden sich dort zwei weitere Personen, ein Mann und eine Frau. Von außen hatte Richter mitbekommen, dass eine lebhafte Diskussion herrschte. Argwöhnisch wurde er von der blonden Frau gemustert.

„Ich habe keine Informationen darüber finden können, wen Agent Polzki suchte. Ich hätte gerne die Akten dazu eingesehen."

Taylor schmiss ihm eine Akte auf den Tisch, die er bereits in den Händen gehalten hatte. Richter nahm sich die Papiere und ließ seinen Blick durch die Runde schweifen. Sein gut geschulter Instinkt sagte ihm, dass sie etwas zu verbergen versuchten. Dieser Fall war nicht mit all den anderen Fällen zu vergleichen, mit denen er bisher zu tun hatte. Wenn sich Taylor wirklich gegen ihn stellte, konnte es mühsam werden, weitere Einzelheiten ans Tageslicht zu bekommen.

Mara schreckte hoch, als der Wecker sie aus dem Schlaf riss. Sie rieb sich die Schläfen und schlurfte in die Küche. Heute musste sie eine schwere Entscheidung treffen. Aus Angst, dass ihre Bedenken überhandnahmen, schlüpfte sie in ihre Sachen und verließ die Wohnung ohne ein Frühstück.

Nebelschwaden durchzogen die Straßen, als Mara fröstelnd ihren Wagen aufschloss. Ihr Ziel war ein Randgebiet der Stadt. Etwa fünfzehn Minuten Fahrt durch den immer dichter werdenden Verkehr. Man musste sehr weitsichtig fahren, denn das Reaktionsvermögen der Leute, ließ so früh noch zu wünschen übrig. Mara hatte sich anhand einer Straßenkarte genau informiert und die Straße mit Leichtigkeit gefunden.

Nicht zu langsam fuhr sie an Stacys Haus vorbei. Es war nicht groß, aber modern. Sie hatte wohl einen Architekten beauftragt, denn dies war keins von den gewöhnlichen Fertighäusern. Es dominierten Aluminium und Glas. Das ganze Haus fiel vom Dach angefangen schräg nach unten ab. Die Eingangstür wurde durch eine Konifere leicht verdeckt, und das gegenüberliegende Gebäude lag versetzt.

Mehr konnte sie jetzt nicht in Erfahrung bringen, ohne aufzufallen, weshalb sie ins Theater fuhr, um Zack einen Besuch abzustatten.

Das Theater lag idyllisch neben einem Park. Es erforderte schon Disziplin, nicht alles auf morgen zu verschieben, sich auf einer der Parkbänke niederzulassen und sich etwas von der sanften Morgensonne zu gönnen, die ihre ersten Strahlen durch den Dunst gekämpft hatte. Seufzend lenkte Mara ihren Wagen an die Rückseite des Gebäudes. Hier gab es einen Lieferanten Eingang, den auch Zack immer benutzte.

Man kannte Mara, weswegen sie ohne Zögern eingelassen wurde. Der Weg zu den Kostümräumen war ihr vertraut. Zielstrebig lief sie einen scheinbar endlosen Flur lang. Eine Tür nach der anderen passierte sie, bis am Ende des Ganges ein offener Raum auftauchte, in dem rüschenbesetzte Hemden auf Ständer hingen.

„Wen haben wir denn da? Schön, dass du mich mal wieder besuchen kommst. Was machst du so?", grüßte Zack überschwänglich und drückte ihr links und rechts einen Luftkuss auf die Wange. „Habe gehört, du hattest Ärger mit irgendwelchen Sicherheitsleuten?", erwähnte Zack beiläufig mit seiner typisch weinerlichen Stimme.

„Ja, das kann man wohl sagen, aber es kommen auch wieder Tage, an denen diese Freaks Ärger mit mir bekommen", witzelte Mara und hoffte, das unliebsame Thema damit beendet zu haben.

Zack setzte sich lachend auf den Tisch, um sich eine Zigarette zu drehen. Seine dünnen, dauergewellten Haare verdeckten dabei sein Gesicht. Mara wunderte sich, wie er überhaupt sehen konnte, was er da tat.

„Was kann ich für dich tun?", nuschelte er zwischen seinen Haaren hindurch. „Ich habe das Gefühl, du willst etwas von mir", stellte er grinsend fest und zwickte Mara in die Seite, um sie zu kitzeln. Sie hasste es, wenn er das tat.

„Du solltest als Wahrsager anfangen. Ich brauche eine Verkleidung zum Mann", erklärte sie trocken und wartete auf sein Lachen, das sich schließlich auch in grunzenden Geräuschen äußerte.

„Eine Verkleidung zum Mann? Ich will gar nicht wissen, wozu du das brauchst." Er griff einige Kleidungsstücke von den Haken und überreichte sie Mara.

„Sieh mal, ob die Größe stimmt. Müsste aber passen", nuschelte er mit der Zigarette im Mundwinkel.

Mara nickte. „Hast du noch etwas von dem Wachs, um die Gesichtskonturen zu verändern?"

„Natürlich." Ohne Eile ging er zu einem Schränkchen, in dem sich eine ganze Armada von Lippenstiften lagerten, und zog eine Dose heraus. „Ich werde dir etwas abzweigen. Wie viel brauchst du denn? Für einmal, zweimal oder mehr?" Mit der Dose in der einen Hand und einem Spatel in der anderen schaute er sie an, ohne den Eindruck zu erwecken, dass ihn das irgendwie interessierte. Als käme es alle Tage vor, dass sie sich hier irgendetwas aus seinem Inventar abholte.

Sie überlegte kurz und ließ sich gleich für zweimal etwas einpacken. Beide plauderten noch eine Weile über alte Zeiten, bevor sie sich verabschiedete.

Auf dem Weg zu ihrem Auto rief Mara einen Freund an. Er hatte sie im Pub beiseitegenommen und seine Hilfe angeboten, um für Tarzan Rache zu üben. Seine Augen hatten kämpferisch gefunkelt, als sie ihm eine Idee vorschlug. Er sollte sich Stacys Türen näher ansehen, welche Schlösser verbaut wurden und ob es eine Alarmanlage gab. So musste sie sich nicht zu lange dort herumtreiben und konnte gleich mit dem Wesentlichen loslegen.

Mara wusste, dass auf seine Informationen Verlass war. Sie hatte Ethan auf einem Lock-Picking-Wettbewerb kennengelernt. Allerdings unterschieden sie sich wesentlich. Mara tat dies nur im legalen Bereich, wohingegen Ethan bekannt dafür war, sich illegal Zutritt zu verschaffen. Nicht umsonst saß er ein Jahr im

Gefängnis wegen Einbruchs. Damals hatte er die Alarmanlage wohl unterschätzt. Er liebte es, in teure Villen
einzusteigen, während die Besitzer im Urlaub waren.
Dort ließ er es sich gut gehen. Badete im Jacuzzi,
schwitzte in der Sauna und wälzte sich in deren Was-
serbetten, wozu er sich ein paar Mädels einlud. Mit
ihnen leerte er den Vorrat an Champagner und was es
sonst noch an Leckereien gab.

Dem Rechtsstaat, der für eine Verurteilung genaue
Beweise verlangte, hatte er es damals zu verdanken,
dass man ihm all die vorangegangenen Einbrüche nicht
anlastete, obwohl der Richter überzeugt gewesen war,
den Schuldigen vor sich sitzen zu haben.

Mara hoffte, dass er keine Schwierigkeiten aufgrund
ihrer wahnwitzigen Ideen bekommen würde. Oder sie
sich selbst in den größten Schlamassel manövrierte.

Mara saß im Schneidersitz in ihrem Ohrensessel und
starrte an die Wand. Will ich das wirklich tun? Ist es
gerechtfertigt? Sie wusste es nicht. Zudem war sie unschlüssig, wann der beste Zeitpunkt für ihren Plan sei.
Während Stacys Arbeitszeiten oder ihrer Karatestunden. Schließlich fiel ihre Wahl auf die zweite Möglichkeit. Der Grund dafür war großspurig, doch Mara wollte
Stacy gerne das Gefühl geben, dass man alles über sie
wusste. Zu den Karatestunden ging sie immer diens-
tags und freitags für drei Stunden, stets zu den gleichen
Zeiten, abends.

Heute noch wollte Mara ihren Plan in die Tat umsetzen, bevor sie es sich anders überlegte.

Beunruhigt lehnte sie sich zurück. Miguel ging ihr
durch den Kopf und sie bedauerte, ihn vorher nie gesehen zu haben, um ihn kennenzulernen. Der Hinweis ihres Computers über eine eingegangene E-Mail ließ sie

im Geheimen hoffen, noch einmal von ihm zu hören, doch sie stammte von Ethan.

Er hatte den Auftrag, nach Stacys Tür zu sehen, schon erledigt. Er erklärte, dass die Fronttüre mit einer guten Alarmanlage gesichert wurde, die man unmöglich knacken konnte, doch an der Hinterseite wurde erst vor Kurzem eine neue Glastüre eingebaut, die noch nicht mit den Kontakten für die Alarmanlage ausgestattet war. Dieses Schloss würde keine Herausforderung darstellen, doch er betonte, dass die Zeit drängte, da die fehlenden Kontakte mit Sicherheit in den nächsten Tagen angebracht sein würden.

Es war bereits Nachmittag, als sich Mara auf den Weg zu ihren Strafstunden machte. Den Pförtner kannte sie mittlerweile. Einen schönen Tag wünschte er ihr, während er sie in eine lange Liste eintrug. Auf dem Weg zu ihrem kleinen Arbeitszimmer begegnete ihr Fred. Es hatte beinahe den Anschein, dass er sie hier stets abfing.

Als sie vor Taylors Büro aufeinandertrafen, drangen aufgeregte Stimmen aus dessen Arbeitszimmer. Fred riet ihr davon ab, dort jetzt hineinzugehen. Mara schaute ihn fragend an. „Ist wieder etwas passiert?"

„Das kann man wohl sagen! Ein Agent wurde tot aufgefunden und der Lieutenant, der diesen Fall bearbeitet, wollte die Untersuchung nicht den hiesigen Behörden überlassen, obwohl der Tote in Taylors Auftrag gearbeitet hat. Taylor ist ziemlich sauer." Fred machte ein fassungsloses Gesicht.

„Naja, vielleicht hatte der Lieutenant seine Gründe, diesen Fall für sich zu beanspruchen. War er Ihr Freund gewesen, der tote Agent?", fragte sie Fred und schaute ihn dabei mitleidvoll an. Irgendwie wollte sie ihm den Namen des Toten entlocken.

„Er war in Ordnung. Aber Freund? Nein, nicht wirklich. Ivan und ich hatten immer mit verschiedenen Aufgaben zu tun." Unsicher zuckte er mit den Schultern.

Mara fuhr ein Stich durch den Magen, als sie Ivans Namen hörte. Nun war es sicher, dass er nicht mehr lebte, und sie hatte die letzten Momente seines Lebens live mitbekommen. Es fiel ihr schwer, die Fassung zu wahren.

„Bestimmt nicht einfach, so schnell wieder klare Gedanken zu bekommen, wenn man einen Kollegen verloren hat. Ich wünsche Ihnen alles Gute und lassen Sie den Kopf nicht hängen", sagte sie freundschaftlich und verabschiedetet sich von ihm. Gern hätte Mara mehr erfahren, doch wollte sie nicht zu neugierig erscheinen. Bisher war er stets bereit gewesen, wie aus dem Nähkästchen zu plaudern, das durfte sie sich nicht vermasseln, nur weil sie sich aufdringlich verhielt.

***

Fred blieb mit leerem Blick auf dem Flur stehen. Maras Worte wirkten nach. *Bin ich zu naiv für meinen Posten? Vielleicht hatte der Lieutenant tatsächlich seine Gründe. Was, wenn Taylor seine weiße Weste schmutzig gemacht hat? Doch wie könnte ich dahinterkommen? Der Leutnant hat bereits alles, was Ivan bearbeitete, mitgenommen. Es wäre die Chance für mich, endlich die Karriereleiter eine Sprosse höher zu erklimmen. Diese Mara! Was tut sie hier eigentlich wirklich? Wieso ist sie nicht den ganzen Tag hier?* Er befürchtete, zu leichtgläubig für diesen Beruf zu sein. Nie hinterfragte er die Beweggründe, obwohl er doch spürte, dass etwas nicht stimmte. *Das wird sich ab sofort ändern*, schwor er sich.

***

Mara hatte trotz Freds Warnung, Taylors Büro betreten. Alle, inklusive Ann saß dort. Mit schlecht gelaunten Mienen wurde Mara gemustert. Taylor versuchte wie immer, keine Emotionen zu zeigen. „Es tut mir leid, aber wir sind gerade in einer Besprechung. Doch wenn es wichtig ist?"

„Naja, Ansichtssache. Bin mit der Codierung soweit am Ende des Möglichen", erklärte sie ungerührt.

Alle starrten sie aufmerksam an.

„Also, es sind weitere Daten nötig, um den ersten USB-Stick zu entschlüsseln. Da bin ich ganz sicher. In dem Karton, den Sie mir übergaben, konnte ich aber keinen passenden Datenträger finden", log sie.

„Ich habe es doch gewusst", brummte Taylor. Sich wieder Mara zuwendend, erklärte er: „Ich komme gleich in Ihr Büro."

Mara empfand es unhöflich, jemanden auf diese Art zum Gehen aufzufordern. Doch Höflichkeit erwartete sie auch nicht von diesen kaltherzigen Menschen. Ohne den anderen noch eines Blickes zu würdigen, verließ sie dieses Büro mit unsympathischen Leuten.

Triumphierend schaute Taylor in die Runde. „Ich wusste, dass noch ein weiterer Datenträger existieren muss, sonst wäre Miguel schon längst damit an die Öffentlichkeit gegangen. Das heißt aber auch, dass sich dieser Datenträger nur hier befinden kann. Es ist sicher einer der USB-Sticks. Er muss hier sein!"

Stacy schaute gelangweilt und winkte ab. „Vergiss doch den Stick. Wenn er hier ist, kommt Miguel da sowieso nicht dran und kann uns nicht schaden. Wir müssen ihn nur noch erwischen und ausschalten."

„Ganz so einfach ist das nicht. Wenn Miguel will, kann er hier jederzeit rein spazieren. Es ist wichtig, dass wir die Daten finden! Du scheinst wohl vergessen zu haben, wie gefährlich er ist, wenn er einen von uns zu nahekommt. Sicher hat er längst einen Plan ausgetüftelt. Aber wir werden ihm zuvorkommen!"

Taylor fiel auf, dass Stacy in letzter Zeit keinerlei Kombinationsgabe besaß. Er hatte keine Lust mehr, Stacys unbekümmerte Art zu ertragen. Kopfschüttelnd sprang er von seinem Stuhl hoch und schlug die Tür hinter sich zu. *Ob Mara in der Lage ist, die passenden Sticks zueinander zuführen? Ich muss mir unbedingt ihrer Kooperation sicher sein.* Er fragte sich, was bei ihr eher ansprach. *Druck oder Entgegenkommen? Sie wirkt nicht wie jemand, der sich schnell einschüchtern lässt, vielleicht ist die freundschaftliche Variante die Effektivste.*

Obwohl Mara bereits wusste, dass Taylor ihr einen Besuch abstatten wollte, zuckte sie zusammen, als er die Tür aufriss. Er grinste über das gesamte Gesicht, doch seine grauen Augen funkelten hinterlistig. In seinen Armen hielt er einen Schuhkarton, den er ihr auf den Schreibtisch stellte.

„Je schneller Sie das Passende finden, desto schneller sind Sie uns los", witzelte er. „Und nach dem Decodieren nicht drin rumschnüffeln, klar? Ich sage das zu Ihrer eigenen Sicherheit." Er machte eine Pause und blickte drohend. „Ich habe Sie vor einer Verhaftung bewahrt und erwarte ein gewisses Maß an Loyalität."

Mara nickte. Sie würde dieses Spiel mitspielen, den Schein wahren, solange es sein musste. „Ich lege eine Doppelschicht ein! Es interessiert mich auch wenig, worum es geht. Hauptsache raus hier." Mara grinste.

„Das wollte ich hören", brummte Taylor.

Am liebsten hätte sie ihm geraten, nicht auf seiner Schleimspur auszurutschen. Stattdessen lächelte sie und begann demonstrativ im Karton zu wühlen, bis sie einen Stick herauszog.

Taylor wirkte in sich versunken, als er noch mal nickte und ihr Zimmer verließ. Erleichtert, dass er so schnell ging, wie er gekommen war, blickte sie wieder in den Karton. Es befanden sich mindestens dreißig USB-Sticks darin. Sie fragte sich, ob sie vielleicht auch den dritten Datenträger entdecken würde, doch sie glaubte nicht daran. Ihr Gefühl sagte ihr, dass der Rest in Miguels Besitz sein musste. Aber sie würde sich alles genau ansehen, denn sie war keine Hellseherin.

Mara stand nachdenklich vor dem Spiegel. Sie hatte sich alles zurechtgelegt. Perücke, Sakko und Hose. Sie wechselte das Shirt gegen ein hellbraunes Hemd und musste lachen. Dieses Kleidungsstück stand ihr gar nicht. Auch ihr Busen schien zu protestieren, er spannte die Knöpfe bis zum Äußersten. Trotzdem ließ sie sich nicht beirren und machte weiter. Verpackte ihre Haare in ein enganliegendes Haarnetz, ihr Gesicht bekam eine Lage von dem Effektwachs, um ihre Züge zu verändern.

Mara war nicht wirklich zufrieden, so wie sie nun aussah. Die Konturen wirkten unförmig. Es war Ewigkeiten her, dass sie sich an Halloween damit ein vernarbtes Gesicht gestaltet hatte. Ein Männergesicht zu modellieren, war bei Weitem etwas anderes. Sie sah auch nicht wirklich männlich aus, sondern einfach nur grottenhässlich. Kritisch beäugte sie sich im Spiegel. Ihr Gesicht wirkte jetzt fülliger. Zum Glück kam da noch der Bart, den sie sich anklebte, er verdeckte die Unebenheiten, die den Anschein einer Cellulite erweckten. Ein Oberlippenbart, der an den Enden bis zum Kinn reichte und ein kleiner Kinnbart. Der Abschluss von all dem bildete die Perücke. Sie hatte schwarz gelocktes Haar. Das erinnerten sie an Miguel.

Mara war nicht wiederzuerkennen. Selbst an Scott könnte sie so unerkannt vorbeilaufen. Sie befürchtete, dass man sofort sah, dass sie verkleidet war. Doch am Ende wollte sie nur nicht erkannt werden und so erfüllte es den Zweck.

Bevor sie ihre Wohnung verließ, rief sie sich ein Taxi. Sicherlich würde es merkwürdig anmuten, wenn eine so komische Gestalt mit ihrem Auto davonfuhr. Bestimmt wüsste es Taylor am selben Tag.

Als Mara die Straße betrat, wartete das Taxi. Kurz, nachdem sie einstieg, meldete sich Scott über ihr Handy.

„Es läuft alles wie ausgemacht, kannst loslegen", erklärte er trotzig. Lange hatte er versucht, ihr dieses Vorhaben auszureden.

Mara antwortete mit einem leisen Okay. Es fehlte ihr die passende Stimme zu ihrem Outfit, weswegen sie sich auf eine einfache Antwort beschränkte.

Eine Straßenecke, bevor das Taxi Stacys Haus erreichte, stieg sie aus. Ihre Aufregung wuchs mit jedem Schritt. Aufmerksam beobachtete sie die Umgebung, das hatte sich mittlerweile zu einer Manie entwickelt. Die Straße wirkte ruhig. Wahrscheinlich waren gerade die Familienväter nach Hause gekommen und man saß beim Essen, sinnierte Mara.

Zügig ging sie die Straße entlang. Das Haus konnte man schon von Weitem sehen. Das schräge Dach, der weiße Beton. Maras ganzer Körper wurde erfüllt mit einem Gemisch aus Angst und Nervosität. Übelkeit stieg in ihr hoch. Sie schlüpfte hinter die Konifere, die einen angenehmen Duft verbreitete, und drückte sich an der Hauswand entlang, um zur Rückseite zu gelangen.

Ihr Herz raste. Mit zittrigen Händen kramte sie nach ihrem Werkzeug. Nie hatte sie vorgehabt es für so etwas zu benutzen, schließlich war ihre Profession eine Hackerin und keine Einbrecherin.

Mara führte den Spanner ein und ließ einen Pick, den Halbdiamant in den Schließzylinder hineingleiten. Alle ihre Sinne schärften sich. Kaum hörbar klickten die

Stifte im Schloss, übertrugen ihre Bewegung über den Pick bis in ihre Finger. Schweiß lief ihr den Rücken herab und es wurde unerträglich heiß unter dem Bart. Irgendetwas blockierte. Sie brauchte aufgrund ihrer Nervosität länger als geplant. Erneut harkte Mara über die Stifte, übte den erforderlichen Druck aus, bis die Stifte in der richtigen Position verharrten, und öffnete die Tür, die direkt in das Wohnzimmer führte.

Leise zog Mara die Tür hinter sich zu. Ihr Herz war nicht bereit, sich zu beruhigen. Es raste wie ein Pressluffhammer. Noch nie war sie irgendwo eingebrochen, außer in Taylors Büro, doch das war etwas anderes gewesen. Das hier fiel in den strafbaren Bereich. Gefängnisstrafe und Ausweisung waren ein hoher Einsatz, den sie hier spielte.

Mara versuchte, sich einzureden, sie sei ein geheimer Special-Agent, der hier bloß seine Arbeit machte. Das half ihr, die Angst zu übergehen.

Sie huschte zum Vordereingang und spähte durch ein Fenster auf die Straße. Niemand schien etwas bemerkt zu haben. Ihr Herz raste. Nervös blickte sie sich um. Sie stand in einem Flur, dessen Boden mit dunkelgrünen Marmorplatten ausgelegt matt schimmerte. Von hier gingen drei Türen ab und eine Treppe, die nach oben führte. Mara zog sich die Latexhandschuhe zurecht.

Sie öffnete die erste Tür. Die Küche! Die Möbel und Dekorationen wurden in modernen, hellen Farben gehalten, allerdings herrschte eine ziemliche Unordnung. Überall standen Sachen herum, darunter viele Dinge, die in der Küche nichts verloren hatten. Auf dem Tisch stapelte sich ein Berg von Papieren, die sich zum Teil als Rechnungen herausstellten. In der Luft lag noch der

Geruch von gebratenen Eiern mit Speck. Wahrscheinlich die ungespülte Pfanne, die auf dem Gasherd stand.

Hektisch verließ Mara dieses Chaos. Zittrig drückte sie den Türknauf. Hier lag das Badezimmer mit Dusche. Offene Cremes, Klamotten und Schminksachen lagen überall zerstreut herum. Das, wonach sie suchte, war hier nicht zu sehen.

Als Nächstes kam das Wohnzimmer dran, durch das sie gekommen war. In diesem Raum sah es nicht ganz so unordentlich aus. Ein schmutziges Weinglas und eine leere Flasche standen auf dem Glastisch, vor einem weißen Ledersofa. Hastig öffnete Mara Schubladen und Schranktüren. Sie zuckte zusammen. Verharrte in ihrer Bewegung. Hinter einer der Klappen lief ein Gerät. Es zeichnete etwas auf. Wird das Haus videoüberwacht? Sie wusste nicht, was sie jetzt tun sollte. Abhauen? Andererseits konnte sie sich nicht vorstellen, dass an irgendeinem Ort jemand saß und den ganzen Tag Stacys Wohnung beobachtete. Ein gewisses Unbehagen ließ sich aber nicht abstellen. *Ob ich ungewollt einen stillen Alarm ausgelöst habe?* Sie blickte auf ihre Armbanduhr. *Noch fünf Minuten, dann haue ich ab!* Mara schaltete das Gerät zur Sicherheit aus. Nicht, dass Stacy sie an irgendwelchen Kleinigkeiten erkannte.

Mit rasendem Herzen rannte sie die Treppe nach oben. Auch hier gab es drei Türen.

Die erste Tür führte in ein Bad, das mit schwarz-weißen Fliesen ausgelegt war. Eine Eckbadewanne mit Sitzplatz und Luftdüsen dominierte den Raum. Sie riss die Körbe vor. Cremes, Haarspray und Haarbürsten. Die Schubladen waren zu klein, trotzdem zog sie eine nach der anderen heraus.

Als Nächstes öffnete sie ein Zimmer, das den Eindruck eines Gästezimmers machte, wäre da nicht die

Waffensammlung in einer gläsernen Vitrine. Mara riss alles auf, was es zu öffnen gab, aber sie hatte keinen Erfolg. Tränen stiegen ihr in die Augen. Sie wollte nur noch raus hier, doch sie durfte jetzt nicht aufgeben.

Maras Zuversicht schwand. Ein Zimmer blieb übrig. Das Schlafzimmer. Das gesamte Inventar im Raum wurde in roten Pastellfarben gehalten, die Tapeten, Vorhänge und sogar die Lampenschirme. Mara mobilisierte noch mal ihren Mut und begann alles zu durchwühlen, angefangen an einem riesigen Spiegelschrank, dann die Bettkonsolen und eine Kommode mit Schubladen, doch es war nichts zu finden, außer Unmengen an Spitzendessous. Mara erinnerte sich genau, dass Stacy erwähnte, das Köfferchen mit den Spritzen bei sich zuhause aufbewahren zu wollen

Hoffnungslosigkeit begann an ihr zu nagen. Sollte alles umsonst gewesen sein? Selbst die Wände hinter den Bildern untersuchte sie, ob sich nicht ein Safe dahinter verbarg. Aus Frust leerte Mara die Inhalte der Schubladen auf den Boden aus und veranstaltete ein regelrechtes Chaos. Slips, Büstenhalter und andere Klamotten bedeckten den dunkelroten Teppichboden. Nur das Bett blieb übrig, um nachzusehen. Mara riss die Decken herunter. Schnappte sich den Zipfel des Kissens, um es wegzuziehen, wobei sich ihr Schuh im herunterhängenden Bettlaken verfing. Sie ruderte mit den Armen, ehe sie auf den weichen Decken landete. Außer Atem wollte sie sich gleich aufrappeln, da fiel ihr auf, noch nicht unter dem Bett nachgesehen zu haben. Hoffnungsvoll steckte sie den Kopf unter das Gestell. Und da lag etwas! Schwerfällig kroch sie bis zur Hälfte darunter, um es herauszuziehen. Sie konnte es kaum fassen. Es fühlte sich an wie in einem Traum. Mit rasendem Herzen hielt Mara ihre Trophäe in den Händen. Sie hatte das Köfferchen gefunden! Im schlechtesten Versteck, das es gibt.

Den kleinen Koffer fest an sich gedrückt, jagte Mara nach unten und lugte durch das Küchenfenster. Die Luft schien rein. Die Straße war menschenleer. Mit dem Koffer, den sie in eine Stofftasche verpackte, verließ sie das Haus wie sie hereingekommen war, durch die ungesicherte Glastüre. Um die Ecke wartete bereits ein neues Taxi, das sie zurück ins Theater fuhr.

Diesmal wollte man sie nicht rein lassen, schließlich hatte man diesen merkwürdigen Typ vorher nie gesehen. Zack musste nach vorne kommen, um zu bestätigen, dass dies tatsächlich ein Freund von ihm sei. Als er zur Tür herauskam, riss er die Augen auf. Seine Wangen plusterten sich auf, um in grunzendem Gelächter auszubrechen.

„Wie siehst du denn aus? Ist ja echt gruselig." Lachend hielt sich Zack den Bauch und winkte Mara rein.

Auch bei Mara wich nun alle Anspannung. Als sie an einem der Spiegel vorbeilief, musste sie kichern. Gruselig. Das traf es wirklich.

„Ich hatte nicht bedacht, mich wieder umziehen zu müssen. Kannst du mir normale Kleidung borgen? Bringe es dir so schnell wie möglich zurück."

„Klar, wie wäre ein hübsches Sommerkleidchen?" Mit gezieltem Griff hatte Zack ein weißes Baumwollkleid mit hellgrünen Blumen bedruckt in der Hand.

„Ja, ja, mir ist alles recht, nur raus aus diesem Kram."

„Na, keine Anzüglichkeiten geerntet?", fragte Zack mit einem breiten Grinsen auf dem Gesicht.

„Nein, zum Glück nicht. Diese Mädels müssten auch unter einem extremen Sehfehler leiden, um so eine

Type anzumachen", antwortete sie arglos. Erledigt ließ sie sich auf einen der Stühle fallen.

Zack lachte laut auf. „Nein, so meine ich das nicht. Ich dachte eher an ein paar Gays. Hast irgendwie was Tuntiges", erklärte er im anzüglichen Ton.

Lachend schlug Mara ihm auf den Arm und befreite sich von Perücke und Wachs. Hinter ein paar Kleiderständer schlüpfte sie in das Kleid. Sie schätzte es, dass Zack keine Fragen stellte, denn was hätte sie erzählen sollen? Nur ein Einbruch bei einer FBI-Agentin?

Gelassen schlenderte sie durch den angrenzenden Park und genoss, wie sich das Kleid bei dem geringsten Windhauch an ihren Körper schmiegte. Ohne Frage, Zack hatte Geschmack. Die bewundernden Blicke der männlichen Parkbesucher bestätigten das.

Der Abend brach an und die Sonne hatte die meiste Kraft verloren. Jetzt brannte sie nicht mehr auf der Haut, sondern fühlte sich angenehm an. Mara nahm einen Umweg, durch die Altstadt, in der sich die Besitzer der Souvenirlädchen und Candy-Shops auf den Feierabend vorbereiteten. Nach einem Imbiss ging sie zufrieden heim. Nur zu gerne würde sie Stacys Gesicht sehen, wenn sie ihr Haus betrat.

Es war bereits dunkel, als Stacy vor ihrem Haus parkte. Sie stellte die Alarmanlage ab und schloss die Türe zu ihrem Haus auf. Genervt schleuderte sie ihren Schlüsselbund in ein Körbchen auf der Kommode.

Doch etwas stimmte nicht! Sie kniff die Augen zusammen und starrte auf die Wohnzimmertüre, die offen stand.

Sie schloss generell alle Türen, bevor sie das Haus verließ. Ob sich jemand im Haus aufhielt? Miguel? Einbrecher?

Mit gezogener Waffe schlich Stacy leise ins Wohnzimmer. Lautlos verharrte sie und wartete, ob irgendwelche Geräusche zu hören waren, doch es blieb alles ruhig. Sie ging zur Verandatüre und bemerkte, dass jemand die ungesicherte Türe aufgeschlossen haben musste, die noch immer offenstand. Einbruchspuren waren daran keine zu erkennen. Vorsichtig kontrollierte Stacy jeden Meter des Hauses. Erst die Räume in der unteren Etage, dann die Treppe rauf. Überall standen Schubladen und Schranktüren offen.

Nachdem sie sich vergewissert hatte, dass sich keine Person mehr im Haus aufhielt, verfiel sie in ein lautes Fluchen, steckte den Revolver in das Halfter und sah nach, was fehlte. Ihr Schmuck und ihre neue Kamera waren noch da. Wie angewurzelt stand sie da und wagte nicht, daran zu denken. Sie wirbelte herum, hastete ins Schlafzimmer. All ihre Sachen, die gesamte Unterwäsche lag zerstreut am Boden. Panisch ging sie auf die Knie, um unter das Bett zu schauen.

Ihr wurde übel. Der Koffer lag nicht mehr an seinem Versteck! Sie blickte verstört ein weiteres Mal nach. Sie spürte, wie es in ihrer Halsschlagader pulsierte. Verzweifelt blieb sie auf dem Boden hocken und ließ ihren Kopf in die Handflächen sinken.

Wie soll ich das Taylor erklären? Der wird komplett ausrasten! Mir Vorhaltungen machen, dass ich diesen dummen Spleen mit den antiquierten Spritzen noch immer nicht aufgegeben habe. Sie stöhnte innerlich. Sie hatte bereits seine Vorwürfe im Ohr, wie er sie nachäffte: Die Einwegspritzen haben keinen Stil.

Dass sie äußerst wirkungsvoll waren, darüber wird er kein Wort verlieren. Die meisten plauderten allein beim Anblick dieser Monster. Habe ich meine Fingerabdrücke richtig entfernt?

Stacy sprang wutentbrannt auf und schaltete das Video ein. Rund um die Uhr lief ein Überwachungsband, das den Eingangsbereich von innen filmte. Sie spulte es zurück, bis jemand zu sehen war.

Fassungslos beobachtete sie, wie eine Person vorsichtig eintrat, um sich dann aus dem Blickwinkel der Kamera zu entfernen. Wieder und wieder spulte Stacy das Band zurück, um sich das Gesicht des Einbrechers anzusehen, doch es sah niemandem ähnlich, den sie kannte. *Was mache ich jetzt? Die Spurensicherung brauche ich erst gar nicht zu ordern, die Person auf dem Film trug Handschuhe.*

Stacy seufzte. Es blieb ihr nichts anderes übrig, als bei Taylor anzurufen und ihre heikle Lage zu beichten. Wütend ließ sie sich aufs Sofa fallen, schenkte sich einen doppelten Whisky ein, den sie in einem Zug leerte, und griff sich das Telefon. Es dauerte eine Weile, bis er endlich abhob.

„Wir haben ein Problem", begann sie energisch. Sie durfte sich jetzt nicht schuldbewusst anhören, sonst würde Taylor sie mit Worten in der Luft zerreißen.

„Was ist passiert?", klang es misstrauisch aus dem Hörer.

„Bei mir wurde eingebrochen. Der Koffer ist weg."

Es herrschte einen Moment der Stille, bis Taylor schließlich wutschnaubend fluchte. „Wie konnte das passieren? Habe ich dir nicht gesagt, du sollst ihn an einen sicheren Ort verwahren, oder besser noch vernichten? Ich komme rüber." Ohne ein weiteres Wort knallte er den Hörer auf.

Stacy seufzte und schenkte sich das Glas wieder voll. Diesmal saß sie wirklich in der Scheiße.

Mara saß in ihrem Ohrensessel. Sie fühlte sich ausgelaugt. Ihre Nerven hatten heute einiges aushalten müssen. Ihre Hände waren noch immer zittrig. Bedenken nagten an ihr, dass sie sich eventuell durch irgendetwas verraten haben könnte. Tausend Gedanken beschäftigten sie. *Was soll ich denn jetzt mit dem Koffer anstellen? Ich brauche jemanden, der mir hilft! Nicht irgendjemand, sondern eine Person bei der Polizei.* In ihrem Freundeskreis kannte sie keinen, der einen guten Draht zu Justitia hatte. Nur Scott, dessen Freund bei der Mordkommission arbeitete, doch der war noch nicht lange dabei. *Ist Lieutenant Richter nicht sein Vorgesetzter? Ob man diesem Richter trauen kann? Polizisten halten zusammen, und das FBI gehörte schließlich auch dazu. Am besten ist es, ihn genau zu durchleuchten. Jede einzelne Akte von ihm akribisch zu untersuchen,* sinnierte sie.

Optimistisch streckte Mara ihren Arm aus, um nach dem Handy zu greifen. Durch eine Kurznachricht übermittelte sie den Erfolg der Mission und auch gleich einen neuen Auftrag. Die Akten von Richter zu beschaffen. Mara dachte an ihre dicke Cohiba, die im Schrank lag. Ihr war danach, sie anzuzünden und ihren Erfolg zu feiern, doch sie hasste Zigarren, weshalb sie sich mit der Flasche Cola begnügte, die auf dem Tisch stand.

Miguel ging ihr durch den Kopf. *Was er wohl mit den Spritzen anfangen würde? Er hat bestimmt jede Menge Kontakte. Wahrscheinlich wäre es einfach für ihn, die Spritzen, ohne Fragen beantworten zu müssen, untersuchen zu lassen. Ich könnte ihn kontaktieren! Nein! Ich darf ihm nicht vertrauen! Und wieso sollte er recht behalten, dass alles eine Nummer zu groß für mich ist. Auch ohne die Hilfe dieses Freaks wird Mara Bucher zurechtkommen!*

***

Wutentbrannt pfefferte Taylor die Fernsehzeitschrift in die Ecke und zog sich Klamotten an. Er griff in die Chipstüte und nahm einen Schluck aus der Bierflasche. *Eins steht fest! Ich werde dem Weibsbild gleich richtig die Leviten lesen. Ich habe mich jetzt lange genug geärgert, irgendwann ist auch mal Schluss!* Er schnappte den Autoschlüssel und verließ seine Eigentumswohnung, die sich mitten im Zentrum der Stadt befand. Es war ein neues Gebäude, mit Glasverspiegelung und Pförtner. Nicht jeder konnte es sich leisten, sich hier niederzulassen. Mit dem Fahrstuhl fuhr er in die Tiefgarage. Die Reifen seines Jaguars durchbrachen die Stille des Abends, als er aus der Garage preschte.

***

Nervös schritt Stacy von einem Zimmer ins andere. *Verdammt! Das musste jemand gewesen sein, der es speziell auf den Koffer mit Spritzen abgesehen hat. Aber wer? Und weshalb? Miguel wegen Ivan? Oder lag der Grund bei diesem Computerspinner? Habe ich Mara unterschätzt und sie hat es faustdick hinter den Ohren, wie Taylor sich ausdrückt? Nein, das kann es nicht sein. Woher sollte sie von dem Koffer wissen? Oder war Tarzan am Ende doch noch in der Verfassung, etwas zu erzählen? Es konnte nur Miguel der Grund sein!* Sie ballte die Hände und trat gegen die Zeitschriften, die am Boden verteilt lagen. *Er kennt diesen Koffer. Sicher hat er weiterhin mit Ivan in Kontakt gestanden und sofort nachgeforscht, nachdem er nichts mehr von ihm gehört hat. Nur so ist auch die schnelle Identifizierung Ivans zu erklären. Miguel musste nur eins und eins zusammenziehen, um zu dem Verdacht zu kommen, dass man seinem Kollegen das Wahrheitsserum verabreicht hat.*

Das laute Summen der Klingel riss Stacy aus ihren Gedanken. Taylor stand vor der Tür. Ohne ein Wort ging er an ihr vorbei und betrat den Flur.

„Komm, zeig mir direkt das Band, und dann erkläre mir mal, wie man so einfach bei dir einsteigen kann", kommandierte er mit finsterer Miene und einem leichten Lallen.

Stacy ging zum Rekorder, um das Band zurückzuspulen. „Ich habe diese Person noch nie gesehen. Du?"

„Die Person ist eindeutig verkleidet. So bescheuert sieht doch kein Mensch aus. Hattest du diesen Computerfreak irgendwann bei dir zuhause gehabt?"

„Nein, natürlich nicht", schnaubte Stacy, „alles spricht für Miguel. Ich bin ziemlich sicher, dass dieser Computercracker nichts mehr erzählen konnte." Angewidert über die Alkoholfahne, die Taylor ausdünstete, rückte Stacy von ihm ab.

Taylor stand auf und starrte nachdenklich vor ich. „Du bist ziemlich sicher?" Unbeherrscht fuchtelte er mit den Armen in der Luft herum. „Gib mir das Band mit. Wir werden es morgen in jedes Pixel auseinandernehmen."

Funkelnde Sterne bedeckten den tiefschwarzen Nachthimmel. Nur die Laternen erhellten die Straßen, die Taylor schemenhaft wahrnahm. Wie bunte Punkte flogen die Lichter an ihm vorbei. *Sind wir zu leichtsinnig geworden? War es die richtige Entscheidung gewesen, Mara an den Datenträgern arbeiten zu lassen? Taylor rieb sich über die Stoppeln am Kinn. Ja, er hatte neue Erkenntnisse dadurch gewonnen. Immerhin hatte er jetzt keine Zweifel mehr, dass es einen weiteren Datenträger gab. Doch das hatte er sich schon gedacht. Wurden alle seine Mitarbeiter bereits von Miguel beeinflusst, sodass sie nicht mehr in der Lage waren, den zweiten Stick aufzufinden? Mara kannte Miguel nicht, vielleicht würde es sich doch noch auszahlen, dass er sie damit beauftragt hat.*

Ich werde das Biest im Auge behalten und wenn es sein muss auch verschwinden lassen. Sie darf sich neben Miguel nicht zu einer zweiten Gefahrenquelle entwickeln. Immerhin hat sie einen Kollegen dreist ausgetrickst, und ihn durch die Hintertür des Kinos abgehängt. Nicht einmal beschwert hat sie sich über die Beschattung. Sie wirkt unscheinbar, doch hinter der Fassade steckt ein hinterlistiges Weibsbild!

Aufmerksam blickte er die Straße entlang bis zur Tiefgarage. Er würde sich von Miguel nicht überraschen lassen.

***

Es war nach Mitternacht, als Mara Richters Akte bekam. Eigentlich fühlte sie sich todmüde und wäre am liebsten schon vor einer Stunde ins Bett gegangen, doch ihr Inneres war noch immer aufgewühlt. So vieles ging ihr durch den Kopf. Vorsichtig und mit Handschuhen untersuchte sie die Spritzen und diverse Fläschchen. Alles schien blitzsauber. Es war ungewiss, ob sich daran irgendwelche Spuren finden lassen würden. Doch selbst wenn, wer konnte das untersuchen und eventuell Verwertbares nutzen?

Mara nahm sich trotz müder Augen die Akte vor. Richter wurde darin als sehr vorbildlich beschrieben. Ein Mann, der für die Arbeit lebte. Bisher konnte er alle seine Fälle als gelöst abhaken, was Mara imponierte. Er hatte Ehrgeiz, so viel stand fest. Einer seiner letzten Fälle musste er an Taylor abgeben. Es ging um den Mordfall, in dem Miguel als Hauptverdächtiger galt.

Bestimmt konnte Richter Taylor nicht leiden und wäre dadurch doppelt motiviert. Mara hatte aufgrund dieser Informationen einen Entschluss gefasst. Irgendjemanden musste sie ja trauen. Wenn nicht ihm, wem dann?

Ob ich vielleicht sogar Miguel helfen kann, falls er unschuldig ist? Sie wünschte es sich.

Bereits um acht saßen alle in Taylors Büro zusammen. Er hatte noch am späten Abend zu einer Krisensitzung für den nächsten Tag einberufen. Steven saß mit unübersehbar vorwurfsvoller Miene da. Ann, mit einer Menge Make-up, während Stacy eine gerade Haltung einnahm. Taylor seufzte. Er konnte ihre Fressen nicht mehr ertragen.

Er steckte das Band in den Rekorder, ließ es ein paar Mal abspielen, bis sicher war, dass niemand diese Person identifizieren konnte. Er überspielte es auf den Rechner, um das Bild bearbeiten zu können. Er zoomte das Gesicht ganz nah ran, doch auch das schien zu keinen weiteren Erkenntnissen zu führen.

„Wir brauchen einen Experten", erklärte Taylor, während er das Telefon an sich nahm. Es dauerte keine zehn Minuten, bis ein dicklicher Mann, Anfang vierzig, mit schütterem Haar, das Zimmer betrat. Er wirkte ungepflegt, trug ausgebeulte Jeans und das Hemd hing teilweise aus der Hose heraus.

„Wo drückt denn der Schuh?", fragte er enthusiastisch. Schnaufend ließ er sich in den Bürostuhl fallen. Seine schmalen Augen verweilten starr auf dem Bildschirm, während er verschiedene Einstellungen mit der Maus ausführte.

Zwischendurch nuschelte er einige unverständige Worte, bis er wieder aufblickte. „Diese Person hat sich Mühe gegeben, nicht erkannt zu werden. Die Gesichtskonturen sind nicht mehr die Originalen, sehen Sie hier."

Er zoomte auf das Gesicht, bis es beinahe verschwamm. Sein Mauszeiger kringelte verschiedene Partien der Wangen und der Stirn ein.

„Ich kann noch Folgendes versuchen." Laut sog er sich Luft in die Lunge und rieb sich über die verschwitzte Stirn. Das Gesicht auf dem Computer straffte und glättete sich. Die Unebenheiten verschwanden. Alle starrten gebannt auf die bärtige Person, den braunen Augen und tiefschwarzem Haar, aber jeder zuckte ratlos mit den Schultern.

„Mehr kann ich leider nicht aus diesen Aufnahmen rausholen. Dafür ist die Bildqualität einfach zu schlecht." Entschuldigend blickte er in die Runde und hob zum Abschied die Hand, ehe er den Raum verließ.

Taylor verdrehte die Augen und stöhnte. Er ahnte, dass Ärger auf ihn zukam, es war nur noch nicht abzusehen, aus welcher Richtung. Ein paar Minuten saßen alle schweigend da, bis Steven loswetterte.

„Ich bin von Anfang an dagegen gewesen, dass Stacy immer aus der Reihe tanzt. Und du sagst noch zu allem Ja und Amen. Merkst du nicht, dass wir ständig ihren Mist ausbaden?"

„Schuldzuweisungen helfen uns jetzt nicht weiter", entgegnete Taylor, um einen Wortstreit gleich im Keim zu ersticken.

Ann schüttelte den Kopf. „Ich vertraue Stacy voll, was die Reinigung der Spritzen betrifft. Niemand wird daran Blut oder Fingerabdrücke finden. Stacy haben wir es letztendlich zu verdanken, dass uns lange Befragungen erspart blieben mit diesen hässlichen Dingern. Es ist nicht fair, ihr jetzt in den Rücken zu fallen. Sicher ist Miguel an der Sache beteiligt, was ja auch nur eine Frage der Zeit war, bis er anfängt, ernsthaft Schwierigkeiten zu machen." Ihr Busen quoll aus dem Ausschnitt der rosa Bluse, bis sie sich wieder tiefdurchatmend zurücklehnte.

„Du weißt doch ganz genau, wie sorgfältig die bei der Spurensicherung sind. Die finden jeden Krümel, besonders dann, wenn es sich um einen Kollegen handelt", entgegnete Steven. Sein blasses Gesicht lief rot an. „Die werden den Laden hier auf den Kopf stellen, wenn auch nur der kleinste Verdacht auf einen von uns fällt."

Stacy sprang aus ihrem Stuhl hoch. „Jetzt mach nicht so eine Panik. Du hörst dich an wie ein altes Waschweib. Ich werde mich mit dem Chef der Spurensicherung bekannt machen. Dann werden wir ja sehen, was sie alles rausgefunden haben und ob der Koffer dort angekommen ist."

„Das kann doch nicht wahr sein", zischte Steven. „Wie kommst du eigentlich darauf, dass du jeden Kerl mit deinen Titten beeindrucken kannst? Ich sag dir mal was: Dumme, Betrunkene und altersschwache Gestalten kannst du vielleicht beeindrucken, mehr aber auch nicht. Richters Team darfst du von dieser Liste von Losern getrost streichen." Steven machte noch eine abwertende Handbewegung, ehe er das Büro verließ.

„Kleiner Drecksack", zischte Stacy ihm hinterher.

***

Mara hatte am Vorabend vergessen, den Wecker zu stellen, und wurde von ihrem hungrigen Kater lautstark geweckt. Maunzend saß er auf ihrem Kopfkissen und starrte vorwurfsvoll zu ihr herunter, stupste seinen Kopf an ihren und schnurrte, als wolle er mit seinem Schnurren den Wecker ersetzen. Schlaftrunken rappelte sich Mara hoch, drückte Romeo fest an sich und kicherte.

Draußen zwitscherten die Vögel, trotz der dicken Wolken, die am Himmel hingen. Mara hatte einen Entschluss gefasst. Noch heute wollte sie den Koffer an den Lieutenant schicken. Niemand sonst fiel ihr ein und es wäre nicht recht, ihn einfach ungenutzt herumliegen zu lassen.

Sollte der Mann wirklich so ehrgeizig sein wie beschrieben, würde er sich gewiss über jedes Beweismaterial freuen, wenn es denn welches enthielt. Einen Hinweis auf Tarzan wollte sie hinzufügen, in der Hoffnung, Aufmerksamkeit für ihn zu wecken.

Auf dem Computer schrieb Mara einen Brief an Richter. Sie erwähnte darin, dass die Spritzen regelmäßig in Gebrauch waren. Als Abschreckung. Wer nicht darauf ansprach, wurde mit einem Wirkstoff vollgepumpt, der sich in eine der Ampullen befinden musste. Und schließlich, dass diese Substanz für Ivans Tod verantwortlich sei. Ganz bewusst schilderte sie es so, als sei der Absender seiner Sache sicher, damit sich Richter auch Mühe gab, was den Koffer anging. Dann kam sie auf Tarzan zu sprechen. Mara grübelte, wie sie es am besten ausdrücken konnte.

Das LSD fiel ihr wieder ein. Sie begann in ihrem Schreiben damit, dass auch harte Drogen benutzt wurden, die sich mit großer Wahrscheinlichkeit in den Ampullen nachweisen ließen. Dass ein vom FBI ausgenutzter Informant - ja das Wort Informant gefiel Mara - beinahe getötet wurde und sich jetzt in der Nervenanstalt lag. Zum Schluss erwähnte sie Agent Stacy Miller, dass sie diejenige war, die diesen Koffer als Einzige benutzte unter Zustimmung seitens Taylor.

Mara verpackte den Koffer und achtete darauf, ihn nie ohne Handschuhe zu berühren. Den Brief heftete sie von außen an. Grübelnd saß Mara vor dem Paket, schließlich konnte sie das nicht selbst überreichen. Doch auch dafür ersann sie eine Lösung.

Sie schlüpfte in ihre Klamotten, während sich draußen der Himmel immer dunkler zuzog. Einen kleinen Schirm verstaute Mara vorsorglich in ihre Tasche. Mit dem verpackten Koffer unter dem Arm machte sich Mara auf den Weg zu ihrem Wagen. Auf den Straßen ging es hektisch zu. Passanten, die zu Fuß unterwegs waren, hoben immer wieder misstrauisch die Köpfe zum Himmel, um zu sehen, wann sich wohl dieses Gewitter entlud.

Mara trat fester auf das Gaspedal. Sie hoffte, Scott sei schon wach, damit nicht zu viel Zeit vertrödelt wurde.

Mara klingelte bereits das dritte Mal, als Scott endlich öffnete. Mit müden, geschwollenen Augen und verstrubbelten Haaren schaute er aus der Tür. „Was machst du so früh hier?", fragte er klagend.

Entschieden drückte Mara ihm das verschnürte Paket in den Arm und grinste. „Ich erspar mir jetzt Reime über den Vorteil des frühen Aufstehens. Gib das jemanden, der das an den Lieutenant, von dem ich dir erzählt habe, weiterleitet. Dachte, es ist besser, wenn nicht die Sprache auf eine weibliche Person kommt."

Scott nickte schmollend. „Mach das aber nicht zur Gewohnheit. Hab kein Bock auf solche zwielichtigen Geschäfte." Verschlafen gähnte er und schnippte Mara an die Nase, ehe er die Tür schloss.

Mara fuhr missmutig ins Büro. Ihr würde es auch mal wieder guttun, bis mittags im Bett rumzubummeln.

Als sie den Fahrstuhl im Gebäude der Sicherheitsfirma betrat, wurde ihr flau im Magen. Würde sie abermals Glück haben? Und niemand etwas von ihrem

Doppelleben spitzbekommen? Die Sache in Taylors Büro war ja schon heikel gewesen, doch der Einbruch bei Stacy, wo auch noch eine Überwachungskamera lief, war wirklich der Gipfel ihrer Aktionen. Mara spürte wieder die Magenschmerzen, die sie seit einigen Tagen begleiteten, als sie die Tür des Büros öffnete. Der Karton, den ihr Taylor übergeben hatte, stand noch auf dem Tisch. Es befanden sich eine Menge CDs, USB-Sticks und SD-Karten darin. Gelangweilt nahm sie sich eine davon heraus, um sie in den Computer einzulegen. Teilnahmslos schaute sie sich die Daten und Verschlüsselungen an, wobei ihre Gedanken ständig um den Koffer kreisten. *Ob er sein Ziel erreicht hat? Richter ihn untersuchen lassen würde, oder am Ende mit Taylor gemeinsame Sache macht?* Am meisten ärgerte sie, dass sie nicht einmal die Chance bekam, herauszufinden, was das alles an Hinweisen bringen würde, dazu fehlten ihr die Kontakte. Schließlich konnte sie dort nicht einfach anrufen und nachfragen.

Unruhig schaute Mara auf die Uhr, an der sich rein gar nichts zu verändern schien. Draußen entlud sich unterdessen ein heftiger Sturm. Der Regen peitschte gegen das Fenster und der Wind heulte durch die Straßen. Irgendwann gab sie die Hoffnung auf, dass das Wetter sich wieder beruhigen würde. Es sah danach aus, sich durch dieses Unwetter kämpfen zu müssen.

Als sie das Büro verließ, begegnete ihr Stacy auf dem Flur. Mara bemerkte ihren stechenden Blick. Sie sah mitgenommen aus. Ihre Haare, die sonst wie aus einem Modemagazin gestylt waren, hingen platt an ihrem Kopf. Mara spürte ein innerliches breites Grinsen. Bisher konnte sie alle ihre Pläne als erfolgreich abhaken.

Dieses Empfinden überkam sie. Das Gefühl der Überlegenheit. Über allem drüber zu stehen. Auf dem Weg nach unten malte sie sich aus, ein Undercover-Agent zu sein, der bisher einen professionellen Job gemacht hat. Erst der Pförtner holte sie in die Realität zurück. Er wünschte ihr einen schönen Tag, soweit es bei diesem Wetter möglich sei.

Mara nickte ihm lächelnd zu und hantierte mit ihrem Regenschirm. Längst wollte sie sich einen Neuen gekauft haben. Heute kam die Rechnung für ihre Faulheit. Nach einigem Gefummel schien er einsatzbereit. Als sie die Tür öffnete, spürte sie die Kraft, die der Wind mittlerweile aufgebaut hatte. Mühselig kämpfte sich Mara Richtung ihres Wagens. Er stand um die Ecke des Gebäudes. Mit Wucht sauste der Wind in den Schirm, sodass er sich umstülpte, beinahe auseinanderriss. Mara fluchte laut und rannte los. In wenigen Sekunden war sie bis auf die Haut durchnässt. Der Schlüssel wollte nicht in das Schloss passen. Der Regen rann aus ihren Haaren das Gesicht herunter und tropfte auf das Lenkrad. Die hereingetragene Feuchtigkeit ließ die Scheiben beschlagen.

Der Heimweg zog sich hin. Die Scheibenwischer schafften es kaum, die Sicht zu verbessern, dementsprechend langsam fuhren die anderen Verkehrsteilnehmer.

Zuhause ließ sie sich auf dem Badewannenrand nieder, um die durchnässten Sachen loszuwerden. Tarzan ging ihr durch den Kopf. Ihr jetziges Leben vereinnahmte sie so sehr, dass sie nicht einmal im Krankenhaus angerufen hatte. Es war das heftige Gewitter, das die Erinnerung an ihn wachrief, so, wie an dem Tag, als sie das erste Mal nach ihm sah. Sie beschloss, ihn zu besuchen, bevor sie zur Arbeit ging.

Wieder in trockenen Sachen setzte sie sich vor ihren Computer und drehte mit den Fingern in den Haaren. Eine E-Mail befand sich im Postfach. Eine verschlüsselte Nachricht! Maras Herz schlug einen Takt schneller. Miguel? Es konnte nur er sein! Gespannt benutzte sie das Passwort, das er ihr gegeben hattet.

„Hallo Prinzessin", begann er.

Es ärgerte Mara, dass er sie so nannte. *Was fällt ihm eigentlich ein*, ging es ihr entrüstet durch den Kopf. Kopfschüttelnd las sie weiter.

„Ein Vorfall bereitet mir Kopfzerbrechen. Lieutenant Richter hat mich kontaktiert. Ein Paket mit außergewöhnlichem Inhalt wurde bei ihm abgegeben. Sag mir bitte, dass nicht DU der Absender warst! Im beigefügten Brief ging es um Informationen, die du eigentlich nicht haben kannst. Es ist mir schleierhaft, wie du da drangekommen sein könntest. Aber aufgrund des Berichtes über deinen Freund musste ich unweigerlich an dich denken. Warum sollte nur ich diese Verbindung vermuten? Ich bat Lieutenant Richter, den Fall deines Freundes unauffällig zu untersuchen. Schließlich möchte ich dich noch mal wiedersehen. Ich hätte dich nicht gehen lassen dürfen!"

Das ist alles? Kein Hinweis davon, was der Koffer an Indizien gebracht hat? Dann tut er noch so, als ob er mich beschützen will? Oder besser gesagt, er bereut, mir nicht im Kopf herumgestochert zu haben? So ein Blödmann! Ob er die Ergebnisse kennt? Soll ich ihn einfach danach fragen, oder lieber so tun, als ob ich von nichts weiß? Ratlos saß Mara da. Wieder so eine verzwickte Sache.

Eine weitere Nachricht lenkte sie ab. Waren das die ersehnten Informationen über den Koffer? Hastig klickte sie die Mail an. Zu ihrer Enttäuschung war sie weder mit dem ausgemachten Code verschlüsselt, noch von Miguel. Sie stammte von Scott. Schon nach den ersten Zeilen wurde Mara hellwach. Endlich hatte er etwas über Mr. Thomson herausgefunden. Der Mann, der in Miguels Akte als dessen Vorgesetzter galt.

Zuerst schrieb Scott, wie mühsam es gewesen sei, überhaupt irgendetwas zu erfahren. Nur durch Zufall hatte er diesen Namen entdeckt, in einem der Berichte des FBI. Es handele sich um einen höheren Mitarbeiter der Abteilung für unerklärliche Phänomene. Seine Hauptaufgaben bestanden aus Beobachtungen exterrestrischer Aktivitäten, führte Scott aus und versah seinen Schlusssatz mit drei Fragezeichen.

Mara verstand Scotts Verwunderung nur zu gut. Ihr ging es da nicht anders, auch sie hatte nur noch ein gewaltiges Fragezeichen vor Augen. *Ist das so ähnlich wie bei Akte X mit Mulder und Scully? Gibt es außerirdische Aktivitäten, oder geht es dabei lediglich um die Stellung bedrohlicher Asteroiden?* Ihre Überlegungen wirbelten umher wie ein Stück Treibholz im stürmischen Meer.

Wieder drängte sich Miguels Fähigkeit in den Vordergrund. Sie wusste, dieser Gedanke erschien blödsinnig, doch sie überlegte, ob er vielleicht gar nicht von dieser Welt stammte. *Weshalb sonst wurden Miguel und Mr. Thomson in einer Akte erwähnt? Oder ging es dabei lediglich um seine sogenannte Fähigkeit?* Mara grinste. Sie malte sich aus, beim nächsten Zusammentreffen mit Miguel, doch mal auf seine Ohren zu achten, ob sie spitz waren wie die von Mr. Spock.

Urplötzlich fiel ihr auf, seit Minuten zu grübeln, ohne Miguel geantwortet zu haben. Jetzt war er ihr noch suspekter, als er es eh schon war. Krampfhaft überlegte sie, was sie ihm antworten könnte, schließlich wollte sie die Ergebnisse unbedingt bekommen. Zögernd gab sie seine Adresse ein und schrieb los.

„Zerbrich dir nicht den Kopf wegen mir. Ich kann gut auf mich selbst aufpassen. Ein Paket mit außergewöhnlichem Inhalt? Das soll heißen mit nützlichem Inhalt? Ich bin neugierig auf deine Antwort, leider muss ich sofort weg. Wie immer zu spät dran."

Das mit der ungeliebten Anrede ließ sie erst mal auf sich beruhen, denn es gab weit Schlimmeres als Prinzessin genannt zu werden. Mara hoffte, dass er ihr die Ergebnisse preisgeben würde. Es machte sie wütend und unglücklich, dass sie keine Zeit mehr hatte, seine Antwort abzuwarten. Unbedingt musste sie Tarzan besuchen.

Der Himmel hing voll mit grauen Wolken, doch der Regen hatte sich beruhigt. Auf den Straßen war nicht sonderlich viel los. Mara hätte sich einen Stau gewünscht, oder, dass sonst irgendwas dazwischenkam. Es lag wohl an der Angst, schlechte Nachrichten zu erfahren, was Tarzans Zustand betraf.

Im Krankenhaus bot sich ihr der gleiche Anblick wie beim ersten Mal. Patienten, die rauchten, Kaffee tranken und mit ihrem Besuch plauderten.

Wieder musste sie klingeln, um in die psychiatrische Abteilung hineingelassen zu werden. Der Arzt sei gerade nicht da, doch man bot ihr an, schon mal zu Robert Palmer ins Zimmer zu gehen, das sich am Ende des Ganges befand. Ungewiss darüber, was sie erwartete, ging Mara den Flur entlang, der mit grünlichem Linoleum ausgelegt war. Aus einem der Zimmer drangen hässliche Geräusche. Sie wechselten zwischen Stöhnen und fordernden Rufen nach der Krankenschwester. Mara beeilte sich an diesem Abschnitt des Flurs. Er wirkte unheimlich.

Mit flauem Magen drückte Mara die Türklinke. Zögernd öffnete sie die Tür einen Spalt. Tarzan saß am Fenster den Blick in Richtung Himmel gerichtet. Erleichtert riss sie die Tür auf und ging freudig auf ihn zu.

„Hey Tarzan", rief sie und bemerkte seine leeren Augen. Er schien sie nicht zu registrieren. Er starrte in die dunklen Wolken.

Enttäuscht setzte sich Mara auf den danebenstehenden Stuhl. Sie sprach mit ihm, rüttelte an seinem Arm, doch nichts änderte sich an diesem Blick, der ins Nirgendwo zu verlaufen schien. Einmal kamen kurz Laute über seine Lippen, die sie aber nicht verstand. Dabei hatte er den gleichen verschreckten Gesichtsausdruck, wie an dem Tag, als er wie von Sinnen bei Scott auftauchte. *Immerhin hat er diese hohe Dosis an LSD überlebt*, ging es ihr durch den Kopf, und versuchte sich damit, optimistisch zu stimmen. So schnell wollte sie die Hoffnung nicht aufgeben. Freundschaftlich nahm sie ihn nochmals in den Arm, bevor sie das Krankenhaus verließ.

Aufgewühlt fuhr Mara durch die Stadt. Sie hatte mehr Zeit für Tarzan eingeplant und es wäre noch zu früh. Nach Alleinsein war ihr nicht zumute, weshalb sie automatisch den Wagen in Richtung Scott lenkte. Der Trubel, der sich sonst schon vor dem Haus abspielte, hatte sich an diesem unfreundlichen, verregneten Tag in die Wohnungen verzogen. Selbst bei Scott war heute niemand, alleine saß er vor seinem Computer und schien gegen etwas Gesellschaft nicht abgeneigt.

Mara erzählte ihm von Tarzan, wie er dagesessen hatte und sie keinerlei Reaktion von ihm bekam. Scott versuchte Mara damit zu trösten, dass nicht viel Zeit verstrichen sei, und er sich schon noch erholen würde. Mara wollte das gerne glauben und wechselte das Thema. Als die Rede zufällig auf Miguel kam, wurde sie sofort hellhörig.

„Ich habe mir mal Gedanken gemacht, über Miguel", fing Scott an, „eigentlich kenne ich ihn kaum, aber eins ist mir aufgefallen."

„Was denn?" Mit aufgerissenen Augen wartete sie gespannt, worum es ging, ohne wirklich zu merken, wie sich ihr Pulsschlag erhöhte.

Scott grinste und kniff die Augen zusammen.

„Er ist schon oft auf den großen Treffen aufgetaucht, allerdings hatte ich das Gefühl, dass er dort nur Leute trifft, etwas bespricht und dann wieder geht. Doch bei einem, da war er immer anwesend und dass bis zum Schluss. Dort habe ich auch das erste Mal Notiz von ihm genommen."

„Von welchem Treffen redest du? Jetzt spann mich nicht so auf die Folter", drängte Mara ungeduldig.

„Na das, was von Pavel regelmäßig veranstaltet wird."

Mara stöhnte enttäuscht auf. „Da wo sich nur Snobs, Möchtegern Millionäre und Nutten rumdrücken? Da bin ich einmal gewesen und nie wieder. Ich kam mir da völlig fehl am Platz vor, zwischen Champagner und Kaviar. Außerdem ist die Hälfte der Leute dort irgendwelche Spitzel vom FBI oder sonstige Mafiosi." Nachdenklich starrte sie in die Luft.

„Wenn du willst, fahren wir dieses Wochenende hin", schlug Scott vor, als wäre es etwas völlig Banales.

Mara zuckte zusammen. „Dieses Wochenende? Warum hast du mir nichts davon erzählt?"

Scott winkte gelangweilt ab. „Du kommst ja doch nie mit."

Mara ließ sich in die Rückenlehne der Couch fallen. Sollte sie mitfahren? Wenn Miguel tatsächlich dort wäre, was würde ihr das bringen? Unmöglich konnte sie ihn unbemerkt so lange beschatten, bis er wieder heimfuhr. Nur einem Blinden würde es nicht auffallen, wenn über Stunden jemand an seinen Fersen klebte.

Ruckartig richtete sich Mara auf. Sie konnte sich nicht die kleinste Chance entgehen lassen, wenn sie weiterkommen wollte.

„Dann komme ich mal mit. Kann ja wieder gehen, wenn es mich anödet."

„Habe ich mir schon gedacht." Scott grinste. „Wusste doch, dass du es kaum erwarten kannst, ihn wieder zu sehen. Stehst wohl drauf, Prinzessin genannt zu werden."

Empört über diese zweideutige Aussage, warf Mara mit einem zusammengeknüllten Papier nach ihm, das seine blonden Locken strich.

Allein der Gedanke daran ließ die Aufregung in ihr wachsen. Einiges würde sie noch vorbereiten müssen. Hastig machte sich Mara davon, um sich auf dem Weg zur Arbeit alles durch den Kopf gehen zu lassen.

***

Mara stand hinter dem Tresen und starrte ins Leere. Ab und zu kamen ein, zwei Leute vorbei, die nach nur einem Drink wieder verschwanden. Meist saß sie nur da. Zu gerne hätte sie noch etwas über Miguel erfahren und diesen Mister Thomson. Es war schon merkwürdig, dass es über diesen Thomson keine Akte beim FBI gab. Oder Scott hatte es schlicht nicht geschafft, da heranzukommen. Ihre Gedanken drehten sich im Kreis.

„Was ist denn los mit dir? Da ist es schon todlangweilig und du musst auch noch die Schweigsame spielen", beschwerte sich Chloe und schenkte beiden eine Cola ein. Mara winkte ab und blickte auf ihre Armbanduhr. Die Zeit schien stillzustehen. Bis Schichtende hatte sie sich kaum von ihren Grübeleien lösen können.

Hastig verließ sie ihren Arbeitsplatz und sprang in den Wagen. In Gedanken war sie bereits zuhause vor ihrem Computer. *Ob sich Miguel noch einmal gemeldet hat?*

Ungestüm schloss Mara ihre Wohnungstür auf. Sie warf ihre Handtasche in die Ecke, schnappte sich Kater Romeo und ließ sich vor dem Computer in den Stuhl hineinfallen.

„Was denkst du? Ob sich der Spanier noch mal gemeldet hat?"

Als ob Romeo genauso gespannt war, wie sie selbst, sprang er auf den Tisch und blickte auf den Bildschirm.

Mara nickte aufgeregt. Miguel hatte sich gemeldet. Leider waren nicht die ersehnten Ergebnisse dabei. Er bedauerte, die Resultate noch nicht zu kennen, und befürchtete, dass Richter sie unter Verschluss halten könne. Bei einem laufenden Ermittlungsverfahren sei es immer schwer, als außenstehender Informationen zu bekommen. Er versprach sich darum zu bemühen, als Anerkennung für ihren Mut und weil sie auf eine unerklärliche Weise bezaubernd sei. Mara ärgerte sich über seine Komplimente, andererseits fühlte sie sich geschmeichelt, wahrscheinlich regte sie sich gerade deshalb auf.

***

Um Mitternacht klingelte Stacys Telefon. Schlecht gelaunt und erhitzt vom Wein, hob sie den Hörer ab.

„Warum hast du dich nicht gemeldet?", tönte es aus der Leitung.

„Weil es nichts zu berichten gibt", antwortete Stacy schnippisch.

Taylor stöhnte ungehalten auf. „Ich habe das Gefühl, du willst uns noch alle in den Knast bringen. Was war jetzt mit der Spurensicherung?"

„Konnte nichts erfahren. Richter hat strengste Geheimhaltung angeordnet. Es war einfach nichts aus diesem Kerl herauszubekommen. Verfluchter Scheißkerl." Wütend schleuderte Stacy ihr Magazin in die Ecke.

„Ich werde mich ab sofort selbst darum kümmern", brummte Taylor und legte auf.

Noch bevor Richter in sein Büro fuhr, stattete er dem leitenden Gerichtsmediziner einen Besuch ab.

Eilig nahm er zwei Treppen auf einmal, um in den ersten Stock zu gelangen. Auf dem Flur begegnete ihm dessen Assistentin, die ihn aufforderte, direkt in den Obduktionssaal zu gehen, sollte er zu Dr. Connors wollen. Er hasste es, wenn er dort hineinmusste. Der Doktor hatte immer ein dreckiges Grinsen auf dem Gesicht, bildete er sich ein und, dass er nur darauf wartete, wie seine Gesichtsfarbe wich. Ausführlich beschrieb er ihm, wie er seine Untersuchung durchgeführt hatte, und er wählte seine Worte stets so, dass man genötigt war, hinzusehen.

Spätestens dann hatte Richter das Vergnügen, entweder wie eine Kuh wiederzukäuen oder sich die nächste Schüssel zu schnappen, um nicht auch noch den Boden in diesem verhassten Raum wischen zu müssen.

Heute Morgen hatte er vorsorglich nur eine Tasse Kaffee getrunken, wovon sich ein Schluck den Weg zurück durch die Speiseröhre bahnte, als er den aufgedunsenen Körper des Toten erblickte. Hätte das Ganze noch nach Kaffee geschmeckt, wäre es ihm ja egal gewesen, stattdessen kam eine Mischung davon und von bitterer Magensäure auf seine Geschmacksknospen, die ihn das Gesicht verziehen ließ. Routinemäßig griff er in seine Hemdtasche, um sich ein Pfefferminz in den Mund zu schieben. Nicht, dass er nie Leichen sah, doch hier war es etwas anderes. So eine Obduktion war nichts für seine Nerven.

„Guten Morgen, Lieutenant", begrüßte ihn der Doktor. Wie immer, mit diesem Blick und dieser Stimme, als gebe es etwas Unausgesprochenes oder Geheimes, das er nun hören sollte.

Richter schätzte den Doktor sehr, denn er war, wie er selbst, ehrgeizig. Es gab weder Feierabend noch Wochenende, wenn man ihn dringend benötigte. Und so eine Obduktion konnte sich schon einige Stunden hinziehen.

Oft wurde er vom Doktor mein Junge genannt, während er ihm die Untersuchung erklärte. Richter sah darüber hinweg, schließlich war der Doktor fast doppelt so alt wie er und klang immer väterlich, nie abwertend.

„Wie ich den Akten entnommen habe, handelt es sich hier um einen Kollegen von Ihnen?"

„Ja, weitläufig. Ein Mitarbeiter des FBI."

„Und man hat Ihnen den Fall übertragen?", fragte er mit zusammengekniffenen Augen, wobei sich seine dicken, grauen Augenbrauen zu einem einzigen Strich zusammenzogen.

„Naja, eher unfreiwillig, doch ich hatte meine Gründe, diesen Fall für mich zu beanspruchen und es ist mir auch gelungen. Ich hoffe nur, der Staatsanwalt bleibt hart und ändert seine Meinung nicht."

„Dann bleibt Ihnen nur eins, mein Junge, diesen Fall schleunigst aufzuklären. Da will ich Sie nicht unnötig aufhalten und gleich zur Sache kommen. Die Hämatome des Toten zeigen uns, dass er nicht mit Samthandschuhen angefasst wurde, die waren jedoch nicht für seinen Tod verantwortlich. Da Sie mich baten, ihn auf alle möglichen Drogen zu untersuchen, habe ich damit meine Untersuchung begonnen und bin auch gleich fündig geworden."

Gespannt schaute Richter den Doktor an. Schließlich kam es nicht oft vor, dass er zu einem Delikt gleich das Beweismaterial als Paket überbracht bekam, was diesen Fall zusätzlich interessant machte.

„Von den gängigen Partydrogen hatte er nichts im Blut, aber ich habe etwas anderes gefunden, eine Droge, die die CIA im Krieg benutzte. Ein Wahrheitsserum. Wer so etwas verabreicht bekommt, singt gewöhnlich wie ein Vogel. Ist die Dosis aber zu hoch, kann es schnell zu einem Kreislaufkollaps kommen. Das scheint wohl auch bei unserem Freund hier der Fall gewesen zu sein. Er hatte von Haus aus schon ein schwaches Herz, dann noch dieses Zeug, und schon war es vorbei. Ich glaube nicht, dass er noch dazu kam, viel zu erzählen."

„Wurde von der CIA gerne benutzt, sagen Sie? Schreiben Sie mir bitte auf, wie es sich nennt und aus was es sich zusammensetzt. Vielleicht bringt mich das weiter."

„Schon erledigt. Sie können es sich bei meiner Assistentin abholen", antwortete der Doktor augenzwinkernd.

Mit einer dankenden Handbewegung verließ Richter diesen Ort des Schreckens und beeilte sich, die besagten Notizen abzuholen. Es war ja nicht nur der Raum, in dem Connors arbeitete. Richter hasste alles hier. Ein übelriechender Geruch, er konnte nicht sagen, was es war, vielleicht ein Desinfektionsmittel, oder womit die Leichen behandelt wurden. Ihm fiel wie immer das Atmen schwer, es roch einfach widerlich. Bisher hatte er sich nie getraut, nachzufragen, um was es sich genau handelte, er wollte nicht zu deutlich zeigen, wie zuwider das alles für ihn war.

Mit eiligen Schritten verließ er das Gebäude, um zurück in sein Büro zu fahren. Unterwegs besorgte er sich Donuts, doch er wusste, dass es ihm heute schwerfallen würde, irgendetwas runter zu bekommen.

Nachdenklich saß Richter über seinem Schreibtisch. Dieser Fall erschien merkwürdig und gefährlich zugleich. Zuerst bekam er einen Hinweis zur Identität des Toten durch einen Anrufer, der auf keinen Fall seinen Namen nennen wollte. Dann schickte ihm jemand ein Paket mit Beweismaterial, das die Todesursache klärte. Auch hier blieb der Absender anonym. Was Richter aber wusste, derjenige, der ihm das Paket hatte zukommen lassen, war nicht der Anrufer, denn mit ihm stand Richter weiterhin telefonisch in Kontakt. Ungläubig über diese Vorfälle schüttelte er den Kopf. Dann war da noch die Sache mit dem Kerl in der Psychiatrie, was überhaupt nicht dazu passte.

Durch das Klopfen an seiner Bürotür wurde er aus seinen Kombinierungen gerissen. Seine Kollegin wedelte lächelnd mit einem Umschlag. „Hier sind die Ergebnisse, auf die Sie warten. Ich sollte sie sofort bringen.“

„Ja danke.“ Richter wartete, bis die Tür wieder ins Schloss fiel. Natürlich vertraute er seinen Kollegen, doch dem FBI traute er alles zu, auch die Manipulation seiner Mitarbeiter. Gespannt öffnete er den Umschlag. Die Untersuchung hatte er in einem Labor seines Vertrauens ausführen lassen. Er legte es nicht unbedingt darauf an, sich beim FBI unbeliebt zu machen, doch sicher war sicher. An einer der Nadeln hatte man tatsächlich Spuren von Ivans DNS gefunden. Richter schauderte bei dem Gedanken an die Spritzen. Einige sahen aus, wie aus den Anfängen der Medizin, riesig und furchteinflößend. Wahrscheinlich redeten die meisten, schon allein bei dem Anblick solch eines Monstrums. Fingerabdrücke gab es auch, jedoch nicht an der Spritze, sondern nur an dem Koffer. Das brachte ihn keinen Schritt weiter, denn die waren nicht im Computer der Polizei gespeichert. Ein menschliches Haar hatte man im Koffer entdeckt, von einer weiblichen Person, so viel konnte ihm das Labor dazu sagen.

Das alles wirkte zu einfach, denn sein Verdacht fiel natürlich direkt auf Agent Stacy Miller. Im Schreiben, das mit dem Koffer kam, wurde sie als Hauptverdächtige genannt. Doch was, wenn man ihr das alles nur in die Schuhe schieben wollte? Voreingenommen durfte er ihr gegenüber auf keinen Fall sein. Wie für jeden anderen galt auch für sie: im Zweifel für den Angeklagten. Zuerst musste er überprüfen, ob der Fingerabdruck, den man am Koffer gefunden hatte, von Agent Miller stammte. Natürlich war der Polizeicomputer nicht das Richtige, hier wurden nur Vorbestrafte erfasst. Auswendig wählte er die Nummer eines Freundes, der ebenfalls als Lieutenant bei der Polizei, in einem anderen Distrikt, arbeitete.

„Hey Samuel, bist du gerade ungestört? Du musst mir einen Gefallen tun, denn ich will nicht, dass die anderen etwas mitbekommen. Ich schicke dir gleich jemanden mit einem Umschlag rüber. In dem befindet sich ein Fingerabdruck. Vergleich ihn doch bitte mit denjenigen von Agent Stacy Miller vom FBI."

Nach einer kurzen Belehrung, sich nicht mit dem FBI anzulegen, bekam er das Okay. Kaum hatte Richter seine Kollegin damit losgeschickt, klopfte es wieder an der Tür. Eine Frau von mittlerer Größe, mit blonden Haaren betrat sein Büro. Sie trug ein zweifarbiges

Kostüm. Einen dunkelroten, knielangen Rock und darüber einen beigefarbenen Blazer. Alles schmiegte sich eng an ihren Körper. Die hohen Pumps, die sie trug, ließen ihre schlanken Beine um einiges länger wirken. Elegant lief sie auf seinen Schreibtisch zu. *Irgendwo habe ich sie schon einmal gesehen*, schoss es ihm durch den Kopf. *Es war vor zwei Tagen in Taylors Büro, nachdem ich Ivans Sachen habe einpacken lassen. Da hat sie aber nicht so liebreizend dreingeblickt!* Die Schminke, die tiefroten Lippen und die schwarz umrahmten Augen taten das Übrige, dass er sie nicht gleich erkannte.

„Guten Morgen, Lieutenant Richter. Mein Name ist Agent Miller. Wir hatten gestern bereits miteinander telefoniert. Ich bin, so könnte man sagen, die rechte Hand Agent Tailors", stellte sie sich vor, zog sich den Stuhl heran, setzte sich und schlug stilvoll die Beine übereinander. Aus ihrer Handtasche zog sie einen Ausweis, der sie identifizierte. Richter nahm ihn entgegen und ließ seinen Blick darauf verweilen, um noch etwas Zeit zu haben, seine Gedanken zu ordnen.

„Was kann ich für Sie tun, Agent Miller?"

„Ich möchte mich erkundigen, ob Sie schon Neuigkeiten über den Todesfall Ivan Polzkis haben." Die Frau beugte sich mit ihrem Oberkörper über den Schreibtisch, wobei ein kleiner Ansatz ihrer Brust aus dem Blazer quoll. Mit forderndem Blick richtete sie sich auf. Ihre Stimme klang schwermütig, als sie fortfuhr. „Ich hoffe, wir können an diesem Fall gemeinsam arbeiten, Ivan war nicht nur ein Kollege für uns, sondern auch ein guter Freund."

Richter war kein Schuljunge mehr, um nicht zu bemerken, dass es sich um eine Frau handelte, die jede Bewegung, jedes Detail sorgfältig wählte. So leicht konnte man ihn nicht täuschen. Genauso berechnend, wie sich sein Gegenüber bewegte, musste er seine Worte wählen.

„Ihr Kollege ist an Herzversagen gestorben. Trotzdem starb er nicht eines natürlichen Todes." Er legte eine Pause ein und beobachtete Stacy genau, doch sie zeigte keine auffällige Emotion. „Man hat ihm eine Droge verabreicht, um ihn zum Reden zu bringen. Die CIA hat damit oft im Krieg gearbeitet. Warten Sie, ich habe mir die Beschreibung davon notiert." Mit einem Griff in die Schublade holte er den Notizzettel heraus, den er von Dr. Connors erhalten hatte. Gerade als er ihn ihr übergab, klingelte Richters Telefon.

„Entschuldigen Sie bitte." Er legte seine Hand unauffällig über die Ohrmuschel, denn es ging um den Vergleich der Fingerabdrücke.

Richter hatte nicht damit gerechnet, dass es eine Übereinkunft gab, und so verhielt es sich auch. Trotzdem hatte er so eine Ahnung. Eine Eingebung, auf die er sich bisher immer verlassen konnte.

„Darf ich Ihnen etwas zu trinken anbieten, bei dieser Hitze?", fragte er Stacy, während er zu seinem Kühlschrank ging. „Einer der Vorteile, wenn man ein eigenes Büro hat", scherzte er.

Stacy nickte und blickte ihm einen Bruchteil zu lange in die Augen.

„Was denken sie, Agent Miller, wer könnte daran Interesse haben, was Agent Polzki wusste, und zugleich solch drastische Mittel einsetzt?"

Stacy zuckte ahnungslos mit den Schultern. „Ivan war einem ehemaligen Mitarbeiter von uns auf der Spur. Er steht in Verdacht, einen von uns erschossen zu haben. Sie erinnern sich doch bestimmt noch an den Fall Kinsley?"

„Ja, natürlich. Die Beweislage war allerdings mehr als dürftig."

Stacy verzog das Gesicht. „Wir haben den Verdacht, dass Lopez Ivan auf dem Gewissen hat", gab sie streng zurück.

„Hat er denn überhaupt die Möglichkeit an so eine Droge heranzukommen, jetzt, da er nicht mehr für das FBI arbeitet?"

„Man darf Miguel Lopez nicht unterschätzen. Er hatte gute Kontakte. Nicht umsonst ist er uns immer wieder entwischt."

Nachdenklich senkte Richter seinen Kopf. „Ich hätte Ihnen ja gerne weitergeholfen, doch für handfeste Informationen ist es noch zu früh. Falls sich jedoch weitere Spuren finden lassen, werde ich mich bei Ihnen melden."

„Das ist wirklich nett. Ich will Sie nicht länger aufhalten," säuselte Stacy, gab ihm noch die Hand zum Abschied und schritt sinnlich aus seinem Büro.

Erleichtert, dass dieser Vamp abzog, lehnte sich Richter in den Bürostuhl zurück. Nach knapp zehn Minuten stand er auf, nahm vorsichtig die Dose am oberen Rand, tütete sie ein und brachte sie ins Labor.

„Wo ist Stacy?", fragte Taylor irritiert darüber, dass sie noch nicht an ihrem Platz saß.

„Sie wollte zu Lieutenant Richter", antwortete Ann, wobei ihr Kaugummi zwischen den Zähnen herauslugte.

Taylor ballte die Hände zusammen. „Ich habe ihr doch deutlich gesagt, dass ich mich selbst drum kümmere."

Steven zog sarkastisch die Augenbrauen hoch.

Taylor setzte sich auf die Tischkante von Ann. Nachdenklich starrte er in die Luft und ignorierte Anns vorwurfsvollen Blick. Schwungvoll öffnete sich plötzlich die Tür des Büros.

„Guten Morgen", begrüßte Stacy überschwänglich und ging selbstbewusst zu ihrem Platz.

Taylor fixierte Stacy, während er immer noch mit verschränkten Armen auf Anns Tischkante saß. Er konnte Stacy ansehen, dass sie einen Plan hatte.

„War eben bei Richter", begann sie triumphierend. „Glaube, er steht auf mich. Sobald er weitere Einzelheiten erfährt, will er sich bei mir melden."

„Und was hat er bisher herausgefunden?" Abwartend hielt Taylor seinen Blick auf Stacy gerichtet.

„Er kennt Ivans Todesursache. Herzversagen durch das Serum. Sonst nichts. Von dem Koffer hat er nichts erwähnt, danach zu fragen wäre zu verdächtig gewesen. Glaube aber nicht, dass er ihn hat."

„Wie kannst du dir sicher sein, dass Richter alles erzählt hat und dich nicht sogar als Verdächtige sieht? Schließlich könnte Miguel ihm nicht nur den Koffer gegeben haben, sondern auch Informationen", fragte Steven skeptisch.

Stacy grinste. „Wir werden sehen."

Ann atmete laut auf, als Taylor von ihrem Tisch aufstand.

„Wir müssen zusehen, dass wir so schnell wie möglich aus dieser ganzen Geschichte rauskommen. Da wir unseren Trumpf N5 verloren haben, werden wir Miguel eben anders überwältigen. Am Wochenende hätten wir die Chance dafür." Taylor presste die Lippen aufeinander und lief im Zimmer hin und her.

„Du denkst, er wird kommen?", fragte Ann.

„Mir hat ein Vögelchen gesungen, dass er dort mit seinen Leuten verabredet ist."

„Und wie willst du ihn dort erwischen?", fragte Steven mit entnervtem Ton. „Jeder dort kennt unsere Visagen."

„Dazu ist mir schon was eingefallen. Ihr erinnert euch doch bestimmt noch an die zwei Nutten, die wir schon einmal für eine Sache eingespannt haben?"

Steven runzelte die Stirn. „Wie sollen die denn ohne das Passwort in die Villa des Tschechen hereinkommen? Es ist eine Sache zu wissen, wo und wann die ihr Ding steigen lassen, aber eine ganz andere auch das Passwort zu bekommen. Jeder, der es verrät und erwischt wird, ist innerhalb einer Woche tot. So etwas schreckt ab."

„Wir werden Mara Bucher fragen."

„Mara? Die wird bestimmt nichts ausplaudern. Warum sollte sie auch?"

„Wir versprechen ihr, uns dann los zu sein, und wenn sie nicht spurt, drohen wir ihr mit Knast. Ganz einfach." Demonstrativ steckte sich Taylor die Hände in die Hosentaschen und schaute in die Runde.

„Ich kümmere mich darum", platzte es aus Stacy heraus.

Taylor winkte ab. „Kommt gar nicht infrage. Du hast uns in letzter Zeit genug Ärger bereitet. Ich mach das lieber selbst."

Stacy knallte ihren Bleistift auf den Tisch. „Wie redest du eigentlich mit mir? Nur weil einmal etwas schief gegangen ist? Sonst bin ich dir auch gut genug, um jede Drecksarbeit zu machen." Unnachgiebig fixierte sie Taylor.

Er seufzte. „Wehe du vermasselst es", drohte er und wollte schon gehen, als Steven lautstark protestierte.

„Wieso sollte sie sich von Stacy etwas sagen lassen? Und dann auch noch bei so einer heiklen Sache. Mit dir hat sie sich doch abgefunden und bisher gemacht, was du von ihr verlangt hast. Ich habe kein gutes Gefühl dabei, wenn Stacy das jetzt übernimmt. Vielleicht verdächtigt Mara Stacy, was den Vorfall mit ihrem Freund betrifft."

„Sie wird schon spuren, wenn es um Knast oder Freiheit geht", brummte Taylor desinteressiert. Verständnislos schüttelte Steven den Kopf.

Mara erwachte aus einer unruhigen Nacht. Die Vorstellung, Miguel zu sehen und die Absicht ihn zu verfolgen, bereitete ihr Magenschmerzen. Ob er sie trotz Verkleidung erkennen würde? Wenn, konnte das fatale Folgen haben. Noch immer wusste sie nicht genau, woran sie an ihm war und auch nicht, ob er sie beim nächsten Zusammentreffen wieder laufen lassen würde.

Dann ging ihr die Sache mit den FBI-Leuten, die auf Sicherheitsfirma machten, auf die Nerven. Die Tage waren ihr sowieso zu kurz und nun solch eine Zeitverschwendung. Gerne hätte sie jetzt ihr altes Leben zurück, dann würde sie noch tief schlummern.

Laut heulte der Keilriemen auf. Sie zog ihren Kopf ein und sah sich peinlich berührt um. Meist erntete sie belustigte oder empörte Blicke, es kam ganz darauf an, um was für eine Uhrzeit es sich handelte.

Der Himmel präsentierte sich bedeckt und die Luft war schwül. Kein Tag, an dem man etwas Besonderes erwartete. Es waren diese Tage, an denen man nicht richtig wach wurde.

Der Pförtner wirkte freundlich, wie immer. Hastig passierte sie Taylors Büro, damit er sie nicht sah. Nach einer Unterredung mit diesem Idioten war ihr gar nicht zumute. Doch sie saß keine zehn Minuten auf ihrem Platz, als Stacy auftauchte.

„Guten Tag. Sie könnten sich ein paar Pluspunkte bei mir machen, wenn Sie uns mit einer Information aushelfen.“

Mara schaute Stacy skeptisch an und wartete ohne Regung, was dieses Miststück von ihr wollte.

„Sie kennen doch den Tschechen Pavel?“

„Pavel? Hab ihn mal gesehen, mehr nicht.“

„Ist mir auch egal, ob Sie mit ihm schon zum Dinner waren oder nicht, Fakt ist, er schmeißt bald eine seiner extravaganten Partys und wir brauchen das Einlasswort.“

„Das Passwort?“, fragte Mara spitz. „Wie kommen Sie darauf, dass ich es kenne?“

„Sie können es herausfinden.“

Mara schluckte. „Tut mir leid, aber damit kann ich nicht dienen, und selbst wenn, Ihnen ist doch bestimmt geläufig, was Pavel mit Verrätern anstellt? Niemand verrät das Passwort zu Pavels Party. Er wartet nur darauf und hat seinen Spaß, sich unverhältnismäßig zu rächen.“

„Och, hat da jemand Angst?“, erwiderte Stacy mit der Stimme eines dummen Kindes.

Mara zog uninteressiert die Augenbrauen hoch und hielt Stacys Blick stand.

„Keine Sorge, wir werden es Pavel nicht stecken“, versuchte es Stacy versöhnlicher.

„Tut mir leid, ich habe zu diesen Leuten keinen Kontakt.“

Stacy wirkte unbeherrscht. „Wie Sie wollen, Sie haben die Wahl, entweder die Info, oder Sie gehen heute noch ins Kittchen.“

Mara schluckte. Was bildete sich diese aufgetakelte Schlampe ein? Wütend sprang sie von ihrem Stuhl auf. „Wo bin ich hier eigentlich? Im Kindergarten? Erst verarscht ihr mich und zwingt mich dann hier zu arbeiten, weil eure Leute unfähig sind und nun soll ich auch noch die Informationen ranschaffen? Habe ich irgendetwas verpasst in meinem Werdegang, und bin in Wirklichkeit Agent-Bucher, oder so? Macht was ihr wollt, nur geht mir nicht auf die Nerven", fauchte Mara, drückte sich an Stacy Richtung Tür vorbei und eilte durch den Flur.

Gleichzeitig mit einem energischen Klopfen riss Mara Taylors Bürotür auf. Der sah hoch, ohne eine Miene zu verziehen. Mara kam nicht dazu, etwas zu sagen. Stacy hatte sie bereits eingeholt und begann sich hinter ihr in arrogantem Ton zu beschweren.

„Miss Bucher ist der Meinung, dass sie es nicht nötig hat, zu kooperieren. Sie zieht es vor, in einer stinkigen Zelle zu sitzen. Am besten wir lassen sie direkt abholen."

Mit demonstrativ gelangweiltem Ton winkte Mara ab. „Immer noch besser, als eine stinkige Kanalratte einer dubiosen Sicherheitsfirma zu sein."

„Na, da wollen wir doch erst einmal alle unsere Gemüter beruhigen. Ich bin sicher, wir werden eine Lösung finden." Mit einem Kopfnicken Richtung Stuhl, gab er Mara zu verstehen, sich zu setzen. Stacy bat er, sich um die Papiere zu kümmern, die er auf ihrem Schreibtisch hinterlegt hatte, woraufhin sie hochrot Taylors Büro verließ.

„Miss Bucher, ich kann ja gut verstehen, dass Sie nicht wegen eines dummen Passwortes Ihr Leben aufs Spiel setzen wollen. Jeder weiß ja, wie Pavel reagiert, wenn ihn jemand verpfeift. Aber trotz alledem müssen wir dort rein. Vielleicht besteht ja die Möglichkeit, uns auf halber Strecke zu nähern?"

„Und wie stellen Sie sich das vor?"

„Sie beschaffen eine Einladung und ich lasse Sie von zwei meiner Mitarbeiter begleiten."

„Denken Sie denn tatsächlich, Pavels Leute sind von gestern? Selbst wir haben mit Leichtigkeit herausgefunden, wer uns ausspioniert hat. Ihre feine Kollegin Miss Miller hat sich an den armen Palmer ran gemacht und ihn schamlos ausgenutzt. Pavel kennt jeden seiner Feinde, ob Sicherheitsfirma oder FBI. Auf diesem Weg ist eine Annäherung unmöglich."

Sie konnte es kaum glauben, dass sie gerade mit einem FBI-Fuzzi verhandelte. Sie ärgerte sich, dass ihr nichts einfiel, um das Angebot der Annäherung für sich zu nutzen, denn schließlich war sie nicht scharf darauf, im Gefängnis zu enden.

Taylor schaute verblüfft und verzog nachdenklich das Gesicht. „Ich habe Sie wohl unterschätzt. Eine Idee hätte ich noch. Meine Letzte sozusagen", erklärte er ernst. „Es gibt zwei Prostituierte, die schon einmal etwas für uns erledigt haben, die nehmen Sie mit. Ich bin sicher, Ihnen wird was einfallen, sie reinzubekommen, ohne ihnen das Passwort zu sagen. Sie flüstern es dem Türsteher leise ins Ohr. Die zwei Mädels preisen Sie als ein Geschenk für einen speziellen Gast an. Die Männer die dort verkehren, können so einem Angebot nicht widerstehen, da bin ich mir sicher."

„Tolle Idee. Und was sage ich, wieso ich zwei Nutten mit mir rumschleppe?"

„Das überlasse ich Ihnen."

„Und was sollen die da?", fragte Mara mit gerunzelter Stirn.

„Sie sollen bloß als stille Beobachter fungieren. Wenn die gesuchte Person geht, sagen sie uns Bescheid und den Rest erledigen wir. Wo Pavels Villa steht, ist ja kein

Geheimnis, und dass sich das FBI vor seinen Toren herumtreibt, wäre auch nichts Neues."

Mara sog sich tief die Luft in die Lungen und lehnte sich zurück. „Also ich weiß nicht, ich in Begleitung solcher Mädels, das nimmt mir doch keiner ab und ehrlich gesagt, ist es auch etwas peinlich." Sie wendete ihren Blick ab und verlor sich im Grau des Himmels. „Ich kann das nicht machen, tut mir leid."

Taylor drehte sich mit seinem Bürostuhl eine halbe Umdrehung, um ebenfalls in die ziehenden Wolken zu starren.

„Eine letzte Option habe ich noch, Sie sollten sie nutzen", murmelte er.

Mara hatte nicht allzu große Hoffnung, dass ihr dieser Vorschlag besser gefallen würde.

„Zu Pavels Party kommen eine Menge Leute, viele von denen kennt er gar nicht. Das einzig Wichtige ist das Passwort. Wir werden Sie verkleiden."

Bei dem Wort verkleiden zuckte sie leicht zusammen. Wollte er bloß herausfinden, wie sie, als verkleideter Mann aussah? Hatte man sie im Verdacht wegen des Koffers?

„Als was wollen Sie mich denn verkleiden? Das ist doch totaler Blödsinn. Soll ich etwa die dritte Nutte spielen?"

Taylor drehte sich mit Schwung zurück. Er grinste breit. „Die Idee ist gar nicht so schlecht. Ich will, dass Sie mit den beiden dort reinkommen, wie Sie sich selbst aus der Affäre ziehen, interessiert mich ehrlich gesagt nicht. Ich denke, wir sind uns einig, oder?"

„Danach habe ich keine weiteren Belästigungen Ihrerseits mehr zu erwarten?", bohrte Mara nach.

„Sie sind frei, zu tun, was immer Sie für richtig halten."

Mara überlegte kurz und nickte. „Sie sind sich sicher, mich so zu verkleiden, dass mich keiner erkennt?", fragte sie skeptisch, um jeden Verdacht auszuräumen, dass sie schon ihre Erfahrung damit hatte.

„Klar. Ann wird das erledigen und Ihnen die zwei Damen vorstellen." Bei dem Wort Damen verzog er sarkastisch das Gesicht. „Ich sehe Sie Samstagnachmittag hier. Bis dahin brauchen Sie nicht mehr zu kommen."

„Nichts lieber als das", antwortete sie genervt und verließ das mit Nikotinschwaden durchzogene Büro. Auf dem Flur stand Stacy. Wahrscheinlich wartete sie hier schon die ganze Zeit, um gleich in Erfahrung zu bringen, ob man sie weichgekocht hatte.

Anfangs agierte Mara noch in geheimer Mission, doch nun war der Krieg zwischen ihnen offiziell. Mit Sicherheit hatte sie heute ihre unscheinbare Art in Stacys Augen verloren, aber das kümmerte Mara nicht weiter, der Hass auf dieses Weibsbild war zu groß, um noch irgendwelche Furcht zu verspüren. Wieder schossen ihr die Bilder von Ivan und Tarzan durch den Kopf.

***

Stacy eilte in Taylors Büro zurück. „Wie ist es gelaufen?", fragte sie schlecht gelaunt.

„Soweit alles klar. Es war nicht gerade schlau, dich zu ihr zu schicken. Sie weiß längst, dass du es warst, der ihre Gruppe ausspioniert hat. Sie hat sogar Kenntnis darüber, dass es sich bei uns um einen Zweig des FBI handelt. Und glaub mir, sie tut zwar immer so still, doch sie ist gerissen. Garantiert verdächtigt sie dich, ihren Kumpel in die Psychiatrie gebracht zu haben. Wüsste ich, dass sie den Koffer schon mal gesehen hat, würde ich sie genauso verdächtigen wie Miguel. Vielleicht war es ein Fehler, sie an den Codierungen arbeiten zu lassen, doch was blieb uns schon anderes übrig? Ich kann nicht wissen, wen Miguel bereits mit seiner Fähigkeit beeinflusst hat. Ob irgendjemand unserer Abteilung noch in der Lage ist, die Codierungen zu erkennen."

„Hat sie dir das Passwort gegeben?"

„Nein, wir werden es mit den Nutten machen. Wie sie die beiden rein bekommt und sich selbst da wieder raus manövriert, ist ihr Ding. Aber ich bin ziemlich sicher, dass sie es schafft, sie ist ein gewieftes Ding. Ich kenne mich mit so etwas aus, bei Frauen täusche ich mich nur selten", erklärte er grinsend.

Richter saß an seinem Schreibtisch und starrte vor sich hin. Egal, was Samuel ihm gleich berichten würde, er wusste nicht, wie es dann weiterging. Zwischenzeitlich hatte er sich nach diesem Mister Palmer erkundigt. Er lag mit einer Überdosis LSD in der Psychiatrie. Immer noch im Drogenwahn saß er am Fenster und hatte auf keine seiner Fragen reagiert. Eine junge Frau, seine Schwester, sei schon ein paar Mal bei ihm gewesen, erfuhr Richter vom behandelnden Arzt. Nach Überprüfung dieser Angaben hatte Richter aber herausgefunden, dass Palmer gar keine Familienangehörige besaß, geschweige denn eine Schwester.

Der Rückruf Samuels befreite ihn aus seinen Grübeleien, die zu nichts führten. Das Ergebnis, das er ihm mitteilte, bestätigte einmal mehr, dass sich Richter auf seinen Instinkt verlassen konnte.

Der Fingerabdruck von der Dose war nicht identisch mit denen Agent Millers, die im Computer gespeichert waren. Sie hatte tatsächlich ihre Fingerabdrücke gefälscht. Warum, lag ganz klar auf der Hand, sie passten zu dem, den sie am Koffer entdeckt hatten. Nun war er sich sicher, das blonde Gift versuchte, etwas zu verbergen. Jetzt galt es herauszufinden was, um sie dann zu überführen.

Zu gerne hätte Richter gewusst, wer die junge Frau war, die sich als Palmers Schwester ausgab. Ob sie es gewesen war, die ihm den Koffer hatte zukommen lassen? Doch wie sollte sie in dessen Besitz gekommen sein? Richter konnte nur hoffen, dass sie bald wieder auftauchte und ihm der Arzt es gleich mitteilte. Auf jeden Fall wollte er seiner Zusage gemäß handeln und die Sache mit Palmer unauffällig untersuchen. Der anonyme Anrufer hatte ihn eindringlich darum gebeten und Wort ist Wort, galt es bei Richter.

***

Mara rieb sich die Schläfen, als sie draußen vor dem Bürogebäude stand. Schon beim Anblick des grauen Morgenhimmels hatte sie geahnt, dass dieser Tag nichts bringen würde. Natürlich, es war ihr Plan gewesen, verkleidet auf der Party aufzutauchen, doch so hatte sie sich das nicht vorgestellt. In Begleitung von zwei aufgedonnerten Bordsteinschwalben würde sie auffallen wie ein Clown auf einer Beerdigung. Sie fragte sich, ob Taylor das alles wegen Miguel organisierte. Sie ihn vielleicht warnen sollte, schließlich wollte nicht ausgerechnet sie schuld daran sein, wenn man Miguel erwischte. Doch würde er dann noch kommen? Heute fühlte sie sich keineswegs wie ein Undercover-Agent. Das Vorhaben schien ihr zu groß. Zwischen den Fronten würde sie stehen und ein bisschen beschlich sie das Gefühl einer Verräterin. Sie wollte Leute für das FBI einschmuggeln, das gefiel ihr nicht. Unschlüssig, wie es weitergehen sollte, lenkte Mara ihren Wagen Richtung Scott. Vielleicht hatte er eine Idee.

Im Haus wirkte alles ruhig. Das Schmuddelwetter weckte wohl nicht nur in Mara melancholische Gefühle. Träge lief sie die vielen Treppen hinauf, die mit grau-blauem Linoleum ausgelegt waren und eine Reinigung vertragen könnten. Die Schmutzschicht ließ das Blau fast verschwinden. Die Wände waren mit Initialen vollgekritzelt, was ihr noch nie wirklich aufgefallen war.

Aus Scotts Wohnung drang laute Musik. Sie klingelte einmal, zweimal, aber die Musik übertönte das leise Summen. Sich vom Pech verfolgt gefühlt, lehnte sie sich an die Wand und wartete ab, bis die CD zum nächsten Song wechselte.

Die Haare in allen Himmelsrichtungen verwuschelt, öffnete Scott. Demonstrativ schaute er auf seine Armbanduhr. „Na, was willst du denn hier, musst du nicht deine Strafarbeiten machen?"

„Stell dich nicht so an, es ist bereits Mittag, und nein, heute sind keine Strafarbeiten angesagt, habe nämlich einen freien Tag bekommen", antwortet sie spitz. Sie ahnte, dass es ihn brennend interessieren würde, warum sie so etwas wie einen freien Tag hat.

Scott drehte die Musik leiser, die den Bass in den Boden hämmern ließ.

„Was ist los? Haben sie dich bei etwas erwischt?"

„Nein, so schlimm ist es auch wieder nicht. Taylor will mich auf die blöde Party von Pavel schicken."

„Und? Da wolltest du doch sowieso hin, oder?"

„Ich soll zwei Nutten mitnehmen", antwortete sie emotionslos und wusste, dass sich das nur blöd anhören konnte.

Scott presste die Lippen aufeinander und versuchte, ein ernstes Gesicht zu machen, doch es blieb bei einem Versuch. Laut begann er zu lachen und ließ sich kopfschüttelnd auf die Couch fallen.

„Ist ja krass. Also mit deinem Leben würde ich für nichts auf der Welt tauschen wollen. Was sollen die dort tun?"

„Die sollen natürlich rumschnüffeln, was sonst. Sie sollen angeblich auf jemand ganz Spezielles achten, wann er kommt und geht. Welchen Ausgang er nimmt, schätze ich. Draußen lungert das FBI rum, um die besagte Person abzufangen."

„Wie willst du die Zwei denn rein bekommen? Du willst ihnen doch nicht das Passwort geben?" Scott blieb der Mund offenstehen.

„Quatsch. Das hätte es mir leicht gemacht, fürs Erste zumindest. Ich dachte, ich sage, sie seien ein Geschenk von irgendwem, für, ich weiß nicht", führte sie, ahnungslos mit den Schultern zuckend, aus.

„Aha, das ist also dein Plan", nickte Scott ironisch und grinste. „Wie willst du das hinkriegen, die meisten kennen dich und werden dumm schauen, wenn du auf einmal die Puffmutter spielst."

„Sehr witzig. Natürlich werde ich mich verkleiden." Ein wenig beleidigt schaute sie in die andere Richtung. Dass das alles blöd war, wusste sie selbst, dafür brauchte sie keine Hinweise.

Scott schien ihren Schmollmund gar nicht zu registrieren. „Dann ist es doch ganz einfach. Du sagst dem Türsteher das Passwort, so, dass die anderen beiden es nicht hören können, dann erklärst du ihm, dass ihr drei ein Geschenk von so 'nem reichen Typen für Pavel seid."

Mara schaute entrüstet, doch bevor sie das Wort zu einem Protest ergreifen konnte, fuhr Scott schon weiter fort.

„Wenn jemand wissen will, wer der Typ ist, beschreibst du Vincenzo. Der liegt gerade im Krankenhaus mit einer Schussverletzung und wird auf keinen Fall kommen. Und so etwas, wie Pavel ein paar Mädels zu schicken, wäre Vincenzo ohne Weiteres zuzutrauen." Mit selbstgefälligem Blick wartete er auf Maras Meinung zu seinem Plan.

„Schlecht ist das nicht, aber eine Sache gefällt mir dabei gar nicht, und zwar meine Rolle bei der ganzen Geschichte. Ich habe keine Lust mit diesem Widerling, oder einem seiner Freunde rumzumachen." Dies unterstrich sie mit einer angeekelten Geste.

„Du musst doch nur die Mädels an den Mann bringen, dann selbst ins Bad verschwinden, dort wirst du die Verkleidung wieder los und alles läuft."

„Die werden doch misstrauisch, wenn ich auf einmal verschwinde."

„Das kann dir doch egal sein. Du könntest sagen, du willst nach dem edlen Spender Ausschau halten. Dir wird schon was einfallen", beschwichtigte Scott. Mara fühlte sich unwohl in ihrer Haut. In sich versunken fummelte sie an ihren Fingernägeln herum. „Was, wenn ich es nicht ins Bad schaffe?", fragte sie kleinlaut. Ihr war bewusst, dass sie nicht die Art Frau war, die die Männer um den Finger wickeln konnte.

„Keinem von euch darf ein Fehler unterlaufen. Diesmal muss alles klappen. Jeder von euch bekommt ein Betäubungsgewehr von mir. Falls sich die Gelegenheit bietet, drückt direkt ab, aber denkt daran, das Zeug hier ist nicht N5, es dauert etwas, bis es wirkt. Am liebsten würde ich ihm gleich eine Kugel in den Kopf jagen, doch wir müssen ihn schließlich unauffällig entsorgen. Mir genügen schon die Scherereien wegen Ivan. In letzter Zeit waren wir einfach zu selbstsicher. Ich will, dass sich jeder konzentriert und alles gibt.‘‘

Taylor schaute ernst in die Runde von sieben Leuten. Neben seinen Vertrautesten hatte er noch drei weitere ins Team aufgenommen. Ivans Bürokollege und zwei, die alles für Taylor machten, bei angemessener Bezahlung.

Bei dem einen zeichneten sich die gewaltigen Muskeln unter dem Hemd ab. Seine schwarzen Haare hatte er zu einem Zopf zusammengebunden, wodurch seine Narben im Gesicht zur Geltung kamen.

Der andere war genau das Gegenteil. Dünn und hager, mit einem Vorbiss und stechend blauen Augen. Unwillig schauten sie sich die Betäubungsgewehre an. „Was ist das denn für ein Scheiß‘‘, murmelte der Hagere und drehte das Gewehr in den Händen.

Taylor konnte ihnen nicht alle Einzelheiten verraten, die Miguel betrafen, weshalb er hoffte, ihn selbst zu erwischen. Er durfte diese Chance nicht verpassen, schließlich musste auch er über seine Arbeit Rechenschaft ablegen.

Richter wollte gerade sein Büro abschließen, als das Telefon klingelte. Da er keiner von den Typen war, die mit dem Sekundenzeiger Feierabend machten, entschloss er sich, noch einmal abzuheben.

„Spreche ich mit Lieutenant Richter?", tönte es aus dem Telefonhörer.

„Ja. Sind Sie es Dr. Drinovan?"

„Ja. Ich vergaß, dass mir die Schwester von Mister Palmer ihre Telefonnummer hinterließ. Sie erwähnten doch, sie nicht ausfindig machen zu können, ohne eine Adresse, und da dachte ich, dass Sie so die junge Frau wohl am besten erreichen."

„Das ist wirklich nett von Ihnen."

Zügig gab der Arzt die Nummer durch und verabschiedete sich. Dass es sich um eine Handynummer handelte, war Richter schon nach den ersten Ziffern klar. Er bezweifelte, anhand der Nummer viel über die Person herauszufinden, doch Richter saß wieder an seinem Schreibtisch und nahm alle Möglichkeiten wahr, um vielleicht Glück zu haben. Zu seiner Enttäuschung handelte es sich um ein Prepaid-Handy, das sich jeder kaufen konnte, ohne irgendwelche Angaben über sich selbst machen zu müssen. Es blieb nur noch die Option, direkt anzurufen. Richter stützte das Kinn in die Handflächen und überlegte sich seine Worte und Fragen.

***

Hungrig zog Mara die dampfende Tiefkühlpizza aus dem Ofen. Sie biss gerade ein Stück ab, als ihr Handy wild auf dem Küchentisch vibrierte und sich langsam aber gefährlich Richtung Tischkante bewegte. Eine ihr unbekannte Nummer leuchtete auf dem Display. Neugierig nahm sie den Anruf entgegen.

„Guten Tag. Mit wem spreche ich?", fragte eine weiche Männerstimme. Mara zögerte einen Moment. Dieser Kerl hatte etwas, das ihr nicht gefiel. Vielleicht seine Art zu fragen. Allerdings reagierte sie in letzter Zeit allgemein übersensibel.

„Vielleicht sollten Sie sich erst einmal vorstellen und mir den Grund Ihres Anrufs verraten", gab sie spitz zurück.

Sie vernahm ein Räuspern. „Hier spricht Lieutenant Richter. Ich würde Ihnen gerne ein paar Fragen stellen, wenn Sie erlauben?"

„Polizei? Was gibt es denn?"

„Ich habe Ihre Nummer von Doktor Drinovan. Ich habe den Hinweis bekommen, dass Mr. Palmer gezwungen wurde, das LSD zu nehmen und hätte Sie gerne gefragt, ob Sie mir etwas dazu sagen können?"

„Naja, sagen schon, aber nicht beweisen. Was soll das dann bringen?"

„Vielleicht sind Ihre Informationen für meine Ermittlungen hilfreich."

„Das kann ich mir nicht vorstellen."

„Ich würde es gerne hören", antwortete Richter geduldig.

„Wie Sie meinen. Robert hat sich oft mit seinen Freunden getroffen, um stundenlang irgendwelche Spiele zu spielen. Natürlich haben sie auch mal Dummheiten gemacht. Zum Beispiel sich in Firmen-Computer zu hacken. Diese Leute waren verständlicherweise verärgert und haben Anzeige erstattet, woraufhin sich das FBI der Sache annahm und die Gruppe hochgenommen wurde. Eine Agentin namens Stacy Miller hat Robert schöne Augen gemacht und ihn so dazu gebracht, ihr alles zu erzählen, was er über die Gruppe wusste. Als er erfuhr, wer sie wirklich ist, hat er aus Rache ihre Kollegen zu einem Ort gelockt, an dem viele Fotos von Agent Miller hingen. Diese Fotos ließen sie nicht vorteilhaft erscheinen. Halbnackt und in erotischen Posen. Ich kann gut verstehen, dass sie daraufhin wütend war, aber ihre Vergeltung dafür weniger."

„Wie kommen Sie darauf, dass es die FBI-Agentin war, die ihm die hohe Dosis LSD verabreichte?"

„Es ist undenkbar, dass Robert LSD genommen hat. All sein Geld ist Monatsmitte meist schon weg, und geht vorzüglich für seinen Computer und Spiele drauf. Auch trug er merkwürdige Kleidung. Niemals lief er in Ledersachen rum, geschweige mit einer Hose, bei der der Hintern im Freien liegt. Ganz klar hatte sie damit zu tun. Sie wollte ihn genauso demütigen, wie er es mit ihr getan hatte." Mara seufzte. „Aber beweisen kann ich nichts davon."

„Woher wissen Sie von diesen Fotos, hat er es Ihnen erzählt?"

„Ja."

„Mir wurde gesagt, dass Mr. Palmer als Informant arbeitete."

„Naja, das ist vielleicht etwas überzogen. Doch in gewisser Hinsicht könnte man das so ausdrücken. Er wusste nur nichts davon."

„Ja, so kann man es auch sehen. Ich bin Ihnen dankbar für Ihre genauen Schilderungen. Falls Ihnen noch etwas einfällt, oder mir sonst irgendwie weiterhelfen können, würde ich mich freuen, wenn Sie sich bei mir melden. Ich möchte Ihnen auch versichern, dass Ihre Aussagen an keine Dritten weitergehen, ich behandle das alles vertraulich."

„Das ist nett von Ihnen, doch ich glaube, ich habe alles Mögliche getan. Den Rest müssen Sie schon alleine hinkriegen", seufzte Mara.

„Verraten Sie mir noch ihren Namen?"

„Sie können Anna zu mir sagen", log sie und legte auf. Sie wollte nicht, dass dieser Lieutenant wusste, wer sie ist, schließlich hatte sie schon genug Stress mit dem FBI, da gingen ihr zusätzliche Kontakte zur Kriminalpolizei definitiv zu weit.

Verärgert stellte sie fest, dass die Pizza nun kalt war. Mit Überwindung kaute sie auf dem hart gewordenen Boden herum, bis eine E-Mail eintraf. Bereits angewidert von den glibberigen kalten Pilzen und den undefinierbaren, eckigen Dingern darauf, schmiss sie alles in den Müll und hoffte, diese strenge Maßnahme war die Mail wert gewesen.

Mit einem Hochgefühl stellte sie fest, dass Miguel geschrieben hat. Was er wohl von ihr wollte? Die Erinnerung an seine großen schwarzen Augen wurde wach.

„Na, Prinzessin! Kann dir endlich etwas über das Paket, oder besser gesagt, den Koffer erzählen. Die Polizei hat einen Fingerabdruck ausfindig machen können und ein Haar. Der Leutnant verfolgt auch bereits eine Spur, welche, hat er natürlich nicht verraten wollen. Wie sieht es bei dir aus, hast du schon meine Decodierungen bis zum Limit entschlüsselt?"

Mara klopfte das Herz, als sie die ersten Tasten drückte. Sie hatte mal wieder keine Ahnung, wie sie mit seiner Direktheit umgehen soll.

„Der Lieutenant hat eine Spur! Das ist toll. Deine Codierungen. Die sind gut, aber nicht gut genug für mich. Schätze, bei deinem Informationsstand weißt du das bereits. Ist es dir egal, oder kommt mir das nur so vor?"

Mara rieb sich die verschwitzten Hände. Ungeduldig blickte sie auf den Posteingang, bis etwas eintraf.

„Du bist ganz schön vorlaut und scheinst gerne mit dem Feuer zu spielen! Ob mir das egal ist? Auf keinen Fall! Du solltest mir in naher Zukunft nicht in die Arme laufen. Du hattest etwas gut bei mir, weil du für meinen alten Freund Ivan ein immenses Risiko eingegangen bist. Ich kenne zwar nicht den Grund, doch der Brief an den Lieutenant könnte ihm zur Gerechtigkeit verhelfen. Ich bin nicht sicher, ob ich wissen will, wie du an diese Informationen kommen konntest. Wahrscheinlich würde mich das dazu veranlassen, dafür zu sorgen, dass du dich nicht mehr in Gefahr begibst. Was hast du jetzt vor, nachdem du den zweiten Datenträger gefunden hast?"

Mara blieb der Mund offenstehen. *Er weiß Bescheid über mich, da muss ich mir nichts vormachen! Warum nicht selbst einmal direkt sein?*

„Was ist mit dem dritten Datenträger? Ich vermute, dass Du nicht im Besitz aller Teile bist? Vielleicht sollten wir einen Tauschhandel machen. Du bekommst meine Sticks und ich deinen. Ich könnte sie dir natürlich auch einfach so überlassen. Doch warum? Nur weil du knifflige Verschlüsselungen austüftelst, kann ich nicht über die vorliegenden Anschuldigungen hinwegsehen, oder?"

Um ihre Nervosität zu unterdrücken, riss sie einen Schokoriegel auf. Miguel ließ sich Zeit, um zu antworten. Sie hatte den Riegel fast aufgegessen, als er sich wieder meldete.

„Taylor hatte wirklich das richtige Gespür, was deine Fähigkeiten angehen. Nur was die Mitarbeit betrifft, hat er sich wohl getäuscht. Wenn du nicht auf seiner Seite stehst, auf welcher dann?"

Miguel war ihr ausgewichen. Anhand seiner Worte kombinierte Mara, dass die restlichen Daten in seinem Besitz sein mussten. Ihr fiel seine vorherige Anmerkung ein, dass sie etwas bei ihm guthatte und sie nun quitt seien. Doch sie sah das anders und ergriff ebenfalls die Chance, nicht antworten zu müssen, da sie die Antwort selbst nicht wusste.

„Wie können wir nach deiner Schilderung quitt sein, wenn du doch selbst sagst, dass ich zweimal etwas zu deinem Vorteil getan habe, du für mich nur einmal?"

Mit zusammengekniffenen Lippen starrte Mara auf den Computerbildschirm und wartete ungeduldig, was er wohl dazu zu sagen hatte.

„Ich habe mich darum gekümmert, dass Richter nicht zu offensichtlich den Fall Ivan und den deines Kumpels in der Psychiatrie gleichzeitig bearbeitet. Stacy ist gewieft und hätte dir bei dem geringsten Verdacht ihr Wahrheitsserum verpasst. Ich denke, nun sind wir quitt, oder?"

Mara ärgerte sich. *Er hat recht! Ich war blöd, Ivan und Tarzan in einem Atemzug bei Richter zu erwähnen.*

Doch wenn es sich wirklich so verhält, dass er mich in Ruhe lässt, solange er in meiner Schuld steht, könnte ich mir einen weiteren Vorteil verschaffen! Ich muss ihm nur von Taylors Vorhaben erzählen, ihn abfangen zu wollen. Selbst wenn er es nicht speziell auf Miguel abgesehen hat, wird er sicher froh sein, über Taylors Pläne informiert zu sein.

„Dann sind wir tatsächlich quitt", begann sie zu schreiben. „Es sei denn, du bist an Taylors nächstem Schritt interessiert. Aber ich gehe davon aus, dass du bereits alles weißt."

Es dauerte wieder einen Moment, bis sich Miguel meldete, was Mara nervte. Sie hasste das Warten.

„Taylor hat immer etwas vor. Zu wissen was, macht es natürlich leichter. Ich bin sicher, dass es nicht lange dauern wird, bis ich mich revanchieren kann, schließlich hältst du dich in gefährlichen Kreisen auf."

Schön, dachte Mara. *Er würde vorerst wieder in meiner Schuld stehen und ich kann mich um einiges entspannter bewegen.*

„Taylor schickt jemanden auf Pavels Party, um zu sehen, welchen Ausgang du wählen wirst."

Mara drückte auf senden und war gespannt, ob diese Information etwas wert war, auch wenn es in den Sternen stand, ob es sich tatsächlich so verhielt.

„Da mach dir mal keine Sorgen um mich, er wird kaum eine Chance bekommen, mich zu erwischen, trotzdem bin ich dir dankbar. Hoffentlich kann ich es wieder ausgleichen, damit ich dir nicht zu lange etwas schuldig bin. Werde ich dich dort auch sehen?"

Mara atmete tief ein. *Er wird mich nicht behelligen, weil ich etwas guthabe! Prima!* Während der Überlegung, ob er ihr dort begegnen würde, kribbelte es in ihrem Magen. Doch er durfte von ihren Plänen nichts wissen und sie nicht so vertrauensselig sein. Zügig schrieb sie eine kühle Antwort.

„Erstens! Mit Sorgen machen, hat das gar nichts zu tun. Zweitens! Ich konnte Pavels Partys noch nie leiden."

Miguel antwortete prompt.

„Erstens! Ich glaube dir nicht.

Zweitens! Das kann ich nachvollziehen. Doch wenn ich es mir genau überlege, hast du nicht wirklich gesagt, du kommst nicht. Wir werden sehen."

Mara streckte verärgert ihre Zunge heraus, auch wenn er davon nichts mitbekam. Sicher war nun, dass er da sein würde. Sie hoffte, ihre schwierige Aufgabe, sich von den Prostituierten zu trennen und sich umzuziehen, irgendwie zu schaffen. Dies wäre eine so gute Chance, mehr über Miguel zu erfahren!

* * *

Noch mit den Gedanken bei Miguel startete Mara ihren Wagen. In sich versunken nahm sie die Umwelt nur vage wahr. Erst ein betrunkener Typ, der ihr vors Auto torkelte, riss sie zurück in die Realität.

„Du blöde Kuh. Willst du mich umbringen?", lallte er mit erhobener Faust und zog sich die verdreckte Hose hoch, die aber sofort wieder ins Rutschen kam.

Gestresst atmete Mara aus. Heute war wohl nicht ihr Tag. Als sie den Pub erreichte, wurde es nicht besser.

„Du bist heute mal wieder ziemlich spät dran", stöhnte Chloe. „Schon seit Stunden ist es hier so voll, selbst der Chef hat bis eben mitgeholfen, und das will was heißen, wenn der faule Sack auch mal was tut." Noch bevor sie ausgeredet hatte, war sie schon mit einem vollgepackten Tablett auf dem Weg. Mara konnte froh sein, dass der Chef ein fauler Sack war, wie Chloe ihn immer nannte, sonst hätte er womöglich mitbekommen, dass sie zu spät gekommen war.

Ihre Augen brannten vor Müdigkeit, und ihre Beine schienen mit Bleischuhen beschwert zu sein. In solch niedergeschlagen Momenten gingen ihr immer die merkwürdigsten Gedanken durch den Kopf. Irgendwie wollte sie weiterkommen, Neues erfahren. Diesen brisanten Fall für sich selbst zur Zufriedenheit lösen. Doch dies war nur möglich, wenn sie mehr über Miguel erfuhr, so viel stand fest. Ebenso wichtig war es, über Taylors Machenschaften Bescheid zu wissen. Das alles waren gefährliche und schwer lösbare Aufgaben. Sie hatte keine Ahnung wie oder wo sie anfangen sollte. Miguel würde sie bald sehen, doch was dann? So naiv sein und denken, sie könnte ihn einfach beschatten? Nein, ihr musste schon etwas Scharfsinnigeres einfallen. Außerdem waren da bereits andere, die ihm an den Fersen klebten, und sie selbst hatte ihn vorgewarnt, dass man ihn beobachtete.

Um noch weiter darüber nachzudenken, blieb keine Zeit. Einige hatten registriert, dass es nun eine zusätzliche Bedienung gab, und bestürmten sie mit ihren Wünschen. Erst als Scott und andere Freunde auftauchten, fiel ihr wieder der Gedanke ein, den sie hatte, als ihr der schmuddelige Typ vors Auto gelaufen war.

Während sie Scott einen Cappuccino auf den Tisch abstellte, brachte sie ihr Anliegen vor.

„Kannst du mir einen Gefallen tun?" Mit unschuldiger Miene schaute sie zu Scott runter, der misstrauisch den Mund verzog.

„Schaust du mal für mich ins Grundbuch, um alles über ein bestimmtes Haus und Grundstück in Erfahrung zu bringen?"

„Wenn es sonst nichts ist", erwiderte er gelangweilt. Mara schmunzelte. Er hatte wohl etwas Spektaküläreres erwartet. Auf einem Zettel überreichte sie ihm die ehemalige Adresse Miguels. Ihre darauffolgende Aufforderung, sich die Adresse zu merken und den Zettel gleich zu verbrennen, brachte dann doch das gewisse Etwas. Scott schüttelte den Kopf und stimmte zu.

Sie hatte wieder einen Plan. Es drang sich aber die Frage auf, ob es sich um eine gute Idee handelte oder es unter total bescheuert einzuordnen war.

Der Laden blieb den restlichen Abend ungewöhnlich voll. Immer wieder füllte Mara Gläser, zapfte jede Menge Bier und lief von einem Tisch zum Nächsten.

Die Letzten gingen kurz vor Mitternacht. Schnell schloss sie hinter ihnen die Tür.

Richter saß früh in seinem Büro und schlürfte einen Kaffee. Krampfhaft grübelte er, wie er im Fall Ivan Polzki weiter vorgehen sollte, als einige seiner Kollegen das Büro betraten, um die Ergebnisse der Hausdurchsuchung zu besprechen. Ein hünenhafter Blonder mit markantem Gesicht, zückte ein paar Aufnahmen, die sie angefertigt hatten.

„Es sieht so aus, als ob schon jemand vor uns in Polzkis Wohnung war. Irgendetwas wurde dort gesucht. Nicht so, wie bei unserem letzten Fall, wo wirklich alles auseinandergenommen wurde, doch man konnte es sehen. Ganz besonders hatte man es auf die Mülleimer abgesehen, sie wurden alle auf den Boden entleert und der Dreck durchwühlt."

Richter schaute sich die Fotos an, auf denen man erkennen konnte, wie alles weit verteilt auf dem Teppich lag.

„Habt ihr sonst noch etwas Auffälliges entdecken können?"

„Nein, es steht aber noch die Untersuchung seines Computers aus, das dürfte nicht mehr lange dauern."

Richter nickte. „Okay, dann warten wir ab, ob wir dort etwas Brauchbares finden."

Richter brütete darüber, was man bei Ivan gesucht haben könnte. Es musste etwas relativ Kleines gewesen sein. Ein Brief oder eine Notiz vielleicht. Höchstwahrscheinlich steckte Taylor dahinter. Doch das waren alles nur Spekulationen und brachten ihn nicht weiter.

Jetzt kam es darauf an, auf der Festplatte des Computers noch irgendeinen Hinweis zu entdecken. Ungeduldig seufzte er.

∗∗∗

Vertieft studierte Mara den Grundriss des Hauses, indem Miguel einmal gewohnt hatte. Es war knapp neunzig Jahre alt. Das Grundstück maß ganze dreitausend Quadratmeter. Beinahe so viel wie ein kleines Fußballfeld. Zu gerne würde sie sich dort umsehen. Doch zur Vordertür hereinspazieren, schien ihr zu gefährlich. Was, wenn das Haus von Taylor überwacht wurde? Sie konnte unmöglich riskieren, dort gesehen zu werden.

Mara erinnerte sich, dass der Wald direkt hinter dem Grundstück angrenzte und von der Straße schwer einsehbar war. *Warum nicht einen gemütlichen Waldspaziergang unternehmen und sehen, ob es dort ein Schlupfloch gibt?*

Vielleicht ergab sich eine Möglichkeit, doch noch etwas über Miguel in Erfahrung zu bringen. Es bereitete ihr Unbehagen, schon wieder einbrechen zu wollen. Das Ganze schien sich zu einer schlechten Angewohnheit zu entwickeln.

Entschlossen zog sie ihre Jogging-Klamotten an, die endlich mal wieder Beachtung geschenkt bekamen. An dem guten Zustand der Schuhe erriet man leicht, dass der edle Vorsatz, etwas für die Kondition zu tun, nur von kurzer Dauer gewesen war. Ausgerüstet für einen Lauf im Wald und die Erkundung des Hauses, hechtete sie die Treppen nach unten.

Mara kannte sich bestens aus in der Stadt und dank des ehemaligen Vorhabens, regelmäßig zu joggen, auch den Wald, der an das Grundstück grenzte. Etwa vier Kilometer entfernt, gab es einen Parkplatz, auf dem Spaziergänger ihre Autos abstellten. Knirschend rollte der Wagen auf das unbefestigte Gelände.

Tief atmete sie, die nach feuchter Erde riechende Luft ein und lief los. Erst ganz sportlich joggend, doch schon nach wenigen Minuten wurde sie langsamer, bis ihr die Puste ganz ausging.

Dann eben etwas gemütlicher, warum sich auch abhetzen bei dieser Hitze!

Mächtige Eichen, deren Blätter im Wind raschelten, säumten den Weg. Kleine Meisen begleiteten sie. Sie flogen von einem Baum zum Nächsten und ließen sie nicht aus den Augen. Weniger angetan von ihrem Besuch schien ein Rabe, der sich lautstark beschwerte.

Immer wieder zweigten weitere Wege ab. Spaziergänger oder Sporttreibende wurden seltener, je tiefer sie in den Wald hineinlief. Auch ihr Weg wurde mit der Zeit schmaler und der Boden weicher. Die begradigten, ausgeschilderten Wanderwege hatte sie hinter sich gelassen. Es roch nach feuchtem Holz. Mara blieb kurz stehen und schätzte ihre Position ein, um dann wenige Meter weiter ins Unterholz zu laufen, denn es gab keinen Pfad, der bis zum Grundstück führte.

Vorsichtig setzte sie einen Schritt vor den anderen. Jeder ließ ausgedörrte Äste unter ihren Füßen zerbrechen. Ein stückweit kämpfte sie sich durch Brennnesseln und dornige Brombeeren, die wadenhoch den Waldboden eroberten. Nach einer knappen Stunde konnte sie das Dach des Hauses durch die Bäume schimmern sehen. Schließlich die alte Mauer, die mannshoch das Grundstück umgab.

Hockend lehnte sie sich an einen der dicken Bäume und kramte ihr Fernglas aus ihrem Rucksack. Sie musste sich vergewissern, dass sich niemand dort in unmittelbarer Nähe aufhielt. Geduldig beobachtete sie die Umgebung und jedes einzelne Fenster, an denen regungslos Vorhänge hingen.

Bis auf die Singvögel, die lautstark ihr Revier kenntlich machten, war es still. Die knochigen Bäume, die rund um das Haus wuchsen, versperrten den Blick auf die Straße und die gegenüberliegenden Gebäude. Wäre nicht alles so gepflegt, hätte es etwas Unheimliches.

Was, wenn mittlerweile jemand anderes im Haus wohnt? Andererseits ist niemand dort angemeldet. Zögernd näherte sie sich der Mauer, an der sich der Putz an vielen Stellen löste und rote Backsteine zum Vorschein kamen. Alle fünf Meter befand sich eine mit Stuck verzierte Säule, die der Mauer Charme verliehen.

Ihre Hände schwitzten vor Aufregung, als sie aus ihrem Rucksack eine Steckleiter aus Alu hervorzog. Sie war gerade hoch genug, um über die Mauer spähen zu können.

Die Nachmittagssonne tauchte die Natur in ein goldenes Licht. Es schien, als läge ein verwunschener Garten vor ihr, nur die Überwachungskameras am Haus, passten so gar nicht hierher. *Ob die noch laufen?* Sie musste davon ausgehen. Lieber zu viel Vorsicht, als leichtsinnig werden, entschloss sie sich und beobachtete genau, welche Bereiche überwacht wurden. Es gab kaum Möglichkeiten, unbemerkt durchzuschlüpfen. Nur ein Winkel wurde anscheinend nicht von den Kameras erfasst.

Mara nahm ihre Kletterhilfe und ging ein Stück weiter an der Mauer entlang. Sie fühlte sich unbehaglich, während sie ein Seil an der Leiter befestigte. Sich noch mal beruhigend die Schläfen massierend, lehnte sie die Leiter an, kletterte rüber und zog sie mit dem Seil hinterher.

An die Mauer gepresst starrte Mara durch die Büsche. Ein riesiger Rosenstrauch mit violetten Blüten zauberte den einzigen Farbklecks in das dominierende Grün. Abermals prüfte sie die Blickwinkel der Kameras. Mara war sich sicher, auf diesem Weg unbemerkt durch den Garten laufen zu können. Ihr Herz raste.

Schritt für Schritt nahm sie die Route, die sie für sicher hielt, und erreichte die Hintertür. Diese hatte Mara schon mit ihrem Fernglas ausgemacht. Die Tür wirkte stabil, aus Stahl gefertigt und passte nicht zu diesem hübschen alten Häuschen. Beinahe erleichtert darüber, dass hier wohl das Ende ihrer Erkundung war, entdeckte sie eine Sicherungsanlage für die Tür. Diese zu deaktivieren war Mara nicht in der Lage. Es befanden sich Tasten mit Buchstaben darauf. *Ein Passwort! Sicher hat sich Miguel etwas Kompliziertes einfallen lassen!* Ihr Blick wanderte noch einmal am Haus entlang. Die Fenster waren unerreichbar.

Das Ende dieser Mission! Stellte sie zugleich erleichtert und doch missmutig fest. Schmollend starrte sie auf die Anlage. Es überkam sie das Verlangen, einfach irgendetwas einzugeben. Doch was sollte das bringen? Frustriert stieß sie mit dem Fuß einen der Kiesel weg, die am Boden lagen. Ihr wollte nichts Sinnvolles einfallen. Nur das Passwort, das er ihr für die Decodierung seiner Mails gegeben hatte, schwirrte ständig in ihrem Kopf herum.

Es schien ihr blöd, doch was hatte sie zu verlieren? Mit oder ohne dieses Versuchs würde sie gleich unverrichteter Dinge gehen. Leise vor sich hinmurmelnd gab sie das Wort ein und drückte die Entertaste. Ein Klicken ließ sie zusammenzucken. Die digitale Anzeige leuchtete auf, worauf Willkommen erschien.

Es kam ihr so surreal vor, wie in einem Traum, als die Tür leise aufging. Sie schluckte, doch ihre Zunge schien am Gaumen festzukleben.

Ist er wirklich so naiv gewesen, mir ein Passwort für unsere Nachrichten zu geben, mit dem man auch in sein Haus spazieren kann? Oder laufe ich direkt in eine Falle?

Behutsam öffnete sie die Tür einen Spalt und spähte hinein. Sie sah fünf Stufen aus Holz, die in den oberen Bereich führten, und rechts gingen sieben nach unten, wo eine weitere Stahltür verbaut war. Mit einem mulmigen Gefühl schlich sie die Stufen hinunter. *Geht es hier zu einem Keller? Auf den Bauplänen wurde keiner vermerkt!* Die Tür war offen. Sie öffnete gerade so weit, um durchschauen zu können. Verwundert blickte sie in einen langen, hellorange gestrichenen, tunnelartigen Gang, der nach rechts und links verlief. Auf beiden Seiten machte er nach einigen Metern einen Knick. Neonröhren erleuchteten diesen Ort. *Sehr merkwürdig! Wo dieser Gang wohl hinführt? Wo soll ich nun nachsehen, oben oder unten? Besser verschwinden? Hier stimmt doch etwas nicht!* Ihr Herz trommelte panisch in ihrer Brust. Ihre Knie fühlten sich weich an, während sie nach oben schlich.

Auch hier existierte eine unverschlossene Stahltür. Mara blickte in einen Flur. Eine Wandleuchte strömte ein schwaches, diffuses Licht aus. Gerade genug, um zu wissen, wo man lief. Ein dicker Teppich dämpfte ihre Schritte. Um das Deckenlicht einzuschalten, fehlte ihr der Mut. Mit einer kleinen LED-Lampe erhellte sie sich die Umgebung.

Was tue ich hier eigentlich? Das ist mit Abstand das Bescheuertste, was ich je getan habe! Gespenstisch tauchten ein Schränkchen und eine Tür im bläulichen

Licht auf. Eine Holztür im Landhausstil mit Fenstern. Behutsam wagte sie einen Blick hindurch. Alles war stockdunkel. *Waren die Fensterklappen verschlossen gewesen?* Die Fenster hatten von außen einen ganz gewöhnlichen Eindruck erweckt. Leise öffnete sie die Tür und schlüpfte in einen dunklen Raum. Das musste die Küche sein. Mara konnte mit dem schwachen Licht ihrer Lampe nicht viel erkennen. Mit angehaltenem Atem drückte sie dann doch den Lichtschalter. Ihr Körper zuckte leicht zusammen, als sich Licht im Raum ausbreitete. Es wurde plötzlich taghell. Als wären die Fenster befreit von ihrer Verhüllung und Sonnenstrahlen leuchteten Wände und Möbel an.

Verdutzt schritt sie zu einem der Fenster. Es gab weder einen dicken Vorhang noch Rollläden, die alles so abdunkelten. Sachte schob sie die Gardine etwas beiseite. Es lag an den Fensterscheiben, die waren abgetönt. Wie soll man so rausschauen können? Ein Knopf an der Wand, direkt neben der Fensterbank fiel ihr auf. Zögerlich drückte Mara drauf. Erstaunt starrte sie plötzlich in die Blätter des Baumes, der vor dem Haus wuchs. So etwas hatte sie noch nie gesehen. Getönte Scheiben, die keinerlei Licht hereinließen, doch auf Knopfdruck sich in ganz gewöhnliche Fenster verwandelten. *Ist das die neueste Errungenschaft auf dem Glasmarkt, oder vielleicht gar nicht von dieser Welt?*

Sie schüttelte verärgert den Kopf, als ihr auffiel, sich unnötig ablenken zu lassen. Sie hastete zur zweiten Tür, die im selben Landhausstil gearbeitet war. Auch dieser Raum lag im völligen Dunkel. Misstrauisch und mit Herzklopfen tastete sie an der Wand nach dem Lichtschalter. Wieder erstrahlte es taghell. Es war nicht das typische Licht, das man von haushaltsüblichen Glühbirnen her kannte. Es erschien wie echtes

Tageslicht. Auch hier lag nur Dunkelheit in den Fenstern. Auf kleinen Bildschirmen in der Wand spielte sich ab, was draußen vor sich ging. Das musste von den Kameras, die außen hingen, übertragen werden. *Ein sehr merkwürdiges Haus! Ein Wunder, dass ich bei diesen Vorkehrungen so einfach hereinspazieren konnte! Was, wenn genau das Miguels Plan gewesen ist und er gleich irgendwo im Zimmer steht?* Ihr Puls raste. Hastig sah sie sich um. Es fiel ihr schwer, sich zu konzentrieren und den Gedanken abzuschütteln, dass Miguel mit einem breiten Grinsen hinter ihr lauerte.

An den Wänden hingen riesige Bilder. Kunstvolle Motive wechselten ihre metallisch schimmernden Farben je nach Blickwinkel. Staunend machte sie einige Schritte nach rechts und wieder links, um die ganze Wandlungsfähigkeit der Farbtöne zu erfassen.

Mara stöhnte innerlich. Erst waren es die Fenster, nun die Bilder, die sie in ihren Bann zogen und die Wichtigkeit ihrer Mission verblassen ließen. Entschlossen, sich nicht mehr ablenken zu lassen, schlich sie über beigefarbenen Parkettboden, der dem Zimmer die Helligkeit zurückgab, die die dunklen Möbel aufsogen. Ein Herrenschreibtisch aus der Zeit des Jugendstils dominierte den Raum. Neugierig öffnete sie einige Schubladen. Miguel, oder wer auch immer hier wohnte, liebte Antiquitäten. Überall standen ältere Schmuckstücke, die trotz ihrer Stilunterschiede hübsch zueinander passten. Alles, was sie entdeckte, waren verschiedene Füllfederhalter. Einen davon wiegte sie zärtlich in der Hand. Ein dunkelroter Montblanc. Ein Meisterstück. Verzückt bewunderte sie die Gravierungen auf der goldenen Feder. *Ich habe keinen Grund, ihn an mich zu nehmen! Oder doch?* Sie realisierte, sich ziemlich merkwürdig zu verhalten, regelrecht irre. Kopfschüttelnd positionierte sie ihn wieder an seinem Platz. Dieses Laster wollte sie ab sofort loswerden. Denn das war nicht normal!

Mara starrte auf den Computer. *Ob sich darauf etwas von den fehlenden Daten finden würde? Oder sollte ich lieber das Haus untersuchen?* Mara wusste es nicht. Beides würde zu viel Zeit kosten. Sie wollte hier auf keinen Fall länger als nötig herumschnüffeln. Nicht, dass doch noch jemand auftauchte und sie erwischte.

Es kam ihr eine Idee. Ganz leicht ließ sich herausfinden, ob sich in diesem Haus regelmäßig jemand aufhielt. Zielstrebig und überzeugt, eine doch nicht wenig pfiffige Agentin abzugeben, ging sie in die Küche und öffnete den Kühlschrank.

Erschrocken über die Vielfalt des Inhalts, nahm sie einiges heraus, um nach dem Verfallsdatum zu schauen. Alles war noch Tage, oder sogar Wochen haltbar. Nicht einmal die Milchprodukte waren abgelaufen. Das war nicht das, was sie sich erhofft hatte. Hastig schloss sie die Kühlschranktür, um keine Zeit mehr zu vertrödeln. Mara spürte, wie ihr Puls abermals in die Höhe schoss und Übelkeit in ihr aufkam. Wie bei Stacy, als sie in deren Haus herumgeschnüffelt hatte.

Tief durchatmend setzte sie sich an den Computer und schaltete ihn ein. Die Wahrscheinlichkeit, dass dieser ein Passwort verlangen würde, war groß. Doch das hatte sie einkalkuliert. Ihr Laptop lag bereit, inklusive einer speziellen CD, die ihr beim Überlisten helfen sollte.

Ein orangefarbener Bildschirm öffnete sich und verlangte nach dem Zugangscode. Es erschien ihr albern, trotzdem versuchte sie es mit seinem Namen, was wie erwartet, fehlschlug. Unruhig wechselte ihr Blick immer wieder Richtung Tür. Da ihr Laptop noch hochfuhr, gab sie weitere Wörter ein, um sich abzulenken.

Erwartungslos tippte sie ihr gemeinsames Passwort ein. Schwanennebel. Kaum hatte sie die letzte Taste gedrückt, erklärte sich der Computer einverstanden. Mara starrte ungläubig auf den Bildschirm.

Es erschien so unrealistisch. *Warum hat er das getan und mir ein Passwort übermittelt, mit dem ich in sein Haus und an seinen Computer komme?* Jetzt gab es keine Zweifel mehr, wer hier lebte. Die Angst steigerte sich um ein Vielfaches. *Ob er bereits weiß, dass ich hier bin?* Es schien eine Ewigkeit zu dauern, bis endlich alle Ordner und Programme auf dem Bildschirm erschienen. Mara öffnete zuerst den Ordner Eigene-Dateien, obwohl sie sich nicht vorstellen konnte, dass Miguel Wichtiges so offensichtlich abspeichern würde.

Unterordner öffneten sich. Einer wurde mit dem Wort Prinzessin gekennzeichnet. *So nennt mich der Freak doch ständig! Ob er hier alle seine Bespitzelungen festgehalten hat?* Zu ihrer Überraschung erschien nichts dergleichen, stattdessen startete ein Animationsprogramm. Gebannt starrte sie auf den Bildschirm.

Eine Pergamentrolle öffnete sich von der Mitte des Bildschirms nach links und rechts. Die Enden blieben leicht eingerollt. Buchstaben fielen vom oberen Bildschirmrand und sammelten sich, an den für sie bestimmten Platz. Es entstand ein kurzer Brief. Mara wollte es nicht glauben, doch er war tatsächlich an sie adressiert. Wie bisher nannte er sie ungeniert Prinzessin. Verwirrt las Mara die an sie programmierten Zeilen, während im Hinterkopf die Befürchtung spukte, hier entweder nicht mehr rauszukommen, oder Miguel bald auftauchte. Aller Angst zum Trotz las sie den Text.

Ich dachte mir, dass du mutig genug bist, hier aufzutauchen. Scheinst dir wohl noch immer nicht sicher zu sein, auf wessen Seite du stehst?

Mara rieb sich überfordert die Schläfen.

Wie konnte er wissen, dass ich so irre bin, bei ihm einzusteigen? Kann er am Ende meine Gedanken lesen? Bin ich vielleicht seit seinem Pub Besuch von ihm manipuliert? Sie schauderte und las weiter.

Ein Jammer, dass ich jetzt nicht da bin. Das, wonach du suchst, wirst du hier nicht finden. Oder versteckst du Wichtiges bei dir zuhause?

Ja, das tue ich! Ärgerte Mara sich.

Wenn du möchtest, kannst du auf mich warten und mir die Datenträger freiwillig geben, du wirst sowieso nichts damit anfangen können, ohne den fehlenden Rest. Im Kühlschrank sind ein paar Pralinen, fühl dich wie zuhause. Ich bin untröstlich, dass du wohl gehen wirst, doch laufen wir uns bestimmt bald wieder über den Weg, da bin ich sicher. Ich werde nicht einmal darauf hinarbeiten. Ich mag dich, keine Ahnung, wie du das angestellt hast. Bis dann.

Was ist denn in den gefahren? Verwirrt schüttelte Mara den Kopf und hatte das Gefühl, hier so schnell wie möglich raus zu müssen. Hastig schaltete sie alles wieder ab.

Ihre Gedanken kreisten um die Pralinen. *Will er mich damit aufhalten, um mich zu überraschen?* Zu gerne hätte sie sich den Rest des Hauses angeschaut, aber was würde es bringen, wenn sie sein Bad und Schlafzimmer begutachtete. Dort lag das, was sie suchte, bestimmt nicht auf dem Präsentierteller. Zudem wollte sie es nicht provozieren, ihm hier über den Weg zu laufen. Völlig hilflos wäre sie ihm ausgeliefert. Ihr fiel die entsetzliche Begegnung im düsteren Hausflur ein.

Auf dem Weg Richtung Ausgang drückte sie wieder den Knopf, um das Fenster in seine ursprüngliche

Dunkelheit zu verwandeln. Alles sollte so sein, wie es vor ihrem Auftauchen gewesen war.

Mara konnte es sich nicht verkneifen, noch einmal den Kühlschrank zu öffnen, um nach den besagten Pralinen zu schauen. Es waren keine aus dem Supermarkt, was sie gehofft hatte. So bekam er wieder ungewollt einen Pluspunkt von ihr. Als wüsste er genau, was sie liebte, handelte es sich um Konfekt aus Marzipan und Nugat. Wie gerne hätte sie die probiert, doch sie beherrschte sich. Vielleicht bemerkt er gar nicht, dass jemand hier gewesen ist, hoffte sie.

Zu ihrer Erleichterung kam sie ohne Probleme aus dem Haus und dem Garten heraus.

Nach ein paar Metern in den dichten Wald atmete sie durch und verlangsamte ihren hektischen Schritt. Ihre zittrigen Hände beruhigten sich allmählich, bei dem melodischen Gesang der Vögel und dem Duft von Nadelbäumen. Sie war förmlich aus dem Haus geflüchtet. Eine innerliche Angst hatte sie urplötzlich von Kopf bis Fuß eingehüllt. Es schien ihr absurd, dass sie eben noch in Miguels zuhause gewesen war und in seinen Sachen herumgekramt hatte.

Sie musste plötzlich an Stacys Kamera denken. *Verdammt! Hoffentlich gibt es keine Überwachungskamera, die jeden meiner Schritte festgehalten hat. Wie peinlich! Das war das letzte Mal, dass ich das Wort Einbrechen auch nur denke!*

Ungeduldig wartete Richter auf die Untersuchungser-
gebnisse des Computers. Er tröstete sich mit dem Gedanken, dass es wohl eine Menge an Informationen darauf gab, die interessant erschienen und die Kollegen
deshalb so lange brauchten. Um die Langeweile zu be-
siegen, nahm er sich nochmals die Akte des Falles von
damals vor. Ein Mitarbeiter des FBI wurde hinterrücks
erschossen. Die Tat fand in einer mit Spielsalons ge-
spickten Straße statt, die so gut wie an allen Ecken videoüberwacht wurde. Diesen Vorteil konnten die dama-
ligen Kollegen jedoch nicht für sich nutzen.
Irgendjemand hatte die beweisführenden Bänder entfernt. Richter glaubte nicht daran, dass es einer einzelnen Person möglich gewesen wäre, dies durchzuführen.
Entweder hatte die vom FBI beschuldigte Person Hilfe,
oder das FBI selbst hatte sie entwendet. Schließlich
hatte es damals nur so vor Polizei gewimmelt. Lopez
hätte keine Chance gehabt, sich dort länger aufzuhalten, ohne gefasst zu werden. Hier war einiges faul.

Damals war Richter dahintergekommen, dass es sich
bei dem als Sicherheitsfirma getarnten Bürokomplex in
Wirklichkeit um einen Zweig des FBI handelte. Agent
Taylor hatte gute Kontakte gehabt. Bessere als er sie
aufbringen konnte, weshalb er diesen dubiosen Fall an
Taylor abgeben musste.

Stones auftauchen, ließ Richter aufblicken. „Habt ihr
etwas Brauchbares finden können?"

Stone zuckte mit den Schultern und setzte sich zu ihm
an den Tisch. Aus einer Akte entnahm er einige

Papierseiten, auf denen Notizen gekritzelt standen, und breitete sie vor sich aus.

„Polzki hatte zu einer bestimmten Person regelmäßigen Kontakt über eine E-Mail-Adresse. Diese konnten wir allerdings niemanden zuordnen. Einige seiner Fälle, die Polzki bearbeitet hat, finden sich noch unter seinen Einträgen. Alles mit Aktenzeichen und nicht sonderlich interessant. Man könnte meinen, eine Art Beschäftigungstherapie, damit er was zu tun hat und niemanden auf den Schlips treten kann."

„Wie kommst du darauf?", fragte Richter nachdenklich.

„Für seine langjährige Erfahrung und Belobigungen mutet es schon sonderbar an, wenn er Fälle bearbeitet, die normalerweise Anfänger erledigen." Stone schob einen seiner Notizzettel zu Richter rüber, auf denen die Aktenzeichen und die kurze Zusammenfassung seiner Fälle festgehalten wurden. In nur wenigen Minuten hatte Richter alles überflogen und kam ebenfalls zu der Überzeugung, dass dies mit den Ermittlungen im Fall Lopez nichts zu tun hatte und tatsächlich den Verdacht schürte, dass Ivan von wichtigen Untersuchungen ferngehalten wurde. *Doch warum? Trauten ihm seine Kollegen nicht mehr?*

„Was habt ihr sonst noch gefunden?" Hoffnungsvoll starrte er auf die Notizzettel.

Stone grinste. „Das wird dir gefallen. Polzki hat einige seiner Kollegen bespitzelt, unter anderem auch Taylor, seinen Vorgesetzten."

„Wirklich?" Richter riss die Augen auf und nahm Stone seinen Zettel weg, um ihn gierig nach hilfreichen Informationen durchzulesen.

„Ganz werden wir leider nicht schlau aus seinen Einträgen. Es geht um Daten und Ortsangaben. Es hat irgendwie den Anschein, dass Taylor und einige seiner Kollegen illegale Geschäfte mit dem Militär machen. Sicher kann ich das aber nicht sagen, dafür müsste man die Angaben überprüfen, soweit das überhaupt möglich ist."

„Solche prekären Informationen hat Polzki auf seinem Computer, der im FBI-Büro stand, abgespeichert?"

„Polzki wusste, wie man etwas gut versteckt. Es befand sich eine getarnte Festplatte in seinem Rechner. Nicht umsonst war er zum größten Teil, der Abteilung zugewiesen gewesen, die sich der Computerkriminalität widmet."

Richter ging Stones Notizen weiter durch und entdeckte den Namen von Agent Stacy Miller. Über sie gab es Eintragungen und Daten, an denen sie sich mit dem Mann, der jetzt in der Psychiatrie sitzt, getroffen hatte.

Es gibt also eine Verbindung! Aber warum sollte sie zu solch drastischen Mitteln greifen? Wegen eines Bildes? Doch! Das traue ich ihr zu.

Richter wunderte sich darüber, wie Polzki so lange Zeit seine Kollegen unbemerkt ausspionieren konnte. *Bekam er deswegen das Wahrheitsserum verabreicht, um zu erfahren, wie viel er schon wusste? Und was hatte man bei ihm in der Wohnung gesucht?* Fragen über Fragen und nichts, was ihn weiterbrachte. Richter nahm sich vor, alles mit Staatsanwalt Lewis durchzusprechen.

***

Mara fühlte sich ausgelaugt, als sie zu ihrem Auto zurückkehrte. *Was hat Miguel sich nur dabei gedacht, diesen Brief zu hinterlegen!* Sie wünschte sich, dort nie hingegangen zu sein.

Unzufrieden über den Misserfolg ihrer Mission fuhr Mara wieder heim und nahm eine Dusche. Während das Wasser beruhigend auf ihr Gesicht prasselte, weilten ihre Gedanken bei Miguel. Insgeheim fühlte sie sich geschmeichelt. Wer hatte sie in letzter Zeit Prinzessin genannt? Die meisten Typen, die ihr bisher schöne Augen machten, waren alle unromantisch und an Poesie war gar nicht zu denken. Ein ganz klein wenig mochte sie ihn sogar. Aber wahrscheinlich würde er sich genau wie ihre vorherigen Verehrer als Psychopath oder dergleichen entwickeln. *Immer erwische ich die, die keiner haben will. Und in diesem Fall ist es ja auch so, dass mit ihm irgendetwas nicht stimmt, das beweist ja bereits der Inhalt seiner Akte.*

Mara überlegte, wie Miguel wohl reagieren würde, sollte er ihr Morgen über den Weg laufen. Seufzend wickelte sie sich in ihr Badetuch und ließ sich auf die Matratze sinken. *Vielleicht erkennt er mich ja gar nicht. Niemand darf merken, dass ich es bin, die dort mit zwei Nutten im Schlepptau bei Pavel herumschleicht.*

***

Obwohl er bereits Feierabend hatte, saß Taylor an seinem Schreibtisch. Er seufzte und zündete sich eine Zigarette an. Tief sog er den Rauch in die Lunge und pustete ihn hektisch aus. Gedanken hingen lose in seinen Überlegungen und wollten sich nicht in Verbindung bringen lassen.

Miguel! War es nicht klar gewesen, dass der ehrgeizige Kopfgeldjäger ihm noch richtig Probleme bereiten würde? Nur wenige Menschen wussten über die Existenz dieser Rasse. Sie nannten sich Nerlakter und kamen irgendwo aus den Tiefen des Alls. Taylor hatte sich nie mit den Einzelheiten beschäftigt. Für ihn war es von Anfang an nur ein lukratives Geschäft gewesen. Taylor schüttelte den Kopf, als er an den verlorenen Triumph dachte. Das Narkotikum N5 hätten sie so dringend gebraucht! Irgendwo hatte es Ivan versteckt und lag nun nutzlos herum. Wer weiß, wem es irgendwann in die Hände fallen würde.

Das Narkotikum N5 war bei den Nerlaktern nichts Besonderes. Deren Polizei verwendete es seit vielen Jahren, aber es gestaltete sich schwierig, da ein zweites Mal dran zu kommen. Es gab wenig illegale Nerlakter auf der Erde. Es handelte sich dabei meist um Gefängnis-Flüchtlinge, oder zur Fahndung ausgeschriebene, die sich beim letzten Anflug auf die Erde, im Frachtraum versteckten. Sie verkauften zwar Technologie und anderes von ihrem Heimatplaneten, doch waren sie wählerisch, was ihre Geschäftspartner anging. Man musste zudem höllisch aufpassen, dass man nicht nur eine leere Hülle kaufte und sie die eigentliche Technik vorher ausbauten. Man kam nicht umhin, bei den Verhandlungen genau zu definieren, was man beabsichtigte zu erwerben. Obwohl sie ihren Heimatplaneten verrieten und Geschäfte machten, gaben sie doch nie alles preis oder verkauften wahllos. Es existierte ein Ehrenkodex, den Taylor nie verstanden hatte und es auch nicht wollte.

Taylor hasste die Nerlakter. Sahen sie doch aus wie Menschen, waren ihnen aber um einiges überlegen. Mit vielen Überredungskünsten hatte er ihnen damals die Pläne zu N5 abgeschwatzt und den Hauptbestandteil des Narkotikums, das hier auf der Erde so nicht vorkam. Mit ein bisschen Forschung wären sie bestimmt in der Lage gewesen, etwas Kompatibles zu entwickeln. Doch ohne die Pläne, die Ivan gestohlen hatte, gab es nicht die geringste Chance, dieses Projekt abzuschließen. Auf keinen Fall wollte Taylor seine Unfähigkeit offenbaren und noch einmal danach fragen. Es war schließlich schon beim ersten Mal ein großes Unterfangen gewesen, es aus ihnen herauszupressen.

Zurzeit standen andere Geschäfte an, die gingen vor. Hochentwickelte Laser Technik, wovon man hier nur träumen konnte. Einen gut zahlenden Abnehmer hatte er auch schon parat. Seit einiger Zeit pflegte er Kontakt zu einem Russen, bei ihm würde er am meisten rausschlagen. Taylor hoffte, sich nach diesem Geschäft in Südamerika zur Ruhe zu setzten.

Akribisch ging er die Pläne der Villa durch, in der Pavel am nächsten Tag seine Party feierte. Er musste einkalkulieren, dass Mara vielleicht doch nicht so mitspielen würde, wie er es geplant hatte, oder sie es nicht schaffte, die beiden Frauen mit in die Villa zu bekommen. An allen Ecken wollte er seine Leute platzieren.

Taylor war sich sicher, dass Miguel den Keller, der einen Zugang zur stillgelegten Kanalisation besaß, nehmen würde. Die ganze Stadt war unterirdisch genauso begehbar, wie an der Oberfläche. Durch die Schließung einiger Abwasserkanäle war es auch nicht nötig, durch fauligen Morast zu waten, alles war trocken und sauber. Er musste ihn diesmal erwischen! Ein gesuchter Nerlakter hatte ihm verraten, dass Miguel auf Pavels Party eine Verabredung mit Leuten seiner Heimat hatte. Diese Information war zuverlässig, denn der Informant stand auf der Liste Miguels ganz oben. Ein äußerst skrupelloser Genosse, der sich nicht zimperlich auf der Erde bewegte. Für ihn schienen die Menschen wie eine niedere Rasse und er behandelte sie dementsprechend. Bisher hatte er seinen angeborenen Vorteil ohne Rücksicht eingesetzt und hier angenehm gelebt, indem er die Menschen manipulierte. Dieser Flüchtling war der

Grund gewesen, warum Miguel damals von der Regierung seines Heimatplaneten beauftragt wurde, zur Erde zu reisen. Er sollte ihn wieder einfangen, bevor er noch unnötig Aufmerksamkeit erregte. Die Menschen waren nicht bereit, von der Existenz anderer Lebensformen außerhalb der Erde zu erfahren, schließlich kamen sie nicht einmal miteinander zurecht. So sah die gegenwärtige Meinung der führenden Nerlakter aus.

Miguel war ein erstklassiger Kopfjäger, doch bei diesem Flüchtling hatte er sich bisher die Zähne ausgebissen. Nie hielt er sich lange an ein und demselben Ort auf. Zum Schluss spielte Taylor keine geringe Rolle dabei, dass er Miguel entwischen konnte.

Taylor hoffte, Miguel völlig unvorbereitet und arglos dort zu erwischen.

***

Spät in der Nacht lief Miguel durch den langen Gang nach Hause. Schon vor Jahren hatte er ihn mit Freunden anlegen lassen, ohne dem FBI oder sonst jemanden davon zu berichten. Heute war er froh darüber, denn man hatte schon vor Monaten damit aufgehört, das Haus zu beobachten.

Dass Mara bei ihm gewesen war, wusste er bereits. Sobald jemand nur das Grundstück betrat, löste ein Sensor den Alarm auf einem seiner Geräte aus, die er immer bei sich trug. Er konnte sogar prüfen, ob das Haus gewaltsam oder mit einem der Passwörter betreten wurde. Mara hatte er eines gegeben, dass nur sie kannte. Grinsend schüttelte er mit dem Kopf. *Sie ist mutig und doppelt neugierig, das kann gefährlich für sie werden. Zu ihrer eigenen Sicherheit ist es am besten, wenn ich ihr die beiden Datenträger endlich abnehme!*

Wahrscheinlich hätte ich das längst tun sollen! Aber ist sie nicht erwachsen und kann selbst ihre Entscheidungen treffen? Oder ist es reiner Egoismus von mir? Genieße ich nicht das kleine Spielchen mit ihr? Er seufzte und spürte ein schlechtes Gewissen, dass ihn anklagte. Sie lebte gefährlicher, als es ihr bewusst war und er konnte das beenden.

Lächelnd blickte er sich zuhause um. Sie hatte keine Unordnung hinterlassen. Wenn er es nicht bereits gewusst hätte, wäre es ihm nicht aufgefallen. Einzig ihr Duft, der Duft von Jasmin Öl lag in der Luft, den er schon damals im Hausflur wahrgenommen hatte.

Noch immer war es ihm unerklärlich, wieso er sie hatte gehen lassen. *Lag es vielleicht an diesem Geruch? Was, wenn mein Körper irgendwie auf die Bestandteile dieser Essenz anspricht? Bestimmt gibt es Pflanzen, auf die ich sensibler reagiere als Menschen. Oder ist es ganz banal und ich habe eine gewisse Sympathie für sie entwickelt?* Dieser Gedanke bereitete ihm Unbehagen, denn das konnte er wirklich nicht von der Hand weisen. Er lehnte intime Kontakte zwischen Nerlaktern und den Erdenbewohnern ab und war der Meinung, dass es zurecht verboten wurde. Er hatte schon genug Ärger. Mit Nachdruck versuchte er, seine Gedanken auf etwas anderes zu konzentrieren.

Der Himmel hing voller dunkler Wolken, als Lieutenant Richter an diesem Morgen das Gerichtsgebäude betrat. Er hatte bei Staatsanwalt Lewis angerufen, sich aber nicht näher geäußert. Er hielt es für sicherer, mit ihm unter vier Augen zu sprechen.

„Guten Morgen, Herr Staatsanwalt", grüßte Richter ernst und setzte sich auf einen der beiden Stühle, die auf der gegenüberliegenden Seite des wuchtigen, braunen Schreibtisches standen. Lewis nickte. Sein scharfsinniger Blick ließ keine Sekunde von ihm ab.

Er war seit fünfunddreißig Jahren ein anerkannter Staatsanwalt. Er war afroamerikanischer Herkunft. Wenn man mit ihm sprach, bemerkte man sofort die gewinnende Ausstrahlung und sein gesundes Selbstbewusstsein. Sein Körper wirkte drahtig und trainiert.

„Ich sehe da ein gewaltiges Problem auf uns zukommen. Wir müssen davon ausgehen, dass die Scheinfirma des FBI mit dem Tod des Agenten Polzki zu tun hat. Und nicht nur das, wohl auch mit dem Tod des Agenten aus dem letzten Jahr. Sie erinnern sich bestimmt noch daran?"

Lewis nickte.

„Die Abteilung, die von Agent Taylor geleitet wird, hat den Fall damals für sich beansprucht, doch bis heute nicht aufklären können oder wollen."

„Hatten die nicht einen Verdächtigen, der aus den eigenen Reihen kommen soll?"

„Schon, aber die Beweislage war so bröckelig wie ihre Kekse da." Mit einem kurzen Blick schaute Richter auf eine Schale, die auf dem Schreibtisch stand.

„Wie sieht es mit ihrer Beweislage aus, Lieutenant Richter?", antwortete Lewis streng und lehnte sich zurück.

Richter nahm seinen Notizblock aus der Tasche und ging alle Details, die ihm zur Verfügung standen, durch. Angefangen mit dem anonymen Anrufer, der es erst möglich machte, den Toten identifizieren zu können. Ivans Beobachtungen, die auf dem beschlagnahmten Computer versteckt waren. Der Koffer, mit Agent Millers Fingerabdruck und das Haar, das er noch niemandem zuordnen konnte. Richter machte seiner Überzeugung Ausdruck, dass es sich mit hoher Wahrscheinlichkeit ebenfalls um Miller handelte. Als Krönung, Agent Polzkis Aufzeichnungen über angebliche Geschäfte zwischen Taylor und dem russischen Militär.

„Alles nur Anschuldigungen, Richter. Das reicht nicht!", herrschte Lewis ihn scharf an und rückte wieder etwas näher an den Tisch. „Fügen sie dieses Puzzle zusammen, dann erst haben wir eine Chance, den Hauch einer Chance. Mit dem FBI ist nicht zu spaßen, da habe ich so meine Erfahrungen."

Richter nickte. Er wusste, das war sein größter und schwierigster Fall. „Ich werde sie drankriegen." Selbstbewusst stand er auf und zog sein Jackett glatt.

***

Mara hatte die Nacht kaum Schlaf gefunden. Immer wieder ging ihr Pavel durch den Kopf, seine Türsteher und ihre zwei Anhängsel, die sie unauffällig reinbekommen musste. Wenn irgendjemand Verdacht schöpfte, war es vorbei mit ihr. Sie sah sich bereits in den Fluss geworfen mit zwei Betonklötzen an den Füßen. Sie hatte Angst. Niemand würde da sein, um ihr zu helfen. Sie musste es lassen, oder ihren Job perfekt machen.

Dazu gesellte sich noch die Ratlosigkeit, wie alles weitergehen sollte. Ohne die fehlenden Daten gab es nichts zu entschlüsseln. Bei Miguel war sie gewesen und hatte sich nicht länger getraut, danach zu suchen. Sie schlussfolgerte, dass Miguel ein Versteck nutzte, auf das man sowieso nicht gekommen wäre. *Vielleicht sollte ich ihm die Datenträger geben und mich zurückziehen! Immer noch besser, als sie Taylor zu überlassen. Was es denn wirklich mit seiner Gabe auf sich hat? Ob er es mir erzählen würde? Oder ist er am Ende nur ein hinterhältiger Mörder? Und wo führt der mysteriöse Gang unter seinem Haus hin?* Sie seufzte. Zu gerne hätte sie den ausgekundschaftet.

Bis zum Nachmittag grübelte Mara über solche Fragen nach.

Mara spürte ihr Herz in der Brust rasen, als sie sich dem FBI-Gebäude näherte. Automatisch ging ihr Fuß vom Gas, doch es gab keinen Weg zurück. Wenn sie jetzt kniff, steckte sie so gut wie im Gefängnis. Während der letzten Unterhaltung mit Taylor war ihr nicht entgangen, wie wichtig es für ihn sein musste, dass bei Pavel jemand als Beobachtungsposten reinkam. Mara machte sich Sorgen um Miguel. Sie hatte ihn gewarnt, mehr konnte sie nicht tun!

Der Pförtner grüßte mit einem freundlichen Lächeln. Sie mochte ihn. Immer hatte er gute Laune. *Ob er wohl registrieren wird, dass ich das Gebäude heute nicht verlasse? Sicher werde ich nicht wiederzuerkennen sein, wenn man mit mir fertig ist, dafür werde ich schon aus eigenem Interesse sorgen! Taylor wird es wohl ein-kalkuliert haben, dass er mich abmelden muss, grü-belte sie. Und wenn nicht, was kümmert mich das?*

Im Fahrstuhl begegnete ihr Fred. Er grüßte nur knapp und hielt sie mit seinen Sommersprossen umrahmten Augen fest im Blick.

„Alles in Ordnung?", fragte Mara, ohne wirklich Inte-resse in ihrer Stimme erkennen zu lassen, denn sie hatte wahrlich genug eigene Probleme.

„Wie man sich so fühlt, wenn man belogen wird", schmollte er.

Mara verzog fragend das Gesicht.

„Sie sind gar nicht zur Weiterbildung hier, sondern sind straffällig geworden und müssen hier Ihre Strafe abarbeiten."

Auch das noch! „Naja, belogen ist wohl etwas über-trieben", entgegnete sie teilnahmslos. „Sie fragten mich, ob ich hier computertechnisch etwas mache und das stimmt ja auch, nur eben nicht ganz freiwillig. Hät-ten Sie das an meiner Stelle an die große Glocke ge-hangen?", fragte sie und schenkte ihm ein versöhnli-ches Lächeln, das seine Wirkung nicht verfehlte.

„Wahrscheinlich nicht." Er wollte noch etwas sagen, doch öffneten sich die Fahrstuhltüren. Mara hörte be-reits die Stimmen von Ann und Steven. Seufzend ver-abschiedete sie sich.

Mara sah niemanden, aber es schnatterten zwei Frau-enstimmen, die sich beschwerten, mal wieder von Tay-lor benutzt zu werden, obwohl sie längst quitt seien. Diesmal wäre es das letzte Mal, für das FBI herumzu-schnüffeln. Als Mara die leichte Biegung des Flurs hinter sich gelassen hatte und für alle sichtbar wurde, verstummten die Stimmen.

Steven blickte auffällig auf seine Armbanduhr und sah Mara zornig an. „Wir müssen aufgrund Ihrer Unpünktlichkeit hier dumm rumstehen."

Mara zuckte mit den Schultern. Die Bilder von Ivan schossen ihr durch den Kopf. Seine letzten Atemzüge!

Die Chancen, hier ebenso wie Ivan zu enden, lagen nicht schlecht für sie. Dieser Typ war einfach nur widerlich und er hatte etwas, was ihr Angst machte.

Die zwei Frauen, die Mara noch nie gesehen hatte, ließen keinen Zweifel aufkommen, in was für einem Gewerbe sie beschäftigt waren. Beide sehr jung, Anfang zwanzig schätzte Mara sie ein. Die eine brünett, mit langem glattem Haar und einer makellosen Figur. Sicherlich mussten sich die Männer beherrschen nicht allzu auffällig hinzustarren, wenn sie an ihnen vorbeilief. Die andere ebenfalls hübsch, etwas kleiner mit kurzem blondem Haar und hochhackigen Stiefeln, die bis an ihre Knie reichten. Der Mini, den sie trug, war so knapp, dass bei ihren Bewegungen die Pobacken rauslugten.

Mara seufzte innerlich. Sie steckte in einer äußerst unangenehmen Situation! Ann stellte die beiden als Liz und Lea vor. Sie erklärte Mara, an welcher Straßenecke die Mädels auf sie warten würden. Beide wirkten freundlich. Wahrscheinlich wussten sie, dass Mara dies ebenso wenig freiwillig machte. Wer nun Liz und wer Lea hieß, hatte sie längst vergessen, doch eine von beiden, die mit dem blonden Bubikopf fing an zu kichern.

„Wir haben gehört, dass sie dich hier zurechtmachen wollen, damit du auch zu uns passt. Mach uns aber ja keine Konkurrenz, klar?" Unschuldig rollte sie ihre himmelblauen Augen.

Mara zwang sich zu einem Lächeln. „Bestimmt nicht."

Steven gab den beiden mit einer schroffen Handbewegung zu verstehen, ihm zu folgen. Mara dagegen ging mit Ann zum Fahrstuhl zurück.

Der fünfte Stock beherbergte wesentlich mehr Büros. Der Gang ähnelte dem, durch den sie immer ging. Hässliche Bilder in billigen Glasrahmen hingen an der Wand mit einfallslosen Motiven. Fast schon am Ende des Flurs öffnete Ann eine der Türen auf der linken Seite. Mara staunte nicht schlecht, hier sah es aus wie im Kostümraum, in dem Zack arbeitete. Wie sie bereits geahnt hatte, stand Stacy dort und grinste höhnisch. Mara ahnte Schlimmes. Sie würde wahrscheinlich das Gebäude mit hochrotem Kopf verlassen, bei dem Aufzug, den man ihr jetzt verpasste. Am liebsten würde sie das alles selbst in die Hand nehmen, doch durfte niemand wissen, dass sie Erfahrung hatte, was Verkleidungen angingen.

„Da haben wir uns aber Zeit gelassen. Dachte schon, Sie ziehen den Schwanz ein."

Mara verzog den Mund, ihr war nicht danach, Konversation zu halten.

Da traf sie vielleicht Miguel wieder und sah aus wie eine aufgedonnerte Tussi. Wie gerne hätte sie ihn heute ein wenig beobachtet, um noch etwas über ihn zu erfahren, doch daraus wurde ja nun nichts mehr. Sie konnte schon froh sein, wenn sie es ins Bad schaffte, die Verkleidung loswürde, um dann so schnell wie möglich die Party zu verlassen. Mara hatte ein ungutes Gefühl, es konnte genauso gut sein, dass im Bad mehr los war, als auf einer Tanzfläche und man in einer langen Schlange anstehen musste. Wie sollte sie bei solch einem Ansturm unbemerkt als blonder Vamp hineinmarschieren, um kurz darauf als Brünette wieder herauszukommen? Ihr wurde übel bei dem Gedanken, dass Pavel, oder einer seiner schmierigen Jungs an ihr herum grapschten. Stacy riss sie aus ihren Befürchtungen.

„Was ist los, wollen Sie sich nicht mal entscheiden?" Stacy stand an einem Kleiderständer und zog an zwei knappen Kleidern, um sie vorzuführen.

„Ein bisschen mehr Stoff darf ruhig dran sein. Liz und Lea laufen schon halb nackt rum."

Sie ging selbst an den Kleiderständer und hoffte, etwas zu finden, womit sie besser wegkam.

„Die eine wirkt mit dem riesigen Busen und den fülligen Lippen wie ein Vamp, die andere eher frech und jung, da fehlt jetzt noch der seriösere Typ", murmelte sie vor sich hin, ohne Stacy dabei weiter zu beachten. Zielstrebig kramte Mara zwischen den Sachen, um nicht den Eindruck zu erwecken, es sei eine Frage oder gar eine Bitte gewesen.

„Na, na nur keine Panik. Die Jungs werden so oder so an Ihnen dranhängen. Einem geschenkten Gaul schaut man nicht ins Maul, wie man so schön sagt."

Mara presste die Lippen zusammen und tat so, als hätten ihre Worte sie nicht erreicht, auch wenn sie innerlich kochte.

Stacy zog noch einige Fummel heraus, die jedoch mit Geschmack nicht viel zu tun hatten. Schließlich entdeckte Mara ein kleines Schwarzes. Zu tief geschnitten, doch da ließ sich noch improvisieren.

„Ich nehme dieses hier, damit kommt man überall rein."

Stacy nickte.

Nachdem Mara sich umgezogen hatte, gingen sie zu einem riesigen Schminktisch. Lampen erleuchteten rundherum einen Spiegel. Auf dem Tisch lag vieles, was sie auch schon bei Zack gesehen hat. Mara erschrak, als Stacy den Einwand vorbrachte, es doch besser gewesen sei, sich als Mann zu verkleiden. Stacy stand hinter ihr und schaute sie mit einem stechenden Blick an, wie eine Schlange, bei der man nicht wusste, ob sie nun zubiss oder nicht.

Mara versuchte, unbeeindruckt zu wirken. „Und was soll das bringen? Niemand will öffentlich eine Tunte als Geschenk bekommen."

Stacy schien schon gar nicht mehr zuzuhören, konzentriert kramte sie in einer der Schubladen. Mara war froh, dieses Thema schnell erledigt zu haben.

„Kommen Sie mit Perücken zurecht?" Stacy hielt ihr eine mit langem blonden Haar entgegen.

„Oh, blond. Wollte schon immer mal wissen, wie ich damit aussehe. Doch wie soll ich meine dicken Haare da drunter kriegen?"

„Abschneiden", antwortete Stacy ernst.

Mara verzog keine Miene. Sie war sich sicher, dass Stacy ihr gleich eine andere Option anbieten würde.

„Oder wir versuchen es mal damit", setzte sie mürrisch nach und reichte Mara ein Haarnetz.

Mühsam strich sich Mara die Haare glatt und ließ sie unter dem engen Haarnetz verschwinden. Die Perücke passte wie angegossen und machte einen völlig neuen Menschen aus ihr.

„Was Haare alles ausmachen." Mara war überrascht, obwohl sie ja bereits die Wirkung einer anderen Frisur und Haarfarbe kannte.

„Jetzt noch ein wenig Schminke und wenn Sie wollen auch noch diese blauen Kontaktlinsen. Keiner wird je auf die Idee kommen, dass es sich lediglich um einen kleinen Computer Freak handelt."

Zum Thema klein hatte Mara bereits ein paar bissige Worte auf der Zunge, doch sie überhörte die erneute verbale Herausforderung. Sie nahm die Kontaktlinsen und strich sich den roten Lippenstift auf die Lippen. Beim Blick in den Spiegel fehlten ihr die Worte. Eine ihre völlig unbekannte Person schaute ihr entgegen.

Auch Taylor, der gerade das Zimmer betrat, schien überrascht. Mit aufgerissenen Augen musterte er sie von oben bis unten.

„Ich sag es nur ungern, doch Sie werden Ihre Mühe haben, sich die Männer vom Pelz zu halten", säuselte er und kam bis auf wenige Zentimeter auf sie zu, um sie grinsend anzustarren. Mara war das zuwider, doch zum Ausweichen hatte sie keinen Platz.

„Na, na wir werden doch nicht gleich den Verstand verlieren, bei ein paar blonden Haaren und 'nem knappen Kleid." Mit einem Griff an seinem Arm zog Stacy Taylor beiseite.

Als Stacy mit einer Flasche Parfüm auf sie zu kam, konnte sie gerade noch abwehren.

„Also das geht dann doch zu weit. Es reicht doch, dass ich aussehe, wie ...", Mara machte eine Pause und schaute nachdenklich in den Spiegel, „dann muss ich nicht auch noch eine dementsprechend auffällige Note hinter mir herziehen."

„Dann eben nicht. Davon abgesehen, diesen Duft trage ich ständig." Kopfschüttelnd beschäftigte sich Stacy wieder mit eigenen Interessen und steckte sich einen der Lippenstifte ein.

Als Mara auf die Uhr sah, konnte sie kaum glauben, dass es schon so spät war. Gerne wäre sie noch einmal bei Scott und den Jungs vorbeigefahren, doch dazu blieb ihr jetzt keine Zeit mehr. Ihr Puls beschleunigte sich, bei dem Gedanken an Pavels Party und der

Ungewissheit, was sie dort erwartete. Taylor machte ihr noch einmal seine Anweisungen deutlich.

„Okay, alles, was Sie tun müssen ist, die beiden Mädels in die Villa zu bekommen. Von uns aus können Sie dann verschwinden. Doch wir erwarten, dass Sie sich so unauffällig wie möglich da drinnen verhalten werden."

„Was, wenn die Mädchen so eingespannt werden, dass sie Ihnen dort gar nichts nützen?"

Taylor lachte. „Interessiert Sie das wirklich?"

„Sie haben recht, es interessiert mich nicht die Bohne." Mara schnappte sich ihre Handtasche, in der sie sich Jeans, und andere Schuhe mitnahm.

„Machen Sie ihre Sache gut", rief ihr Stacy emotionslos hinterher.

Unbeholfen stakste Mara auf den hohen Absätzen durch den Flur. Nicht, dass sie so etwas nie getragen hätte, doch kam es nicht oft vor. Was sollte sie auch mit Stilettos auf einem Treffen, auf dem alle nur vor Computern saßen? Nach wenigen Schritten fühlte sie sich sicher und ging elegant in Richtung des Aufzugs.

Einige Leute, die hier arbeiteten, liefen ihr über den Weg und schauten sie bewundernd an, andere lächelten. *Was sie wohl denken? An eine leichte Dame? Oder vielleicht an eine Mitarbeiterin, die sich für einen verdeckten Einsatz bereit gemacht hat?* Gedanklich stellte sie sich vor, eine erfahrene Spionin zu sein, die ihren Job kannte und liebte. *Alles Kopfsache*, versuchte sie sich, einzureden.

Taylor hatte noch immer diesen lüsternen Blick, als er sie im Hof des Gebäudes in ein Taxi steckte.

„Wird schon schief gehen", verabschiedete er sich augenzwinkernd.

Mara ahnte, dass dies nur ein harmloser Vorge-schmack von dem war, was sie noch an Blödmännern erwartete.

Während der Fahrt dachte Mara darüber nach, was der Fahrer wohl gleich denken würde, wenn zwei weitere aufgetakelte Mädels einstiegen. Im Grunde war es auch egal. Erstens sah sie ihn bestimmt nie wieder, und falls doch, würde er nicht bemerken, dass sie die Blonde aus dem Taxi gewesen ist. Ständig irritierten sie die unge-wohnt hellen Haare, die an ihren Schultern runter hin-gen. Vielleicht lag es auch an ihrer Nervosität, die sie bei der kleinsten Abweichung des Normalen, zusam-menfahren ließ.

Schon von Weitem sah sie die Liz und Lea an der Straße stehen *Was sie wohl zu meiner neuen Aufma-chung sagen werden?* Sie seufzte innerlich.

Noch ehe das Taxi anhielt, schauten beide schon neu-gierig in die Fenster. Sie stießen sich gegenseitig an und kicherten.

„Das ist der totale Wahnsinn", unterbrach der blonde Bubikopf ihr Lachen. Beide setzten sich kopfschüttelnd neben sie und starrten Mara mit offenen Mündern an. Mara brachte ein verzerrtes Lächeln über ihre Lippen und konzentrierte sich auf ihre Aufgabe.

Es wurde ernst! Immer wieder sprach sie in Gedanken die Worte auf, die sie dem Türsteher sagen würde. Ihre Hände schwitzten. Sie näherten sich der Villa. Die Angst griff wie eine eiserne Klaue nach ihr. Viele Autos stan-den vor dem Anwesen, gewiss trieb sich auch Taylor hier irgendwo rum.

Pavel hatte neben seinem Besitztum einen riesigen Parkplatz, doch der Taxifahrer musste sich in eine Schlange von Edelkarossen anstellen. Jeder stieg am Eingang aus, um dann den Wagen vom Chauffeur oder den Bediensteten wegfahren zu lassen. Mara versuchte, sich durch den Springbrunnen abzulenken, der vor der Villa stand und eine breite Wasserfontäne in die Höhe schoss, die dann auf nackten Körpern aus Marmor in den Brunnen zurückfloss. Für ihren Geschmack ging es viel zu schnell vorwärts. Ehe sie sich versah, war ihr Wagen an der Reihe. Ihre Beine zitterten. Jetzt gab es kein Zurück. Ihren ungeliebten Anhang wies sie an, einen gewissen Abstand zu wahren, damit sie dem Türsteher diskret das Passwort nennen konnte. Leute wie sie, Cracker oder Hacker, die waren gerne gesehen, doch noch viel aufregender waren sicher drei Frauen, die zu Diensten standen!

Elegant nahm sie die Stufen und näherte sich einem finsteren Typ, der nicht einmal beim Anblick von drei hübschen Mädels, eine Emotion auf seinem Gesicht erkennen ließ. Wie eine Bulldogge stand er im Türrahmen. Schweißperlen glitzerten auf der Glatze. Die blauen Augen fixierten Mara misstrauisch. Die Hände in die Hüften gestemmt. Unter seiner Jeans zeichneten sich gewaltige Oberschenkelmuskeln ab.

Mara nannte das besagte Wort und erklärte, dass sie von einem dicken Italiener beauftragt worden sei, zwei Mädels zu besorgen, um Pavel die Party zu versüßen. Mara erntete einen konfusen Blick. Der Typ griff wortlos in die Tasche und zog ein Handy daraus hervor, um zu telefonieren. Nach kurzem Wortwechsel, den Mara nicht verstand, nickte er nur und sagte, dass sie drinnen warten sollen.

Mara winkte den Mädchen zu. Obwohl das Schlimmste überstanden schien, fühlte sie sich nicht besser. Im Gegenteil. Als die beiden unsympathischen Typen auf sie zukamen, in teure italienische Anzüge gekleidet, die Haare mit Gel nach hinten gekämmt, spürte Mara, wie ihr Herzschlag zu rasen anfing.

„Na, ihr drei Süßen. Da hatte aber jemand eine grandiose Idee, keine Frage, euch nehmen wir gerne die Verpackung ab." Sie lachten laut. Mara war heilfroh, dass sich ihre zwei Begleiterinnen gleich um die Lackaffen kümmerten und ihnen schöne Augen machten. Sie trottete hinterher. Übelkeit stieg in ihr hoch, als sie beobachtete, wie die Typen den Mädels an den Hintern grapschten.

In einer breiten Tür stand Pavel. Mara erkannte ihn bereits von Weitem. Er musste Mitte dreißig sein, war hager und von kleiner Statur. Er wirkte beinahe kränklich, doch seine Gesichtszüge waren hellwach. Jeder, der ihn kannte, zollte ihm Respekt. Man munkelte, dass es noch niemals jemand geschafft hatte, ihn zu verraten oder zu hintergehen, ohne dass derjenige nicht übertrieben hart dafür bestraft wurde.

„Ihr drei seid also hier, um uns heute Abend ein bisschen Spaß zu bringen", bemerkte er mit einem starken Akzent, sodass er kaum zu verstehen war und einer Stimme, bei der man sich beherrschen musste, nicht laut loszulachen. Sie klang piepsig, wie die einer Comic-Figur.

Mara tat unschuldig und erklärte, dass ein Stammkunde ihr eine Menge Kohle gegeben hatte, um mit zwei weiteren Mädels herzukommen. Pavel wollte natürlich genau wissen, wer der edle Spender gewesen sei, und gab sich schließlich mit Maras vagen Beschreibungen von Vincenzo zufrieden. Mit einem hämischen Grinsen erklärte Mara, seinen richtigen Namen nicht zu kennen, sondern nur den Spitznamen, den sie ihm selbst gegeben hatte. Maras Puls raste wie ein Presslufthammer, doch ihr Auftreten hatte sie komplett unter Kontrolle.

Rein äußerlich wirkte Pavel zufrieden, aber etwas schien ihn zu beschäftigen. Seine Augen zu schmalen Schlitzen verengt starrte er ins Leere.

Mara war damit beschäftigt Pavels Reaktion zu studieren, sodass sie von dem Klaps auf ihren Po zusammenzuckte.

„Wie wäre es denn mit uns beiden heute Abend? Gegen einen schnellen Quickie hätte ich nichts einzuwenden."

Mara wirbelte herum. Am liebsten hätte sie dem Drecksack die Augen ausgekratzt. „Ich hatte heute Abend mit mehr Niveau gerechnet", schoss es aus ihr heraus und bereute sogleich ihre unbeherrschte Äußerung.

„Wir sind uns wohl zu fein, oder was?" Wütend über die unerwartete Abfuhr, kam er näher. Seine grauen Augen funkelten zornig.

Mara hatte keine Ahnung, wie sie die Situation wieder in den Griff bekommen sollte. Sie stand nur da. Ihr Puls raste. Liz und Lea schauten entsetzt und dann vorwurfsvoll.

„Die Mädchen sind sowieso nicht für euch", mischte sich Pavel streng ein. Wie in der Bewegung versteinert, machte der Typ abrupt Halt und fluchte in einer fremden Sprache.

Mara atmete erleichtert durch, doch die Bedenken in ihr wuchsen. Pavel schien misstrauischer, als man es ihm nachsagte. Unmittelbar folgten sie alle drei Pavel und ließen die zwei Lackaffen hinter sich.

Was Pavel wohl gerade denkt? Hat er etwas bemerkt? Warum habe ich so dumm überreagiert? Ich bin eine richtig dämliche Kuh! Hier geht es nicht um meinen Arsch, sondern um mein Leben! Mara rechnete bereits mit dem Schlimmsten. Andererseits, besonders helle wirkte Pavel auch wieder nicht.

Er schien ein ganz bestimmtes Ziel anzuvisieren. Gemächlich ging er vor ihnen her. Sie durchquerten einen riesigen Saal, in dem sich schon jede Menge Leute aufhielten. Die meisten rochen stark nach Parfüm und waren gestylt bis aufgetakelt. Ein Mann mit Frack stand plötzlich da. Er hielt Mara ein Tablett mit gefüllten Champagnergläsern entgegen. Warum sie sofort, wie eine Alkoholikerin danach griff, war ihr selbst schleierhaft. Um es schnellstmöglich wieder loszuwerden, trank sie das Glas mit einem Hieb aus und stellte es auf dem erstbesten Tisch ab. Niemand hatte etwas bemerkt, weder Pavel noch Liz und Lea. Mit so viel Kohlensäure im Magen, dass Mara befürchtete, diese könne, lautstark entweichen, trollte sie weiter hinter den Dreien her.

Angst übermannte sie, als ihr auffiel, dass Pavel sie irgendwo außerhalb der Party hinbrachte. Sie verließen den Saal, in dem ein riesiges Büffet stand, worauf ein Champagnerkühler nach dem anderen lockte. Liz und Lea schauten wehmütig auf die ganzen Leckereien und warfen Mara einen zickigen Blick zu. Sie schienen zu spüren, dass Pavel ihnen, aufgrund Maras Reaktion, nicht traute und sie nun irgendwo versauern mussten.

Sie gingen durch einen Flur, der ebenfalls allen Prunk besaß. Kronleuchter und edle Spiegel hingen hier. Mara entdeckte ein Badezimmer. *Ob ich es je in ein Badezimmer schaffen werde?* Der Champagner fing an, Mara zu Kopf zu steigen. Ihr fiel auf, dass Pavel überhaupt keinen Hintern besaß, zumindest nicht in dem edlen Armani-Anzug, den er heute trug. Zu gerne hätte sie laut losgelacht, aber das würde ihr sicher keine Pluspunkte einbringen.

Pavel führte sie alle in einen Raum von normaler Größe, doch stand er in Sachen Luxus den anderen nichts nach. Zwei Männer saßen dort, ebenfalls gut angezogen. Beide hockten auf einer Couch und waren in einer Unterhaltung vertieft. Verwundert hielten sie inne.

„Hoffe, ihr habt Lust auf etwas Gesellschaft. Bin nicht sicher, von wem die Mädchen kommen. Sie hier hat das Passwort gehabt." Mit einem flüchtigen Blick schaute Pavel zu Mara rüber. „Ihrer Erklärung nach kommt sie von Vincenzo."

„Klar, etwas Abwechslung kann nie schaden, obwohl das unserem Dritten gar nicht gefallen wird."

An dieser Aussage musste etwas Wahres dran sein, denn beide schauten sich an und grölten los, selbst Pavel lachte, wenn man dieses quietschende Geräusch ein Lachen nennen konnte.

Belustigt winkten die Männer ihnen zu. Die hochgewachsene Brünette eilte los, um sich schon mal ihren Favoriten zu sichern. Ein gut gebauter Kerl, Ende zwanzig mit hellblond gefärbten Haaren. Die andere setzte sich zu dem Zweiten, der etwas pummelig wirkte, doch nicht so sehr, dass es negativ auffiel. Auch er hatte sich blonde Strähnen ins braune Haar färben lassen. Blond schien hier wohl gerade angesagt. Beide hatten sie tiefschwarze Augen. Sie musste unweigerlich an Miguel denken.

Mara atmete erleichtert durch, als sie registrierte, dass sich die Mädels gleich auf die Typen stürzten. Zu ihrem Glück war die Couch nun besetzt. Sie musste sich automatisch auf die Gegenüberliegende setzen. Zwischen ihnen stand ein wuchtiger, schwarzer Marmortisch.

„Ich würde gerne ihr Bad benutzen", bat Mara und hoffte, dort einen Ausweg zu ersinnen. Auch wenn es nur wenige Sekunden waren, entging ihr nicht der Blick, den Pavel den beiden Typen zuwarf, worauf diese ihm zunickten. Das gefiel Mara nicht. *Woher wissen die überhaupt, was Pavel von ihnen wollte? Sicher sollen die mich im Auge behalten! Das mit dem Umziehen und sich wegschleichen, kann ich erst mal vergessen.* Sie seufzte innerlich und fühlte sich ausgeliefert.

„Wie wir gekommen sind, auf der linken Seite", erklärte Pavel und verließ mit ihr zusammen das Zimmer, ging aber in die entgegengesetzte Richtung.

Mara zog sich in einer der Kabinen zurück, schloss den Toilettendeckel zu und setzte sich darauf, um nachzudenken. Überall glänzte Marmor, die Armaturen aus Gold gefertigt, die Wände mit kitschigen, rosa geblümten Fliesen verkleidet. Pavel schien es wirklich gutzugehen. Mara fiel nichts ein, nur, dass sie gleich zurück zu diesen komischen Typen musste und ein Dritter erwartet wurde. Sie malte sich aus, wie sie dort so viel Champagner auf einmal trank, ihr schlecht wurde, auf den Tisch kotzte und niemand mehr Interesse hatte, irgendetwas mit ihr anzufangen. Doch wie Pavel darauf reagieren würde, wenn man seine edlen Teppiche auf so schändliche Weise behandelte, wollte sie sich nicht ausmalen. Sie fühlte sich betrunken und schwindelig vom Champagner. Sie raffte sich auf, um zurückzugehen.

Behutsam öffnete Mara die Badezimmer Tür und schaute in beide Richtungen den Flur entlang. Es herrschte eine gespenstische Atmosphäre. Niemand war zu sehen, nur das Stimmengewirr vom Saal erklang gedämpft. Beobachtet wurde sie anscheinend nicht, trotzdem hatte Pavel irgendetwas mit den beiden ausgemacht. *Jetzt zu verschwinden, wäre viel zu auffällig. Wer weiß, ob Pavel nicht am Ausgang steht, um mich dort abzufangen.*

Seufzend lauschte Mara an der Tür. Liz und Lea lachten. Die Mädels machten ihren Job gut. Taylor verfluchend, öffnete sie die Tür.

Alle vier kicherten. Die Frauen wirkten verändert. Sie benahmen sich auffällig kindisch, rissen Witze und schäkerten. *Ob sie Drogen mitgenommen haben, um diesen miesen Job zu ertragen? Die Typen sind clean und leider immer noch die Gleichen*, stellte sie ernüchternd fest.

„Da bist du ja endlich, dachte schon, du bist in der Kloschüssel ertrunken", johlte der Bubikopf.

„Wäre lieber zu Hause geblieben, bei mir ist wohl eine Grippe im Anmarsch", versuchte sich Mara rauszureden, sie brachte es nicht über ihr Ego, sich so anzubiedern, wie es die beiden taten.

Einer der Typen beugte sich vor und drückte ihr ein Glas Champagner in die Hand.

„Hier, trink was, dann wird es schon wieder", schlug er vor und lächelte.

Mara nahm das Getränk entgegen und starrte in die tanzenden Perlen. Sie hatte ja bereits jetzt schon genug davon und drehte das Glas in der Hand.

Bilde ich mir das nur ein? Der Typ lächelt doch total scheinheilig, als ob er was im Schilde führt! Unsicher lehnte sie sich in die Couch zurück. Die beiden Typen hielten selbstsicher die Arme vor die Brust gekreuzt und blickten sie erwartungsvoll an, wohingegen Liz und Lea ungestüm Witze rissen und pausenlos kicherten.

Die haben den Mädels doch was in den Champagner getan! Oder werde ich hysterisch? Die vertragen sicher mehr, als das bisschen. Niemals führt man sich derart albern auf, nach nur eins, zwei Gläser!

Mara zwang sich zu einem Lächeln und hob zuprostend das Glas, um es zum Schein an den Mund zu führen. Sie wusste nicht, wie viel Zeit sie damit schinden konnte, doch es musste ihr schleunigst etwas einfallen. Hoffnungsvoll schielte sie zu einer Yuccapalme, die neben der Couch stand.

Um abzulenken, fing sie ein Gespräch an. „Was sitzt ihr hier eigentlich so einsam? Wartet ihr noch auf jemand, oder was?"

„Du stellst eine Menge Fragen, trink lieber und amüsiere dich. Haben gleich ein Geschäftsgespräch, da wird es noch langweilig genug."

Liz und Lea wirkten plötzlich ungestüm. Kichernd zogen sie sich die Blusen hoch, um ihre Brüste in Spitzenunterwäsche zu präsentieren. Die beiden Typen rissen begeistert die Augen auf.

Mara ergriff die Chance und leerte das Glas in den Blumentopf. Sie konnte sich ein Grinsen gerade so verkneifen, niemand hatte etwas bemerkt, das gab ihr ein gutes Gefühl auch den restlichen Abend zu überstehen. Selbstbewusst hielt sie das Glas hin, um noch Nachschub zu fordern. Sie war sich sicher, dass die Flasche, die auf dem Tisch stand, in Ordnung sein musste, denn die beiden Typen tranken ebenfalls daraus und verhielten sich völlig normal.

Liz und Lea dagegen wurden immer hemmungsloser. Die Typen grinsten sich an und schenkten Mara und sich selbst nach. Mara leerte dieses Glas in einem Zug, worauf der Pummelige erneut nachschenkte.

„Endlich ein Mädel, das was verträgt. Da kann später keiner sagen, ich hätte mal wieder alles alleine gesoffen." Demonstrativ schaute er zu seinem Freund rüber, setzte sein Glas an und leerte es zügig.

„Übertreibe es nicht, wir haben noch ein Gespräch. Danach kannst du von mir aus ne ganze Flasche auf einem Zug leer machen", mahnte der Blonde.

Mara nahm einen weiteren Schluck, ließ die Kohlensäure über ihren Gaumen kitzeln. Es klopfte an der Tür. Alle verstummten, als sich die Tür öffnete.

Mara verschluckte sich, als sie diese tiefschwarzen Augen erblickte, Augen, die ihr schon lange nicht mehr aus dem Kopf gehen wollten. Mühsam versuchte sie, den Hustenreiz zu unterdrücken, um nicht noch weitere Aufmerksamkeit zu erregen, als sie es sowieso schon getan hatte. Sie spürte die Hitze in ihre Wangen fahren, presste die Hand vor den Mund und hustete so heftig, dass sie befürchtete, die Perücke zu verlieren.

Miguel blickte einen kurzen Moment zu ihr. Mara spürte, wie ihr Gesicht glühte. Wie seine Gegenwart in ihr einen Strudel von Gefühlen auslöste. Sie musste hier schleunigst raus, wenn sie sich nicht total blamieren wollte. Verkleidet als Puffmutter und dieser verfahrenen Situation ausgeliefert.

„Schön, dass ich jetzt nicht mehr so alleine auf der Couch sitzen muss", schoss es aus ihr heraus. Es war ihr selbst schleierhaft, wieso sie so einen Blödsinn redete. Sie bereute das verdammte Champagnerglas so zügig leer getrunken zu haben. Wusste sie doch, dass sie von dem Zeug total übermütig wird! Ihr wurde schummerig im Kopf. Sie bemerkte aus dem Augenwinkel, wie Miguel verstimmt die Augen verdrehte.

„Wie sollen wir uns so übers Geschäft unterhalten?", beschwerte er sich im gelassenen Ton und setzte sich neben Mara. Sie fühlte sich, als befände sie sich nicht mehr in der Realität. Da hatte sie tagelang gegrübelt, wie sie unbemerkt Näheres über Miguel herausfinden könnte, und saß nun direkt neben ihm. So nah und doch so fern.

Sie wusste nicht, wie sie sich verhalten sollte. Immerhin gab sie vor, eine Frau aus gewissen Kreisen zu sein. Das passte ihr gar nicht. Und er konnte angeblich Gedanken lesen, das war mindestens genauso schlimm. *Ob er merken wird, wer wirklich mit ihm die Couch teilt?*

Die weitere Unterhaltung zwischen Miguel und den anderen zwei riss sie aus ihrer Versteinerung zurück. Sie hatte das Gefühl, mit dem Atmen aufgehört zu haben. Schwindelig lauschte sie.

„Die sind schon lange nicht mehr in unserer Welt", witzelte der Blonde, und beide amüsierten sich köstlich, als die Mädels anfingen, sich zu küssen. Mara verzog das Gesicht, sie wusste gar nicht, wo sie hinsehen sollte. Das Ganze war ihr megapeinlich. Unauffällig sah sie zu Miguel rüber, um zu sehen, ob er auf so etwas abfuhr. Er blickte unwillig und seufzte. Wahrscheinlich konnte sie froh sein, neben ihm gelandet zu sein, doch was sollte sie tun, wenn er auf solch ein Geschenk ansprechen würde? Er an ihr herum grapschte? Mara wusste, sie würde ihn dann hassen.

Die beiden Typen starrten plötzlich auffällig zu ihr rüber. Maras Puls beschleunigte, sie spürte, dass etwas nicht stimmte. Mara hoffte inbrünstig, dass Liz und Lea gleich wieder aus der Reihe fielen und von ihr ablenkten.

Habe ich mich in den letzten drei Minuten verdächtig verhalten? Angriff war die beste Verteidigung, Mara lehnte sich in die Couch und erwiderte die Blicke der beiden. Zu Miguel traute sie sich nicht hinzusehen, sie bemerkte aus dem Augenwinkel, dass er sie anstarrte.

Merkwürdig war, dass die Typen Miguel zunickten, mit den Schultern zuckten und wieder rüber starrten.

Habe ich doch etwas von den Drogen abbekommen? Ihr fiel Miguels Akte ein, er anders war, als Normalsterbliche. *Sind die beiden vielleicht auch von dieser Art?* Panisch registrierte sie, dass Miguel plötzlich näher rückte. Ihr Herz raste wie ein Presslufthammer. Sie wagte nicht, sich zu ihm zu drehen.

Ob er spürt, neben wem er sitzt? Ist meine Tarnung aufgeflogen? Ich sollte versuchen, zu verschwinden! Mara schluckte. Verunsichert fummelte sie an ihrem Glas. Immer noch schien er zu starren. Seine beiden Kollegen blickten sich plötzlich fragend an und wirkten verärgert. Sicher hatten sie mittlerweile bemerkt, dass sie nichts von dem ersten Glas getrunken hatte.

„Was ist jetzt?", stöhnte einer von ihnen, doch Miguel winkte ab. Er fasste Mara ans Kinn und drehte ihr Gesicht sanft zu sich. Ein Schauer fuhr ihr durch den Magen, als sie sich in seinen Augen verlor. Sie hielt seinem Blick mit angehaltenem Atem stand und fühlte sich unfähig, irgendetwas zu tun oder zu sagen, wohingegen er breit grinste.

„Ich mag den Duft von Jasmin Blüten, noch nach Stunden würde ich registrieren, dass jemand mit diesem Geruch einen Raum betreten hat", erklärte er mit leiser, sanfter Stimme, wobei er immer noch ihr Kinn festhielt und zärtlich mit dem Daumen über ihre Wange strich. Abrupt drehte er sich wieder den beiden zu.

„Sie gehört mir, kümmert euch nicht weiter drum." Mara atmete tief durch. Benommen rieb sie sich die Schläfen. Ihr Hirn arbeitete auf Hochtouren. *Mein Parfüm hat mich verraten?* Eingeschüchtert beobachtete sie die Szenerie um sich herum.

Während der Hellblonde seine Hand in das Genick der Brünetten legte und die plötzlich ganz leise verstummte, schaute er Miguel an und lachte.

„Der erste Erdling, der dir gefällt, oder was?" Die beiden Typen sahen sich an und fingen laut an zu lachen. Miguel dagegen verzog keine Miene.

„Pavel will wissen, wer sie ist, darum wirst du dich dann gefälligst selbst kümmern, okay?"

Miguel nickte.

Mara schaute verwundert in die Runde. Sie wusste jetzt gar nicht mehr, worum es ging. Sie hatte Schwierigkeiten sich zu konzentrieren und fühlte sich betrunken. Miguel schien Bescheid zu wissen, damit würde sie sich anfreunden müssen. Gewiss lag es nicht nur am Jasmin, dass er etwas bemerkt hatte, das wäre wohl mehr als unwahrscheinlich, sah sie ein. Doch was bedeutete das mit dem Erdling?

Ihr wurde unheimlich, als sie den Unterschied zwischen der Brünetten und dem Bubikopf genau betrachtete. Ganz ruhig saß die Brünette da, während die andere immer noch übersprudelte vor Lebhaftigkeit.

Mara wollte weg von hier. Mit Schaudern hörte sie, wie der Bubikopf lautstark anfing, sich über Taylor lustig zu machen. Doch keiner schien sich dafür zu interessieren.

Miguel ergriff wieder das Wort, erklärte, wann er wo, mit jemand verabredet sei und hoffte, diesmal alle Beweise zusammenzubekommen. Dann schauten sie sich einfach nur an, wobei Mara zu hundert Prozent spürte, dass die drei noch miteinander kommunizierten.

Jeder neue Tag schien ein Ereignis zu bringen, das dem des vorherigen Tages an Kuriosität weit übertraf. *Was es wohl morgen sein wird? Bin ich dann schon tot? Oder lasse ich mich von einem Alien verführen?* Sie wurde sich bewusst, zu viel vom Champagner getrunken zu haben. Gerade als sie sich kämpferisch aufrichtete, um ihren Notfallplan umzusetzen, konnte sie mit anhören, wie der Bubikopf ihr Handy ans Ohr hielt und mit Taylor telefonierte.

„Hallo Taylor", kicherte das Mädel in das Telefon. „Dank der Unfähigkeit eurer Zwangsarbeiterin kann ich dir sagen, dass euer Mann von unten kommt." Belustigt legte sie auf und stieß ihre Kollegin an, um sich zu beschweren, dass sie gar keinen Mucks mehr von sich gab. Maras stramme Haltung erschlaffte wieder. Nervös wartete sie ab, was die drei dazu sagen würden. Zu ihrer Überraschung fingen alle an zu lachen.

„Von wem weißt du eigentlich über Taylors Vorhaben, die Ausgänge zu beobachten?", fragte der Hellblonde, ohne wirklich Interesse zu zeigen, denn er richtete seine Aufmerksamkeit wieder seiner Sitznachbarin zu, die ihm jetzt zu still erschien. Er strich ihr übers Haar bis in den Nacken, worauf sie aufzuwachen schien. Mara wurde das zu viel. Das arme Mädel einfach so zu manipulieren. Ruckartig stand sie auf und blickte in verdutzte Gesichter.

„Wenn ich nicht sofort in ein Bad komme, wird es dem edlen Teppich schlecht ergehen. Wo besagter Raum ist, weiß ich ja schon", erklärte sie unbeirrt und stand bereits an der Tür und drückte den Knauf. Alle guckten überrumpelt, ja sie konnte spüren, dass es ihnen gar nicht in den Kram passte.

„Ist das die Zwangsarbeiterin, von der du gesprochen hast?", fragte einer den Bubikopf und die nickte belustigt. Mara tat so, als hätte sie das nicht mehr gehört und hastete Richtung Badezimmer. Eine Kabine war frei. Hastig zog sie sich aus, tauschte Kleid gegen Jeans und einer Bluse. Die Perücke landete mit den unangenehmen Kontaktlinsen in der Tasche. Sie verließ das Bad nach nur wenigen Minuten. Solange sie jetzt nicht Miguel über den Weg lief, war sie so gut wie draußen. Ihr Atem ging schneller als der Takt ihres Herzens. Sie ahnte, dass Miguel das Zimmer verlassen hatte, um ihr keine Chance zur Flucht zu lassen. *Ich muss ihn überlisten!*

Auf dem Flur waren einige Leute unterwegs, darunter einer der beiden Typen aus dem Zimmer. Er sah ihr für einen Moment in die Augen, doch er schien nichts zu bemerken. Wachsam beobachtete er die Badezimmertür. Vielleicht hatte Miguel ihm die Überwachung überlassen.

Zielstrebig ging sie in Richtung Saal. Ihr Puls raste, sie konnte ihren Herzschlag in den Ohren pochen spüren. Nur noch der Türsteher. Sie hoffte, dass er sich Gesichter nicht allzu gut einprägen konnte und es ihm nicht auffiel, sie hier gar nicht eingelassen zu haben. Angespannt blickte Mara in den Saal. Ob Pavel hier herumschlich?

Miguels Stimme ließ sie zusammenfahren. Er stand an den Türrahmen gelehnt.

„Wohin so eilig, Prinzessin?", fragte er grinsend. „Ich muss sagen, du gefällst mir so besser." Lächelnd hielt er ihr seinen Arm hin.

Es fühlte sich an, als würde ihr jemand den Boden unter den Füßen wegziehen. Wut und Enttäuschung legten sich bleiern auf ihr Gemüt. Tränen stiegen hoch, die sie schnell weg blinzelte. Nie in ihrem Leben war sie so enttäuscht gewesen, wie jetzt. Wie konnte sie nur so naiv sein und glauben, hier so einfach verschwinden zu können? Widerwillig hakte sie sich bei Miguel ein.

Mara kehrte mit ihm in den Flur zurück. Die anderen vier standen vor der Tür und schienen auf sie zu warten.

„Das gibt es ja nicht, ich habe ihr ins Gesicht gesehen und nichts bemerkt. Wie schafft sie das, uns andauernd zu verarschen?" Zornfunkelnde Augen fixierten Mara.

Mara klammerte sich ängstlich an Miguels Arm. Sie fühlte sich sicher in seiner Nähe.

Miguel machte eine leichte Kopfbewegung. Worauf der Typ zerknirscht wegblickte. Mara war erleichtert, dass sie sich nicht getäuscht hatte, denn den Hellblonden empfand sie unheimlich. Diesem Typ wollte sie nie wieder begegnen.

„Wo gehen wir hin?"

„Durch den Tunnel, zu mir", antwortete er sanft und schaute sie dabei an. Mara erwiderte seinen Blick nicht. Schmollend starrte sie an die Wand.

„Zu dir?", wiederholte sie widerstrebend. „Und was ist mit Taylor? Hast du vergessen, dass er dich unterirdisch erwarten wird?"

„Machst du dir Sorgen um mich?", erwiderte er, doch schien er mit den Gedanken woanders.

„Nein, ich will nur nicht mit dir zusammen gesehen werden", antwortete sie kühl, woraufhin er lachte.

„Ich werde aufpassen, dass uns keiner sieht", gab er in einem Ton zurück, als hätten sie ein heimliches Date, was Mara ärgerte.

Zu sechst liefen sie den Flur bis zum Ende. Edle Ölgemälde, auf denen Landschaften abgebildet waren, zierten die Wände. Eine Tür führte in den Keller. Die Treppe war schmal, Mara zog ihren Arm von Miguel weg, worauf er ihre Hand nahm. Sie versuchte sich daraus zu befreien, aber er ließ nicht los.

Das Kellergewölbe wirkte sauber und geräumig. An den Wänden standen riesige Regale, in denen Weinflaschen lagerten. Sie durchquerten den Raum im dämmrigen Licht, bis eine schwere Tür auftauchte, die sie an diejenige aus Miguels Haus erinnerte. Auch die Alarmanlagen waren identisch.

Der Hellblonde gab etwas ein. Sorgfältig verdeckte er das Display mit seinem Körper und blickte misstrauisch hinter sich. „Bis zur nächsten Tür ist alles sauber", murmelte er. Hastig winkte er alle durch.

Mara hatte keine Ahnung, woher er das wusste. Liz und Lea waren wieder verdächtig leise. Ihr gruselte bei dem Gedanken, dass man das auch mit ihr tun könnte.

Sie betraten das stillgelegte Kanalsystem. Diffuses Taschenlampenlicht schimmerte, deren Batterien wohl bald den Geist aufgaben. Vorsichtig liefen sie den Gang entlang. Mara spürte die Anspannung, die von allen ausging. Vielleicht erschrak sie deshalb so heftig, als eine dicke Ratte aus einem Loch der Mauer heraus geschossen kam und ihr fast über die Füße rannte. Verschreckt sog sie die Luft ein und klammerte sich an Miguels Arm, um genauso erschrocken loszulassen. Alle drehten sich zu ihnen herum. In der Stille hatte jeder ihre hektische Bewegung gehört.

„Nur eine Ratte", beschwichtigte Miguel belustigt. Es schien nicht weiterzugehen. Der Gang endete vor einer Mauer aus roten Backsteinen.

Mara wusste nicht wie oder wer den Durchgang freimachte, doch ein Teil der Wand fuhr fast geräuschlos auf, gerade so viel, dass man als Einzelner durchschlüpfen konnte. Miguel ging vor, ohne ihre Hand loszulassen, und zog sie hinter sich her. Alle blieben einen Moment regungslos stehen und lauschten in die Dunkelheit. Maras Herz pochte einen Takt schneller.

Der Gedanke, eventuell mit ansehen zu müssen, wie Miguel vor ihren Augen verhaftet wurde, oder Schlimmeres mit ihm geschah, bereitete ihr Sorgen.

„Okay, die treiben sich irgendwo da vorne rum", hörte Mara den Blonden flüstern. Sie huschten weiter, ohne Taschenlampe. Mara wunderte sich, wie die zwei Mädels so leise in ihren Schuhen laufen konnten, doch sie waren mucksmäuschenstill, als hinge ihr Leben davon ab.

Mara freute es, dass Miguel ihr vertraute und er sie nicht lahmlegte, wie die Typen das mit Liz und Lea ständig taten.

„Hier trennen wir uns, wir gehen rechts lang", konnte sie noch leise von dem Blonden hören, bevor alle in der Finsternis verschwanden.

An ihr Vorhaben, das Weite zu suchen, verlor sie schon lange keinen Gedanken mehr, sie wollte nur noch raus hier. Als würde er ihren fragenden Blick spüren, sagte er, dass es nicht weit sei. Mittlerweile waren sie in einen Abschnitt gelangt, in dem immer wieder ein Gang nach rechts oder links abging. Jedes Mal blieb Miguel kurz stehen und lauschte ins Dunkel, um dann entspannt weiterzugehen.

„Da vorne müssen wir rechts", erklärte er leise und zuckte zusammen. Ein Schatten huschte in einiger Entfernung entlang. Miguel zog Mara vorsichtig an die Wand neben einen Mauervorsprung.

„Wir warten, bis er hier vorbeikommt", flüsterte er ihr ins Ohr und zog sie nahe an sich heran. Ein warmes Kribbeln durchfuhr ihre Glieder bis in den Magen. Inständig hoffte sie, dass er es nicht bemerkt hatte. Sie roch einen süßen Duft, der von Miguels Kleidung ausging, gerne hätte sie die Augen geschlossen, um sich darin zu verlieren, doch es näherten sich Schritte. Mara hielt versteinert die Luft an. Auch Miguel war es nicht entgangen, er löste seine Hand aus der ihrigen und drückte sie an den Mauervorsprung, um mehr Bewegungsfreiheit zu bekommen.

Panik überfiel sie. Etwas schien ihre Kehle zuzuschnüren. Dies war schlimmer als im Spind. Mara fiel ihr Anhänger ein, in dem sich das Serum befand. Sicherheitshalber hielt sie ihn fest in der Hand umschlossen.

Die Gestalt war nicht zu überhören. Der Atem rasselte und keuchte. *Entweder hat diese Person eine schlechte Kondition oder mindestens so viel Schiss wie ich! Um Taylor handelt es sich bestimmt nicht, er würde nie so unprofessionell schnaufen.*

Schritte trippelten ganz nah. Als die Gestalt den Mauervorsprung erreichte, griff Miguel mit einer Hand nach ihr. Wie angewurzelt blieb die Silhouette stehen. Miguel zog einen schlaksigen Mann zu sich und Mara hinter den Vorsprung. Ihr lief es kalt den Rücken runter, als sie neben diesem Typ verharren musste. Er verhielt sich nun so still, wie Liz und Lea es zeitweise gewesen waren. Sein Gesicht nur noch eine Kontur in der Dunkelheit. Der Geruch von Alkohol ging von ihm aus.

Irgendetwas stimmte nicht, Miguel stand regungslos da und lauschte in die Stille. Plötzlich zog er Mara wieder behutsam zu sich.

„Wir müssen uns entscheiden, entweder wir riskieren es weiterzugehen, oder wir bleiben hier so lange stehen, bis Taylor unbeabsichtigt ein Laut von sich gibt. Was meinst du?"

„Ich?", fragte Mara ungläubig. „Taylor wird garantiert keinen Mucks machen. Ist es denn noch weit, wo du hinwillst?", flüsterte sie und legte ihre Hand auf seine Brust. Mara wusste, dass das jetzt völlig unangebracht war, doch vielleicht würde man sie gleich erwischen und sie sich nie wiedersehen. Nur einmal wollte Mara ihm ein klein wenig nahe sein.

Zärtlich drückte er seine Hand auf ihre. Sie spürte ein Glühen in sich, als er seinen Arm um ihre Hüfte schlang, um sie an sich zu ziehen. Es lag nur noch ein Hauch Luft zwischen ihren Körpern. „Um die Ecke", flüsterte er.

Verschüchtert löste sie sich von ihm. Ihr Herz schlug wild in ihrer Brust. Der Gedanke, er könnte dies bemerken, brachte sie in Verlegenheit.

„Ich würde es versuchen, bevor sie merken, dass einer von ihnen sich nicht mehr meldet", antwortete Mara entschlossen.

Er nahm sie wieder an die Hand und verließ zögerlich das schützende Versteck. Er spähte um die Ecke. Mara überlegte, was er in dieser Dunkelheit zu sehen erhoffte. Gruselnd nahm sie wieder die Silhouette des Mannes wahr, der sich nicht mehr rührte, dessen Atem leise rasselte.

Sie gingen ein paar Meter den Gang entlang, um an einem erneuten Vorsprung haltzumachen. Geräuschlos öffnete sich ein Spalt in der Mauer. Als sich hinter ihnen das Mauerwerk wieder schloss, schaltete sich ein Licht ein, das einen Flur erhellte, den sie schon mal gesehen hatte. Es handelte sich um den langen orangefarbenen Gang, den sie unter Miguels Haus entdeckt hatte. Miguel schien erleichtert und entspannt. Es hatte den Anschein, dass sie hier sicher waren. Mara atmete tief durch und dachte wieder darüber nach, wie sie das Weite suchen könnte. Plötzlich hörte sie Stimmen, doch Miguel schien sich nicht daran zu stören.

„Wer ist das?"

„Nur die anderen. Sie wollten einen anderen Eingang nehmen. Taylor ist nur an mir interessiert, warum sollten sie sich unnötig in Gefahr bringen."

Mara nickte und sah die Vier im Gang stehen.

„Das hat aber lange gedauert", beschwerte sich der Hellblonde. „Ist was passiert?"

„Es wurde etwas ungemütlich, aber es ist nichts passiert."

„Okay, dann sehen wir uns Morgen."

Miguel nahm Mara wieder an die Hand und ging mit ihr in die entgegengesetzte Richtung.

„Was hast du vor?", fragte Mara erschöpft.

„Ich mach uns einen Kaffee und dann unterhalten wir uns."

Mara erwiderte nichts. Gegen einen Kaffee und einer Sitzgelegenheit hatte sie auch wenig einzuwenden. Immer noch fühlte sie sich schwummerig vom Alkohol. Aus lauter Verzweiflung hatte sie zu viel vom Champagner getrunken. Interessiert wanderte ihr Blick den unterirdischen Tunnel entlang.

„Hast du diesen Gang bauen lassen?" Mara wusste nicht, ob sie im nüchternen Zustand ebenso neugierig gefragt hätte. Sie fühlte sich unsicher. Inständig hoffte sie, dass es nichts mit diesem Gefühl zu tun hatte, verglichen mit dem, als sie noch ein Teenager war und das erste Mal händchenhaltend mit einem Jungen spazieren ging. Sie sah es nur ungern ein, doch sie war nicht sie selbst. Beinahe verklemmt. Auf der einen Seite dieses Glücksgefühl und auf der anderen Seite völlig verkrampft, was einen daran hinderte, so zu sein wie sonst. *Bin ich verliebt? Niemals!* Miguel warf ihr einen fragenden Blick zu, was sie verunsicherte und sie sich nicht mehr sicher war, es laut gesagt, oder es nur gedacht zu haben. Miguels zeitlich verzögerte Antwort holte sie aus ihrer Gedankenwelt zurück.

„Ja, habe fest damit gerechnet, mit Taylor irgendwann aneinanderzugeraten. Als ich ihn kennenlernte, ist mir gleich aufgefallen, dass er hauptsächlich auf seine eigenen Interessen aus ist. War eine reine Vorsichtsmaßnahme, worüber heute nicht nur ich, sondern auch die anderen ganz froh sind."

Verwundert blickte sie Miguel an.

„Der Gang führt nicht nur zu mir, wie dir sicher nicht entgangen ist. Er führt unter anderem zu den beiden, die du aus dem Zimmer von eben kennengelernt hast, oder auch zu Pavel."

Miguels Tonfall verriet, dass er sich nicht länger darüber unterhalten wollte, was Mara nicht weiter störte, da sie mit ihren Gedanken schon ganz woanders war. Erst jetzt wurde sie sich bewusst, dass sich Pavel mit den Typen aus dem Zimmer auf unerklärliche Weise ausgetauscht hatte. *Ob sie alle dieselbe Fähigkeit besaßen wie Miguel? Ob er mir sein Geheimnis verrät? Doch was, wenn er es später wieder aus meinem Kopf löscht? Ich alles über ihn und diesem Tag vergessen werde?* Immer noch hielt er ihre Hand. *Ob er meine Nervosität spüren kann?* Sie wollte nicht, dass er es bemerkte. Ihren Zwiespalt, ob sie ihn mögen darf oder nicht. Entschlossen versuchte Mara ihre Hand aus der seinen zu ziehen, doch er fasste abrupt fester zu, um es zu verhindern. Wütend schaute sie ihn an, wusste aber nicht, was sie sagen sollte.

„Das Letzte was ich jetzt gebrauchen kann ist, dass du mir davonläufst und ich dich verfolgen muss und ich weiß ja, dass du nicht so schnell aufgibst. Bin heute nicht mehr der Fitteste", erklärte er mit einem frechen Grinsen.

Mara seufzte. Von Weitem erkannte sie eine der Stahltüren. Das musste die Tür sein, durch die sie geschaut hatte, aber nicht den Mut aufbrachte, weiterzugehen.

„Ich muss mich noch bei dir bedanken."

„Weil ich dich gerettet habe?" Er lächelte, sodass ihr wieder dieser Schauer durch den Magen fuhr.

Mara grinste. „Nein. Dass du mir im Tunnel vertraut hast und ich nicht, wie die beiden Mädels, als Spielzeugpuppe geendet bin."

Miguel nickte ernst.

Mara wusste, dass sich jetzt die Gelegenheit bot, ihn zu fragen, doch sie wollte es langsam angehen, um sich nicht albern auszudrücken.

„Von woher kommst du eigentlich, nicht aus Spanien, oder?"

Er lächelte und ließ sich ein bisschen Zeit mit der Antwort.

„Nein, nicht aus Spanien, ich zeige es dir später."

„Später?", wiederholte sie vorwurfsvoll.

Während Miguel das Codewort in die Sicherungsanlage eingab, konnte Mara erkennen, dass er nicht das Gleiche benutzte, wie sie einen Tag zuvor. Er musste wissen, dass sie bei ihm im Haus gewesen war. Er besaß bestimmt nicht umsonst verschiedene Passwörter. *Wäre ich doch manchmal nur nicht so verbissen!* Es fühlte sich unangenehm an, bei ihm rumgeschnüffelt zu haben, und er das wusste.

Kaum waren sie drinnen, verriegelte sich alles automatisch. Sie gingen den kleinen Flur entlang, erst hier ließ Miguel ihre Hand los. Mara musste plötzlich wieder an die Pralinen denken, die im Kühlschrank gelegen hatten, und überlegte, ob die wohl noch da waren. Ausgepowert und ohne abzuwarten, was er vorhatte, setzte sie sich auf einen der Stühle. Das Zimmerlicht schien nicht so hell, wie sie es in Erinnerung hatte. Es wirkte leicht gedimmt. Die Fenster immer noch abgedunkelt.

„Alles in Ordnung?", fragte Miguel, wobei er sich zu ihr umdrehte, während er den Wasserkocher auffüllte.

„Ja, ja, es ist nur schon ziemlich spät, bin müde", antwortete sie, ihren Kopf in die Handflächen gestützt.

Miguel lachte. „Als wenn du früh zu Bett gehen würdest, liegt es nicht eher am Champagner?"

„Oder so", murmelte sie.

Mit duftendem Kaffee setzte er sich an den Tisch. Allein der Geruch ließ sie wieder wach werden.

„Kaffee kochen kannst du schon mal", lobte Mara diesen Muntermacher, der genau so schmeckte, wie sie ihn gerne trank.

Miguel sah sie streng an. „Du weißt, dass wir mittlerweile quitt sind, oder siehst du das anders?"

Ganz kurz verlor sie sich in seinen nachtschwarzen Augen und nickte schmollend.

„Ich will dich ja nicht aufziehen, aber ich würde sagen, du kannst froh sein, dass ich dort aufgetaucht bin", sagte er ernst, ohne sie dabei anzusehen.

Mara ärgerte sich. Sie wusste, dass er recht hatte. Wer weiß, wie sie da jemals wieder rausgekommen wäre. Pavel schien von Anfang an Verdacht geschöpft zu haben. *Und die zwei Typen erst! Die wären sicher bald auf den Trichter gekommen, dass ich nichts von dem ersten Glas Champagner getrunken habe. Und zu allem Übel konnten die wohl auch noch Gedanken lesen. Ich hatte nie den Hauch einer Chance.* Frustriert sah sie ein, keinen Ausgleich herbeiführen können. Urplötzlich fiel ihr der Anhänger ein, den sie trug. *Nur um zu fliehen? Das bringe ich nicht übers Herz. Schließlich hat er mich heute gerettet, Kaffee gekocht und benimmt sich wie ein Gentleman. Doch sicher ist sicher.* Unauffällig friemelte Mara das Schmuckstück aus ihrem Shirt, um ihn zumindest griffbereit zu haben.

„Du weißt, dass ich anders bin als andere, oder?", fragte er plötzlich gerade heraus. „Ich bin sicher, du hast die geheimen Akten bei Taylor gelesen."

Mara erschrak. Was sollte sie sagen? Sie wusste ja selbst nicht so genau, was sie über ihn dachte.

„Ja, ich habe sie gelesen."

„Wie bist du da drangekommen?"

Mara spürte seinen bohrenden Blick, was sie nervös machte. Fing jetzt das Verhör an? Sie registrierte, dass er auf ihr Dekolleté starrte. Er schien weit in Gedanken. *Kann er diesen Anhänger kennen? Nein, selbst wenn, er ist nicht wiederzuerkennen.*

„Es tut mir leid, aber ich muss wirklich jedes Detail wissen und es wird mir nicht reichen, dich einfach nur zu fragen."

Maras Magen krampfte. *Ist es ein Fehler gewesen, ihn zu mögen? Entpuppt er sich jetzt zu einem dieser vielen Blödmänner, die mir im Leben bereits begegnet sind? Er will in meinem Gehirn rumschnüffeln. Habe ich es nicht die ganze Zeit schon geahnt! Selbst wenn ich ihm jetzt die Datenträger auf den Tisch legen würde, wäre er nicht zufriedengestellt*, befürchtete sie.

Mara richtete sich auf und schaute in seine tief-schwarzen Augen, die sie sonst wesentlich sympathi-scher empfunden hat. Sie antwortete ihm kein Wort, ihre Gedanken kreisten um den Anhänger.

„Ich tu dir nicht weh", fügte er zu ihrer Überraschung hinzu, als hätte er ihren Plan zur Verteidigung erkannt. „Ich würde es mit einem Kuss vergleichen." Ein hinrei-ßendes Lächeln umspielte seine Lippen.

Mara verengte die Augen und wusste nicht, ob sie la-chen, oder empört sein sollte.

„Ein Kuss? Das kommt gar nicht infrage, geschweige denn das, was du vorhast", erwiderte sie entschlossen und wendete ihren Blick beleidigt von ihm ab.

„Ich lass dir die Wahl. Freiwillig oder nicht, du kannst es dir aussuchen. Du solltest wissen, dass ich das noch nie jemanden angeboten habe. Ich habe dich gern, weswegen du wählen darfst."

Mara starrte in den dampfenden Kaffee.

„Wolltest du nicht wissen, wo ich genau herkomme?" Seine Stimme klang zärtlich. Neugierig blickte Mara auf und nickte.

Er ging zur Tür, von wo aus man in das geräumige Zimmer mit Schreibtisch kam. „Ich zeige es dir."

Aufgeregt und misstrauisch zugleich begleitete sie zu der Wand, an der die bunten Gemälde hingen. An einem der Regale drückte Miguel einen versteckten Knopf. Lautlos bewegte sich ein Teil davon in einen dahinter liegenden Raum. Mara staunte. Abwartend schaute sie ihn an, bis er vor ging. Sein Blick ruhte ohne Unterlass auf ihr, während er vor ihr herlief, als traue er ihr nicht. Mara ahnte, dass ihre Waffe bereits entlarvt war.

Sie lugte in einen leeren Raum. An den Wänden hingen lange, schmale, rechteckige Lampen, die in die Mauern eingelassen waren und bläulich leuchteten. Wirklich Licht brachten sie aber nicht.

Mara konnte nicht sagen, ob es überhaupt Lampen waren, oder doch einen ganz anderen Zweck erfüllten. Miguel ging auf die gegenüberliegende Seite des Raumes, ungefähr fünfzehn Schritte weit und gab etwas in eine Tastatur ein, die ebenfalls in der Wand eingelassen war. Er winkte ihr zu, damit sie zu ihm rüberkam. Neugierig kam sie seiner Aufforderung nach und vergaß sogar ihre Befürchtungen über das, was noch kommen könnte. Der Raum schloss sich und ein merkwürdiges Licht leuchtete aus allen Ecken.

„Erschreck nicht", hörte sie ihn leise sagen und zuckte zusammen, als er seinen Arm um ihre Schultern legte. Für Protest fehlten ihr die Worte. Der komplette Raum schien sich zu verändern, erst der Boden, der sich in Gras wandelte, dann die ganze Umgebung. Sie standen plötzlich auf einer weiten Wiese, über die sich der schönste Sternenhimmel ausbreitete. Die Milchstraße zog sich quer durch das Dunkel und funkelte wie Milliarden von kleinen und größeren Diamanten. Fasziniert hielt Mara den Atem an. Jetzt würde sie gerne die Zeit anhalten. Für immer hier stehen, angelehnt an ihren Liebsten. Mit Geist und Sinn im Sternenhimmel versinken. Keine Sorgen oder sonst irgendetwas hatte noch die Kraft, diesen Zauber zu durchbrechen. *Nur ist dies alles nicht real und er nicht mein Liebster*, stellte sie wehmütig fest. Eine kleine Illusion, die genauso schnell enden würde, wie sie angefangen hatte. Sie spürte einen leichten Druck auf ihren Schultern.

„Setz dich", schlug er vor. Zu ihrer Verwunderung befand sich eine Holzbank direkt hinter ihnen. Misstrauisch setzte sie sich, zuerst mit der Hand fühlend, dann mit dem Rest des Körpergewichts, schließlich stand diese Bank noch nicht an ihrem Platz, als sie den Raum betreten hatten, und war ihr äußerst suspekt.

„Kennst du dich ein wenig aus mit den Sternbildern?", fragte er mit melancholischer Stimme.

Mara zuckte mit den Schultern. „Das Himmels-W bekomme ich noch hin", murmelte sie.

„Himmels-W? Ach so, du meinst die Kassiopeia", schmunzelte er.

„Ja, ja", stöhnte sie auf. „Die Namen haben es in sich und ich finde es ziemlich schwer, die Bilder bei der Menge an Sternen auszumachen."

„Alles nur Übungssache." Als würde er hier jeden Abend sitzen, oder hätte diesen Moment präzise geplant, zückte er eine LED-Leuchte und ließ den roten Punkt, den sie von sich gab, am Firmament entlangwandern. „Siehst du dieses Sternbild, hier in der Milchstraße?"

Mara nickte.

„Bei dieser Sternenkonstellation handelt es sich um den Schützen." Er wanderte mit dem LED-Punkt ein Stück weiter hoch. „Genau hier befindet sich ein Gasnebel, er nennt sich bei euch Schwanennebel."

Mara konnte nicht erkennen, wie er es machte, doch es schien, als hätte er eine Art Fernbedienung, mit der er den ausgewählten Bereich des Himmels vergrößerte. Der sogenannte Schwanennebel schien immer näher zu kommen. Ein wunderschöner roter Schleier, der helle, reich strukturierte, von sich weg driftende Arme aufwies, zwischen denen tiefschwarze Teile lagen.

„Das ist wunderschön", schwärmte Mara und ließ ihren Kopf nach hinten auf Miguels Arm sinken, der immer noch auf ihren Schultern ruhte. „Wie nennt sich der Nebel bei euch?" Auf die Antwort wartend, drehte sie ihr Gesicht in seine Richtung. Ihr Herz schlug schneller, als sie seinen Atem spürte.

„Wir sagen Samtblume dazu", antwortete er ruhig. Seine dunklen Augen hoben sich kaum von der Umgebung ab. Mara drehte sich weg und betrachtete den Sternenhimmel.

Angespannt spielte sie mit ihren Fingern. Miguel widmete sich erneut seinen Ausführungen. „Wenn du genau in die dunkle Stelle dieses Nebels schaust, siehst du in die Richtung, in der unsere Galaxie liegt, natürlich noch ein ganzes Stück weiter."

Mara konnte seine Spannung auf ihre Antwort spüren.

„Ich habe mit diesem Gedanken gespielt, doch mit einer anderen Erklärung gerechnet." Mara sah Miguel an und lächelte. „Deshalb Schwanennebel als Passwort? Wie lange bist du schon hier? Wie lange seid ihr schon hier? Und wissen viele davon? Ich meine, die Menschen hier?"

Miguel erzählte ihr von seinem Auftrag, einen Flüchtigen seiner Heimat ausfindig zu machen, und dass sich dieser seit zwei Jahren erfolgreich versteckte.

„Sieht es dort aus wie hier auf diesem Planeten?"

„Möchtest du es sehen?" Ohne ihre Antwort abzuwarten, stand Miguel auf und ging zurück an den Computer. Mara richtete sich abrupt auf. Sicher ist sicher. Nicht, dass sich diese Bank noch plötzlich unter ihrem Hintern ins Nichts auflöste.

Es wurde wieder hell im Raum, taghell. Eine riesige orangefarbene Sonne strahlte vom Himmel und tauchte die Umgebung in ein verträumtes Licht. Es sah ähnlich aus, wie sie es kannte und doch anders. Alles wirkte größer und die Farben intensiver. Sanft geschwungene Hügel taten sich vor ihr auf, bewachsen mit Wiesen im üppigen Grün und bunten Blumen. Sie entdeckte Vögel, die an Farbenpracht kaum zu überbieten waren. Wie kleine Wiesel huschten sie an der Baumrinde entlang und zwitscherten aufgeregt.

„Die Bäume sind ja riesig", murmelte sie mit aufgerissenen Augen.

„Bist du noch in der Lage, einen Spaziergang zu machen?", fragte Miguel lachend, während er auf seine Armbanduhr schaute.

„Zwei Uhr in der Frühe", stellte Mara mit einem flüchtigen Blick auf sein Handgelenk fest, dass sie zu sich zog. „Wie könnte ich jetzt ans Schlafen denken, klar habe ich Lust."

Nachdem es wieder hell war und sie ihn deutlicher sehen konnte, wurde ihr bewusst, dass sie sich immer noch nicht einig waren, was die Art und Weise anging, wie er an ihre Erkenntnisse kommen wollte. Doch sie mochte sich diesen schönen Moment nicht vermiesen. Irgendwie wird sich schon alles regeln, hoffte Mara.

Sie nahm seinen angebotenen Arm und hakte sich bei ihm ein. Ein wohliges Gefühl breitete sich in ihr aus, es gefiel ihr, ihm so nahe zu sein. Gemeinsam schlenderten sie zwischen knorrigen Bäumen in Richtung einer Lichtung. Es duftete nach frischem Heu.

„Hier ist alles gigantisch", stellte sie bewundernd fest, als sie die Blumen sah, die überall wuchsen. Handteller große Blüten, die gigantischen Gänseblümchen ähnelten. Rote, nach Honig duftende Pflanzen, deren Blütenblätter wild geschwungen waren, als gebe es keine Regelmäßigkeit oder Konzept. Mara fühlte sich wie in einem Märchen. Das Gluckern eines Baches erklang immer deutlicher. Violett schimmernde Schmetterlinge schienen das gleiche Ziel zu haben.

„Wie kommt es, dass wir laufen und laufen aber nicht an die Wand des Raumes stoßen?"

„Der Boden unter uns bewegt sich mit, ohne, dass wir es spüren."

„Warum zeigst du mir das alles? Du hast doch nicht vor, mich alles wieder vergessen zu lassen, oder?"

„Nein, natürlich nicht", antwortete er, wobei er ihr zärtlich über die Hand strich. Eine seltsame Spannung fuhr ihr augenblicklich über die Haut. Verzückt blickte sie zu ihm. Doch irgendetwas lag in der Luft. Er hatte etwas vor, sie ahnte bereits den Grund. Er wollte wissen, was sie alles bisher in Erfahrung gebracht hatte, und das betraf nicht nur die verschlüsselten Daten. Er würde versuchen sie zu verführen, zu diesem, fast wie ein Kuss, wie er es nannte. Sie wusste es einfach, war sich hundert Prozent sicher. Männer waren eben alle gleich gestrickt, da konnten sie herkommen, von wo sie wollten. Mit leicht zusammengekniffenen Augen schaute sie ihn prüfend an.

„Was ist los?", fragte er grinsend. „Traust du mir nicht?"

„Ich weiß nicht." Wieder weilte ihr Blick lange auf ihm, um seine Reaktion genau zu studieren. Doch er wirkte wie immer, völlig gelassen.

„Wenn es mir nur darum ginge, zu erfahren, was du alles weißt, wüsste ich es bereits. Du befändest dich längst zuhause, würdest fest schlafen und morgen früh mit grauenvollen Kopfschmerzen aufwachen", erklärte er mit der Sachlichkeit eines Vertreters, der einen Staubsauger vorführte.

„Wie ist das bei dir? Du hast keinerlei Unannehmlichkeiten dadurch?"

„Nein, keine. Vielleicht ein schlechtes Gewissen es zu hart gemacht zu haben. Aber es gibt nun mal keinen Mittelweg, entweder es ist wie ein Fausthieb, oder wie eine liebevolle Umarmung. Und wer mag schon jeden einfach mal so umarmen?"

Er blieb plötzlich vor einem rundlichen Felsen stehen, ließ sie los, setzte sich ins Gras zwischen süß riechenden Blumen, deren Blätter sich wie Samt anfühlten, und lehnte sich gegen den glatten, grauen Stein. Er hielt ihr seine Hände auffordernd entgegen. Mara legte ihre Hände in seine und ließ sich zu ihm ins Gras ziehen, wo sie sich neben ihn setzte. Ihre Finger streichelten über rosafarbene Blüten. Die Blätter waren spiralförmig angeordnet, ähnlich wie der Schwanennebel. Es war der romantischste Ort, den sie je erlebt hat.

„Möchtest du heute ein paar von den Pralinen?"

Zu ihrer Entzückung hielt er ihr die Packung entgegen, die sie bei ihm im Kühlschrank gesehen hatte.

„Du weißt wirklich, was ich mag." Sie hatte kaum ausgeredet, als sie schon eine im Mund hatte.

Miguel grinste. „Habe damals auf deiner Arbeitsstelle beobachtet, wie unglücklich du darüber warst, dass alle weg waren. Sicherlich hat sich deine Kollegin darüber hergemacht, was?"

„Ja, das hat sie. Übrigens, dein Bart war zwar furchteinflößend, aber erkennen konnte man dich trotzdem." Mara konnte es sich nicht verkneifen, zu lachen.

„Du warst auch nicht gerade professionell, erst schüttest du mir fast den Kaffee über und dann schaust du noch so auffällig." Beide lachten eine ganze Weile lang, bis sie wieder still beisammensaßen, nur die kleinen bunten Vögel waren noch zu hören. Mara fühlte sich plötzlich müde und hätte gerne gefragt, ob er sie gehen lässt, aber sie hatte Angst vor einer Abfuhr. Sicher wäre sie dann wütend auf ihn und diese romantische Nacht zerstört. Soll er doch erfahren, was ich weiß, was macht das schon? Aber einfach so kleinbeigeben? Es ärgerte sie, keinen klaren Kopf mehr zu haben, sie hatte sich tatsächlich bis über beide Ohren in ihn verknallt. Als würde er ihr Selbstbekenntnis gerade hören, nahm er ihre Hand. Mara hatte das Gefühl, dass die Schmetterlinge, die eben noch um ihren Kopf herumflatterten, sich nun in ihrem Magen vergnügten. Sie wusste nicht so recht, wo sie hinsehen sollte, nachdem sie dies zuließ. Sie suchte verzweifelt irgendetwas Außergewöhnliches in dieser Umgebung, um es zu erwähnen und von dieser sich anbahnenden Situation abzulenken, doch es gab nichts, was sie nicht schon bewundert hatte.

„Schenkst du mir einen Kuss?", fragte er mit einem verzaubernden Lächeln auf seinen Lippen, während er über ihre Wange strich.

„Was für einen Kuss? So einen, wie ich ihn kenne, oder an was hast du gedacht?", stotterte sie verlegen vor sich hin.

„Ist es denn nicht egal was für einen?"

„Wenn ich ehrlich bin, ist mir gerade nicht nach Küssen, was für ein Kuss auch immer", erwiderte sie gereizt. „Ich habe das Gefühl, mir fallen gleich die Augen zu." Vergeblich versuchte Mara, sich aus seiner Hand zu befreien.

„So müde bist du gar nicht, du traust dich nur nicht, bist zu schüchtern", entgegnete er leise. Mara blickte unsicher weg und wartete ab, was er tun würde, wobei ihre Hand schon auf dem Anhänger ruhte. Entweder um sich das Gefühl zu geben, die Situation zu beherrschen, oder einfach nur aus Reflex, so genau wusste sie das nicht. Eigentlich konnte sie es sich nur schwer vorstellen, ihn zu benutzen.

„Okay, ich kann dich nicht zwingen mich zu küssen", lachte er und fixierte mit seinen Augen ihre Hand, die immer noch auf dem Anhänger ruhte.

„Dann ist es wohl Zeit, dass ich dir ein Taxi rufe, Prinzessin." Ein verkrampftes Lächeln bewegte seine Lippen und seine Hand ließ ihre los, um nach der anderen zu greifen, mit der sie den Anhänger fest, fast versteinert umschloss. Mara erschrak, hoffte, dass er nicht wusste, was sie da um ihren Hals trug und ließ widerwillig los. Zu ihrer Erleichterung stand Miguel auf und zog sie an ihrer Hand zu sich nach oben.

„Ein Taxi? Was, wenn mich jemand hier aus dem Haus kommen sieht?"

Miguel lachte. „So eine Leichtsinnigkeit traust du mir zu?"

Mara zuckte mit den Schultern und beobachtete, wie er diesen verzaubernden Ort zurück in einen bläulich leuchtenden Raum verwandelte. Es fühlte sich plötzlich alles leer an, nachdem sie wieder auf die nackten Wände schaute. Zu gerne hätte sie in diesem Moment die Zeit noch einmal zurückgedreht.

„Wir müssen ein Stück durch den Tunnel, zu einem anderen Haus, von dort kannst du ohne Risiko losfahren."

Sie nickte wortlos und folgte ihm aus dem blauen Raum in das davor liegende Zimmer. Misstrauisch beobachtete Mara ihn. Ließ er sie einfach fahren? Sie konnte an seinem Gesichtsausdruck ablesen, dass er enttäuscht war.

„Ich lass dich wirklich nur ungern gehen", sagte er leise, wobei eine gewisse Strenge seiner Stimme mitklang.

Mara spürte eine aufkommende Leere in sich. War es falsch gewesen, seinen Annäherungsversuch auszuschlagen? Ihr Inneres sehnte sich so sehr nach seiner Nähe, doch ihr Verstand, der dumme Verstand, er wollte mal wieder die Sache beherrschen. Vernunft über Gefühl, doch war das der richtige Weg, um glücklich zu sein? Unsicher, ob sie sich nun über ihren Rückzug ärgern sollte, oder damit zufrieden sein konnte, starrte sie auf den Parkettboden.

„Alles in Ordnung bei dir?" Miguel stand bereits an der Tür, die in die Küche führte, und kniff die Augen zusammen.

„Ja alles in Ordnung, bin nur müde", stotterte sie und wich seinem Blick aus.

Mit einem Aufruhr der Gefühle folgte sie ihm durch die Küche, durch diesen düsteren Flur und schließlich in den langen, unterirdischen Gang. Ein kleines elektrisches Motorrad stand an der Wand angelehnt. Mara setzte sich hinter Miguel auf den Sitz und umfasste zaghaft seine Taille.

„Der Gang scheint ziemlich lang zu sein, wenn du dir extra dieses Gefährt anschaffst?"

„Ja ist schon ein gutes Stück", antwortete er seufzend.

Mara wusste, dass Miguel eine ganze Menge über sich preisgegeben hatte. Sie fühlte sich plötzlich schuldig. *Hat er es nicht verdient, dass ich ihm entgegenkomme?*

Mara zuckte zusammen, als Miguel nach ihren Händen griff und sie ein Stück an sich zog.

„Ich beiße nicht." Er lachte und ließ sie wieder los. Sanft strich er über ihre Hände. Diese seltsame Spannung fuhr ihr erneut über die Haut. Mara ahnte, dass sie etwas ganz Besonderes heute verpasst hatte, und verfluchte ihre Unnachgiebigkeit.

Der Gang schien endlos zu sein. Eine nach der anderen Leuchtröhre passierten sie. Erst hinter einer scharfen Linkskurve, entdeckte Mara eine weitere Stahltür, an der sie anhielten. Die Tür stand ein Stück offen. Sie gingen einige Treppen nach oben, um zu einer Tür zu gelangen. Hier war abgeschlossen, Miguel klingelte an einem unscheinbaren Klingelknopf. Mara reckte den Kopf, um zu sehen, wer hier lebte. Es dauerte nicht lange, bis ein Mann Mitte vierzig die Tür öffnete. Seine Augen waren schwarz, wie die von Miguel, doch er hatte hellbraunes, glattes Haar und weiche Gesichtszüge.

Mara spürte, wie er sie misstrauisch von oben bis unten musterte.

Unmerklich nickte Miguel ihm zu, worauf sich der Mann abrupt umdrehte und hineinging. Sie liefen durch einen Raum, eine Art Arbeitszimmer. Überall lagen Elektronikteile herum, Werkzeuge in solch winzigen Dimensionen, wie sie Mara vorher noch nie gesehen hatte. In einer Ecke, auf einem Tisch, lagen Waffen. Es sah danach aus, als hätte jemand versucht, alles notdürftig abzudecken. Mara ging davon aus, dass es sich hierbei um Waffen handelte, schließlich war sie hier nicht beim normalen Nachbarn um die Ecke gelandet.

Sie hatte sich mittlerweile damit abgefunden, in etwas ganz Großes hineingeraten zu sein. Wäre dies nicht der Fall, würde sie davon ausgehen, dieser Mann stelle Spielzeugpistolen für Kinder her, Laser Pistolen. Tatsächlich hatten sie mit diesen sehr große Ähnlichkeit, nur die Qualität schien robuster, soweit sie das von der Entfernung aus sagen konnte.

Miguels Freund stellte sich mit dem Namen Bruce vor. Er verengte misstrauisch die Augen, als er bemerkte, dass sie auf die Tische starrte. Ihre Blicke kreuzten sich. Mara spürte, dass er sie hier nicht haben wollte. Mit schnellen Schritten ging er vor in die Garage, in der ein schwarzer Land Rover stand. Bruce nahm den Wagenschlüssel von der Wand und warf ihn Miguel zu, worauf er mit einer knappen Verabschiedung verschwand.

„Ist es nicht zu gefährlich für dich, wenn du mich heimfährst?"

„Ich fahr dich nicht nach Hause Prinzessin, bloß bis zum Taxi. Musst dir keine Sorgen um mich machen."

Augenzwinkernd öffnete er ihr die Tür des monströsen Autos. Unauffällig ist man mit diesem Wagen bestimmt nicht, dachte Mara bei sich und war froh, dass dort draußen irgendwo ein Taxi auf sie wartete.

Ihr Misstrauen Miguel gegenüber konnte sie immer noch nicht ganz abschütteln. Sie wusste, dass er die Daten brauchte, und konnte nicht verstehen, wieso er nicht versuchte, sie ihr abzunehmen. Nervös spielte sie an ihrem Gurt, während sich Miguel neben sie setzte und den Wagen startete.

Das Garagentor fuhr langsam hoch. Miguel drehte sich zu ihr und blickte forschend.

„Ist es wahr, dass, wenn ein Mann eine Frau nach Hause bringt, dann einen Abschiedskuss bekommt?"

Mara fühlte sich unendlich müde, doch konnte sie sich ein Lachen nicht verkneifen. „Nein, so einfach ist das nicht. Man muss schon vorher ein richtiges Date gehabt haben."

Miguel zuckte lächelnd mit den Schultern und fuhr los. Erst hier konnte sich Mara wieder orientieren. Sie hätte nicht gedacht, sich so weit von Miguels Haus entfernt zu haben. Langsam fuhren sie an dem riesigen Wald-stück entlang, in dem einfallendes Morgendämmern lag. Miguel und Mara saßen schweigend nebeneinander, bis nach einer Straßenbiegung ein Taxi zu sehen war, das am Rande einer Wohnsiedlung stand. Kurz bevor sie das Taxi erreichten, brach Miguel die Stille.

„Ich brauche die Daten, Prinzessin."

Mara schaute zu ihm rüber, während er hinter dem Taxi parkte und den Motor abstellte.

„Wo soll ich sie dir hinbringen?", fragte sie mit weh-mütiger Stimme, so als sei mit der Übergabe alles vor-bei, einschließlich dieser kleinen Romanze.

„Wir können uns morgen hier treffen, wenn du willst." Während er diese Möglichkeit unterbreitete, drehte er sich ein Stück nach rechts und legte seinen Arm um den Sitz, auf dem sie saß.

„Einverstanden. Doch was meinst du mit morgen? Heute irgendwann? Hast du die Uhrzeit berücksichtigt?" Mara schaute lachend auf seine Armbanduhr und stellte fest, dass es mittlerweile auf vier Uhr früh zuging.

„Nein, daran habe ich tatsächlich nicht gedacht, was hältst du von heute Abend sieben Uhr?"

„Ja, das ist eine gute Zeit." Sie ließ ihren Blick auf seinen Augen ruhen. Ein warmes Kribbeln zog wohlig durch ihren Körper. Sie wollte so gern bei ihm bleiben.

Sie lächelte, drehte sich weg und griff bereits nach der Wagentür, als er sie am Arm festhielt und behutsam zurückzog. Mit angehaltenem Atem schaute sie in seine fordernden Augen.

Er näherte sich ihren Lippen, um kurz davor noch einmal innezuhalten. Sie konnte seinen Atem spüren. Ihren Puls rauschen hören. Er blickte ihr in die Augen und drückte sanft die Lippen auf die ihren. Nur kurz, doch es reichte, dass ein kleiner Schwindel sie überfiel. Verunsichert und verliebt drehte sie sich hastig herum und verließ den Wagen, um in das Taxi umzusteigen.

Taylor saß an seinem Tisch, in dessen Glasplatte sich die Glut seiner Zigarette spiegelte. Er hatte die ganze Nacht nicht geschlafen, noch immer die gleichen Klamotten an und fühlte sich schmutzig. Seit Stunden saß er schon so da, was sein Aschenbecher bezeugte, dieser wäre nicht mehr in der Lage, eine weitere Zigarettenkippe zu fassen. Taylor hatte das Gefühl zu einem Penner zu mutieren, nichts schien zu klappen.

Es war ihm unerklärlich, wie Miguel entwischen konnte. Und das, wo er nur wenige Meter von ihm entfernt gewesen sein musste.

Gleich, als Taylor den Kontakt zu Bob, dem Zimmerkollegen Ivans verloren hatte, wusste er, dass Miguel nicht weit sein konnte. Doch alles, was er entdeckte, war Bob, wie er zusammengekauert am Boden verharrte. Taylor ärgerte sich maßlos darüber, dass er nicht selbst vorangegangen, oder zumindest näher an Bob drangeblieben ist. Bei zwei Personen wäre es Miguel nicht so einfach gefallen, sich aus dieser präzise gelegten Schlinge zu ziehen. In den paar Sekunden, in denen er mit Bob beschäftigt gewesen wäre, hätte er die heiß ersehnte Gelegenheit gehabt, ihn zu überrumpeln. Doch nun war diese Chance verpatzt und würde nie wiederkehren.

Bob hatte sich zwischenzeitlich erholt. Er lag im Bett und litt unter starken Kopfschmerzen. Stacy war kurz bei ihm gewesen, um ihn zu befragen, doch Taylor hatte bereits geahnt, dass er sich an nichts erinnern würde.

Wie konnte Miguel so schnell verschwinden? Und wohin? An allen Ausgängen waren Leute positioniert gewesen, doch niemand wollte ihn gesehen haben. Das war auch der Punkt, der ihn nicht zur Ruhe kommen ließ. Gab es etwas, das er übersehen hatte? Selbst über Mara und ihre zwei Begleiterinnen war er nicht auf dem Laufenden, angeblich hatten auch sie die Villa nicht verlassen. Lag es lediglich daran, dass seine Leute unfähig waren, oder steckte mehr dahinter? Taylor steigerte sich in seine Wut hinein, indem er sich vorstellte, wie die Kollegen, die er für die einfachen Überwachungsdienste auf der Straße geordert hatte, nur dasaßen, Kaffee schlürften und Donuts in sich rein schlangen. Alles, was sie beobachteten, die knapp bekleideten Tussen und ihre Ärsche waren, anstatt auf die Zielpersonen zu achten.

Immer wieder schaute Taylor auf seine Armbanduhr, bis er sich nicht mehr beherrschen konnte, und wählte Maras Nummer. Es schien endlos zu klingeln, er wusste selbst nicht wie lange schon und wollte gerade aufgeben, als sie sich mit verschlafener Stimme meldete.

***

„Was gibt es denn so früh?", seufzte Mara vorwurfsvoll in den Telefonhörer, ohne zu wissen, wer am anderen Ende der Leitung war und rieb sich die Augen. Es reichte ihr der Blick auf die Uhr, die gerade mal halb sieben anzeigte. Jemand, der sie zu solch einer Uhrzeit anrief, hatte entweder schlechte Nachrichten oder es handelte sich um eine Person, auf die sie in diesem Moment garantiert verzichten konnte. Dieser Gedanke bestätigte sich, als sie die unfreundliche Stimme Taylors vernahm.

„Guten Morgen. Taylor hier. Wie ist es gestern gelaufen? Wann haben Sie sich gestern von den beiden anderen getrennt?"

Mara empfand es als äußerst unhöflich, jemanden in solch einem Ton so früh anzurufen und beherrschte sich, nicht wieder aufzulegen. Sie erklärte in knappen Worten, dass Pavel misstrauisch wurde und sie mit Liz und Lea abseits der Party verfrachtete. Dort einige Männer ein Geschäftsgespräch abhielten und sie sich ins Bad verzog, um sich umzuziehen. Und sich unter die Leute gemischt hatte.

Stille trat ein. Mara war unsicher, ob überhaupt noch jemand in der Leitung war. Mit lauter Stimme rief sie seinen Namen in den Hörer.

„Ja, ja, ist ja schon gut, bin noch dran, bin nur am Nachdenken", antwortete er barsch.

Mara stöhnte genervt in den Telefonhörer. „Nichts für ungut, aber können Sie das nicht machen, nachdem Sie aufgelegt haben?"

„Halten Sie Ihren vorlauten Mund, sonst wird sich das Telefonat nur unnötig in die Länge ziehen. Ich muss Ihre Aussage mit denen der anderen abgleichen", schnaubte er in den Hörer. Mara ließ sich nicht beirren. Sie war überzeugt, dass er nur blufft und von gar nichts wusste. Mara glaubte nicht, dass er die beiden Mädels um diese Zeit schon erreicht hatte, und was sollten seine Kollegen wissen, wenn sie sich nur auf der gegenüberliegenden Seite der Straße aufhalten konnten.

„Um welche Uhrzeit haben Sie die Villa verlassen?"

„Das kann ich gar nicht mehr so genau sagen, habe noch einen Bekannten getroffen und mich zu ihm gesellt. Schätze, so drei Stunden später."

Mara vernahm ein unzufriedenes Seufzen, bevor sich Taylor verabschiedete.

Mara ließ sich todmüde ins Bett fallen und verfluchte einmal mehr diesen unfreundlichen Agenten. Sie stellte sich Taylors verdutztes Gesicht vor, wenn er wüsste, wie Miguel sie geküsst hatte. Seine Lippen waren samtig und weich gewesen. Ein Schauer fuhr ihr nachträglich durch den Magen. Dann erinnerte sie sich, wie sie aus dem Wagen flüchtete, und kam sich blöd vor. Jetzt wo Mara so darüber nachdachte, konnte sie sich nicht erklären, wieso sie ihm das überhaupt erlaubt hatte. Um weiter nachzudenken, blieb ihr keine Kraft, denn der Schlaf übermannte die süßen Erinnerungen.

***

Richter hatte heute seinen freien Tag, doch seine Gedanken ließen ihn nicht zur Ruhe kommen. Grübelnd saß er an seinem Küchentisch und schlürfte frisch gebrühten Kaffee. Die Sache mit dem FBI warf so viele Ungereimtheiten auf. Agent Stacy Miller wird innerlich kochen, wenn sie erfährt, dass ein aufsichtsdisziplinar-Verfahren gegen sie eingeleitet wurde. *Ob ich sie noch mal kontaktieren sollte? Ich könnte so tun, als sei dies auf Staatsanwalt Lewis zurückzuführen und ich ihr helfen wolle. Wer weiß, was ich dadurch noch erfahren könnte. Wenn ich sie erst einmal zur Feindin habe, war's das.*

Er seufzte unentschlossen. Was Taylor betraf, sah es nicht schlecht aus. Sein anonymer Kontaktmann hatte vor, sich heute Abend zu melden. Er besaß Informationen, was die illegalen Geschäfte mit den Russen angingen. Richter war gespannt, ob das wirklich so brauchbar sein würde, wie er beteuerte. Irgendwie hatte dieser Fall eine gewisse Eigendynamik, stellte Richter fest. Bis heute Abend musste er wohl oder übel abwarten, um zu sehen, was er noch an Erkenntnissen gewinnen würde, und erst dann ging es wieder weiter.

***

Miguel gähnte und rieb sich die geröteten Augen. Nachdem er sich von Mara verabschiedet hatte, fuhr er heim und ging den Rest der Nacht seinen Plan durch. Die Überwachungsanlage lag vor ihm. Das meiste war bereits in einem dazu passenden Wagen eingebaut. Sollte die menschliche Variante aufgrund von Entfernungsproblemen versagen, hatte er noch etwas weit Wirksameres dabei, doch wäre es ihm lieber, die heimischen Gerätschaften zu benutzen, damit bei einem späteren Verfahren keine unnötigen Fragen und Komplikationen auftraten. Er wusste, dass bei den geringsten, nicht nachvollziehbaren Sachverhalten, immer im Zweifel für den Angeklagten galt. Miguel war es wichtig, nicht nur in seiner Heimat seine Unschuld zu beweisen, sondern auch, dass Taylor hier zur Rechenschaft gezogen wurde. Miguel hatte Glück, dass die beiden vom Abend davor ihm helfen wollten, obwohl sie nicht auf der gleichen Seite standen.

Miguel wusste, dass sie illegale Geschäfte trieben, gemeinsam mit Pavel. Doch im Ernstfall hielten alle zusammen und jeder versuchte, über seinen Schatten zu springen. Eine Gegenleistung wurde von Miguel erwartet. Er sollte ihre Geschäfte nicht weiter stören. Er hatte zugesagt, schließlich waren nicht sie der Grund, weswegen er auf die Erde gekommen war. Für ihn galt es, diejenigen zu entlarven, die wissenschaftliche Errungenschaften seines Heimatplaneten an die Menschen verkauften, so etwas war in seinen Augen ein Verrat an der ganzen Rasse. Die Nerlakter waren im Vergleich zu den Menschen wenige, und wenn sie ihnen zahlenmäßig derart unterlegen waren, mussten sie zusehen, auf anderen Gebieten weiter vorn zu bleiben. Die Menschen empfand man als unberechenbar, weshalb man Technik ungern teilte.

Miguel schaffte alles in den unterirdischen Gang, in dem bereits der Wagen stand. Er war jetzt ausgerüstet mit der besten Abhöreinrichtung, die es gab und mit der Möglichkeit, alles in Infrarotbildern festzuhalten. Selbst bei Dunkelheit, hätte Taylor keine Chance, unerkannt zu bleiben. Das einzige Risiko bestand darin, dass man ihn bemerkte.

Es war Nachmittag, als Taylor sich auf den Weg machte. Beim letzten Mal hatte er Stacy dabei, doch seine beiden Geschäftspartner bestanden darauf, dass er alleine kommt. Sie mochten Stacy nicht. Eine Begründung hatten sie nicht vorbringen können.

Stacy war darüber ziemlich wütend gewesen. Sie hatte sich schließlich gefügt, aber darauf bestanden, in einiger Entfernung auf ihn zu warten. Vielleicht hatte sie Angst, er könne sie hintergehen oder was auch immer, denn sie hätte ebenso gut zu Hause bleiben können. Taylor ärgerte sich schon lange nicht mehr über ihre Kapriolen. Er spielte sogar mit dem Gedanken, sich nach diesem Geschäft zurückzuziehen. Ein Freund von ihm lebte in Kolumbien, vielleicht würde er sich dort umsehen, genug Geld musste er nach diesem Deal allemal haben.

Mit dem Fahrstuhl fuhr er in die Tiefgarage, stieg in seinen Wagen und machte sich auf den Weg zum besagten Treffpunkt. Während der Fahrt grübelte er über Liz und Lea, die er immer noch nicht erreichen konnte. *Eine von beiden, die Namen konnte er nicht auseinanderhalten, hatte gestern angerufen und gesagt Miguel käme durch den Tunnel. Sie mussten ihn gesehen haben! Mara hat von zwei Männern gesprochen, die aber der Beschreibung nach, nicht auf Miguel passte. Wieso hat niemand bemerkt, dass sie die Villa verlassen hat? Was, wenn sie Miguel kennt und mit ihm gemeinsame Sache macht? Konnte sie sich gestern Abend wirklich so leicht wegstehlen?* Taylor nahm sich vor, Mara noch mal genauer unter die Lupe zu nehmen oder besser, zu observieren.

Immer näher kam Taylor seinem Ziel. Von Weitem waren schon die alten Lagerhallen zu erkennen. Hier war alles marode und stand kurz vor dem Abriss. Die Stadt plante, hier ein modernes Gewerbegebiet zu bauen. Taylor war so in sich versunken, dass er nicht bemerkte, wie ihm ein Wagen in einiger Entfernung folgte.

Auch Taylors Verfolger waren beschäftigt. Niemand registrierte den Kleinwagen, der ihnen nachfuhr.

***

Stacy konnte sich nicht erklären, was dieser Wagen zu bedeuten hatte. Sind das Leute von den Nerlaktern, die darin ihre Waren verstaut haben? Stacy war sich unsicher, ob sie Taylor darüber informieren sollte. Sie entschied sich, erst mal alles im Auge zu behalten. Es fuchste sie maßlos, dass man sie nicht dabeihaben wollte. Klar, sie hatte ihre Abneigung gegenüber diesen Aliens nie verheimlicht, doch musste man sich unbedingt mögen, wenn es nur darum ging, Geschäfte zu tätigen? Vorsichtig fuhr sie den beiden Wagen hinterher.

Taylor lenkte in eine alte Lagerhalle. Seine Verfolger blieben draußen stehen. Stacy schürzte die Lippen, als sie die Szenerie beobachtete. Irgendetwas stimmte nicht. Sie wählte Taylors Handynummer, doch sie bekam keine Verbindung. Es schien, als gäbe es ein Funkloch in dieser Halle. Laut fluchend versuchte sie es immer wieder, aber ohne Erfolg.

Sie registrierte, wie einer aus dem Wagen stieg und sich vorsichtig in die Halle schlich. Zu gerne wäre sie hinterher, doch sie würde nicht unbemerkt an dem Wagen vorbeikommen. Sie konnte nur hoffen, einer von den Nerlaktern würde es bemerken, sie waren für ihre Aufmerksamkeit und ihr gutes Gespür zu beneiden.

***

„Okay, könnt ihr mich hören?", raunte Miguel in das Richtmikrofon.

„Ja, und wir hören auch Motorengeräusche. Wenn das der Wagen von Taylor ist, wird es gut funktionieren", antwortete Carlos.

Miguel hatte die beiden vom Vorabend überzeugen können, ihm bei der Observierung Taylors zu helfen. Auch sie waren brennend daran interessiert, wer geheime Pläne an die Menschen verkaufte.

Die Lagerhalle war fast leer, Miguel hatte kaum Möglichkeiten, sich zu verstecken. Fünf Stapel alter Holzpaletten standen noch am Rand, hinter denen er kauerte und seine Kamera in Richtung des Wagens hielt.

Er zoomte das Ende der Halle näher ran. Jetzt sah er besser als mit bloßem Auge.

Taylor stand alleine da und schaute nervös in alle Richtungen. Miguel hoffte, dass sich Taylors Partner bereits in der Halle befanden, denn wenn jetzt noch jemand von hinten kam, würde man ihn zweifellos entdecken. Zu seiner Erleichterung erschienen plötzlich zwei Gestalten aus einer der Ecken der Halle und gingen geradewegs auf Taylor zu.

Als sie näherkamen, konnte er es kaum glauben, mit wem Taylor hier Geschäfte machte. Nun wurde ihm einiges klar. Es handelte sich um den Flüchtigen, den er seit längeren verfolgte, und nie zu fassen bekam. Warum dieser ihm immer entwischte, lag jetzt auf der

Hand. Taylor gab ihm jeweils die Hinweise und als Gegenleistung verkaufte dieser an Taylor geheime Technik
der Nerlakter. Den anderen kannte er auch, der war
bisher nur ein kleiner Fisch gewesen, doch Zeiten än-
derten sich. Miguel musste aufpassen, dass sie ihn nicht
entdeckten. Die beiden, besser gesagt alle drei, kannten keine Skrupel. Mucksmäuschenstill saß er da und
hielt die Kamera auf die Gruppe. Es schien eine Ewigkeit
zu dauern, seine Knie fingen an zu schmerzen. Doch
allmählich tat sich etwas, einer der beiden ging zurück
und holte eine Kiste aus Holz. Sie wirkte schwer, denn
das Gesicht des Trägers lief rot an, während er sie auf
den Boden vor Taylor abstellte.

Miguel verstand nicht, was die drei redeten. Er hoffte,
das Richtmikrofon würde alles aufnehmen. Auf seine
zwei Helfer im Wagen konnte er sich verlassen, die waren dazu da, das Material gleich an die Heimatzentrale
weiterzugeben. Sollte das Schlimmste eintreffen und
man ihn erwischte, wären die Beweise dort, wo er sie
haben wollte und sein Name beinahe reingewaschen.
*Ich hätte mir die Datenträger, die bei Mara sind, gleich
geben lassen sollen! Wenn mir jetzt etwas passiert,
werde ich meine Unschuld am Polizistenmord nicht
mehr beweisen können.*

Gespannt wartete er ab, bis einer den Deckel der
Kiste öffnete. Miguel konnte es kaum glauben, was sich
Tarak alles unter den Nagel gerissen hatte. Er beför-
derte ein Lasergewehr daraus hervor, diverse Pläne und
Drogen, die er auf die Erde geschmuggelt hatte. Miguel
hielt mit seiner Kamera fest, wie Taylor den beiden einen dicken Umschlag reichte, den sie gleich intensiv
überprüften. Miguel war zufrieden mit dem, was er bereits aufgenommen hatte, und schlich sich vorsichtig
zurück zu den anderen beiden im Wagen. Anerkennend

nickten sie ihm zu, um zu bestätigen, dass der Einsatz ein voller Erfolg gewesen war.

***

Stacy schnaufte und vergrub ihre Hände ins Lenkrad. Auf Taylor warten, oder doch lieber dem Wagen folgen? Stacy entschied sich für die zweite Variante und startete den Motor. Achtsam fuhr sie dem Wagen in sicherem Abstand hinterher und versuchte, Taylor über sein Handy zu erreichen. Irgendwann hatte sie endlich Glück und Taylor meldete sich mit einem genervten Ton.

„Was ist, dass du jetzt schon anrufst?"

„Ich versuche die ganze Zeit, dich zu erreichen. Ein Wagen ist dir gefolgt und hat bis eben vor der Lagerhalle gestanden. Einer ist ausgestiegen und ebenfalls hinein gegangen. Gehörte der zu den Nerlaktern, oder ist etwas faul an der Sache?"

„Erkennen konntest du wohl niemanden, was?"

„Nein, und das Nummernschild ist fingiert, also keine Hinweise. Bin aber immer noch dran an dem Wagen. Wenn du dich beeilst, kannst du uns an der großen Kreuzung Richtung Süden abfangen. Hier ist jede Menge Verkehr und man kommt nur schleppend voran."

„Gut, wir kommen sofort nach."

„Was heißt denn wir? Bist du die Typen noch nicht los?"

„Tarak ist noch bei mir. Wollte ihn unterwegs rauslassen, das hat sich dann erst mal erledigt."

***

Taylor trat auf das Gaspedal. Mit quietschenden Reifen fuhr er aus dem alten Gelände, wählte einen Weg durch einige bewohnte Straßen, um den gröbsten Abendverkehr zu umfahren. Wütende Anwohner schimpften ihm hinterher. Ein älterer Herr schrieb sich das Nummernschild auf.

Tarak schien an Taylors Fahrstil seine Freude zu haben. Johlend saß er auf dem Beifahrersitz und zeigte den empörten Anwohnern den Mittelfinger.

„Macht Platz, ihr Wichser!", grölte er aus dem Fenster, das Taylor schnell hochfahren ließ.

„Jetzt mach hier nicht so einen Wirbel, wir werden noch von der Verkehrspolizei angehalten, wenn du so weiter machst." Verständnislos schaute er zu ihm rüber und hatte den starken Verdacht, dass er von den Drogen, die er verkauft hatte, selbst eine ganze Menge konsumiert hatte. Seine hellblonden, dauergewellten Haare hingen wirr vor dem Gesicht und die schwarzen Augen waren weit aufgerissen. Mit seiner Linken fummelte er an Taylors Radio, um die Musik anzustellen. Taylor war darüber gar nicht begeistert, doch sich mit ihm unnötig anlegen, wollte er auch nicht. Tarak war schwer einzuschätzen und seine Laune konnte sich von einer Sekunde zur anderen ins Übelste ändern.

***

Mara lief im Zimmer auf und ab. Den ganzen Morgen musste sie an Miguel denken. An seine tiefschwarzen Augen, wie sie zusammen auf dieser imaginären Bank gesessen hatten und in diesen bezaubernden Sternenhimmel schauten. Natürlich auch an diesen Hauch von Kuss.

Mit feuchten Händen stand sie vor ihrem Kleiderschrank. Zu chic wäre unangebracht, grübelte sie. Wer weiß, vielleicht nimmt er nur die USB-Sticks und geht, und ich stehe da, völlig overdressed. Sie zwängte sich schließlich in ihre Lieblingsjeans und zog ein Shirt an, dass ihr Dekolleté nicht übertrieben betonte, aber doch das gewisse Etwas hatte. Wie immer legte sie Jasmin Öl auf und verlieh ihren Wimpern den richtigen Schwung. Zufrieden drehte sie sich vor dem Spiegel und amüsierte sich darüber, wie albern sie sich benahm. Sie hatte schon lange keine Verabredung mehr gehabt und dies war ja auch nicht wirklich ein Date. Das ist typisch für mich, ging es ihr durch den Kopf, wenn doch nur einmal alles ganz normal ablaufen würde. Mit Kinobesuch und Pizza essen, seufzte sie im Stillen.

Mara nahm ihre Tasche und verstaute so allerlei Unnötiges darin, wie ihr Lock-Picking-Set. Für was sie das brauchen sollte, wusste sie selbst nicht. Wahrscheinlich war es die Nervosität. Mara hatte sich ein Taxi bestellt, das eine Straßenecke weiter auf sie wartete.

Draußen glühte der Asphalt in der Sonne. Die Cafés und Eisdielen waren so voll, dass einige gar keinen Platz mehr fanden. Doch das konnte Mara egal sein, denn in der Öffentlichkeit Eis essen mit Miguel, war eh nicht drin. Fast zeitgleich trafen sie und das Taxi ein. Ein junger Fahrer, wahrscheinlich ein Student, der sich sein Budget aufbesserte. Mara nannte ihr Ziel und lehnte sich in die Sitzbank zurück.

***

Taylor konzentrierte sich auf den Verkehr und hielt nach Stacys Wagen Ausschau. Ist sie schon vorbei, oder kommt sie jeden Moment? Diese Ungewissheit zermürbte ihn zusätzlich zu dem anstrengenden Verhalten Taraks. Doch schließlich entdeckte er das dunkelblaue Auto, in dem sie fuhr. Ohne zu berücksichtigen, dass er keine Vorfahrt hatte, zwängte er sich in die fahrende Schlange. Um jeden Preis wollte er hinter Stacy fahren, die er sofort anrief.

„Welcher ist es?", fragte er aufgebracht.

„Der dunkle Transporter. Sie haben mich noch nicht bemerkt. Der Überraschungseffekt ist auf unserer Seite."

Der Wagen, dem sie folgten, setzte unerwartet den Blinker, um sich für die Ausfahrtsstraße einzuordnen.

„Wo wollen die denn hin?", fragte Taylor laut vor sich hin, ohne damit Tarak gemeint zu haben, doch zu seinem Übel fing dieser an, lange Ausführungen zu darüber zu machen, die jedoch keinen Bezug zur Realität erkennen ließen. Taylor bereute zutiefst, dass Tarak die Sache mitbekommen hatte. Andererseits hatte Miguel nun keine Chance. Mit diesem Gedanken versuchte er, sich den Frust zu verscheuchen.

Der Transporter, in dem sie Miguel vermuteten, bog von der Schnellstraße ab in Richtung eines Wohngebietes. Taylor fragte sich, was sie dort wollten. Eine Gegend mit Häusern, in denen mindestens acht Parteien wohnten, meist Familien mit kleinem Geldbeutel. Das passt nicht zu Miguel, grübelte Taylor.

Miguel ließ sich etwa fünfzig Meter vor der abgemach-
ten Straßenecke absetzen. Er bemerkte die zwei Wagen
viel zu spät, um noch zurück in den Transporter zu
kommen. Seine beiden Gefährten traten zügig auf das
Gaspedal und entfernten sich. Nicht einmal bewaffnet
war er! Miguel konnte es kaum fassen. Alles hatte rei-
bungslos geklappt und nun schien er zu scheitern, weil
er sich in eine Frau von der Erde verliebt hatte. Das
hätte er sich in den kühnsten Träumen nicht vorzustellen gewagt. Sein Puls beschleunigte sich, als er Taylor
und Tarak gemeinsam aus dem Auto springen sah. Er
schaute sich um. Er machte sich Sorgen um Mara, dass
sie vielleicht auch gerade kommen könnte, doch er sah
sie nicht, nur ein Taxi an der Straßenecke.

***

Mara saß wie versteinert im Taxi. Sie war gerade angekommen. Zuerst beobachtete sie Miguel, wie er aus
dem Wagen ausstieg und dann von hinten die Autos von
Stacy und Taylor. Wie konnte er nur so unachtsam
sein? Alles spielte sich wie in Zeitlupe vor ihren Augen
ab. Taylor zog eine Waffe. Stacy hielt bereits ihren kleinen Revolver in der Hand. Der dritte Typ sah aus, als
sei er ein versoffener Penner, den sie eben von der
Straße aufgelesen hatten. Dieser schien nicht bewaffnet, aber doppelt so mutig. Bei Taylor und Stacy konnte
man noch einen gewissen Respekt erkennen, doch dieser stürmte auf Miguel zu, stellte sich nah vor ihn und

hatte den Gesichtsausdruck eines Psychopathen. Er sagte etwas zu ihm, während sich die anderen jetzt selbstsicher näherten.

Mara machte sich klein. Um nicht entdeckt zu werden, hielt sie sich eine Zeitung vor das Gesicht.

Miguel startete keine Gegenwehr und stieg in Taylors Wagen ein.

Mara stand kurz vor einem Heulanfall. Sie würde ihm so gerne helfen. Auf keinen Fall wollte sie Miguel auf diese Art verlieren. Irgendwie war es ja ihre Schuld, dass er jetzt hier aufkreuzte. Doch was konnte sie schon tun? Und die wichtigen Daten trug sie auch noch bei sich, die Taylor auf keinen Fall in die Hände bekommen durfte.

Mara schaute kurz zu dem Taxifahrer rüber, er schien in seine Lektüre vertieft und bekam von der Szenerie auf der Straße nichts mit. Als Miguel in Taylors Wagen verschwunden war, sprach sie den Mann an und versuchte, sich ihre Hektik nicht anmerken zu lassen.

„Ich hätte da einen speziellen Wunsch", begann Mara, worauf der Taxifahrer fragend und amüsiert zugleich nach hinten guckte.

„Ich würde es mich einhundert Dollar kosten lassen, wenn Sie es schaffen, diesen dunklen BMW so zu verfolgen, dass sie uns bis zum Schluss nicht bemerken."

Der Taxifahrer schaute misstrauisch und klemmte sich die langen, braunen Haare hinter die Ohren. „Klar, warum nicht, aber erst will ich die Kohle sehen."

Mara hatte das Geld schon in der Hand. Der Fahrer machte Anstalten danach zu greifen, doch sie zog den Schein wieder zurück. „Ich sagte, wenn Sie es schaffen, unbemerkt dran zu bleiben."

„Okay, okay", gab er klein bei und startete den Motor. Aus dem eben noch unscheinbaren Taxifahrer entwickelte sich urplötzlich ein Mann in höchst geheimer Mission, der seinen Job nicht schlecht machte. Wie ein Tiger auf der Jagd schlich er mit seinem gelben Taxi hinter den beiden Fahrzeugen her. Ab und zu klopfte Maras Herz wild vor Angst, die Wagen zu verlieren. Sie wollte Miguel helfen, egal was es sie kosten würde.

Die Wagen fuhren zurück auf die Schnellstraße, wo sich der Verkehr wieder beruhigt hatte. Zu ihrer Erleichterung waren aber genug Autos unterwegs, um nicht aufzufallen. Mara hoffte, dass es nicht mehr weit sein würde, denn gleich zwei Wagen zu verfolgen, stellte ein schwieriges Unterfangen dar. Sie fuhren Richtung Norden, Mara hatte absolut keine Idee, wohin es gehen könnte. Nach zwanzig Minuten auf der Schnellstraße setzte Taylor endlich den Blinker.

„Die wollen wohl ins Reichenviertel fahren", brummte der Taxifahrer.

„Reichenviertel?"

„Kennen Sie das nicht? Dort wohnen nur Neureiche. Alles pikfeine Häuser, werde ich mir in hundert Jahren nicht leisten können."

„Ach ja, schon mal von gehört, aber noch nie da gewesen." Mara konzentrierte sich wieder auf die beiden PKW. Sie bemerkte, dass das Taxi zu langsam fuhr, sich bereits ein beängstigender Abstand eingestellt hatte. Sie wollte gerade protestieren, da verlangsamte sich Taylors Wagen schlagartig. Der Taxifahrer machte seinen Job tatsächlich perfekt.

Taylor bog in einige Straßen ein. Mara befürchtete, auf so langer Strecke bald entdeckt zu werden. Sie passierten weiße Villen mit liebevoll gestalteten Vorgärten.

Der Taxifahrer ließ einen immer größeren Abstand entstehen, der Mara wieder nervös machte, doch die beiden Wagen, die sie verfolgten, schwenkten in ein Grundstück ein, um darin zu parken.

„Na, wie habe ich meinen Job gemacht?", fragte der Taxifahrer grinsend.

„Ich bin beeindruckt." Mit einem verkrampften Lächeln drückte Mara ihm das Geld in die Hand und stieg aus. Sie huschte hinter einen buschigen Strauch und versuchte, einen klaren Kopf zu bekommen.

Ihr fiel ein, das Lock-Picking-Set mitgenommen zu haben. *Das kann nur Schicksal sein! Es wird alles wieder gut werden!* Mara war bereit, erneut einzubrechen. Und diesmal hatte sie nicht einmal ein schlechtes Gewissen, dafür aber eine unbeschreibliche Angst.

Sie war froh, mit ihrer Aufmachung nicht übertrieben zu haben und festes Schuhwerk zu tragen. Vorsichtshalber nahm Mara die USB-Sticks und versteckte sie unter einem Haselnussstrauch. Langsam näherte sie sich dem Haus, in dem alle vier verschwunden waren.

***

Miguel gab sich Mühe das Gesicht zu wahren. Seine unendliche Wut vor Taylor nicht anmerken zu lassen. Das sollte sein letzter Tag sein! Den hatte er sich anders vorgestellt. Alt, mit Ehefrau, Kindern und Enkel an seiner Seite.

Taylor baute sich triumphierend vor ihm auf.

„Du hättest sowieso keine Möglichkeit gehabt, mich mit den Aufnahmen dranzukriegen. Ich weiß, du brauchst zwei der Datenträger und eine davon steckt bei uns im FBI unter Verschluss."

Miguel dachte an Mara. *Hatte sie Taylor tatsächlich weiß gemacht, es ginge um zwei, anstatt um drei*

Datenteile? Es ist wirklich ein Jammer, dass ich sie nie wiedersehen werde.

„Was ist Stacy, hast du etwas von deinem Wahrheitsserum dabei?", fragte Tarak mit gehässiger Miene.

Stacy schüttelte nur wortlos den Kopf und warf Miguel einen wütenden Blick zu.

Miguel wusste, dass es für Mara gefährlich wurde, doch er würde alles geben, damit sie nicht an diese Information kämen. Sicher wäre es das Aus für seinen Verstand. Aber was machte das? Er würde diesen Ort sowieso niemals lebend verlassen.

Tarak schubste Miguel in einen Raum, der im Keller lag. Miguel hörte, dass Taylor nicht damit einverstanden war und wie sie diskutierten.

***

Taylor spürte, wie ihm der Schweiß ausbrach. Er hatte Miguel zum Greifen nahe und konnte doch nicht an ihn ran. Er atmete tief durch, er durfte es sich jetzt nicht mit Tarak vermasseln.

„So, er ist bei mir gut aufgehoben, damit wäre unsere Zusammenarbeit fürs Erste wieder beendet."

Taylor biss sich auf die Unterlippe. „Ich muss mich noch mit ihm unterhalten, habe da noch ein paar Fragen." Fordernd stemmte er seine Hände in die Hüften und richtete seinen Blick starr auf Tarak.

„Er kommt hier nicht mehr lebendig raus, reicht dir das etwa nicht?" Tarak schien ihn gar nicht richtig wahrzunehmen, und schlenderte an den Kühlschrank.

Taylor war unschlüssig, konnte er sich wirklich auf sein Wort verlassen? Andererseits musste er sich so die Hände nicht schmutzig machen.

Er nickte zerknirscht und nahm sich vor, es später noch einmal zu versuchen. „Na gut, wenn du sicher bist, das alleine regeln zu können. Ich will ihn auf jeden Fall nicht mehr sehen."

***

Maras Atem ging schwer, ihre Beine zitterten.

Kann ich Miguel finden, ohne selbst erwischt zu werden? Mara spähte über den Vorgarten. Eine Wiese mit wenigen Sträuchern. Es gab kaum Möglichkeit, Deckung zu nehmen. Mara betete, dass Taylor und Stacy noch abgelenkt waren. Sie huschte über den Rasen, machte Halt an einem Busch und hetzte weiter, bis sie an der Hauswand innehielt und verschnaufte. Das Haus war von beachtlichem Ausmaß. Es beherbergte zwei Stockwerke mit jeweils um die hundert Quadratmeter. Braune Klinkersteine, die die Wände bedeckten, ließen das Gebäude unscheinbar wirken.

Mara entdeckte Überwachungskameras. Das fehlte ihr noch! Den Rücken an die Wand gepresst, schlich sie um das Haus, bis eine Treppe auftauchte, die auf der Rückseite nach unten führte und an einer Holztüre endete.

Mara hatte kein gutes Gefühl. Das schien zu einfach, doch zur Vordertür reinspazieren konnte es ja auch nicht sein. Ihre Hände zitterten, als sie das Schloss mit dem Pick bearbeitete. Hitze wallte durch ihren Körper. Ihr Gesicht glühte, der Puls raste. Sie hatte das Gefühl, gleich zusammenzubrechen vor Stress.

Es dauerte länger, als es unter normalen Umständen der Fall gewesen wäre, doch Mara hatte Erfolg. Vorsichtig drehte sie am Knauf. Die Tür knarrte leise. Schweiß stand Mara auf der Stirn, ihre Knie waren weich wie Butter.

Sie schlüpfte in einen mäßig erhellten Flur und verharrte, um die Stimme Miguels herauszuhören. Sie hörte zwar Stimmen, konnte aber nicht sagen von wem, dafür waren sie zu weit weg.

Mara schlich über braune Fliesen. Es roch stark nach Alkohol, als sei hier irgendwo eine Schnapsflasche zerbrochen. Sie passierte einige Türen, doch sie wollte erst hören, was oben besprochen wurde. Sie konnte es sich nicht erlauben, jede einzelne Tür zu öffnen. Sie brauchte einen Hinweis, wo Miguel jetzt steckte.

Eine Treppe am Ende des Flurs führte nach oben, dort stand sie wieder vor einer Tür. Die Stimmen waren nun deutlicher, die eine gehörte zu Taylor, doch verstand sie nur Bruchstücke. Sachte drückte sie die Türklinke runter. Hier war nicht abgeschlossen. Mara spähte durch einen schmalen Schlitz in einen Raum, der sich direkt hinter der Haustür befand. Es war niemand zu sehen. Hastig schlüpfte sie hinein.

Rechts von ihr lagen die Eingangstür und links ein Bogen ohne Tür. Mara hielt ihre Kette mit dem Anhänger in der Hand, um im Ernstfall besser zielen zu können. Durch den Türbogen gelangte man in ein großzügiges Wohnzimmer, in dem eine riesige, weiße Ledercouch auf einem Flokati stand. Ein überdimensionaler Flachbildschirm hing an der Wand. Noch nie hatte sie solch einen Fernseher gesehen. Links des Wohnzimmers gab es einen weiteren Raum, aus dem die Stimmen kamen. Es gab kaum gute Versteckmöglichkeiten. Nervös schaute sich Mara um und entdeckte eine Treppe, die in das oberhalb liegende Stockwerk führte. Sie konnte jetzt die Unterhaltung von Taylor und Stacy gut verstehen und noch eine weitere, wahrscheinlich die von dem dritten Typ, den sie vorher nie gesehen hatte. Ob er in diesem Haus lebte? Zutrauen würde sie es ihm nicht, dazu wirkte er viel zu verlottert.

Mara hörte, wie sie miteinander haderten. Sie schienen nicht einer Meinung, wie das weitere Vorgehen bezüglich Miguel auszusehen hatte. Taylor wollte unbedingt wissen, wo die restlichen Daten seien. Stacy verhielt sich verhältnismäßig still, und wenn sie doch einmal den Mund aufmachte, schien sie keiner zu beachten. Sie schlug vor, etwas von dem Serum beschaffen zu wollen, um noch Weiteres aus Miguel rauszubekommen, doch der Typ schien sie gar nicht gehört zu haben und wechselte einfach das Thema.

Auch Taylor versuchte sein Glück mit dem Serum, aber er biss auf Granit. Mara hörte den Unbekannten sagen, er hätte weit bessere Methoden, was sie doch wissen sollten.

„Dann machen wir es eben zusammen," schlug Stacy vor und man konnte spüren, wie sehr sie sich bemühte, nicht aus der Haut zu fahren.

„Ihr geht mir ziemlich auf die Nerven. Hatte einen anstrengenden Tag und brauche jetzt meine Ruhe. Ich denk drüber nach und sag euch dann Bescheid, wie wir es machen", murrte der Unbekannte.

Mara spürte, dass sich die Unterhaltung dem Ende zuneigte, und huschte ein paar der Treppen hoch. Eine Idee überkam sie. War sie dem gewachsen? Allein der Gedanke jagte ihr die Furcht durchs Mark. Ihr Puls beschleunigte sich.

Sie hörte, wie Taylor und Stacy missmutig abzogen und die Eingangstür hinter sich schlossen. Mara wunderte sich darüber, dass sie so schnell klein beigaben. Sonst waren sie doch auch nicht zimperlich. Vielleicht war der Penner ebenfalls ein FBI-Agent in höherer

Position. Mara hatte keine andere Erklärung. Wo nur steckte Miguel? Und würde sie ihm tatsächlich eine Hilfe sein?

Mara nahm allen Mut zusammen und ging leise die Treppen nach oben. Es waren fünf geschlossene Türen im oberen Stockwerk. Unten hörte sie den Typen laut über Stacy fluchen. Den Wortfetzen zu entnehmen, hasste er sie. Mara konnte froh sein, dass der Kerl so einen Lärm machte, so war er einfacher zu orten und ihr Plan konnte warten.

Mara drückte den Griff der ersten Tür. Sie hatte einen Puls, bei dem jeder Arzt sie augenblicklich in ein Krankenhaus eingeliefert hätte. Doch sie dachte an Miguel, dass sie ihn zurückhaben wollte.

Mara linste in einen Raum, der rötlich schimmerte. Ein Bett dominierte in der Mitte, zerwühlte Bettwäsche lag obendrauf. Einige Schränke aus rotem Glas standen verteilt, auch hier hing ein überdimensionaler Fernseher an der Wand. Leise schloss sie die Tür und ging zur Nächsten. Dieser Raum erinnerte sie an Scotts geheimes Zimmer, in dem er seinen Computer und Equipment stehen hatte. Es sah so aus, als könne man von hier einiges kontrollieren. Mara bekam Bedenken und befürchtete, dass dieses Haus mindestens so gut wie bei Miguel überwacht wurde. Wie sollte sie hier nur unbemerkt alle Zimmer durchsuchen?

Ihre Angst wechselte in Panik. Der Typ konnte ihr jeden Moment über den Weg laufen. Sie musste ihre Idee jetzt umsetzen.

Angriff ist die beste Verteidigung! Wenn es ihr gelingen würde, ihn mit dem Serum zu treffen, wäre er eine ganze Weile ruhiggestellt. Allein der Gedanke daran bereitete ihr Angst. Doch es gab keinen anderen Weg.

Sie positionierte sich im Zimmer neben der Wand, atmete noch einmal tief durch und klapperte laut mit der Tür und ließ sie offenstehen. Ihr Herzschlag trommelte gegen ihre Brust. Die Hand, die den Anhänger hielt, zitterte. *Ich muss treffen!* Sie fühlte sich vor Furcht der Ohnmacht nahe.

Mit einem Hechtsprung, der ihr einen Schock durch den Körper jagte, schoss der Kerl ins Zimmer und schaute für einen Bruchteil von Sekunden mit seinen nachtschwarzen Augen in die ihren. Mara kapierte sofort. Er war einer von ihnen!

Mara drückte ab. Sie schaffte ein paar Meter Abstand, in dem sie mit hastigen Schritten in das Zimmer stolperte.

Der Dreckskerl riss die wirren Augen auf und kam auf sie zu gestürmt. Sie hatte ihn nicht getroffen. Mara zielte erneut, zwang sich abzuwarten, doch das war ein Fehler.

Mara spürte, wie Schwindel sie übermannte, wie etwas ihr Gehirn zusammenzupressen schien. Unter größter Kraftanstrengung zielte sie erneut und traf. Der Kerl sackte in sich zusammen. Mara taumelte ein Stück von ihm weg. Er rührte sich nicht mehr.

Mara spürte, wie der Druck in ihrem Kopf nachließ, doch sie konnte kaum klarsehen, geschweige denn, geradeaus gehen. Mit letzter Kraft schwankte sie zu den Monitoren und versuchte sich mit dieser Technik anzufreunden, doch mit ihrem vernebelten Sinn war es ihr unmöglich, sich zu konzentrieren. Alles verschwamm vor ihren Augen zu einem diffusen Nebel. *Ich werde das Haus auf den Kopf stellen! Irgendwo muss er doch sein!* Mühsam stieg sie über den am Boden liegenden Körper, der ihr selbst in diesem regungslosen Zustand noch

Angst einflößte. Er lag mit aufgerissenem Mund auf dem Rücken.

Zwei Türen hatte sie im oberen Stock bereits geöffnet, also blieben noch drei. Sie sah sich gar nicht groß um, Tür auf und wieder zu. Sie musste nach unten, was ihr unsagbare Mühe bereitete. Ihr war danach, sich auf die Stufen zu setzen und laut loszuheulen. Aber der Gedanke an Miguels Rettung hielt sie kämpferisch. Unten gab es nur eine Küche und einen völlig leeren Raum, der sie an etwas erinnerte, doch sie hatte keine Kraft nachzudenken.

***

Miguel besah sich das einfache Schloss der Zimmertüre und blickte sich hektisch um. Er konnte sich gut vorstellen, dass Tarak die beiden Agenten Taylor und Stacy erst wegschicken würde, um sich seinen Drogen widmen zu können. Er war zwar listig, aber leicht durchschaubar.

An der Garderobe hingen Drahtbügel. Miguel nahm sich einen und verbog den oberen Teil. Er passte nicht. Schweiß brach ihm aus. *Ich muss hier schnellstens raus! Das ist eine Chance, die kein zweites Mal kommt!* Er bog den Draht, doch wieder passte es nicht. Nach dem dritten Versuch bekam er den Riegel im Schloss zu fassen.

Er öffnete behutsam die Tür und sah einen Hintereingang. *Wo Tarak steckt? Es sieht ihm nicht ähnlich, mich so lange allein zu lassen. Ob noch andere im Haus sind?* Er wollte sich gerade aus dem Staub machen, als er den Geruch von Jasmin wahrnahm. Verzweiflung stieg in ihm hoch. *Haben sie Mara erwischt? Nein, das kann nicht sein. Aber dieser Duft! Ich habe ihn vorher nie an einer Frau gerochen. Was, wenn sie uns gefolgt ist und sich nun auch im Haus aufhält? Tarak deshalb noch nicht zurückgekommen ist?* Miguel seufzte. Unter diesen Umständen konnte er nicht einfach verschwinden. Er musste sich vergewissern! Am anderen Ende des Flurs führte eine Treppe nach oben. Vorsichtig schaute er durch die Scheibe der Eingangstür und sah Taylors Wagen vor dem Haus stehen. Miguel wunderte sich, dass er in seinem Auto saß und vor sich hinstarrte. Wahrscheinlich war auch ihm nicht entgangen, dass Tarak ein Drogenproblem hat. *Taylor ist nicht dumm,* sinnierte Miguel. *Hatte Tarak erst einmal sein Verlangen befriedigt, konnte man sicherlich besser mit ihm verhandeln. Taylor würde also bald zurückkommen.*

Erst lauschte er an der Tür, doch es war kein Mucks zu hören, was ihn wunderte. Irgendetwas stimmte nicht. Zügig ging er die weiteren Räume ab, bis er sie entdeckte. Mara stand angelehnt im Türrahmen und schien es schwer zu haben, sich auf den Beinen zu halten. Mit einer Hand hielt sie sich die Stirn und mit der anderen ihren Anhänger. Sie schaute ihn mit verklärtem Blick an, als ob sie ihn nicht erkannte, zitternd hob sie die Hand.

„Prinzessin, ich bin es nur. Alles in Ordnung?" Einen kurzen Moment wartete er ab, um sicherzugehen, dass sie wusste, wer vor ihr stand.

„Was machst du hier?", stammelte Mara ungläubig. „Dachte, sie hätten dich hier irgendwo eingesperrt." Dicke Tränen füllten ihre Augen.

„Haben sie auch, und wir sollten sehen, dass wir hier schnellstens rauskommen." Tröstend nahm er sie in den Arm. „Was ist mit Tarak, er hat dich erwischt, oder?"

Mara nickte und klammerte sich an ihn. „Ich fühl mich, wie nach einer Flasche Rum. Wir sollten uns ein Taxi rufen, sonst erwischen uns noch Taylor und Stacy. Die sind noch nicht lange weg, glaube ich."

„Ich weiß. Taylor steht draußen und wird gleich wieder reinkommen." Er hatte kaum zu Ende geredet, als es schon an der Tür klingelte.

„So ein Mist! Dachte, er lässt sich noch etwas Zeit. Komm, ich habe unten eine Tür gesehen, die wohl nach hinten rausführt."

„Ja, ich kenne die Tür, von dort bin ich gekommen."

Miguel sah Mara bewundernd an, wie sie mit eisernem Willen versuchte, einen halbwegs klaren Kopf zu behalten. Er konnte sehen, dass sie sich schlecht fühlte, doch um ihr zu helfen, fehlte ihm die Zeit. Eilig zog er Mara hinter sich her und drückte sich an die Wand, um ungesehen durch den Flur zu gelangen. Wenn Taylor jetzt neugierig durch die Scheibe spähen würde, wären sie entdeckt. Doch das Glück war auf ihrer Seite, vorsichtig ging er mit ihr die Treppe nach unten, den Flur entlang und zur Tür hinaus.

„Wie sollen wir auf die Straße kommen, wenn Taylor vor dem Haus steht?"

Miguel verzog fragend die Augen.

„Ich habe die USB-Sticks da vorne irgendwo versteckt. Wollte sie nicht dabeihaben, falls sie mich erwischen."

Miguel lachte. „Ich glaube, du bist nicht in der Verfassung, die jetzt wiederzufinden, wir holen sie später."

Mara wollte protestieren, doch Miguel zog sie bereits in die entgegengesetzte Richtung, um über das Nachbargrundstück aus dem Blickwinkel des Hauses zu verschwinden.

Miguel atmete tief durch, als er mit Mara in einem Taxi saß. Er fühlte sich so glücklich, dass er es kaum in Worte zu fassen vermochte. Dabei hatte er bereits mit seinem Leben abgeschlossen.

„Wir könnten doch an dem besagten Busch vorbeifahren", quengelte Mara unnachgiebig.

„Du gibst wohl nie auf, was?" Miguel dirigierte den Taxifahrer zurück und bat darum, langsam zu fahren, als sie Taraks Haus passierten. Taylors Wagen stand immer noch auf der Straße, doch er saß nicht mehr im Innern. Miguel ging davon aus, dass er wahrscheinlich zur Rückseite lief, um nachzusehen, was los ist.

Mara deutete auf den buschigen Strauch. Mit Mühe konnte er sie davon abhalten ebenfalls auszusteigen, schaute unter den Ästen nach und wurde schnell fündig.

Mara sah nicht gut aus, sie hielt sich den Kopf.

„Hat er dich lange erwischt?", fragte Miguel vorsichtig. Er ärgerte sich, dass dies alles aufgrund seiner Unaufmerksamkeit so weit gekommen war.

„Nein, denke nicht. Glaube, er wusste im ersten Moment nicht so richtig, was er mit mir anfangen soll. Dann habe ich ihm ein Pfeil mit Narkotika verpasst."

Miguel schmunzelte. „Ja, der Überraschungseffekt war ganz auf deiner Seite. Sein Gesicht hätte ich gerne gesehen. Du hattest Glück, dass er durch Taylor und Stacy abgelenkt war, denn seine Zimmer werden alle überwacht."

„Deshalb war er schneller, als ich es mir ausgerechnet hatte. Bin ziemlich erschrocken, als er wie ein

Geisteskranker in das Zimmer gesprungen kam." Mara kicherte schelmisch und protestierte nicht, als er ihre Hand in seine nahm.

Miguel musste lächeln. Sie war wirklich etwas Besonderes. Er überlegte, wo sie erst einmal sicher und ungestört sein würden, und telefonierte kurz.

***

Mara war alles egal. Der Horror von vor zwei Stunden, war zum Glück vorbei und verblasste wie ein vergangener, böser Traum. Miguel war wieder frei und sie beide unversehrt. Sie wusste, dass alles hätte auch anders ausgehen können. Ein bisschen stolz war sie auf sich, nun hatte sie wieder etwas gut. Nein, so ganz stimmte das nicht, ohne Miguel wäre sie dort wohl nicht mehr rausgekommen.

In ihrem Kopf drehte es sich. Seit der schaurigen Begegnung mit diesem zotteligen Typ fiel es ihr schwer, klar zu denken und alles verschwamm vor ihren Augen. Mara war froh, dass es langsam nachließ, und sie sich gegenseitig gerettet hatten. Erst jetzt fiel ihr auf, wie Miguel sie amüsiert beobachtete.

„Ich fühle mich geschmeichelt, dass du dich so für mich eingesetzt hast."

„Du musst dir nichts darauf einbilden, ich kann es nur nicht leiden, wenn mir jemand meinen Terminkalender durcheinanderbringt. Taylor soll gefälligst warten, bis unsere Verabredung beendet ist."

„Wir haben also ein richtiges Date?"

Mara zuckte mit den Schultern und lächelte.

Das Taxi hielt an. Miguel nahm Mara am Arm und stieg mit ihr aus. Es wurde ihr wieder schrecklich schwindelig. Mit all ihrer Kraft versuchte sie, einen klaren Kopf zu behalten, und klammerte sich an seinen Arm.

Es vergingen nur wenige Minuten, bis der dunkle Wagen, mit dem Miguel sie zum Taxi gefahren hatte, neben ihnen anhielt und sie aufgabelte.

Im Wagen saß Bruce, den sie am frühen Morgen kennengelernt hatte. Mit zusammengekniffenen Augen sah er kurz zu ihr und beachtete sie nicht weiter. Mara spürte, wie alle Anspannung von Miguel wich. Sie selbst fühlte sich hundeelend und überlegte, wie lange das wohl andauern würde.

„Dir scheint es gar nicht gut zu gehen, du bist ganz blass", drangen Miguels Worte schemenhaft zu ihr durch. Sie nickte und starrte aus dem Fenster.

„Sieh mich an, ich werde versuchen, dir etwas Erleichterung zu verschaffen."

Mara wusste nicht, ob sie das wollte, irgendetwas störte sie. Zudem brauchte keinen männlichen Beschützer.

„Lass mal, es geht schon", antwortete sie und bereute sofort, das gesagt zu haben. Ein unangenehmer Schmerz hämmerte plötzlich in ihrer Schläfe. Sie bemerkte, wie Bruce einen irritierten Blick in den Rückspiegel warf.

„Ich weiß, du lässt dir nicht gerne helfen, doch es wird immer schlimmer, wenn du jetzt nicht über deinen Schatten springst."

„Schatten?" Sie hatte Schwierigkeiten, sich auf seine Worte zu konzentrieren, sah ein, dass es vielleicht das Beste sei, und blickte in seine Augen.

Miguel näherte sich. Ihr Herz begann plötzlich zu rasen. Ohne es zu wollen, wich Mara aus. Bei dieser Bewegung sah sie für einen Bruchteil von Sekunden in den Rückspiegel.

„Er starrt uns an", versuchte Mara leise zu sagen, doch sie war unkontrolliert wie eine Betrunkene. „Das geht so nicht", protestierte sie und ließ sich in die Rückbank fallen. Miguel schien aus der Fassung und blickte ebenfalls in den Rückspiegel. Bruce dagegen fing an laut zu lachen, was ihn endlich mal sympathisch wirken ließ.

„Rede keinen Unsinn, Prinzessin, er muss doch auf die Straße schauen." Fordernd zog er sie wieder näher, auch ihn schien der Dritte im Wagen plötzlich zu stören.

„Jetzt kann auch ich mich nicht mehr konzentrieren, wir warten, bis wir da sind. Hoffe du bist bis dahin nicht bewusstlos, denn dann wird es dauern, bis du wieder fit bist." Seufzend ließ er sich in die Rückbank sinken.

Bruce schien das Ganze zu amüsieren, grinsend saß er am Lenkrad und schüttelte belustigt den Kopf.

„Jetzt benehmt euch nicht so albern."

Mara war bei dem Wort bewusstlos nicht wohl, richtete sich wieder auf und griff nach seiner Hand.

Zärtlich strich er über ihre Haut, ehe er auch ihre andere Hand nahm. Weich umschlossen seine Finger ihre Handgelenke. Er rückte ganz nah an sie heran. Mara spürte seinen Atem. Sie wusste nicht, ob es durch das, was Tarak mit ihr gemacht hatte, verursacht wurde, doch sie hatte plötzlich den Eindruck, vieles intensiver wahrzunehmen. Ist das Miguels Herzschlag? Ein warmes Gefühl lullte sie ein, Zuneigung und Besorgnis drangen in ihren Geist. Ihr ganzes Sein schien zu schweben, sich mit einer anderen Seele zu vereinen. Miguels nachtschwarze Augen ruhten auf ihr. Sie erschrak für einen Moment und spürte sofort seine Zuwendung. Als beruhige er sie ohne Worte. Mit einem leichten Druck auf ihre Handgelenke verschwanden der Schwindel und Schmerz. Sie war versucht, sich weiter fallen zu lassen, sich diesem vereinnahmenden Empfinden hinzugeben. Ein Verlangen, das ihr einen anderen Schwindel in den Kopf jagte. Ein märchenhafter Taumel. Ihre Gefühle waren ihr plötzlich peinlich, weshalb sie sich abzulenken versuchte. Abermals geriet sie in einen Strudel wirrer Überlegungen. *Könnte ich jetzt seine Gedanken sehen? Seine Vergangenheit? Die Wahrheit über den Tod des Polizisten? Darf ich überhaupt daran denken?* Mara zwang sich, seine liebgewonnenen Augen zu fixieren, doch die Antwort schien so nah, die Versuchung zu groß. Als wären die Ereignisse ein Buch, in dem man nur nachschlagen musste. *Könnte ich darin lesen, was er von mir denkt? Bin ich nur ein dummes Ding in seinen Augen, oder liebt er mich sogar?* Mara fühlte, wie sie sich immer inniger mit ihm verband.

***

Vorsichtig ließ Miguel sein Bewusstsein mit Maras verschmelzen. Er war nervös, schließlich wusste er nicht, wie es auf diese Art sein würde, mit einer Frau von diesem Planeten. Einer Frau, die nicht im Besitz seiner Fähigkeit war. Doch es schien nicht anders als mit einem Mädchen aus der Heimat. Er versuchte, sich nicht von ihrer Nähe ablenken zu lassen und suchte den Punkt in ihrem Gehirn, der durch die Einwirkung Taraks in Mitleidenschaft gezogen war. Die Vereinigung ihrer Energiefelder bildete eine chemische Verbindung, die einem starken Morphin glich.

Er spürte Maras Zurückhaltung, ihren Versuch, sich ihre Liebe zu ihm auszureden. Sie fühlte sich zärtlich an. Konzentriert schüttelte er die Empfindungen ab, die er wahrnahm. Er durfte das jetzt nicht ausnutzen, denn dies war kein freiwilliger Kuss. Er spürte, wie sie in ihn glitt, und löste ihre Verschmelzung mit einem zärtlichen Händedruck.

***

Mara riss erschrocken die Augen auf. Sie war wieder in der Realität. Das Dröhnen des Motors überschattete das berauschende Gefühl, das sie eben noch umgab. Mit staunenden Augen sah sie ihn an und fühlte Enttäuschung darüber, dass alles schon wieder vorbei war. *Ob das ähnlich dem Kuss gewesen war, den er sich gewünscht hatte? Warum nur habe ich abgelehnt!* Sie beneidete seine Art für diese Einzigartigkeit. Ein zweites Mal würde sie sicher nicht das Angebot eines Kusses ablehnen.

„Wie kann ein so süßes Mädchen wie du nur so neugierig sein?" Miguel schüttelte lächelnd den Kopf und sah aus dem Fenster.

„Entschuldige, ich wusste nicht wohin mit meinen Gedanken." Mara brach den Satz ab, denn ihr fiel keine Ausrede ein, was zu ihrer Verteidigung nützlich hätte sein können. Auch genierte sie sich plötzlich und musste an den flüchtigen Kuss denken, den sie ihm im Auto erlaubt hatte und sie kurz darauf davonlief.

„Du hättest auch einfach nichts tun können, aber das war wahrscheinlich wie heute Morgen, du hast dich nicht getraut." Herausfordernd grinste er zu ihr rüber.

„Das hat damit gar nichts zu tun," flüsterte Mara, denn sie bemerkte, wie Bruce amüsiert die Ohren spitzte.

„Wo fahren wir hin?", fragte sie, um vom Thema abzulenken.

Miguel seufzte. „Du wirst vorerst nicht zu dir nach Hause gehen können."

„Was?"

„Tarak hat überall Überwachungskameras, zum Teil wird alles aufgezeichnet."

Mara stöhnte. Sie hatte sich fast im ganzen Haus herumgetrieben, sicher saß Taylor schon vor den Bändern und raufte sich die Haare.

„Was ist mit deinem Computer? Sind dort noch Informationen drauf, die uns schaden können?", fragte Miguel und schaute sie eindringlich an.

„Ja, aber wenn jemand daran herumfummelt, wird ein spezielles Programm alles zerstören, unwiederbringlich. Mein Kater, was soll aus ihm werden? Ich muss ihn holen!" Entschlossen richtete sie sich auf und blickte aus dem Fenster, um zu sehen, wo sie sich mittlerweile befanden.

Bruce schlug auf das Lenkrad. „Auf keinen Fall werde ich uns irgendeiner Gefahr aussetzen, um ein Fellknäul zu retten!"

„Kein Problem. Hat auch keiner von dir verlangt. An der nächsten Straßenecke steige ich aus!" Maras Blick wurde von heraufkommenden Tränen glasig, doch sie ließ sich nichts anmerken.

„Du glaubst doch nicht im Ernst, dass ich dich einfach gehen lasse? Du weißt schließlich wo ich wohne! Das FBI wird jede Einzelheit aus dir herausquetschen, jeden deiner Finger abschneiden, bis du alles erzählst."

„Ich mache euch das Leben zur Hölle, wenn ihr mich nicht aussteigen lasst", drohte sie und war sich bewusst, wie blöd sich das anhörte.

„Lass uns zum Haus fahren. So schnell wird Taylor nicht dort sein können. Tarak lag noch bewusstlos im Haus, als wir geflohen sind", sprach Miguel streng und

packte verärgert Maras Arm, um ihren erneuten Rede-
schwall gleich im Keim zu ersticken. Sie schloss den
Mund und rieb sich die Stelle, wo er sie gepackt hatte.

Bruce begann zu fluchen. Mit quietschenden Reifen
bog er ab und raste zu ihrem Haus.

„Wenn sie einen von uns erwischen, wirst du dir wünschen mich nie kennengelernt zu haben", schnauzte er,
wobei er einen wütenden Blick in den Rückspiegel warf.

Mara atmete tief durch. Sie wollte auf keinen Fall,
dass Miguel oder Bruce, der ihnen nur half, erwischt
werden könnten. Das musste jetzt schnell gehen. Die
Frontseite ihres Hauses tauchte auf. Keine Polizisten
oder zwielichtige Gestalten, die in ihrem Wagen saßen.
Es schien alles sauber, nirgends eine Spur von FBI-Leuten.

Mara und Miguel sprangen auf die Straße und hech-
teten in das Gebäude, in dem sie die Treppen in den
vierten Stock hochrannten.

Mara schloss hektisch die Wohnungstür auf und
drückte Miguel ihren Kater in den Arm, der dies nur aus
der Überraschung heraus zuzulassen schien. Er schaute
mindestens genauso unwillig wie Miguel.

„Was hast du vor?", fragte er verdutzt. Doch Mara
antwortete nicht, sondern kramte etwas aus ihrem Versteck hervor.

„Beeil dich", drängte Miguel. Seine Geduld schien nur
noch an einem seidenen Faden zu hängen. Stöhnend
blickte er auf den Käfig mit einem Kaninchen darin.
„Willst du Bruce in den Wahnsinn treiben?"

Mara grinste. „Nein, wir lassen ihn bei meiner Nach-
barin vor der Tür stehen. Ich weiß, dass es ihr nichts
ausmachen wird, sich um die Kleine zu kümmern." Mara
blieb plötzlich wie angewurzelt stehen.

„Was ist?" Miguel drückte ihr den Kater in den Arm.

„Es kommt jemand." Vorsichtig spähten sie durch das Treppengeländer ein Stockwerk tiefer. Zu ihrer Erleichterung handelte es sich nur um einen Nachbarn. Miguel atmete angespannt durch.

Bruce stand vor dem Wagen und beobachtete die Umgebung. Demonstrativ verdrehte er die Augen, als er den pummeligen Kater in Maras Armen sah.

Während der Fahrt sprach niemand ein Wort. Mara fragte sich, wie lange sie wohl ihr normales Leben nicht weiterführen konnte und sich irgendwo verstecken musste.

Das Garagentor bewegte sich, wie noch ein paar Stunden zuvor. Gebannt starrte Mara auf die sich aufrollenden Lamellen. Sie waren kaum im Inneren, als Miguel schon aus dem Wagen hechtete. Es schien, als sei es wichtig, was er vorhatte, doch sie hatte keine Ahnung, worum es ging. Sie fühlte sich unwohl. Abhängig von anderen zu sein, passte ihr gar nicht. Auch mit Bruce verstand sie sich nicht aufs Beste, bestimmt wünschte er sich keinen Besucher, der länger blieb, geschweige denn überhaupt auftauchte. Doch es schien, dass er versuchte, sich seinen Unmut nicht anmerken zu lassen. Höflich öffnete er ihr die Wagentür und führte sie in die Küche.

„Ich zeige dir das Haus. Du darfst dich wie zuhause fühlen. Aber! Das Fellknäul will ich niemals in der Küche sehen, oder wie es auf Schränken und Tischen herumschleicht!" Bruce blickte so streng, dass Mara versucht war, loszulachen, doch sie beherrschte sich und nickte.

„Zu meinem Arbeitsraum. Dort hast du in der Nacht schon so neugierig herumgeschaut. Dieser Bereich ist absolut tabu für euch beide!"

Mara seufzte, es hatte den Anschein, dass Miguel sie bei diesem außerirdischen Freak lassen wollte.

***

Miguel saß am Nachrichtentransmitter. Er gab die letzte Position Taraks weiter. Er hoffte, dass es noch nicht zu spät war.

Es befand sich immer ein Nerlakter-Sicherheitsteam auf der Erde, um dafür zu sorgen, dass keiner Unruhe stiftete und niemand den Menschen schadete. Weder das führende Personal des Militärs noch das FBI wussten davon. So sehr traute man den Menschen nicht. Das war ein Vorteil für ihn, denn auch Tarak hatte keine Ahnung. Er schickte die besagte Information los und hoffte, man würde den Anweisungen direkt Folge leisten, da er selbst gerade auf deren Liste von Gesuchten stand.

Jetzt erst konnte er sich wieder entspannen und beobachtete amüsiert, wie Bruce den pelzigen Gast argwöhnisch im Auge hielt.

Taylor klingelte Sturm, doch nichts regte sich. Sein Magen verkrampfte. Es musste etwas passiert sein! Er schaute durch die Scheiben der Tür. Vorsichtig schlich er um das Haus und beobachtete jeden Quadratzentimeter des Grundstückes. Falls es Miguel gelungen war, sich zu befreien, konnte er noch nicht weit sein. Auch Stacy rief er an, damit sie zurückkam.

Als er um das Haus herumging und die offene Tür sah, hätte er am liebsten laut losgeflucht. Es lag auf der Hand, dass er zu spät kam. Leise ging er die Stufen runter. Es waren keine Spuren zu entdecken, die darauf hindeuteten, dass hier jemand die Tür aufgebrochen hatte. Ein Hoffnungsschimmer machte sich breit, dass Tarak vielleicht nur vollgedröhnt in der Ecke lag und Miguel immer noch gut eingeschlossen festsaß. Trotzdem verhielt er sich leise und vorsichtig, nahm seinen Revolver in die Hand und huschte den Flur in Richtung Treppe. Mit Entsetzten entdeckte er die offene Tür des Raumes, in dem Miguel eingesperrt gewesen war. Erst jetzt fiel ihm das Schloss der Tür auf, dass sogar ein Kind hätte knacken können.

Taylor atmete tief ein und lehnte sich an die Wand an. Rasend trat er gegen die Tür, die aus ihren Angeln riss. *Tarak! Ich werde diesen Bastard jetzt zur Rede stellen!* Wachsam suchte er das Haus ab. Er musste aufpassen, dass Tarak ihn nicht für einen Eindringling hielt. Taylor ging nach oben und rief seinen Namen. Als er den ersten Raum betrat, entdeckte er ihn am Boden liegend.

Erst stieß er mit dem Fuß vorsichtig in seine Seite. Ein Stöhnen entwich den Lippen, die voller Sabber hingen. Taylor fluchte, ging in die Hocke und rüttelte an den Schultern, schlug ihm ins Gesicht. Von unten hörte er Stacy rufen und orderte sie zu sich. Entsetzt schaute sie zu Tarak runter.

„Was hat Miguel mit ihm angestellt?", fragte Stacy nachdenklich, während sie Tarak anschubste, der sich jedoch nicht regte.

„Ich würde sagen, er ist mit N5 betäubt worden", antwortete Taylor selbstsicher. „Ich habe Miguel genau gefilzt und nichts entdecken können, eigentlich undenkbar, dass er es dabeihatte. Es läuft aber auch alles schief die letzten Tage." Wütend ging er an die Computer, um die Überwachungsbilder zu suchen. „Diese Mistkerle sind uns mit ihrer Technik weit voraus", murmelte er resignierend, während er versuchte, damit zurechtzukommen. Plötzlich regte sich Tarak. Taylor ging zu ihm und schüttelte ihn durch, worauf Tarak wild um sich schlug. Schlagartig war er wieder bei klarem Verstand.

„Bist du total übergeschnappt? Weißt du nicht, dass ich dich zum geistigen Wrack hätte machen können? Was macht ihr eigentlich noch hier? Dachte, ihr hättet jetzt, was ihr wollt." Wütend versuchte er aufzustehen, doch seine Beine gehorchten ihm nicht. Schlapp blieb er am Boden hocken.

„Was soll das heißen, wir haben, was wir wollten? Du warst doch der Meinung, dich um alles kümmern zu müssen und nun ist Miguel weg, verdammt."

„Dachte, die Göre ist eine von euch, immerhin warst du es doch, der N5 gekauft hat und damit hat sie mich auch niedergestreckt."

Taylor und Stacy schauten sich ratlos an. „Nein, von uns ist das nicht ausgegangen. N5 ist uns gestohlen worden", gab er unwillig preis.

Tarak schüttelte den Kopf. „Und von wem, wisst ihr wohl nicht?" Er fing laut an zu lachen. „Wenn ich ehrlich bin, ist mir das scheißegal. Eure Inkompetenz kann ich es verdanken, mir eine neue Bleibe suchen zu müssen und das schnell. Ich zeig euch die Überwachungsbilder und dann verschwindet." Mühsam schleppte er sich zu dem Tisch, auf dem der Computer stand.

Stacy verschlug es die Sprache, als sie sah, wer dort im Haus herumschlich. Ohne sichtbare Angst pirschte sie sich immer näher ran und belauschte, was in der Küche diskutiert wurde. Taylor dagegen, der meist ruhig und gefasst war, verlor die Beherrschung. Wutentbrannt stampfte er auf den Boden und ging aufgebracht im Zimmer hin und her. Stacy beobachtete weiterhin die Aufnahmen, wie Mara sich hinter der Tür versteckte und Krach machte, um Tarak nach oben zu locken. Sie hätte es nicht glauben können, wenn sie es nicht mit eigenen Augen sehen würde, was für ein durchtriebenes Miststück sie ist. Stacy zweifelte jetzt wirklich an ihrer Menschenkenntnis. So sehr hatte sie sich in ihrem ganzen Leben noch nicht täuschen lassen.

Alle beobachteten, wie sich Mara nach dem Angriff Taraks mühsam die Treppen hinunterschleppte, sich völlig orientierungslos am Türrahmen anlehnte und nicht mehr weiter zu können schien. Mit entsetzten Mienen realisierten sie, dass Mara und Miguel sich kannten. Stacy rümpfte die Nase, als Miguel Mara mit Prinzessin ansprach und ihr aufhalf. Immer wieder hatte sie zu Miguels Anfangszeiten versucht, bei ihm zu landen, doch mit kläglichem Erfolg und nun hielt er dieses dumme Mädchen am Arm.

„Wer ist dieser Erdenwurm? Und wie ist sie an N5 gekommen, lässt du so etwas einfach auf deinem Schreibtisch rumliegen?"

Taylor winkte nur ab.

„Nicht sie hat es gestohlen. Sie muss es von Miguel bekommen haben."

„Wir müssen uns beeilen, vielleicht finden wir sie bei sich zuhause", murmelte Stacy und wusste, wie naiv diese Aussage klang. Zu allem Übel äußerte sich Tarak bereits.

„So einen Blödsinn habe ich schon lange nicht mehr gehört. Ich habe das Gefühl, du hast deinen Job beim FBI in einer Tombola gewonnen. Miguel wird sie doch nicht nach Hause lassen, sie ist seine Gefährtin, das sieht doch ein Blinder. Hätte ich ihm gar nicht zugetraut. Immerhin ein Verstoß gegen die Richtlinien, für uns Nerlakter." Grinsend saß er vor dem Bildschirm. „Er hat Geschmack, das muss ich ihm lassen, ich meine nicht allein ihr Aussehen. Das Mädel ist echt gerissen. Auf so was steh ich total."

Stacy hatte Lust, diesem verwahrlosten Nerlakter eine reinzuhauen. Verärgert darüber, dass sie ihm wohl auch noch gefiel, trotz des Überfalls auf ihn.

Urplötzlich hörten sie Geräusche von unten. Stacy zuckte erschrocken zusammen und schlich wie ein Wiesel Richtung Tür, um nachzusehen. Tarak schaltete die aktuellen Überwachungsbilder wieder ein und fluchte.

„Das sind Nerlakter. Versteckt euch im Schlafzimmer, vielleicht habt ihr Glück und sie erwischen euch nicht."

Ungehalten drückte er die beiden aus dem Raum. Rasch verschwanden Taylor und Stacy im Schlafzimmer und duckten sich hinter das Bett. Sie konnten lautes Getrampel hören, begleitet von einem merkwürdigen, schrillen Ton. Je näher er kam, desto unangenehmer schrillte er in den Ohren. Stacy hatte kein Bedürfnis, darüber mehr zu erfahren, gewissenhaft hielt sie den Kopf hinter dem Bettgestell.

***

Tarak wusste, dass er keine Chance hatte. Resigniert zog er einen Stuhl in die Mitte des Zimmers und ließ sich darauf niedersinken. So war er für alle gleich sichtbar und entging womöglich einer zweiten Dosis Narkotika.

Für ihn wäre es schon ein Sieg, wenn sie Taylor hier nicht entdeckten. Sollte das Gegenteil geschehen, konnte Tarak sich darauf einstellen, den Rest seines Lebens im Kittchen zu verbringen. Er hatte bereits einiges an Taylor verkauft. Mit Leichtigkeit würden sie das aus ihm herauskriegen. Die Schallwellen, die schrill näherkamen, ließen seine Muskeln verkrampfen. Ein wenig Intensiver und er wäre unfähig, sich zu bewegen.

***

Taylor packte Stacy am Arm und zerrte sie hinter das wuchtige Bettgestell. Sein Herz hämmerte in der Brust. Wenn sie ihn hier erwischten, waren alle Ausreden vergebens. Sie würden sein Gehirn in jedem Winkel durchwühlen. Für einen kurzen Moment spähte er in den Raum.

Fünf Männer in dunklen Overalls und einer merkwürdigen Kopfbedeckung stürmten herein. Sie trugen weiße Helme, die an den Seiten eine rundliche Beule aufwiesen.

Sie untersuchten hastig das Zimmer, hoben die zerwühlte Bettwäsche an und öffneten die Schränke.

Taylor stockte der Atem, als sich Schritte näherten. Seine Sehnen und Muskeln spannten sich. Stacy hockte zusammengekauert und hielt sich die Hand vor den Mund. Die Person schien zu verharren, drehte sich dann aber weg und ging. Taylor atmete tief ein. Das war knapp! Stacy und Taylor tauschten unsichere Blicke aus.

„Ich glaube, sie sind weg", flüsterte Taylor und rappelte sich auf. Er warf einen Blick aus dem Fenster und sah einen Transporter davonfahren. „Das ist ja der Gipfel", fluchte er.

„Vergiss doch die Nerlakter. Das konnte sich doch jeder zusammenreimen, dass die sich hier einen geheimen Stützpunkt aufbauen. Richtig Scheiße aber ist, dass wir Miguel erneut verloren haben und wir von dieser kleinen Rotznase, diesem elenden Miststück so verarscht wurden."

Taylor nickte in sich versunken. „Es ist ein gewaltiger Nachteil, nicht zu wissen, wie viele von denen unbemerkt hier herumschleichen." Taylor schnaufte. Im Grunde war ihm das scheißegal, doch solange er noch illegale Geschäfte mit ihnen machte, war es mit jedem Nerlakter mehr, gefährlicher.

„Lass uns verschwinden, bevor denen einfällt, etwas vergessen zu haben", drängte Taylor und verließ hektisch das Zimmer.

Noch heute wollte er das Zeug loswerden. Er würde sich absetzten und keiner konnte ihm mehr was anhaben. Er musste davon ausgehen, dass Miguel nicht nur beobachtet hatte, wie er Tarak die Pläne abkaufte, sondern auch alles auf einen Datenträger aufnahm, um Beweise in der Hand zu haben. Miguel arbeitete nicht allein. Taylor hatte ihn unterschätzt, genau wie Mara Bucher. Noch heute würde er den Russen kontaktieren.

Miguel beobachtete Mara aus dem Arbeitszimmer und wusste, dass sie sich hier nicht wohlfühlte. Selbst der Kater schien bemerkt zu haben, dass Bruce ein komischer Kauz ist und Besucher nicht willkommen hieß. Ängstlich huschte Romeo durch die Zimmer und versuchte, sich nah bei seinem Frauchen aufzuhalten. Irgendwie musste er das Eis zwischen ihnen brechen, sonst konnte er sich nicht darauf verlassen, dass Mara hierblieb.

„Willst du mir endlich erzählen, wie du an die Waffe gekommen bist, die du um den Hals trägst?", rief er zu ihr rüber und gab mit einer Handbewegung zu verstehen, sie solle sich doch neben ihn setzen. Auch Bruce schien interessiert, denn er hob neugierig den Kopf.

✳✳✳

Mara saß in sich gekehrt in der Küche und blickte auf. Sie wusste nicht so recht, was sie mit sich anfangen sollte. Warten zählte nicht zu ihren Stärken und nun saß sie hier und konnte nicht das Geringste tun.

Nur widerstrebend kam sie seinem Wunsch nach, sie wollte jetzt nicht an diesen schrecklichen Abend denken.

Miguel saß auf einer blauen Couch, die in einer Ecke des Zimmers stand. Dieser Bereich hob sich vom Rest eindeutig ab, überall sonst waren Tische verteilt, mit einer Menge durcheinanderliegendem Werkzeug darauf.

Seufzend ließ sie sich neben Miguel auf die Couch fallen. Bruce, der an der gegenüberliegenden Ecke, an einem der Arbeitstische saß und gerade etwas zusammenbaute, legte sein Werkzeug nieder und blickte erwartungsvoll. Das hatte ihr noch gefehlt!

Wo sollte sie anfangen? Damit, dass sie einfach zu neugierig ist? Nein, sie fing an zu erzählen, wie Taylor ihr eine Falle gestellt hatte und ihr das Angebot machte, an den Verschlüsselungen zu arbeiten. Dass sie an der ganzen Sache einen Haken vermutete und sie ihn herausfinden wollte. Den Beweis für diese Vermutung erhoffte sie sich in Taylors Aktenschrank und dass dort alles seinen Lauf nahm.

Mara schilderte, wie sie sich im Spind versteckte. Taylor Ivan verhörte und dieser unbemerkt den Postfachschlüssel im Mülleimer verschwinden ließ.

Bruce nickte anerkennend. „Mutig ist dein Mädel, das muss man ihr lassen. Du hast Geschmack." Grinsend widmete er sich wieder seinen Arbeiten, bis er murmelnd unter den Tisch blickte. Romeo strich ihm um die Beine.

„Was will der von mir?", fragte Bruce mürrisch, ohne wirklich eine Erklärung zu erwarten.

„Er hat Hunger, wie immer." Mara kicherte und hatte ihren Spaß damit, Bruce dabei zu beobachten, wie er den Kater misstrauisch beobachtete.

***

Taylor fuhr nach Hause und beauftragte Stacy, sich mit einem Kollegen bei Mara umzusehen. Da er ahnte, dass ihn das nicht weiterbringen würde, zog er es vor, nicht mitzugehen. Das Geschäft mit den Russen ging vor. Er wurde das Gefühl nicht los, vom Jäger zum Gejagten geworden zu sein.

Mara hatte Miguel wahrscheinlich die Daten besorgt. Bei dem Gedanken an sie wurde er rasend vor Wut. Das war bestimmt das Lächerlichste, das ihm im gesamten Leben je passiert war.

Taylor wählte die Nummer von Major Stanislaw. Aufgekratzt grüßte dieser lautstark in das Telefon und war nicht abgeneigt, endlich an besagte Pläne zu kommen. Taylor würde ihm die Technik der Nerlakter, die er heute ersteigert hatte, als neuste Erfindung des amerikanischen Militärs verkaufen. Der Major schlug vor, dass Taylor sich das Hotelzimmer mietete, das neben seinem lag. Er selber hielt sich dort schon seit fünf Tagen auf. Ein Nobelhotel, in dem eine einzige Nacht um die tausend Dollar kostete. Erst einmal hatten sie miteinander Geschäfte gemacht und waren zufrieden auseinandergegangen. Taylor hoffte, dass sich auch diesmal alles so einfach abwickeln ließ.

Steven und Ann wussten nichts von seinem Vorhaben, nur Stacy. Das war auch besser so, da blieb mehr Geld für ihn übrig. Der Gewinn dieses Deals musste schließlich bis zu seinem Tode ausreichen, wenn er sich in Zukunft nicht für wenige Cent krumm buckeln wollte. Sein Job beim FBI war er jetzt schon so gut wie los.

Taylor erklärte sich einverstanden und wählte noch diesen Abend als Zeitpunkt für die Übergabe. Über den Preis hatten sie sich schon beim letzten Treffen geeinigt. Taylor erkundigte sich jedoch vorsichtshalber, ob die Konditionen noch die Gleichen waren, um sich nicht unnötig während der Abwicklung zu ärgern oder diskutieren zu müssen.

***

Ein Piepton durchbrach die Stille. Mara schaute Miguel fragend an, der sofort aufstand und zu einem Gerät lief, das auf einen der Tische stand. Es sah aus wie ein Funkgerät. Ein Hörer hing daran, den sie vorher nicht hatte sehen können, er musste wohl an der Rückseite befestigt gewesen sein. Miguel nahm diesen und sprach in einer Sprache, die sie nicht verstand. Er wirkte zufrieden. Nach wenigen Minuten beendete er das Gespräch und setzte sich zu ihr zurück.

Bruce schien zu wissen, um was es ging und fragte, ob sich etwas bewegen würde in dieser Sache. Miguel nickte gelassen.

„Wenn alles nach Plan läuft", begann er und sah Mara zärtlich an, „kannst du in ein, zwei Tagen wieder zu dir nach Hause und musst dir keine Sorgen mehr machen."

Mara seufze, ganz normal würde ihr Leben nie wieder sein, so viel stand fest. Es blieb aber keine Zeit über diesen Satz nachzudenken. Miguel erklärte ihr und Bruce, dass er Taylor mit dem Russen heute Abend schon überführen müsse. Er erläuterte weitere Einzelheiten seines Plans und dass er Lieutenant Richter mit in die Partie aufnehmen wolle. Bruce beurteilte sein Vorhaben als gut durchdacht. Mara dagegen machte sich Sorgen. Was, wenn ihm etwas dabei passierte? Das Schlimmste war, dass sie hier sitzen und warten musste.

Bruce riss sie aus ihren düsteren Gedanken. Sie beobachtete, wie er Romeo in die Augen sah und verhalten über sein grau getigertes Fell strich. Er schien ihn noch einmal genau zu studieren und nahm ihn dann auf den Arm, um in Richtung Küche zu laufen.

„Er scheint einen riesigen Hunger zu haben und so wie er aussieht, futtert er so ziemlich alles, oder?" Was

Mara dazu zu sagen hatte, schien ihm egal, denn er schaute nicht einmal mehr zurück.

Miguel fing an zu lachen. „Du musst aufpassen, wenn Bruce erst mal etwas mag, gibt er es nur ungern wieder her." Während er das sagte, rückte er näher und sah sie mit seinen tiefschwarzen Augen eindringlich an. „Versprichst du mir, hierzubleiben, bis ich wieder komme?"

Mara war das nicht recht, doch was konnte sie schon anderes tun, weswegen sie unwillig nickte. „Was ist, wenn dir etwas passiert?" Obwohl sie nicht zu emotional klingen wollte, hatte ihre Stimme gezittert.

„Es kann mir nichts passieren", versicherte er ernst. „Das Schlimmste, was schiefgehen kann, ist, dass Taylor entwischt. Du musst dir keine Sorgen machen." Er strich noch einmal über ihre Hand und hatte dabei ein schelmisches Lächeln auf den Lippen. Und das Lächeln hatte seinen Grund. Ein warmes Kribbeln zog über ihre Haut, als ginge ein elektrischer Impuls von ihm aus. Mara spürte, wie abermals ein tiefes Verlangen in ihr entflammte. Sie wollte in seinen Armen liegen und ihn nie wieder loslassen. Doch dieses Gefühl wurde von der rauen Realität eingeholt. Hektisch stand Miguel auf.

Lieutenant Richter hatte es sich gerade zuhause ge-
mütlich gemacht, als es an es an seiner Tür klingelte.
Ein Fremder, der sich als derjenige zu erkennen gab,
mit dem er per E-Mail in Kontakt stand. Die Person, die
ihm die ausschlaggebenden Informationen über den
getöteten FBI-Agent hatte zukommen lassen.

Richter ließ ihn rein und war gespannt, was so wichtig
sein konnte, dass der ominöse Unbekannte seine Identität preisgab und zu ihm nach Hause kam. Denn Richter erkannte in der Person den gesuchten Miguel Lopez,
ehemaliger FBI-Agent.

***

Miguel schätzte Richter als jemanden ein, der nicht
überreagieren würde und sachlich blieb, wenn er sich
zu erkennen gab. „Mein Name ist Miguel Lopez. Ich
denke, dass Sie mit den Akten soweit vertraut sind, um
zu wissen, wer ich bin?"

„Sicher. Man lastet Ihnen den Mord am Detektive
Kinsley an", erläuterte er tatsächlich so, als unterhiel-
ten sie sich über das Abendprogramm. Weder Missbilligung noch Anklage lag in seiner Stimme. Gelassen bot
Richter ihm einen Platz in seinem Wohnzimmer an und
stellte etwas zu trinken auf den Tisch.

Richter machte in Miguels Augen einen sympathischen und kompetenten Eindruck. Aufmerksam hörte
Richter zu und schien sich von keinerlei Vorurteilen beeinflussen lassen zu wollen. Seine Augen blickten

wissbegierig. Er hatte ein junges Erscheinungsbild, doch Miguel fühlte seine langjährige Erfahrung.

„Sie haben sicherlich einen PC?"

Richter nickte und holte seinen Laptop, in den Miguel einen Datenträger einlegte. Es waren die Daten aller drei verschlüsselter CDs, die er - dank Mara - nun beisammenhatte.

Aufmerksam verfolgte Richter das Geschehen auf dem Bildschirm, wie sich Taylor mit Miguel und Kinsley traf, etwas besprach und zum Schluss Miguel die Waffe entwendete, um Kinsley in den Rücken zu schießen. Das fiese Lachen Taylors ließ Richter fassungslos mit dem Kopf schütteln.

„Ist das die fehlende Aufnahme, die die Überwachungskamera des Spielsalons aufzeichnete?"

„Ja, das ist sie, und wenn Sie die Aufnahme von Fachleuten untersuchen lassen, werden Sie feststellen, dass es sich hier nicht um eine Fälschung handelt."

Richter nickte in sich versunken. „Damit wäre dieser Fall sicherlich gelöst. Doch eines verstehe ich nicht, warum haben Sie damit so lange gewartet?"

„Nicht freiwillig. Taylor besaß einen Teil der Aufnahme, die Ausschlaggebende sozusagen. Er hatte wohl vor, die Bilder zu fälschen. Wie sieht es eigentlich im Fall Ivan Polzki aus, sind Sie weitergekommen?", fragte er energisch, denn keiner durfte ungestraft davonkommen, sonst würde er darüber nie seinen Frieden finden.

„Sieht nicht schlecht aus. In dem Koffer, den man mir zuspielte, konnte man einen Fingerabdruck von Agent Stacy Miller ausfindig machen, ein weibliches blondes Haar, das, wenn wir Glück haben, von ihr stammt und schließlich die Substanz an der Polzki gestorben ist."

„Das wird dem Staatsanwalt nicht reichen, befürchte ich", antwortete Miguel unzufrieden.

„Das waren natürlich auch meine Bedenken, aber", betonte Richter hoffnungsvoll, „dank den Aufzeichnungen über die Observierungen, die Ivan Polzki durchgeführt hatte, wird es sicher reichen. Sogar den Koffer erwähnte er in allen Einzelheiten. Er schilderte zudem seine Bedenken, dass, wenn er auffliegt, diese Prozedur der Wahrheitsfindung nicht verkraften würde."

Miguel nickte anerkennend mit dem Kopf.

„Da gibt es noch etwas. Der Junge in der Psychiatrie. Wir können Agent Miller nachweisen, dass sie ein paar Mal bei ihm zuhause gewesen ist. Auch das hat Polzki festgehalten. Ich weiß, das wird dem Staatsanwalt nicht reichen, doch passt es zu ihrem Vorgehen, das sich über sie offenbart. Dadurch haben wir größere Chancen, sie zumindest wegen Polzki dranzukriegen."

„Ansprechbar ist er gar nicht?"

„Nein, aber er bekommt ein angsterfülltes Gesicht, wenn man ihm ein Foto von Miller zeigt. Nur bei diesem Foto reagiert er so heftig. Der Arzt meint, es sei ein gutes Zeichen, dass er noch nicht ganz weggedriftet ist und sich vielleicht wieder erholen wird, nur kann er nicht sagen, wie lange das noch dauert. Wie sieht es denn mit Ihnen aus? Sie können doch sicherlich auch etwas zu dem Gebrauch des besagten Koffers aussagen, nachdem Sie in Taylors Abteilung eine ganze Weile gearbeitet haben?"

„Ja, sicher. Aber da gibt es jetzt noch eine Sache." Unruhig blickte er auf seine Armbanduhr. „Taylor macht Geschäfte mit einem russischen Major. Er verkauft ihm wichtige militärische Pläne, und das heute noch. Die Observation ist schon im vollen Gange. Es wäre mir angenehm, einen verlässlichen Partner dabei zu haben und dachte an Sie, da Sie ja sowieso schon mit dem Fall Taylor und Co. vertraut sind." Miguel umriss grob, wie er sich den weiteren Verlauf des Abends vorstellte.

Richter nickte, wirkte aber unschlüssig.

„Danke für ihr Vertrauen. Ich würde Ihnen gern bei der Observation, die wohl kaum offiziell abgesegnet ist, behilflich sein. Allerdings möchte ich zwei meiner Mitarbeiter dabeihaben."

Miguel konnte das gut verstehen. Niemand arbeitete gerne mit Unbekannten in dieser Branche zusammen, schließlich musste man sich aufeinander verlassen und sich gegenseitig einschätzen können.

„Sie werden am besten wissen, ob es verlässliche Leute sind", stimmte Miguel zu.

***

Taylor wusch sich das Gesicht, fluchte und nahm etwas gegen das Sodbrennen ein. Er konnte den Major genauso wenig ausstehen, wie die Nerlakter. Er hoffte, keinen von beiden je wiederzusehen.

Die Pläne und einen Teil der Drogen, die er Tarak abgekauft hatte, packte er in einen Aktenkoffer und machte sich auf den Weg in die Tiefgarage. Der Motor des Jaguars heulte auf, als er ihn hochdrehend die Straße entlang jagte.

Das Hotel, in dem sie verabredet waren, lag am Rande der Stadt, mit einem einzigartigen Ausblick auf den Fluss. Wenn es um Luxus ging, hatte der Major Geschmack. Taylor malte sich aus, wie er in einer edlen Suite schon dasaß mit einer Platte auserlesener Meeresfrüchte auf dem Tisch und gekühlten Champagner, um auf dieses Geschäft angemessen anstoßen zu können.

Mit angepasster Geschwindigkeit fuhr Taylor im dämmrigen Abendlicht zu dem Hotel. Das Angebot des Pagen, den Wagen in die Tiefgarage zu fahren, lehnte er ab. Sicherer erschien es ihm, in der Nähe des Eingangs zu parken. Man konnte ja nicht wissen, ob sich die Russen korrekt verhielten. Zum Glück wussten sie nicht, dass er ganz allein und ohne Rückendeckung kam!

Die Empfangshalle des Hotels war mit glänzendem Marmor ausgelegt. Der Kronleuchter verbreitete ein angenehmes Licht. Ein dünner Hotelpage, Anfang zwanzig begleitete ihn zum Hotelzimmer des Majors und wünschte einen entspannten Abend. Sein erwartungsvoller Blick verriet die Hoffnung auf ein Trinkgeld, doch Taylor hatte anderes im Kopf und war mit seinen Gedanken schon woanders.

***

Miguel und Richter schlüpften in das Nebenzimmer, um nicht von Taylor entdeckt zu werden. Hier sah Richter das erste Mal Miguels Mitarbeiter.

„Wie sieht es aus?", erkundigte sich Miguel angespannt und schaute auf den Monitor.

„Taylor ist gerade gekommen und die Russen haben schon einiges weggesoffen, doch leider lässt sie das nicht unaufmerksamer werden. Keine Ahnung wie sie das alles wegstecken."

Richter begutachtete erstaunt das Material, mit dem der blonde Mann arbeitete.

„Sie konnten das Zimmer verwanzen und Kameras installieren?"

Miguel nickte. „Ja, wir wussten, welches Zimmer sie nehmen, noch ehe sie hier waren."

„Na, das nenne ich Glück. Wie werden wir jetzt genau vorgehen?"

„Wir werden die Übergabe aufnehmen und dann das Zimmer stürmen. Eine Sache gibt es aber noch."

Richter schaute Miguel fragend an. „Ja?"

„Die Pläne. Die dürfen offiziell nicht in das Beweismaterial übergehen. Wir werden sie an uns nehmen, aber offiziell als vernichtet angeben. Es handelt sich um geheime Waffenbaupläne. Die dürfen nicht in falsche Hände geraten. Ist das in Ordnung für Sie?"

Richter überlegte kurz. Wäre Miguel nur an den Plänen gelegen, hätten sie ihn nicht einspannen müssen. Er hatte eine gute Meinung von Miguel und vertraute ihm. Auch wenn er die Truppe etwas sonderbar empfand, alle drei hatten sie diese tiefschwarzen Augen, obwohl sie sich sonst gar nicht ähnelten. Irgendetwas war merkwürdig, doch er konnte sich keinen Reim darauf machen.

∗∗∗

Taylor betrat das Zimmer und wurde von den Leuten misstrauisch begutachtet. Der Major kam mit einem breiten Grinsen auf ihn zu und nahm ihn in den Arm, wobei er ihm heftig auf den Rücken klopfte. Für Taylor war diese Begrüßung unter Geschäftspartnern völlig unangebracht, doch er musste sich fügen, wenn er sich nicht den Unmut des Russen zuziehen wollte.

Zwei seiner Soldaten in ziviler Kleidung standen in jeweils einer Ecke und schauten mit regungsloser Miene. Zwei weitere saßen an einem kleinen Tisch, tranken Wodka und hoben nur kurz die Köpfe.

„Komm, lass uns nach nebenan gehen", schlug der Major in listigem Ton vor. Seine graublauen Augen funkelten erwartungsvoll. Er führte ihn ins Schlafzimmer, in dem sich eine leichtbekleidete Schönheit auf dem Bett räkelte. Ihre Haut schimmerte wie weißer Marmor unter ihrem tiefroten Negligé. Sie blinzelte Taylor zu und säuselte etwas auf Russisch, während sie sich durchs Haar strich und auf ihrem durchsichtigen, seidigen Negligé mit der Hand entlangfuhr. Taylor hasste es, wenn man nicht professionell arbeitete und so etwas gehörte genau in die Spate, die er nicht leiden konnte. So schnell wie möglich wollte er diesen Deal hinter sich bringen!

Sie setzten sich an einen runden Holztisch, der mit edlen Intarsien versehen war, und begutachteten die Pläne, die Taylor auf den Tisch ausbreitete.

Der Major hatte die Figur eines Stieres. Sein breites Kreuz spannte das Sakko zum Zerreißen.

„So, so, das sind also besagte Pläne. Die neueste Erfindung zur Flugabwehr. Wie kommt es, dass ihr Amerikaner uns so weit voraus seid? Macht ihr Geschäfte mit den Außerirdischen?" Tief sog sich der Major den Rauch seiner Zigarette ein und versuchte etwas von dem, was in den Plänen aufgezeichnet stand, zu verstehen.

„Außerirdische würde ich diesem Staat auch noch zutrauen, aber nein, der Staat beutet nur alle anderen aus, weswegen ich auch kein Problem damit habe, es an euch weiter zu verkaufen." Taylor lehnte sich zurück und schaute regungslos drein. Er hatte nur den einen Wunsch, und zwar, dass sich der Major doch endlich beeilen würde, schließlich verstand er eh nicht, was die Pläne beinhalteten.

„Gut, gut. Da Sie mich beim letzten Mal wirklich begeistert haben, mit dem was Sie mir verkauft haben, gehe ich davon aus, dass es diesmal auch so sein wird."

Mit einem Griff unter den schweren Tisch zückte er einen braunen alten Koffer hervor. In Zeitlupe legte er diesen auf die Tischplatte, um ihn zu öffnen. Ein Hochgefühl breitete sich in Taylor aus, als er die Scheine erblickte, die darin lagen. Doch der Major schloss den Koffer plötzlich wieder.

„Wir haben noch etwas vergessen." Augenzwinkernd schaute er Taylor gierig an.

„Ach so, die Drogen", wollte Taylor gerade beginnen, doch der Major fiel ihm ins Wort.

„Drogen, Drogen. Aber nein, bei uns nennt man das die Medizin für den Geist. Zeigen Sie mal her, was Sie für uns mitgebracht haben. Ganz neu auf dem Markt, sagen Sie?", säuselte er in seinem russischen Akzent.

Taylor wurde unweigerlich an Ivan erinnert, wenn der Major sprach. Mit einem Griff in den Aktenkoffer zog Taylor eine kleine Tüte heraus, in der sich ein orangegelbes Pulver befand.

„Orange, das ist ja mal was ganz Neues. Hoffe, es ist nicht nur die Farbe, die neu ist?", fragte er misstrauisch. „Genosse Petrow. Kommen sie her!", befahl er, worauf einer der Soldaten herbeigeeilt kam, der eben noch mit seinem Kollegen Karten gespielt und Wodka getrunken hatte.

„Zur Stelle Major!", salutierte er hörig und stand stramm vor dem Tisch. Taylor schätzte ihn um die vierzig. Seine Haut sah aus wie von der Sonne gegerbtes Leder, dass ihm das Aussehen eines erfahrenen Kämpfers verlieh. Makellose rasierte Haut ließ seine grünen Augen aus schmalen Schlitzen regelrecht leuchten.

„Probieren Sie das hier und sagen Sie mir dann, ob es so gut ist, wie mir unser Freund hier versichert hat."

Ohne erkennen zu lassen, ob er damit ein Problem hatte, nahm er sich das Tütchen, öffnete es vorsichtig, um sich dann eine Messerspitze mit seinem Taschen-messer herauszunehmen. Er führte die Spitze zur Nase und sog das Pulver ein.

Taylor realisierte erschrocken, gar nicht zu wissen, wie man das Zeug zu konsumieren hatte, doch der Soldat hatte bereits seine Nasenlöcher voll damit. Nervös wartete Taylor ab, was passierte und hoffte, dass es ihm nicht die Nasenschleimhaut wegätzte.

Der Soldat hatte zu Taylors Erleichterung keine Schmerzen oder sonstige Probleme mit seiner Nase, stattdessen schien sein Gesichtsausdruck plötzlich etwas übermütig. Mit einer hohlen Lache ließ er sich auf das Bett fallen, in dem immer noch Olga in ihrem Negligé lag.

„Das Zeug ist geil", nuschelte er mit einem grinsenden Gesicht und schien mit seinem Körper einen Rhythmus mitzuwippen, den nur er hören konnte.

Der Major wirkte zufrieden und schob Taylor den Koffer mit dem Geld rüber. Er nahm ihn und schaute rein. Nicht, dass er davon ausgehen musste, der Russe wolle ihn betrügen, doch sicher war sicher. Alles schien vollzählig.

***

Jede einzelne Sehne in Richters Körper war angespannt. Seine drei neuen Kollegen wirkten völlig unbeeindruckt. Ob sie alle ehemalige FBI-Leute waren, oder ob es sich um Vertraute Miguels handelte?

Sorgfältig überwachten sie das Geschäft aus dem Nebenzimmer und nahmen alles auf, teils wurden die Daten direkt übermittelt. Richter fragte nicht wohin, sicher hätten sie ihm nur ausflüchtig geantwortet. Sie hatten Geheimnisse, das ahnte er, doch es interessierte ihn nicht. Wichtiger war, dass Taylor aus dem Verkehr gezogen wurde. Richter konnte es nicht fassen. Taylor verkaufte geheime Pläne, die mit der Sicherheit des Landes zu tun hatten, an die Russen.

***

„Ich gebe euch den passenden Moment durch, um das Zimmer zu stürmen", erklärte einer von Miguels Begleitern.

„Haben Sie Kontakt zu Ihren Männern?", fragte Miguel Richter und wirkte nun auch etwas nervös.

„Ja, wir können loslegen, sie haben sich schon vor der Tür positioniert."

Miguel nickte und verließ das Zimmer, um sich zu Richters Leuten begeben.

Der Page stand ängstlich vor der Tür und wurde genötigt, zu klopfen. Mit lauter, zittriger Stimme rief er, er habe eine schriftliche Nachricht, die wohl wichtig sei, worauf ihn Miguel am Arm von der Tür wegzog. Immer noch hatte Miguel Kontakt mit einem seiner Begleiter über ein Headset, der das Zimmer und die Leute observierte.

„Der Mann, der die Tür im Auge behält, hat eine Knarre unter der Jacke und die anderen haben ihre in der Ecke des Zimmers liegen," warnte er Miguel, der diese Information gleich weitergab.

Die Soldaten waren durch ihren Kollegen abgelenkt, der sich lautstark amüsierte und das Pulver, wenn es auch eine merkwürdige Farbe hätte, in den höchsten Tönen anpries.

Die Tür öffnete sich. Gelassen blickte der Soldat hinaus.

„Was kann es so Wichtiges geben, dass du uns ...", weiter kam er nicht. Miguel hielt ihm die Waffe an die Schläfe und entwaffnete ihn gleichzeitig. Mit offenem Mund starrte er Miguel an, der ihn mit einer Handbewegung verstehen ließ, sich auf einen der blümchenbedruckten Sessel zu setzen.

Richter rannte in das Schlafzimmer, in dem Taylor immer noch mit dem Major an einem Tisch saß, und hielt sie in Schach. Die beiden anderen Russen sprangen aus ihren Stühlen hervor und rannten auf Richters Kollegen Stone und Hitch zu.

Es entstand ein wildes Gerangel. Stone verlor seine Pistole, die auf dem Parkett quer durch den Raum schlitterte. Während er ihr entsetzt hinterherblickte, landete ein Faustschlag auf seinem Kinn. Er taumelte ein Stück zurück, für einige Sekunden verdrehte er die Augen und schwankte. Sein Gegenüber nutzte dies aus und versuchte, an seine Pistole zu gelangen, die in einer Ecke, auf einem runden Tischlein lag.

Zeitgleich trat der andere Russe Hitch ebenfalls die Waffe aus der Hand. Eine heftige Schlägerei entstand.

Der Russe stolperte förmlich in Richtung Waffe, dicht verfolgt von Stone, der dies zu verhindern suchte. Es wurde knapp. Mit gezieltem Griff schnappte der Russe die Pistole und drehte sich wieder zurück zu Stone. Miguel, der die Szene entsetzt mit ansah, aber sein Gegenüber nicht unbeobachtet lassen konnte, griff sich mit der Linken einen der Hummer, die auf einem Serviertisch lagen, und schleuderte ihn zu dem stämmigen Soldaten rüber.

Der Hummer flog wie in Zeitlupe. Der Russe schaute verblüfft in die Luft. Das Tier landete mit einem komischen Klacken auf seinem Kopf. Wütend griff er nach dem Tier und warf es in Richtung Stone, der ihn fast erreicht hatte. Er duckte sich flink und krachte mit seiner Faust in der Magengrube des Mannes. Der Hummer flog über ihn hinweg und rutschte in das Zimmer nebenan, in dem Richter immer noch Taylor und den Major in Schach hielt.

Olga, die verzweifelt an den durch Drogen in eine andere Dimension versetzten Soldaten rüttelte, kreischte laut auf, als sie das Tier mit seinen, langen Fühlern in ihre Richtung schlittern sah.

Der Major schüttelte fassungslos mit dem Kopf. „Was ist das für ein Zirkus?" Vorwurfsvoll schaute er zu Taylor, der bleich dasaß.

Der stämmige Russe hielt sich immer noch den Bauch und zu keiner Gegenwehr imstande. Blitzschnell hob Stone die Waffe auf, fesselte ihn mit einer Handschelle an ein Heizungsrohr und durchsuchte ihn nach weiteren Waffen.

Miguel hatte Schwierigkeiten, den Überblick zu behalten. Er konnte nicht eingreifen. Ein Gefühl ruhte bleiern auf ihm. Es lag an dem Soldaten, der im Sessel saß. Er wirkte breit wie ein Schrank, seine blauen Augen blitzten angriffslustig.

Hitch war immer noch in einen Kampf mit dem dritten Soldaten verwickelt. Er wirkte im Gegensatz zu dem Kämpfer dünn und schmächtig. Blitzschnell wich er den Schlägen des Russen aus und steckte einiges ein, ohne erkennbare Verletzlichkeit. Der Russe fluchte laut, er schien es nicht fassen zu können, dass dieser dünne Typ sich von seinen harten Treffern unbeeindruckt zeigte und immer wieder einen Gegenangriff startete.

Plötzlich stolperte Hitch einen Schritt zurück und fiel rückwärts in einen der Sessel. Sein Angreifer, der Hitchs lange Beine unterschätzte, stürzte sich auf ihn und wurde mit Wucht zurückkatapultiert. Mit lautem Krach landete er mit dem Rücken auf dem Servierwagen, der unter dem Gewicht des Mannes in sich zusammenbrach. Hitch sprang auf und legte ihm mit geübtem Griff die Handschellen an und schmiss ihn neben Olga auf das Bett.

Miguel winkte seinen Kollegen zu sich. „Durchsuche ihn vorsichtig, er hat noch Waffen." Miguel ging ein wenig um ihn herum, damit der Lauf immer noch ungehindert auf ihn zeigen konnte. Doch Carlos durchsuchte ihn nicht, sondern umrundete ihn ebenfalls, um Stone im Rücken zu haben und griff ihm ins Genick. Der riesige Russe verdrehte die Augen. Man sah nur noch das Weiß seiner Augäpfel. Miguel schaute seinen Helfer fassungslos an, niemand sollte mitbekommen, dass sie anders waren.

„Er hat an jedem seiner Ärmel eine Waffe befestigt. Sobald er die Chance gehabt hätte, die Arme runter zu nehmen, wären wir dran gewesen," erklärte er entschuldigend und grinste schadenfreudig. Miguel nickte beeindruckt, als er nachsah. Noch nie war er jemanden begegnet, der sich so listig bewaffnet hatte. Unter einem seiner Jackenärmel war eine Pistole an einem System befestigt, das die Pistolen hervorschnellen ließ.

Endlich konnte er in das andere Zimmer gehen, in dem auch Taylor saß. Mit triumphierendem Grinsen ging er auf ihn zu. „Das ist heute wohl nicht dein Tag?" Mit ein paar Griffen durchsuchte er ihn und den Major, auch wenn dies bereits Hitch getan hatte, doch Miguel wollte zu hundert Prozent sicher sein, dass Taylor keine Chance mehr bekam, sich noch an ihm rächen zu können. Taylor blickte abwertend, was deutlich zeigte, wie gerne er ihn hier und jetzt über den Haufen schießen würde.

Miguel nahm den Aktenkoffer mit den Plänen an sich und übergab ihn Carlos.

„Hast du alles beiseitegeschafft?", fragte Miguel und sah sich präzise um. Sie durften nichts vergessen, was auf unbekannte Technik hinweisen könnte.

„Alles klar, wir können gehen."

Stone wollte gerade protestieren, doch Richter gab ihm zu verstehen, dass es seine Ordnung hatte und befahl, nichts von den beiden Helfern im Bericht zu erwähnen.

Miguel hatte gewusst, sich auf Richter verlassen zu können. In einen der Papierkörbe legte er einiges an Papier rein, um es dann anzuzünden. Irgendwo mussten die sogenannten geheimen Pläne ja geblieben sein, wenn es vor Gericht ging und der Richter deren Verbleib wissen wollte. Eine Flamme züngelte aus dem Eimer. Miguel schüttete nach einigen Sekunden Wasser darüber, um zu verhindern, dass sich das Feuer weitere Nahrung im Zimmer suchte.

Es dauerte nicht lange, bis die ersten Streifenpolizisten kamen, die Richter angefordert hatte. Begleitet wurden sie von einem kahlköpfigen, fein gekleideten Mann, mit einer auffallend langen, dünnen Nase. Außer Fassung fuchtelte er mit den Armen herum und jammerte, dass dies keine gute Publicity für das Hotel sei. Penibel bestand er darauf, dass sie alle den Treppenaufgang zu benutzen hatten, um die Gäste nicht unnötig zu verschrecken, oder sie morgen mit einem unangenehmen Artikel in der Zeitung stehen würden.

Alle wurden mit Handschellen abgeführt. Auch bei Olga wurde keine Ausnahme gemacht, jedoch gewährte man ihr, sich einen Hotelbademantel überzuziehen.

Auf Taylor passte Miguel persönlich auf. Diesen Trumpf ließ er sich nicht nehmen. Es ärgerte ihn, dass

Stacy bei diesem Geschäft nicht anwesend gewesen war. Er hoffte, Richters Beweise würden ausreichen, um sie festzunehmen. Um Steven und Ann würde er sich selbst kümmern, damit sie Mara nicht schaden konnten. Müde setzte er sich zu Taylor in den Streifenwagen und begleitete ihn auf die Wache.

Stacy durchwühlte fluchend verschiedene Akten, die von Maras Verhaftung handelten. *Dieses Miststück wird bezahlen!* Aufgebracht schlug Stacy das Papierbündel an die Wand. Sie konnte es nicht fassen, sich derart hatte täuschen zu lassen. Ob sie gerade bei Miguel sitzt? Der Gedanke, dass die beiden herummachten, machte sie rasend. Bei Mara zuhause war sie bereits gewesen, doch hatte sie sich keine Hoffnungen gemacht, sie dort anzutreffen. Miguel wusste, dass Taraks Haus überwacht wurde und sie nun aufgeflogen war. Zwanghaft grübelte Stacy, wie sie an Mara herankommen, oder ihr irgendwie schaden könnte. Stacy wusste, dass Mara an ihren Freunden hing. Sie schlug die Liste mit Namen auf, die allesamt zur Hacker-Gruppe gehörten. Es dauerte nicht lange, bis sie herausfand, bei wem Mara sich oft aufhielt. Er hieß Scott Bolder.

Im Kostümraum griff sie sich eine brünette Perücke. Dabei beließ sie es auch schon. Es gab Menschen, bei denen eine neue Frisur viel bewirkte. Emotional geladen fiel ihr wieder der Einbrecher ein, der in ihrem Haus herumgeschlichen war. Vielleicht war es gar nicht Miguel gewesen, sondern Mara. Zornig ballte sie die Hände, bis sich ihre langen Fingernägel schmerzhaft in die Haut bohrten.

∗∗∗

Die Sonne war bereits untergegangen. Fledermäuse huschten durch das fahle Mondlicht.

Scott saß mit Peter, Andrew und Rachel in seiner Wohnung und hörte Musik. Andrew drehte einen Joint und überlegte, ob er sich irgendwo einhacken sollte, um eines seiner Viren loszulassen, doch Scott hatte keine Lust. Er machte sich Gedanken über Mara, sie hatte sich schon eine Weile nicht mehr gemeldet. Er hoffte, sie nicht in Gefahr zu bringen, wenn er ihr eine Nachricht schickte. Nicht, dass sie gerade in irgendeiner Ecke kauerte und jemand belauschte und ihr Handy laut auf sie aufmerksam machte. Er wollte bereits anfangen zu tippen, als es an seiner Tür klingelte. In der Hoffnung, dass es Mara sei, sprang er auf. Zu seiner Enttäuschung stand dort nur eine Brünette, die er irgendwo schon einmal gesehen hatte.

„Ich komme von Mara", begann sie mit bebender Stimme. „Sie hat Probleme und meinte, du könntest ihr helfen. Sie will aber nicht hierherkommen, um dich zu schützen. Du sollst auf alle Fälle dein Handy mitnehmen. Sie hat ihres verloren."

Die Frau schien mit den Nerven am Ende. Ihre Augen wirkten glasig, als sie sich erschöpft an die Wand lehnte und das Gesicht in ihren Händen vergrub.

Scott überlegte nicht lange. Er rannte sofort zurück ins Zimmer, schnappte sich das Handy und erklärte den anderen, dass er zu Mara müsse und sie nicht auf ihn warten sollten.

Die Frau ging vor ihm die Treppe runter.

„Kennen wir uns irgendwoher?", fragte Scott, der ein komisches Gefühl hatte, aber nicht sagen konnte wieso.

„Wir trafen uns mal auf einem Computer-Treffen, aber wirklich kennengelernt haben wir uns nicht."

Die frische Nachtluft wehte Scott durch das Haar. Tief atmete er den Sauerstoff ein. Erst jetzt bemerkte er, wie stickig es bei ihm sein musste.

„Ich hoffe, du kannst fahren, bin dazu nicht mehr in der Lage." Ohne auf seine Reaktion zu warten, setzte sich die Frau auf den Beifahrersitz.

Scott ließ sich in den Autositz fallen. Erschrocken blickte er nach rechts. Der Lauf einer Pistole richtete sich auf ihn. Schlagartig wurde er sich bewusst, wer sie war und ärgerte sich über seine Blödheit.

„Na, ich denke, wenn wir genau überlegen, kennen wir uns doch, oder?"

Scott nickte stöhnend. Er hoffte, nicht wie Tarzan in der Psychiatrie zu enden.

„Du machst genau das, was ich dir sage, dann wird dir auch nichts passieren", zischte sie und gab mit einer Handbewegung zu verstehen, den Wagen zu starten. Stacy dirigierte ihn in Richtung Stadtrand und befahl, vor einem Hochhaus anzuhalten. Scott kannte es. Man konnte es von überall sehen, so hoch war es.

„Was wollen wir hier?"

„Du wirst nicht unaufgefordert reden, ist das klar!" Drohend hielt sie die Pistole näher an sein Gesicht.

Scott nickte. Sein Herz schlug panisch vor Erwartung, was da auf ihn zukam.

Ihre Waffe unter ihrem Mantel versteckt, schubste sie ihn ins Haus und fuhr mit ihm in den neunten Stock. Hier schloss sie eine der Wohnungen auf und drückte ihn unsanft hinein. „Nimm dir den Stuhl da und stell ihn an die Heizung", befahl sie herrisch.

Scott folgte ihren Anweisungen, was hätte er auch sonst tun sollen? „Was ist mit Mara?"

Ohne ihm zu antworten, nahm sie sein Handy an sich und fesselte ihn mit Handschellen an die Heizungsrohre. Danach schmiss sie ihre Waffe auf den Tisch und setzte sich in einen der Sessel. Ohne ihn weiter zu beachten, fummelte sie an seinem Handy herum. „Ah, da haben wir sie ja", lachte sie triumphierend.

Scott wurde klar, dass er als Köder fungierte. Er ahnte, Mara würde auf jeden Fall kommen, auch wenn sie ihn dadurch nicht befreien konnte. Er hoffte, ihr würde etwas einfallen.

***

Mara hockte in einem kleinen Raum, eine Art Gästezimmer, wenn man das so bezeichnen wollte, schließlich ging sie nicht davon aus, dass Bruce jemals Gäste hatte, geschweige denn bekommen würde. Wahrscheinlich handelte es sich eher um einen Raum für ungebetene Besucher, die er hierhin verfrachten konnte, um nicht weiter durch ihre Anwesenheit gestört zu werden. Es gab eine gemütliche Couch, die sich auch zu einem Bett umfunktionieren ließ, einen Tisch, Fernseher und einen olivfarbenen Schrank mit hellen Klappen und Türen. Sie lag auf der Couch und starrte an die Decke. Ohne Pause musste sie an Miguel denken, wie es ihm wohl gerade erging, ob alles nach Plan verlief.

Der Mitteilungston ihres Handys riss sie aus ihrer Apathie. Es war nichts, was es ihr leichter machte, ganz im Gegenteil. Stacy hatte Scott und schlug ihr vor, ihn freizulassen, wenn sie sich genau an ihre Anweisungen halten würde. Sollte sie Miguel oder jemand anderes sehen, wäre es mit dem Deal vorbei und mit ihrem Freund auch. Mara saß wie betäubt auf der Couch. Was sollte sie jetzt tun? Bruce brauchte sie damit gar nicht erst behelligen, sicher würde er sie hier einsperren, um ihr die Möglichkeit zu nehmen, dort hinzugehen.

In einer Ecke des Zimmers stand ein Sekretär, in dem sich Schreibkram befand. Dieses nahm sie an sich und hinterließ Bruce oder Miguel, wer auch immer zuerst diesen Brief finden würde, eine Nachricht.

Sie schilderte darin, was Stacy von ihr verlangt hatte. Es sonst vorbei mit ihrem Freund sei, sie keine andere Wahl hatte. Bruce bat sie auf ihren Kater aufzupassen, falls ihr etwas zustoßen sollte, da er sich hier jetzt schon so gut eingelebt hatte, und das stimmte auch. Aus der anfänglichen Antipathie war mittlerweile doch mehr geworden. Eifrig fütterte Bruce den kleinen Nimmersatt und hatte sichtlich seine Freude daran. Da Katzen einen Hang zur Untreue besitzen, wenn es ums Futtern geht, wich er Bruce nun nicht mehr von der Seite und behielt jede seiner Bewegungen im Auge. Miguel hinterließ sie eine persönliche Nachricht. Sie bedauerte darin, nicht mit ihm an dem kleinen Bach sitzen zu können, um den besagten Kuss zu probieren.

Wehmütig schlich sich Mara in Richtung Garage. Sie hoffte, Bruce würde es nicht hören, wie sie das Tor öffnete. Langsam fuhr es nach oben. Bevor sie durchschlüpfte, drückte sie noch einmal auf den Knopf, damit es sich hinter ihr wieder schloss.

Der Abend wirkte angenehm kühl. Nach ein paar Metern rief sie sich ein Taxi. Die Fahrt zum Treffpunkt schien ihr ewig zu dauern, doch das Schlimmste war, dass sie keinen Plan hatte und auch keine der Betäubungspfeile mehr besaß. Die hatte sie alle bei Tarak verschossen. Plötzlich wurde sie sich der Tragweite bewusst, was sie hier eigentlich tat.

Nein! Ich muss mich jetzt zusammenreißen. Das ist so keine Lösung! Wenn Stacy mich in die Finger bekommt, wird sie mich so lange mit Wahrheitsserum vollpumpen, bis ich alles über Miguel, den geheimen Gang und den anderen herausgeplaudert habe. Das darf ich nicht!

Sie bat den Taxifahrer, wieder umzudrehen, und stieg an einer Kneipe aus.

Ein düsterer, verrauchter Raum tat sich vor ihr auf. Der Wirt blickte neugierig hoch. Das Licht der Deckenleuchte spiegelte sich in seiner Glatze. Nickend strich er sich den filzigen, grauen Vollbart glatt.

Mit einem Glas Cola verzog sich Mara in die letzte Ecke und wusste nicht weiter.

***

Bruce plagte ein schlechtes Gewissen, Mara in das andere Zimmer geschickt zu haben. Er ging rüber und klopfte an die Tür, doch es meldete sich niemand. Irgendwie hatte er ein merkwürdiges Gefühl, als sei er ganz allein. Vorsichtig öffnete er die Tür und spähte in das Zimmer. Zu seinem Entsetzten war sie nicht da. Er entdeckte gleich den Brief, der auf dem Tisch lag, und las ihn hastig durch. Fassungslos zerknüllte er das Blatt Papier und lief zum Telefon.

***

Mara traute sich kaum, den Anruf entgegenzunehmen, schließlich kannte sie die Nummer nicht. Was, wenn es wieder Stacy ist, die weitere Anweisungen durchgeben will? Doch Mara entschloss sich, abzuheben. Es war ihr, als fiele ein Stein von ihrem Herzen, als sie die Stimme Miguels hörte.

„Wo bist du, Prinzessin? Du darfst auf keinen Fall zu ihr gehen. Hörst du?" Panik schwang in seinen Worten.

„Ich weiß", antwortete sie den Tränen nahe. „Doch irgendetwas muss ich doch tun." Verzweifelt hoffte sie, Miguel würde den rettenden Einfall parat haben.

„Ich komme zu dir. Habe eine Idee. Sag mir, wo du bist."

Sie erklärte ihm ihren jetzigen Aufenthaltsort und hoffte, Stacy würde sich noch etwas gedulden.

Miguel blickte verzweifelt zu Boden.

„Gibt es Probleme?", fragte Richter besorgt.

„Ja. Ich muss weg und brauche einen Wagen, und das schnell."

Richter griff sich in die Tasche und warf ihm seinen Wagenschlüssel zu. „Er steht auf dem Parkplatz ganz rechts. Ein silberner Chevrolet."

Miguel ließ sich das nicht zweimal sagen und rannte aus dem Gebäude hinaus auf den Parkplatz. Er trat aufs Gas, sodass die Reifen für einen Moment auf dem regenfeuchten Boden durchdrehten.

Auch Bruce hatte er zur besagten Kneipe bestellt, weil er dringend etwas von ihm brauchte. Nur mit Mühe hatte Miguel ihn beruhigen können. Die schlimmsten Szenarien hatte er bereits geäußert, was passieren würde, wenn Stacy Mara dazu bringen sollte, alles zu verraten, was sie wusste.

Den Wagen parkte Miguel in zweiter Reihe und stürmte zur Kneipe, beherrschte sich aber, die Tür aufzureißen, sondern betrat umsichtig den Raum. Er entdeckte Mara in einer Ecke, allein.

∗∗∗

Mara starrte vor sich und rieb sich die Schläfen. Wäre sie nicht hier zwischen fremden Menschen, hätte sie längst am Boden gelegen und geheult.

Als sich eine Hand behutsam auf ihre Schulter legte, zuckte sie zusammen. Miguels Augen ruhten besorgt auf ihr, seine Nähe und der vertraute Geruch wirkten sich wie Balsam auf ihr Gemüt aus. Tief atmete sie durch und musste sich beherrschen, jetzt nicht doch loszuheulen. Er setzte sich ihr gegenüber und nahm ihre Hand.

„Hat sie sich wieder gemeldet?"

„Ja. Ich habe geantwortet, mich nicht gut zu fühlen, rasende Kopfschmerzen habe und mich ständig übergeben muss, aber bald da sein werde."

Miguel lächelte. „Du hast deine Hausaufgaben wirklich gemacht." Nachdenklich stützte er sein Kinn in die Hand. „Bruce kommt gleich her und bringt mir ein Gerät, mit dem wir dich orten können, egal wo du bist. Traust du es dir denn zu, mit Stacy zu gehen? Mir wäre lieber, du würdest es nicht tun."

Mara registrierte erleichtert, dass Miguel nicht versuchte, sie zu drängen, Scott im Stich zu lassen. „Mir auch, doch wenn es eine Möglichkeit gibt, Scott zu helfen, will ich es riskieren."

Nur zu gerne würde sie jetzt etwas anderes tun. Mara musste an den Raum in Miguels Haus denken, wie sie zusammen am Bachlauf saßen und sich beinahe küssten. Mara bereute in diesem Moment, es nicht getan zu haben. Bruce, der sich plötzlich zu ihnen an den Tisch setzte, riss sie aus diesen lieblichen Erinnerungen.

„Mädchen, du hast mich fast zu Tode erschreckt. Ich bin erleichtert, dass du es dir noch mal überlegt hast, ganz ohne Hilfe dort hinzugehen. Schließlich gibt es nicht nur diesen einen Freund, den du hast. Und zudem, wenn rauskommt, wo wir leben, müssen wir alle umziehen. Du kannst dir sicherlich vorstellen, wie erbost Pavel sein wird, wenn er seinen ganzen Klunker ausräumen muss." Ein Grinsen huschte über seine sonst ernste Miene.

Klar, Pavel. Er ist auch einer von ihnen, daran hatte sie gar nicht mehr gedacht. Was er mit Verrätern anstellte, wusste sie allerdings noch.

Bruce war wütend, so gut kannte Mara ihn schon, doch sie rechnete es ihm an, dass er versuchte, es sich nicht anmerken zu lassen. Und den indirekten Hinweis, auch er sei ihr Freund, freute sie.

„Okay. Dann wollen wir mal. Stacy wird sicher bald Verdacht schöpfen", seufzte sie und stand auf. Draußen parkte der dunkle Land Rover von Bruce, in den sie sich setzten. Miguel überreichte ihr einen Sender, nicht größer als ein Fingernagel und gerade mal so dick, wie ein Streichholz. Ein kleines Stück Metall, mit eingravierten Verzierungen und einer Schlüsselanhänger Vorrichtung. Sie befestigte ihn an ihrem Schlüsselbund. Stacy würde nie Verdacht schöpfen, selbst wenn sie ihn in den Händen hielt.

Es war bereits mitten in der Nacht, als Mara in das Taxi stieg, das neben ihnen parkte. Nervös ließ sie ihren Blick die Straße entlangwandern, als sie an dem besagten Treffpunkt ankam. Der Taxifahrer wunderte sich, dass eine junge Frau hier in der Dunkelheit aussteigen wollte.

Mara irritierte, warum der Treffpunkt mit Stacy ausgerechnet hier sein sollte. Einsam stand sie an einer Straßenecke. Die meisten Lichter in den Fenstern der Häuser waren bereits erloschen. Von Weitem konnte sie das Hochhaus erkennen, dort wurden noch einige Bereiche erhellt, was dieses Haus ausnahmsweise attraktiv machte. Wie aus dem Nichts stand Stacy plötzlich neben ihr und packte sie unsanft am Arm.

„Ich wollte gerade gehen und Ihrem Freund den Hals umdrehen. Sie sind nicht gerade von der schnellsten

Truppe." Grob zog sie Mara in Richtung eines Wagens, der kaum zu sehen unter einem riesigen Baum stand, dessen Silhouette im Mondschein etwas Verwunschenes ausstrahlte. Die Blätter raschelten laut, als ein Windstoß durch die Krone fuhr.

Sie saßen kaum im Auto, als Stacy Mara nach Waffen oder einem Sender durchsuchte. Nachdem sie nichts entdeckt hatte, fuhren sie los in Richtung des Hochhauses.

***

Miguel hielt mit Bruce Funkkontakt, der wieder zuhause saß und das Signal des Senders verfolgte. Miguel war unsagbar nervös. Er war Taylor gerade so entwischt und hatte Angst, dass Mara etwas zustoßen könnte. Zurückhaltend fuhr er in die Richtung, in die ihn Bruce lotste. Miguel hätte es ihr am liebsten verboten. Sogar mit dem Gedanken gespielt, sie mit seiner Fähigkeit Scott vergessen zu lassen, doch er wusste, wie gemein das gewesen wäre. Wenn ihr nur nichts zustößt!

***

Stacy parkte hinter dem Parkhaus und gab Mara Anweisung auszusteigen. Mara brachte kein Wort über die Lippen. Jeder Muskel ihres Körpers war angespannt. Verzweifelt suchte sie nach einer Schwachstelle, doch Stacy war eine ausgebildete und obendrein skrupellose Agentin des FBI. Wie sollte sie da eine Chance bekommen?

„Es war nicht klug von Ihnen, für Miguel bei uns zu spitzeln."

„Ich hatte nicht vor, das zu tun, da ich aber neugierig bin, habe ich mir so meine Gedanken gemacht. Es war schon merkwürdig, für das FBI Daten entschlüsseln zu sollen. Schließlich müssten dort doch die Besten auf diesem Gebiet arbeiten. Dann tauchte noch dieser Typ auf. Er stellte sich als Miguel vor und versicherte mir, dass er unschuldig sei. Daraufhin habe ich ihm die Daten besorgt, die er dringend brauchte." Mara hoffte, Stacy mit dieser Neuigkeit nervös zu machen. Sie versuchen würde, Taylor zu warnen, und unachtsam wurde.

Stacy wirkte tatsächlich überrascht und schubste Mara in den Aufzug.

„Sie lassen sich wohl schnell von irgendwelchen Typen das Blaue vom Himmel erzählen, was? Er ist ein gesuchter Verbrecher, sonst nichts. Sind Sie jetzt ein Paar? Wahrscheinlich hat er Ihnen, wie all den anderen, erzählt, Sie seien seine Prinzessin."

„Ein Paar? Wie kommen Sie denn darauf? Nein. Er war mir nur sympathischer als Sie und Taylor. Er hat mich im Gegensatz zu Ihnen nicht gezwungen, irgendetwas zu tun."

„Da seien Sie sich mal nicht so sicher. Er weiß, wie man mit leichtgläubigen Frauen umgeht", zischte Stacy.

Unbeherrscht schloss Stacy die Tür zu einem Apartment auf und stieß Mara hinein. Sie entdeckte Scott sofort, wie er angekettet an der Heizung saß. Er stöhnte auf, als er sie kommen sah. „Was soll das bringen, hierherzukommen?" Ungläubig schüttelte er den Kopf.

„Ja, ja, sie ist schon ein bisschen dumm." Stacy schien sich nicht weiter um sie zu kümmern, sondern versuchte jemanden telefonisch zu erreichen. Mara ahnte, dass es sich dabei um Taylor handelte. Stacy schnaufte und legte ihr Handy beiseite. Mit einer Pistole in der Hand dirigierte sie Mara in das Zimmer nebenan. Grinsend warf sie ihr Handschellen vor die Füße. „Am Geländer festmachen!", befahl sie herrisch. Mara befestigte die eine Hälfte an ihrem Handgelenk und die andere am Geländer von ein paar Stufen, die in ein etwas tiefer gelegenes Zimmer führten.

Inständig hoffte Mara, Miguel würde hier bald auftauchen.

***

Sorgenvoll blickte Miguel das Hochhaus hinauf und dann auf die Klingelschilder. Es waren etliche Namen, doch er konnte nichts entdecken, was auf Stacy oder Taylor hinwies.

„Wie sollen wir Mara bei all den Wohnungen finden?", schrie er verzweifelt in das Handy.

Miguel vernahm ein Seufzen gefolgt von Flüchen. „Wer könnte wissen, unter welchen Namen dieses Apartment läuft?"

Miguel fasste einen Entschluss. „Du kommst her und versuchst dein Glück hier und ich fahre zurück ins FBI-Gebäude, um zu sehen, ob ich dort eine brauchbare Information finden kann." Miguel wartete nicht, was er dazu sagte, mit quietschenden Reifen raste er los.

Das FBI-Gebäude lag drei Kilometer entfernt. Da es Nacht war und fast kein Verkehr, erreichte er die Büros in wenigen Minuten.

Verwundert, dass der Pförtner mitten in der Nacht hier saß, trat Miguel zu ihm.

Bedauernd schüttelte der Pförtner den Kopf. „Sie waren mir immer sympathisch, doch ich kann Sie hier nicht rein lassen. Schließlich werden Sie des Mordes verdächtigt und sind auf der Flucht. Es tut mir leid ... zudem habe ich den ausdrücklichen Befehl, Ihnen den Zutritt nicht zu gestatten." Von der Situation überfordert blickte er nervös um sich.

Miguel seufzte. So hatte er das nicht geplant oder gewollt und die Zeit drängte! Nach einem gezielten Blick verharrte der Pförtner in seiner Bewegung. Miguel presste seine Hand in die schmale Öffnung des Panzerglases und berührte den Mann. Dies reichte aus, um von ihm eingelassen zu werden.

Mit hastigen Schritten nahm Miguel die Stufen in den dritten Stock. Der Fahrstuhl erschien ihm zu langsam. Alles wirkte wie ausgestorben. In einem der Büros brannte jedoch Licht. Auch das verwunderte Miguel. Wieso wird hier nachts gearbeitet? Ein besonderer Fall der Verbrechensaufklärung? Zielstrebig lief er in Taylors Büro, dessen Schlüssel er sich einmal nachmachen lassen hatte, und durchstöberte seinen Aktenschrank nach Hinweisen.

„Agent Lopez. Kann ich Ihnen helfen?"

Miguel wirbelte herum und erkannte den jungen, sympathischen Mitarbeiter, der immer versuchte, sein Bestes zu geben, aber irgendwie nicht hierher passte. Er wirkte nervös.

„Bin mir nicht sicher, ob Sie das können. Agent Stacy Miller muss in dem Hochhaus am Rande der Stadt, ein Apartment haben. Es ist von äußerster Wichtigkeit, dass ich herausfinde, welcher Stock. Ich gehe davon aus, dass Sie darüber nicht Bescheid wissen, oder?"

„Doch", antwortete er nur und schaute Miguel ratlos an. „Aber ich bin ehrlich gesagt verunsichert. Zum einen sind Sie zur Fahndung ausgeschrieben und zweitens durchsuchen Sie unerlaubt Taylors Aktenschrank. Nehmen Sie mir mein Misstrauen bitte nicht übel, ich habe immer sehr viel von Ihnen gehalten." Unschlüssig stand er da und errötete.

„Agent Taylor ist heute verhaftet worden und Agent Miller hat eine junge Frau, die hier arbeiten musste, entführt, um Beweise zu vertuschen." Miguel wusste, wenn der Kerl nicht schneller mit der Sprache rausrückte, er sich die Informationen auf die härtere Tour besorgen musste, auch wenn er das nur ungern tat.

„Sie reden jetzt aber nicht von Mara Bucher?" Mit weit aufgerissenen Augen starrte er ihn an.

„Doch. Wusste nicht, dass Sie Mara kennen. Bitte beeilen Sie sich doch mit Ihren Antworten.".

„Ich habe einen Freund in dem Haus. Kenne aber den Stock nicht auswendig, doch wenn ich im Fahrstuhl stehe, würde ich es wiederfinden. Und genau in diesem Stockwerk, habe ich Agent Miller gesehen, wie sie in eine der Wohnungen gegangen ist." Miguel sprang auf, schnappte Fred am Arm und rannte mit ihm zu seinem Wagen.

∗∗∗

Mehrmals versuchte Stacy Taylor zu erreichen, doch er ging nicht an sein Telefon. Auch über das Handy erreichte sie ihn nicht.

Stacy wusste, dass er bald das Geschäft mit den Russen klar machen wollte. Ob er es auf heute verschoben hatte? Denkbar war es nach dem Vorfall bei Tarak. Sie ärgerte sich darüber, dass er sie nicht mehr über seine Vorhaben einweihte. Ob er sie wie Ann und Steven übers Ohr hauen wollte? Sie musste sich vergewissern, was los ist.

Irgendwann bekam sie kein Klingelzeichen mehr. Es sah so aus, als hätte er das Handy abgeschaltet. Sie wusste nicht, was sie tun sollte. Nach ihm suchen? Nachdenklich setzte sie sich in ihrem Schlafzimmer auf das Bett. Hier konnte sie keine von ihren Geiseln sehen. *Was, wenn er in Schwierigkeiten steckt?* Es blieb ihr nichts anderes übrig, als zu seiner Wohnung zu fahren. Vielleicht würde sie dort mehr erfahren. Die Spritze mit dem Serum räumte sie beiseite, auch wenn sie brennend daran interessiert war, wie Mara zu Miguel stand, an N5 gekommen war und was das Biest alles wusste. Aufgewühlt griff Stacy ihren Schlüssel.

„Ihr braucht nicht lange zu warten, bis ich wiederkomme, trotzdem muss ich darauf bestehen, dass ihr auf euren Plätzen bleibt", rief sie ironisch und verschwand.

Maras Herz hämmerte in ihrer Brust. Das war ihre Chance und sie musste irgendetwas daraus machen!

„Scott, bist du in Ordnung?", rief sie ängstlich.

„Ja, aber ich schätze, wenn du dir nichts einfallen lässt, nicht mehr lange."

„Ich weiß", rief sie zurück. Angestrengt sah sie sich um, doch es schien ausweglos. Es gab nur einen Weg und sie hoffte, dass die Architekten für dieses Haus nicht die besten Materialien verwendet hatten. Mit ganzer Wucht trat sie an die Sprosse des Geländers, an dem sie festhing. Dann und wann knirschte das Holz, doch es wollte nicht nachgeben. Schweiß rann ihr den Rücken runter, was nicht nur auf die Anstrengung zurückzuführen war, sondern aufgrund nackter Angst, dieses Serum gespritzt zu bekommen.

Panisch fragte sie sich, wieso Miguel nicht kam und sie befreite. Wieder und wieder trat sie an die Sprosse, es war schwierig, da sie nicht weit genug ausholen konnte. Nach einigen Minuten schmerzte ihr der Fuß, doch sie gab nicht auf. Ein Knirschen machte ihr Mut.

Sie trat noch fester zu. Plötzlich splitterte das Holz und die Sprosse hing schief im Geländer. Zwei weitere Tritte ließen sie ausbrechen. Jetzt musste sie die Handschelle nur noch über die Sprosse geschoben bekommen, die in der Mitte breiter gearbeitet war. Mit Gewalt drückte und drehte sie an dem ungeliebten Handschmuck, bis sie mit einem Ruck den dicken Teil überwunden hatte. Hastig rannte sie rüber zu Scott.

„Sieh zu, dass du verschwindest, die kommt bestimmt gleich wieder", schrie er Mara an.

„Kommt gar nicht infrage. Wir beide oder keiner." Mara rannte ins Bad und schleppte jede Menge Haarklammern an. Schweißüberströmt versuchte sie, das Schloss zu öffnen, doch es gelang ihr einfach nicht. Ihre Hände zitterten, wie die eines Alkoholikers auf Entzug. Den Tränen nahe setzte sie sich auf den Boden, vor dem Stuhl, auf dem Scott saß.

„Jetzt mach schon. Geh! Vielleicht kannst du ja Hilfe holen. Wie wäre es mit der Polizei?"

Scott hat recht! Ich sollte raus hier, sonst haben wir beide keine Chance. Irgendwo muss doch auch Miguel stecken, hoffte Mara und wollte gerade zur Tür, als sie Geräusche hörte.

„Verdammt", flüsterte sie und sah sich um. Konnte sie etwas als Verteidigung, oder sogar Waffe verwenden?

In der Ecke des Zimmers stand eine hässliche Skulptur aus Metall. Ein Kunstgebilde von umschlungenen Menschen, doch so genau ließ sich das nicht sagen. Mara nahm sie an sich und stellte sich an die Tür. Ihr Herz raste wie wild. Sie hatte kaum Kraft, die Skulptur zu halten. Angstvoll starrte sie auf die Tür. Sie vernahm Scotts Stimme, die bebend eine höhere Existenz zu erreichen versuchte.

Mara verschlug es den Atem. Der Türknauf bewegte sich. Wieso wollte sich Stacy hier so hereinschleichen? War es vielleicht gar nicht Stacy, sondern Miguel? Mara konnte sich nicht vorstellen, wie jemand so leise dieses Schloss knacken konnte. Sie beobachtete, wie sich der Türknauf immer weiterbewegte und sich die Tür, öffnete. Sie hatte wieder das Gefühl, vor Angst gleich ohnmächtig zu werden.

Mit lautem Knall schleuderte die Tür auf und drei Gestalten kamen in die Wohnung gesprungen, um sich in allen Zimmern zu verteilen. Mara stand wie angewurzelt da, mit dieser hässlichen Skulptur in der Hand und brachte kein Wort über die Lippen. Ungläubig schaute sie in das Sommersprossengesicht von Fred.

„Ist alles in Ordnung mit Ihnen, Miss Bucher?", erkundigte er sich mit irritiertem Blick auf die schwere Plastik.

„Stellen Sie keine Fragen, sondern befreien Sie lieber den armen Kerl von seiner unangenehmen Sitzposition", orderte Miguel an und nahm Mara, die Skulptur aus der Hand, um sie in seine Arme zu schließen.

„Es tut mir so leid, doch wir konnten nicht ausmachen, in welchem der hundert Apartments du steckst", versuchte er sie zu trösten.

Fest umschlang sie ihn mit ihren Armen. Sie spürte, wie die Angst aus ihren Gliedern wich.

„Wir sollten hier verschwinden, bevor sie zurückkommt", drängelte Bruce.

„Wollen wir Agent Miller denn nicht festnehmen?", fragte Fred zweifelnd.

„Das wird morgen früh Lieutenant Richter machen. Doch ich werde ihm ausrichten, dass Sie einen entscheidenden Anteil daran hatten, die Sache zum Guten zu wenden." Freundschaftlich klopfte Miguel Fred auf die Schulter und verließ mit Mara im Arm das Apartment. Scott rieb sich das gerötete Handgelenk.

„Danke Miguel. Glaube, ohne dich hätten wir es nicht geschafft. Mara wollte einfach nicht aufgeben, meine Handschellen zu lösen. Du hast etwas gut bei mir, was es auch immer sei", schlug er ihm euphorisch vor.

„Ich werde es mir merken", erwiderte Miguel lachend. „Ich würde dir raten, in ein Hotel zu gehen, solange Stacy noch nicht festgenommen worden ist."

„Ich kümmere mich darum", schlug Fred vor und winkte Scott bereits zu sich.

***

Stacy stand vor Taylors Wohnungstür. Immer wieder drückte sie den Klingelknopf, doch nichts regte sich. Genervt fischte sie den Ersatzschlüssel für Notfälle aus ihrer Tasche. Die Befürchtung, dass sich Taylor entweder ohne sie abgesetzt, oder es Probleme mit den Russen gegeben hatte, manifestierte sich in ihren Gedanken. Das Bild, das den Tresor in der Wand gewöhnlich abdeckte, lag auf dem Wohnzimmertisch. Stacy realisierte, dass Taylor den Verkauf an die Russen allein durchziehen wollte. *Das ist nicht gut! Ohne Rückendeckung könnten sie ihn leicht überrumpeln. Ihm alles abnehmen und in den nächsten Fluss werfen. Oder werde ich hysterisch? Wahrscheinlich sitzt er gerade bei Kaviar und Champagner, um den Geschäftsabschluss zu feiern!* Doch tief im Innern wusste sie, dass Taylor so etwas gar nicht ähnlich sah. Streng trennte er Vergnügen und Geschäfte.

Seufzend beschloss sie, zurückzufahren. Heute noch würde sie alles aus Mara ausquetschen. Das würde ihr Genugtuung bringen.

Ihre Wut über Mara steigerte sich mit jedem Meter, den sie ihrem Apartment näherkam. Als sie die Tür aufschloss, konnte sie es nicht glauben. Beide waren weg! Es war, als befände sie sich in einem Albtraum. Wild rannte sie in der Wohnung hin und her, doch sie waren einfach weg. Sie entdeckte die durchgetretene Sprosse des Geländers und trat selbst noch einmal dagegen.

„Das gibt es nicht", schrie sie laut und schmiss ihre Schlüssel in die Ecke. Sie konnte es nicht fassen. Mara war ein Biest und nicht nur ein kleiner Computer-Freak. Es gehörte schon etwas dazu, die Handschellen, mit denen sie ihren Freund gefesselt hatte, zu knacken. An ihrem Verstand zweifelnd, setzte sie sich hin und schüttete sich einen Whisky nach dem anderen ein.

Mara fuhr mit Miguel durch den langen, unterirdischen Gang in sein Haus. Müde folgte sie ihm, wie noch vor einem Tag, und setzte sich auf den gleichen Platz in der Küche.

„Danke, dass du mich gerettet hast." Mara wollte fröhlich klingen, doch sie spürte selbst, wie schüchtern sie geklungen hatte. Miguel drehte sich mit zwei Tassen in der Hand zu ihr herum und lächelte.

„Man darf dich wirklich nicht aus den Augen lassen. Schön, dass du wieder bei mir bist."

Mara nahm die Tasse Kaffee entgegen und trank einen kräftigen Schluck. „Ich bin auch froh, wieder hier zu sein." Mara erwiderte sein Lächeln. Sie spürte, wie ihr das Blut in den Kopf schoss, während sie dem Blick seiner schimmernden Augen standhielt.

„Darf ich dich zu einem Spaziergang am kleinen Bach entführen?"

Mara nickte und rutschte vom Barhocker herunter. Das war es, was sie sich wünschte. Sie betraten den bläulich leuchtenden Raum, der sich binnen Sekunden in eine traumhafte Landschaft verwandelte.

Miguel nahm ihre Hand und führte sie an ausladenden Bäumen und überdimensionalen Blumen vorbei. Ein zarter Duft von Rosmarin erfüllte die Umgebung. Miguel hatte nicht die gleiche Tageszeit wie beim letzten Mal eingestellt. Eine riesige, glutrote Abendsonne stand tief am Horizont. Alles war aufeinander abgestimmt. Die Temperatur fühlte sich angenehm an, wie an einem lauen Sommerabend. Ein sanfter Wind fuhr ihr durch die Haare und ließ sie entspannt durchatmen. Sie bemerkte, dass er sie ansah, und erwiderte seinen Blick. Ein schelmisches Lächeln umspielte seine Lippen. Zärtlich streichelte er über ihre Hand. Dies elektrisierende Kribbeln durchfuhr ihren Körper und ließ sie für einen Moment angetan die Luft anhalten. Sie fühlte sich wie nach einem Kuss, bei dem man das Atmen vergaß und einen schwindelig werden ließ.

Ihr Herz schlug schneller, als sie den Felsen entdeckte, an dem sie zusammengesessen hatten. Mit ernsten Augen schien er jede Reaktion zu studieren. „Ich glaube, wir hatten heute ein Date, Prinzessin. Wenn wir auch ein wenig gestört wurden."

Mara musste grinsen und spürte, wie sich ihr Herz beinahe überschlug. Sie hatte wieder das Gefühl ihr Gleichgewicht zu verlieren, wenn sie ihm weiter in die Augen blickte, die zartfühlend und fordernd zugleich waren. Noch ehe sie es schaffte ihren Blick abzuwenden, fuhr er ihr mit der Hand über die Wange. Sie fragte sich, ob sein Herz ebenso wild pochte wie ihres.

„Darf ich dir heute einen Kuss geben?"

Verdutzt nickte sie. Eigentlich hatte sie jetzt damit gerechnet, jedoch nicht mit der Bitte um Erlaubnis. Bisher hat sich das immer einfach so ergeben, doch vielleicht ist das ja so üblich unter Nerlaktern, grübelte sie nervös.

Von der Sonne lugte nur noch ein schmaler Rand über den Horizont. Die Bäume warfen lange Schatten und schwach fluoreszierende Blumen setzten bunte Akzente. Behutsam zog er sie ein Stück weiter die Wiese entlang, bis sie an einem Felsvorsprung ankamen, von dem man das darunter liegende Tal überblicken konnte.

Mit angehaltenem Atem registrierte sie, dass er stehen blieb und sich vor sie stellte. Er griff ihre Hände und zog sie näher. Seine Augen hoben sich kaum noch von der Umgebung ab. Mara begann sich in ihnen zu verlieren. Diesmal spürte sie ganz deutlich, wie sie mit Miguel eins wurde. Seine Liebe und Sorge um sie lagen bloß. Behutsam fuhr er ihr über die Wange und näherte sich. Sein Atem fühlte sich warm an auf ihrer Haut. Zärtlich drückte er einen Kuss auf ihren Mund. Als wären ihre Lippen Eis und seine Feuer, wie Elemente die miteinander verschmolzen.

Es war ein Gefühl, das sie mit menschlichen Worten nicht beschreiben konnte, wahrscheinlich hatten die Nerlakter ganz spezielle Ausdrücke dafür.

Seine Hand glitt ihren Hals entlang, über ihre Schulter und den Arm herunter. Dieses Gefühl glühte wieder durch ihren Körper. Nach Atem ringend, löste sie sich. Fürsorglich umarmte er ihre Taille.

„Alles in Ordnung?"

Mara nickte und schmiegte sich in seine Arme. Ein klarer Sternenhimmel breitete sich über sie aus, während sie eng umschlungen im Gras saßen und den Sternschnuppen nachblickten.

Richter betrat in Begleitung von drei weiteren Kollegen das FBI-Gebäude, um Agent Miller einen ungebetenen Besuch abzustatten. Ihre durchzechte Nacht mit Whisky und zwei Schachteln Zigaretten ließen sie an diesem Morgen nicht zu ihrem Vorteil aussehen. Immer noch nach Alkohol stinkend und sich unklar mitteilend, stolperte sie in das Büro rückwärts. Sie griff sich Akten, die auf dem Tisch lagen, und bewarf die Polizisten damit. Sie hastete um den Tisch und hob den Finger in Richtung Richter. „Du elender, kleiner Wurm. Eines Tages werde ich dich zerquetschen wie einen Wurm!"

Der Gerichtstermin ließ nicht lange auf sich warten. Während der Verhandlung hatte weder Taylor noch Stacy eine Chance. Anhand der vielen Beweise, die Richter zusammengetragen hatte, konnte ihnen der Mord an Ivan nachgewiesen werden und Landesverrat.

Um Ann und Steven kümmerte sich Miguel. Beide arbeiten heute in einem Seniorenheim und tun alles, damit die Leutchen dort glücklich sind.

Fred hat seine Arbeit beim FBI aufgegeben und das Angebot Richters angenommen, in seiner Abteilung mitzuarbeiten. Er hat Gefallen an dem Job der Spurensicherung gefunden und entwickelte sich als einen der zuverlässigsten Mitarbeiter in Richters Truppe.

Tarzan erholte sich, doch es dauerte sechs Monate, bis er sein altes Leben wieder aufnehmen konnte.